L'ACROBATE

Clive Cussler est né aux États-Unis en 1931. Après avoir servi dans l'armée en tant qu'ingénieur mécanicien, il entame une carrière dans la publicité et se lance également dans l'écriture. Dès ses premiers romans, qui mettent en scène Dirk Pitt, un de ses héros récurrents, il rencontre un immense succès qui ne s'est depuis jamais démenti. Il a également acquis une solide réputation de chasseur d'épaves, activité qui inspire plusieurs de ses séries. Il est d'ailleurs président de l'Agence nationale maritime et sous-marine (NUMA).

Justin Scott est l'auteur de plus d'une trentaine de thrillers et coécrit avec Clive Cussler la série Isaac Bell.

Paru au Livre de Poche :

ATLANTIDE
CYCLOPE
DRAGON
ICEBERG
L'INCROYABLE SECRET
MAYDAY !
ODYSSÉE
ONDE DE CHOC
L'OR DES INCAS
PANIQUE À LA MAISON-BLANCHE
LA POURSUITE
RAZ DE MARÉE
RENFLOUEZ LE TITANIC !
SAHARA
TRÉSOR
VIXEN 03
VORTEX
WALHALLA

Avec Grant Blackwood
L'EMPIRE PERDU
L'OR DE SPARTE
LE ROYAUME DU MUSTANG

Avec Graham Brown
LA FOSSE DU DIABLE

Avec Dirk Cussler
LE COMPLOT DU CROISSANT
DÉRIVE ARCTIQUE
LA FLÈCHE DE POSÉIDON

Avec Craig Dirgo
BOUDDHA
CHASSEURS D'ÉPAVES II
PIERRE SACRÉE

Avec Jack Du Brul
CORSAIRE
CROISIÈRE FATALE
JUNGLE
LA MER SILENCIEUSE
QUART MORTEL
RIVAGE MORTEL

Avec Paul Kemprecos
À LA RECHERCHE
DE LA CITÉ PERDUE
GLACE DE FEU
MÉDUSE BLEUE
MORT BLANCHE
LE NAVIGATEUR
L'OR BLEU
SERPENT
TEMPÊTE POLAIRE

Avec Justin Scott
LA COURSE
L'ESPION
LE SABOTEUR

CLIVE CUSSLER
JUSTIN SCOTT

L'Acrobate

ROMAN TRADUIT DE L'ANGLAIS (ÉTATS-UNIS)
PAR FRANÇOIS VIDONNE

GRASSET

Titre original :

THE THIEF
Publié par Putman.

LIVRE UN

Des images parlantes

1

Le MAURETANIA, paquebot rapide de la Cunard,
passe la barre de la Mersey

— Tu as entendu ?

— Entendu quoi ? demanda Archie.

— Un canot à moteur rapide.

— Tu as l'ouïe aussi fine qu'une chauve-souris, Isaac. Je n'entends que le bruit du navire.

Isaac Bell était un homme grand et mince d'une trentaine d'années, avec une chevelure d'un blond doré et une épaisse moustache taillée avec un soin méticuleux. Il s'avança à grandes enjambées vers le bastingage et sonda l'obscurité avec attention. Il portait un costume sobre qui correspondait à son identité d'emprunt, celle d'un dirigeant d'une compagnie d'assurances de Hartford, dans le Connecticut : un complet en Harris tweed, un feutre à bord large, des bottines sur mesure, et une chaîne de montre en or en travers de sa taille mince.

— Ce n'est pas le navire.

Ils étaient en partance pour l'Amérique à bord du *Mauretania*, de la compagnie Cunard. Le paquebot le plus rapide au monde faisait route vers New York avec à son bord deux mille deux cents passagers, huit cents membres d'équipage et six mille sacs de courrier. Plus bas, dans les ténèbres brûlantes des salles de chauffe, des centaines d'hommes travaillaient avec acharnement, torse nu, à pelleter du charbon et fournir assez de vapeur pour une course de quatre jours et demi à travers l'Atlantique. Mais dans l'immédiat, le navire avançait à une allure tranquille et traversait la barre de la Mersey avec guère plus de quelques mètres d'eau sous sa quille et une nuit impénétrable devant lui. Six ponts au-dessus de la fournaise et à cent cinquante mètres de l'hélice la plus proche, Isaac Bell n'entendait que le canot à moteur.

Son bruit était incongru. C'était le grondement nerveux d'un canot de course capable d'atteindre les trente nœuds, et propulsé par un moteur V-8 à essence. Sans doute un Wolseley-Siddeley de fabrication anglaise, jugea Bell. Mais ce son exubérant évoquait plus un parcours de régate sur la Côte d'Azur par grand soleil qu'une voie de navigation pour steamers en pleine nuit.

Il regarda en arrière. Aucune lumière ne signalait de bateau. Il ne vit que la lueur mourante de Liverpool, dernière vision de l'Angleterre, à onze milles nautiques derrière la poupe.

Près du navire, rien ne bougeait à l'intersection invisible entre l'eau d'un noir d'encre et le ciel chargé de nuages.

Plus loin, une balise émettait une lueur intermittente.

Le bruit s'estompa. Ce n'était peut-être qu'un tour joué par le vent ; il soufflait en rafales depuis la mer d'Irlande et faisait claquer la toile qui recouvrait les canots de sauvetage suspendus au-delà du bastingage en teck.

D'un geste théâtral, Archie ouvrit un étui à cigares en or dont il sortit deux *La Aroma* cubains.

— Si nous fumions à la victoire ? lança-t-il en tâtant les poches de son gilet. J'ai oublié mon coupe-cigare. Tu as ton couteau ?

D'un geste vif, Bell tira un couteau de lancer de l'une de ses bottines et sectionna le bout des cigares avec la précision d'une guillotine.

Archie à la chevelure rousse – Archibald Angell Abbott IV –, membre éminent de la bonne société new-yorkaise, offrait l'allure d'un homme du monde prospère, une sorte de déguisement chic qu'il adoptait lorsqu'il voyageait en compagnie de sa jeune épouse Lillian, fille du magnat des chemins de fer le plus audacieux d'Amérique. Seul le commandant du navire et le commissaire de bord savaient qu'Archie était un détective privé de l'agence Van Dorn et qu'Isaac Bell en était le principal enquêteur.

En s'abritant sous un auvent de toile, ils allumèrent leurs havanes pour célébrer la capture d'un escroc qui sévissait sur les marchés de Wall Street et dont les méfaits avaient provoqué la fermeture d'usines et mis au chômage des milliers d'ouvriers. Le malfaiteur s'était exilé dans une luxueuse destination européenne, car il supposait à tort que la devise Van Dorn – *Nous n'abandonnons jamais ! Jamais !* – perdait toute son acuité dès lors qu'on s'éloignait du littoral américain. Bell et Abbott étaient parvenus à lui mettre la main au collet dans un casino de Nice. Enfermé dans une soute à bagages à l'avant du *Mauretania*, à l'intérieur d'une cage à lion louée à un cirque (la prison du bord était déjà occupée), il effectuait la traversée sous la garde d'un agent du service de protection Van Dorn pour être jugé à Manhattan.

Bell et Abbott, meilleurs amis du monde depuis qu'ils avaient disputé un légendaire match de boxe interuniversitaire (Bell pour le compte de Yale, Abbott pour Princeton), étaient seuls à arpenter le pont du navire. Il était tard, et le vent froid comme le brouillard avaient convaincu les passagers de première, seconde et troisième classe du *Mauretania* de regagner leurs suites, cabines ou couchettes en tôle galvanisée respectives.

— Nous parlions, dit Archie, à moitié sur le ton de la plaisanterie, de ton mariage pas si imminent que cela avec Miss Marion Morgan.

— Nous sommes déjà mariés de cœur.

La fiancée d'Isaac Bell travaillait dans l'industrie cinématographique. Elle avait pris le dernier train avec correspondance maritime en partance de Londres après avoir filmé la procession funéraire du roi Édouard VII pour un documentaire d'actualités de la compagnie Picture World. Les images recueillies par les appareils installés tout au long du parcours avaient été développées, lavées, séchées et tirées. Ce soir-là, neuf heures seulement après les funérailles du « bon vieux Teddy », les presque cent soixante mètres de pellicule du « film d'actualités » étaient présentés dans les théâtres de Piccadilly, pendant que la courageuse réalisatrice profitait d'un bon bain chaud dans sa cabine de première classe, située le long du pont promenade du *Mauretania*.

— Personne ne doute de l'ardeur de ton attachement, répondit Archie avec un clin d'œil tellement suggestif qu'il eût valu un solide coup de poing dans le nez à toute autre personne que lui. Et seul un aveugle ne remarquerait pas à son doigt cette impressionnante émeraude, symbole de vos fiançailles. Toutefois, tes amis constatent qu'un bon moment s'est déjà écoulé depuis l'annonce… Vous hésitez ?

— Non, je n'hésite pas, répliqua Bell. Et Marion non plus, s'empressa-t-il d'ajouter. Nous sommes si occupés tous les deux que nous n'avons pas trouvé le temps de fixer une date.

— C'est l'occasion rêvée. Quatre jours et demi en pleine mer. Elle ne peut pas t'échapper. (Archie désigna de son cigare le pont obscur du *Mauretania* et poursuivit son propos d'un ton détaché, comme si lui et sa femme n'avaient pas manigancé cette conversation depuis qu'ils avaient réservé leurs places à bord.) Et si nous demandions au commandant de vous marier ?

— J'ai une bonne longueur d'avance sur toi, Archie.

— Que veux-tu dire ?

Un grand sourire éclaira le visage d'Isaac Bell et révéla une dentition parfaite qui étincelait presque dans l'obscurité.

— J'en ai déjà parlé au capitaine Turner.

— *Bravo, c'est gagné !*

Archie s'empara de la main d'Isaac Bell et la secoua avec vigueur.

— Je serai ton témoin, et Lillian sera dame d'honneur. Et nous avons toute une cargaison d'invités. J'ai jeté un coup d'œil au manifeste de bord. Il y a ici des représentants des familles les plus fortunées du monde, et pas mal de noms qui figurent au *Burke's Peerage*[1].

Isaac Bell, toujours souriant, prit une expression déterminée.

---

1. Guide des familles royales, aristocratiques et historiques du Royaume-Uni, d'Irlande et des USA.

— À présent, il ne reste plus qu'à convaincre Marion.

*

Archie, encore convalescent après une blessure par balle, annonça soudain son intention d'aller se coucher. En l'aidant à franchir une lourde porte pour gagner l'escalier qui menait aux cabines, Bell constata qu'il tremblait.

— Je descends avec toi.

— Ce serait gâcher un excellent tabac, lui répondit Archie en se cramponnant à la rampe. Termine ton cigare, je vais bien y arriver tout seul.

Bell dressa l'oreille jusqu'à ce qu'Archie ait atteint la dernière marche en toute sécurité, puis il retourna sur le pont où il resta flâner, les oreilles à l'affût du moindre son.

Il s'accouda au bastingage. Vingt mètres plus bas, l'eau tourbillonnait sous la lumière projetée par le bateau-pilote qui naviguait tout près, avec lourdeur, en crachant de la vapeur et de la fumée. Avec habileté, l'homme de barre pressait la proue contre la falaise noire et mouvante que formait la coque rivetée du *Mauretania*. Le pilote, après avoir guidé le gigantesque vapeur le long du fleuve et au-delà de la barre de sable, descendit le long d'une échelle de coque en corde et en bois. L'affaire fut vite et bien menée et une minute plus tard, les deux bâtiments se séparaient. Le plus petit éteignit ses projecteurs de pont et disparut vers l'arrière tandis que le plus gros gagnait de la vitesse.

Bell scrutait toujours la nuit d'un regard curieux lorsqu'il entendit à nouveau le grondement nerveux du moteur V-8. Cette fois, il semblait plus proche. Un quart de mille nautique ou moins, estima-t-il, et en approche rapide. Le canot parvint à moins de cent mètres du *Mauretania*. Bell ne le voyait pas encore, mais il l'entendait avancer le long du flanc du navire à vapeur, réglant son allure sur la sienne, ce qui n'était pas un mince exploit, compte tenu de la houle qui ne cessait de se creuser. Il trouva étrange, voire dangereux, que le canot ne se signale par aucun éclairage. C'est pourtant ce qu'il fit soudain, non pas en allumant ses feux, mais en utilisant une lampe à signaux pour transmettre un message codé.

2

Dans l'attente d'une réponse, Isaac Bell jeta un coup d'œil vers l'aileron découvert qui dépassait du flanc de la passerelle. Aucun officier ni marin n'était présent sur celle-ci, et personne ne répondit. Il ne vit aucune lueur sur le mât de misaine qui s'enfonçait, invisible, d'une soixantaine de mètres dans le ciel obscur. La vigie perchée dans son nid-de-pie regardait vers l'avant du navire, et non vers le côté, où la lampe à signaux avait dirigé son étroit faisceau lumineux.

Soudain, Bell aperçut les éclaboussures d'une vague de proue. Elle brillait d'un éclat blanc, formant un contraste saisissant avec l'eau noire. Puis il vit le canot virer pour arriver au plus près. C'était bel et bien un Wolseley-Siddeley, qui fendait la houle en faisant jaillir des gerbes d'écume, sous la direction d'un homme de barre aguerri. Il se plaqua près de la coque, juste en dessous de lui ; le canot était long de douze mètres, effilé comme une lame de couteau, et son hélice crachait des remous qui luisaient dans son sillage.

Bell entendit derrière lui un cri effrayé, vite étouffé. Il se retourna d'un mouvement vif et parcourut du regard le pont du navire plongé dans le noir. Il perçut alors un grognement de douleur et des pas rapides qui s'éloignaient.

Un groupe d'hommes engagés dans un violent combat émergea de l'escalier où Bell avait quitté Archie un instant plus tôt. Leurs silhouettes passèrent dans la lumière des fenêtres de la bibliothèque de première classe. Trois hommes de grande taille en poussaient deux autres, de carrure plus modeste, vers le bastingage. Bell entendit un nouveau cri, un appel à l'aide, le son d'un coup brutal, et un gémissement assourdi. Une des victimes se plia en deux en se tenant l'estomac, le souffle coupé.

Isaac Bell franchit en courant la distance qui les séparait.

Il avança dans un silence presque complet.

Les trois agresseurs étaient si déterminés dans leur lutte qu'ils ne s'aperçurent de la présence du grand détective que lorsque retentit le choc d'un puissant crochet du droit qui envoya le plus proche sur le sol. Bell tournoya sur la pointe des pieds et lança derrière lui, de toute sa puissance et tout son poids, un uppercut magistral. Si le coup avait atteint sa cible, les chances auraient été égalisées.

Son adversaire se déplaçait avec une rapidité surhumaine. Il évita le poing d'Isaac, qui manqua sa tête et vint s'écraser sur son épaule. L'impact fut suffisant pour le faire tomber sur le pont, mais la lourde corde enroulée sur son épaule amortit le choc.

Le crochet qu'il lança en riposte surgit de l'obscurité avec la violence concentrée d'une masse de plomb. Bell accompagna le mouvement pour en diminuer l'effet, mais l'élan l'envoya rouler contre le bastingage et le fit se courber si loin par-dessus bord qu'il put voir le canot pressé contre la coque juste en dessous de lui. Son agresseur traîna ses deux victimes vers le garde-corps. Dans un grognement, il donna un ordre, et son complice bondit au-dessus du corps de son camarade tombé au sol et chargea Bell pour lui régler son compte.

À la faveur de l'éclairage de la bibliothèque, Isaac distingua l'éclat d'un couteau.

Il se dégagea du bastingage, se releva et tenta d'esquiver l'attaque. La lame passa à moins de trois centimètres de son visage. Il répliqua par un violent coup de pied. La bottine de Bell atteignit son but avec force. L'homme heurta le garde-fou et bascula par-dessus bord. Son hurlement de douleur et de frayeur s'éteignit lorsqu'il s'écrasa sur le canot, vingt mètres plus bas.

L'embarcation s'éloigna à plein gaz en faisant rugir son moteur.

Isaac Bell sortit un pistolet automatique Browning de sous son manteau.

— Plus un geste ! ordonna-t-il à l'individu qu'il ne distinguait que comme une ombre indistincte. Mains en l'air !

Mais une fois de plus, le chef des assaillants se déplaça à une vitesse prodigieuse. Il déploya son rouleau de cordage, dont plusieurs boucles vinrent emprisonner la main armée de Bell. Il ne lui fallut qu'un instant pour se libérer, mais il fut stupéfait de voir son adversaire soulever son complice inconscient du pont, le lancer à la mer et se mettre à courir.

Bell leva son arme.

— Halte !

Le malfaiteur poursuivit sa course.

Pour pouvoir le neutraliser en lui tirant dans les jambes, Bell attendit avec calme qu'il arrive jusqu'à l'endroit éclairé par les lampes de la bibliothèque. Avec son Browning No. 2 semi-automatique de calibre .380, une arme de haute précision, il ne pouvait manquer sa cible. Juste avant de parvenir dans la lumière, l'homme saisit le bastingage à deux mains, tournoya en l'air comme un acrobate de cirque et disparut dans les ténèbres.

Bell se précipita vers l'endroit d'où il avait sauté et baissa le regard vers le flanc du navire.

L'eau était noire, perlée de blanc là où s'enfonçait la coque du *Mauretania*. Bell ne put voir si l'individu nageait ou s'il avait sombré sous les vagues. Dans un cas comme dans l'autre, à moins que le canot ait pu revenir et que son équipage ait eu assez de chance pour le retrouver, il était très peu probable qu'ils puissent le repêcher avant que les eaux glacées de la mer d'Irlande n'aient eu raison de lui.

Bell remit son arme dans son holster et reboutonna son manteau. La scène à laquelle il venait d'assister était pour lui inédite. Qu'est-ce qui avait pu pousser cet homme à jeter son complice par-dessus bord, le livrant ainsi à une mort certaine, puis à le suivre vers un même destin ?

— Merci, monsieur, merci infiniment, dit quelqu'un derrière lui, avec un accent viennois cultivé et précieux. Il est certain que votre réaction aussi vive que courageuse nous a sauvé la vie.

Bell baissa les yeux sur le pont et distingua une ombre compacte.

— Si seulement vous aviez pu intervenir avant qu'il m'enfonce le buffet, grogna une autre voix, celle-ci américaine. J'ai l'impression qu'un tramway vient de me passer sur le bide.

— Ça va, Clyde ? demanda le Viennois.

— Avec un mois de soins attentifs prodigués par une blonde qualifiée, ça devrait aller, répondit le dénommé Clyde, qui se remit sur pied en chancelant. Merci, monsieur. Vous nous avez tirés d'un beau pétrin.

— Que voulaient-ils ? Vous tuer ou vous kidnapper ? l'interrogea Bell.

— Nous kidnapper.

— Pourquoi ?

— C'est une longue histoire.

— J'ai toute la nuit devant moi, dit Bell d'un ton qui exigeait des réponses. Vous connaissiez ces hommes ?

— Par leurs actes et par leur réputation, oui, intervint le Viennois. Mais grâce à vous, nous avons évité les présentations officielles.

Bell les prit tous deux par le bras, entra avec eux à l'intérieur du navire et se dirigea vers le fumoir, où il les installa sur deux fauteuils contigus. Il prit le temps de bien observer leurs visages. L'Américain, un jeune dandy moustachu d'une vingtaine d'années, aux cheveux ébouriffés, allait sans aucun doute se réveiller le lendemain avec un solide mal au ventre et un œil au beurre noir.

Le Viennois était un homme d'âge mûr d'apparence à la fois digne et sympathique. Son pince-nez aux verres teintés en rose tenait encore par miracle sur

20

son nez ; il avait le front haut et un regard intelligent. Ses vêtements étaient de bonne qualité. Il portait une cravate sombre sur une chemise à col rond. Sa moustache élaborée, dont les pointes remontaient en boucle, contrastait avec la sobriété de sa tenue. Bell le classa dans la catégorie des universitaires, et la suite ne lui donna pas tout à fait tort. Lui aussi aurait droit à son œil poché, et du sang suintait de sa lèvre éclatée.

— Nous ne devrions pas être ici, lança-t-il en contemplant d'un air émerveillé les boiseries aux riches sculptures et aux plâtres raffinés du plafond de l'immense salon, décoré à la façon de la Renaissance italienne. C'est le fumoir de première classe. Nous voyageons en seconde.

— Je vous en prie, répondit Bell, laconique. Expliquez-moi ce qui s'est passé.

Le steward du fumoir se matérialisa soudain. Il jeta un regard glacé sur les passagers de seconde classe, et informa Bell avec toute la sollicitude dont il était capable que le bar était fermé.

— Je veux des serviettes et de la glace pour les blessures de ces messieurs, répondit celui-ci, ainsi qu'une visite immédiate du médecin du bord, et une solide quantité de whisky bien raide. Nous commencerons par le whisky, s'il vous plaît. Donnez-nous la bouteille.

— Mais non, ce n'est pas la peine, nous n'en avons pas besoin.

— Nous allons bien, monsieur, renchérit le jeune Américain. Vous vous êtes déjà donné bien du mal. Nous ferions mieux d'aller nous coucher.

— Pardonnez mes mauvaises manières, murmura d'un air égaré le Viennois, qui s'inclina en fouillant les poches de son gilet de ses doigts tremblants. Je crois avoir perdu mes cartes de visite dans la bataille, poursuivit-il en cessant ses recherches. Je m'appelle Beiderbecke. Professeur Franz Bismark Beiderbecke.

Le Viennois tendit la main à Isaac Bell, qui la serra.

— Puis-je vous présenter mon jeune associé, Clyde Lynds ?

Clyde adressa un semblant de salut à Bell, qui avança le bras pour lui serrer la main et le dévisagea face à face pour prendre la mesure du personnage. Lynds cessa ses pitreries et soutint son regard. Bell y décela une fermeté de caractère qui ne paraissait pas évidente au premier abord.

— Pourquoi voulaient-ils vous enlever ?

Beiderbecke et Lynds échangèrent un coup d'œil prudent. Beiderbecke fut le premier à prendre la parole.

— On peut supposer qu'il s'agissait d'agents d'un trust industriel de fabrication de munitions.

— Quel trust ?

— Une compagnie allemande, répondit Lynds. La Krieg Rüstungswerk GmbH.

Bell remarqua la prononciation parfaite de Lynds.

— Où avez-vous appris l'allemand, monsieur Lynds ?

— Ma mère était allemande. Elle a été mariée de nombreuses fois. J'ai passé une partie de mon enfance dans la ferme du Dakota du Nord où mon père, d'origine suédoise, cultivait du blé, puis à Chicago et j'ai aussi un peu traîné dans les coulisses des théâtres de

New York. *Mutter* a fini par alpaguer un Viennois qui lui avait toujours plu, sauf qu'elle ne le savait pas elle-même, et j'ai atterri à Vienne, où m'a engagé le bon professeur que voici.

— Un professeur bien chanceux, en vérité, monsieur Bell. Clyde est un scientifique brillant. Il a choisi de travailler dans mon laboratoire, et mes collègues en grincent encore des dents.

— C'est parce que je n'ai pas coûté grand-chose, glissa Clyde avec un sourire.

— Pourquoi des agents d'une entreprise de fabrication de munitions auraient-ils voulu vous kidnapper ?

— Pour voler notre invention, répondit Beiderbecke.

— Quel genre d'invention ?

— Notre invention *secrète*, intervint Clyde avant que le professeur puisse placer un mot. Monsieur, ajouta-t-il en se tournant vers Beiderbecke, nous nous sommes mis d'accord sur le fait que le secret était d'une importance cruciale.

— Oui, bien sûr, bien sûr, mais monsieur Bell nous a traités avec tant de gentillesse. Il nous a sauvé la vie, en risquant la sienne.

— Les poings de monsieur Bell se sont avérés précieux, en effet. Mais que savons-nous de lui ? Je suggère de nous en tenir à notre accord et de rester discrets, comme convenu.

— Bien sûr, bien sûr. Vous avez raison, bien sûr, marmonna le professeur Beiderbecke en se tournant vers Isaac Bell d'un air embarrassé. Pardonnez-moi, monsieur. En dépit de mon âge, je ne suis pas un homme du monde. Mon jeune et brillant protégé m'a convaincu que je me montrais trop confiant. À l'évidence, vous êtes un gentleman. Vous avez volé à notre secours sans même prendre le temps de réfléchir à votre propre sécurité. D'un autre côté, il est de mon devoir de me souvenir que nous avons été manipulés sans pitié par des personnes qui paraissaient, elles aussi, tout à fait honnêtes.

— Et qui ont essayé de nous tirer les vers du nez, ajouta Lynds en souriant. Désolé, monsieur Bell. Vous comprenez ce que je veux dire, n'est-ce pas ? Bien sûr, nous vous sommes reconnaissants ; vous avez mené la charge pour venir nous défendre.

Isaac Bell lui adressa ce qui pouvait passer pour un sourire amical.

— Il n'est pas nécessaire de révéler un secret important pour exprimer votre gratitude.

La réponse de Bell, prononcée sur un ton léger, masquait une réelle curiosité, qui serait mieux satisfaite s'il attendait le moment propice.

— Mais je m'inquiète pour votre sécurité, ajouta-t-il. Ces gens ont organisé une attaque audacieuse avec une précision toute militaire dans le but de vous kidnapper à bord d'un paquebot britannique qui vient juste d'appareiller. Qu'est-ce qui vous fait croire qu'ils ne recommenceront pas ?

— Pas sur un paquebot britannique, répliqua Lynds. Sur un navire allemand, nous nous serions méfiés de l'équipage. C'est pour cela que nous avons choisi un bâtiment anglais.

— Vous voulez dire qu'ils ont déjà essayé avant ?

— À Brême.

— Comment avez-vous réussi à leur filer entre les doigts ?

— La chance, répondit Lynds. Quand nous les avons vus arriver, nous avons fait semblant de réserver nos places à bord du *Prinz Wilhelm*, sans le moindre effort de discrétion. Et puis nous nous sommes précipités dans une autre direction, vers Rotterdam, où nous avons embarqué à bord d'un steamer en partance pour Hull. Lorsqu'ils se sont aperçus que nous n'étions pas à bord du *Wilhelm*, nous étions déjà dans le train pour Londres.

Bell aurait eu bien d'autres questions à poser, mais il en fut empêché par l'arrivée du médecin du bord. Lorsque le second fit son entrée en trombe aussitôt après, Bell vida son verre de whisky dans un crachoir avant que l'officier ne puisse le remarquer, prit la bouteille et s'en servit un autre de façon ostensible.

Le second écouta avec une expression de plus en plus sceptique le professeur et Lynds décrire une attaque menée par trois hommes qui étaient ensuite tous passés par-dessus bord. Puis, alors que le médecin examinait la lèvre ouverte de Beiderbecke et l'œil enflé de Lynds, il se tourna vers Bell et porta un regard lourd de sens sur le verre de whisky que celui-ci tenait à la main.

— On peut se demander si par hasard ces deux gentlemen n'auraient pas eu une querelle, qu'ils auraient cherché à déguiser en racontant une invraisemblable histoire de piraterie en pleine baie de Liverpool ?

Isaac Bell but son whisky à petites gorgées. Il entendait bien avoir le fin mot de cette affaire, et déterminer la nature de l'invention secrète, selon les termes de Beiderbecke et de Lynds, qui avait provoqué l'incident.

Mais les ravisseurs s'étaient évanouis dans la nuit, plusieurs milles nautiques derrière le *Mauretania*. L'Autrichien et le Germano-Suédois élevé aux États-Unis étaient les seules sources de renseignements disponibles. Quant aux officiers du *Mauretania*, ils étaient encore moins qualifiés que la police d'une petite ville de province pour enquêter sur les raisons de l'attaque. Ils ne feraient que le gêner.

— Je veux dire…, poursuivit le second. (Au début, il s'était exprimé de façon polie, presque mal à l'aise, endossant à merveille le rôle d'un représentant de la compagnie, imperturbable devant les petits tracas de ses riches passagers. À présent, il fixait Bell d'un regard dur, celui qu'il utilisait sans doute pour terroriser ses jeunes officiers.) Personne n'a sauté, n'est tombé ni n'a été éjecté par-dessus bord, et je serais curieux de savoir, monsieur Bell, comment ils ont pu vous persuader de reprendre leur histoire à votre compte en y ajoutant quelques enjolivements.

— C'était par compassion, répondit Bell avec un sourire, tout en portant son whisky à ses lèvres. Ces deux pauvres bougres avaient tellement honte de leur comportement… et puis j'avais moi aussi bu un scotch ou deux, ajouta-t-il en contemplant l'intérieur de son verre. Sur le moment, j'ai pensé que c'était une bonne idée… (Il regarda l'officier droit dans les yeux et lui adressa un sourire piteux.) C'était vraiment bon de se sentir dans la peau d'un héros, même un instant…

— J'apprécie votre franchise, monsieur Bell. Je suis sûr que vous serez d'accord avec moi sur ce point : dès que le médecin aura terminé son travail, nous allons tous nous coucher et passer une nuit bien tranquille.

*

— La Krieg Rüstungswerk GmbH ? s'écria Archie, qui avait passé une bonne partie de sa vie à voyager entre l'Europe et l'Amérique. (Plus récemment, à l'occasion d'une lune de miel prolongée, il avait abandonné le travail de terrain au profit des bureaux Van Dorn outre-mer.) C'est une entreprise de fabrication de munitions qui a des liens très étroits avec l'armée. Ce qui n'est pas surprenant de la part d'un marchand de canons qui se prépare pour une guerre en Europe.

Isaac Bell l'avait rejoint dans la salle à manger quelques instants après avoir entendu la sonnerie de clairon qui signalait le petit déjeuner. Le *Mauretania* dépassait Malin Head, à la pointe nord de l'Irlande ; tandis qu'il laissait la mer d'Irlande dans son sillage, le steamer enfonçait et relevait sa proue dans une houle de plus en plus profonde, alimentant des rumeurs dans les ascenseurs et les couloirs quant au grain qui attendait le navire.

— Pourquoi cette question ? ajouta Archie.

— Tu te souviens du canot à moteur que tu ne parvenais pas à entendre hier soir ?

— Comment pourrais-je m'en souvenir, si je ne l'ai pas entendu ?

Bell lui relata les événements de la nuit. Archie semblait déconfit.

— Et il a fallu que j'aille me coucher tôt ! Ils sont passés *tous les trois* par-dessus bord ?

— Celui qui a voulu me poignarder, celui qui a été balancé par son patron… et leur chef lui-même, par ses propres moyens.

— C'est toujours à toi qu'il arrive les choses intéressantes, Isaac.

— Quel genre de cinglé irait se jeter par-dessus bord ?

— Peut-être a-t-il eu peur d'un type qui avait réglé leur compte à deux de ses gars et qui brandissait soudain un pistolet ? suggéra Archie en souriant.

Bell secoua la tête.

— Un homme effrayé n'aurait pas pris le temps de se débarrasser de son complice. Non, il s'est assuré qu'il ne restait personne qui puisse parler. Pas même lui. C'est de la folie.

— Tu es sûr qu'il n'a pas sauté dans un canot de sauvetage ?

— Positif. J'y suis retourné et j'ai vérifié. Il se trouvait vers le milieu du navire, sur cette étendue découverte où il n'y a aucun canot. Le plus proche était à au moins dix mètres de là.

Archie enfourna plusieurs bouchées de hareng fumé et salé.

— Plus que de la *folie*, c'est du *fanatisme*. La Krieg Rüstungswerk fonctionne main dans la main avec l'armée impériale allemande. Donc, si cette entreprise veut s'emparer de l'« invention secrète » du professeur, il doit s'agir d'une sorte de machine de guerre, d'accord ?

— Sans aucun doute.

— Il est possible, dans ce cas, que la compagnie recrute des officiers de l'armée allemande pour la voler. Ce sont des fanatiques qui ne cessent d'évoquer

Der Tag – le Jour – où ils mettront en œuvre la fameuse *volonté d'accomplir des exploits* de leur Kaiser. Et nous savons tous ce que cette volonté signifie.

— Le déclenchement d'une guerre, répondit Bell. Même si je continue à espérer que cette guerre européenne en restera au stade des mots.

— Moi aussi, opina Archie. Mais la Grande-Bretagne devient paranoïaque au sujet des cuirassés allemands, et l'Allemagne impériale est ambitieuse. Le Kaiser adore son armée, et c'est cette armée qui dirige le pays, comme dans la vieille Prusse. Tous les hommes sont enrôlés pendant trois ans, et les bourgeois sont tellement fous d'uniformes qu'ils se portent volontaires comme réservistes pour le simple plaisir de pouvoir s'habiller en soldats.

— Ce ne sont pas les militaires qui ont construit l'industrie allemande. Ce sont les civils.

— Il est indéniable que des millions d'Allemands travailleurs préféreraient s'enrichir et envoyer leurs enfants à l'école plutôt que de partir à la guerre. La question est la suivante : le Kaiser peut-il les forcer à se battre ? Mais assez papoté sur la guerre et les armes secrètes ! Puis-je te demander… si Marion t'a dit oui à nouveau ?

— Je ne lui en ai pas encore parlé.

— Trop occupé à jeter des canailles à la flotte ? Eh bien, où vas-tu ? Tu n'as pas terminé ton petit déjeuner !

— Je vais envoyer un marconigramme au bureau de Berlin avant que nous ne soyons hors de portée. Je veux demander à Art Curtis de se renseigner sur Lynds, Beiderbecke et la Krieg Rüstungswerk.

— Bonne chance. Art est seul à travailler là-bas, et il vient d'arriver.

— Art Curtis est plus vif qu'une mangouste, malin comme un singe et en plus, il parle un allemand parfait. À ton avis, pourquoi Van Dorn lui a-t-il confié le bureau de Berlin ?

— Je te retrouverai au fumoir. Nous devons parler de la meilleure façon de prendre ton joli taureau par les cornes. Au fait Isaac, qu'est devenue la corde que ce type t'a lancée ?

— Quand je suis revenu vérifier, elle avait disparu.

— Un homme d'équipage a dû la récupérer.

— Ou un complice.

*

Bell prit un formulaire vierge sur le bureau du commissaire de bord et rédigea son message. Plutôt que de le présenter devant des regards trop curieux, il préféra emporter lui-même le formulaire à la cabine de télégraphe sur le pont supérieur du navire, entre les deuxième et troisième cheminées.

Un rideau, rendu gris par la fumée de charbon, claqua au vent lorsque Bell entra dans la salle de radio en présentant devant lui un billet d'une livre sterling, soit deux jours de salaire, pour couper court à toute suggestion d'envoyer son message par l'entremise du commissaire de bord. Le télégraphiste, qui n'était pas membre de l'équipage du *Mauretania*, mais employé par la Marconi Wireless Telegraph Company, ne jugea pas utile de lui faire remarquer que son message ressemblait à un gribouillis, comme s'il avait été rédigé dans un code secret.

Bell resta debout à ses côtés pendant qu'il envoyait le message en morse à la station côtière de Malin Head. De là, il serait envoyé par voie terrestre, puis par câble sous la mer d'Irlande et sous la Manche avant de reprendre les fils du télégraphe pour traverser le continent jusqu'au bureau Van Dorn de Berlin. Selon la distance franchie par le *Mauretania*, la réponse d'Art Curtis serait transmise depuis l'Irlande ou relayée par d'autres navires.

*

— Juste à temps pour les bavardages et les discours pompeux !

C'est ainsi qu'Archie accueillit Isaac Bell lorsque le détective le rejoignit au fumoir. En ce milieu de matinée, ce repaire masculin était bondé de gentlemen qui fumaient le cigare, la pipe et la cigarette tout en jouant aux échecs, au solitaire ou en lisant le quotidien publié à bord. Une pâle lumière septentrionale filtrait à travers les vitres colorées et la fumée de tabac, et brillait sur les canapés, les tables et les fauteuils installés sur un tapis vert pâle. Deux hommes d'âge mûr, rougeauds, se disputaient en haussant la voix. Bell dressa l'oreille. Dans les fumoirs comme dans les clubs, même les hommes les plus avisés se laissaient aller à fanfaronner et divulguaient ainsi d'innombrables et précieuses informations.

— Qui est cet imposant gentleman sous cet amoncellement de tweed ? demanda Bell.

— Le comte de Strone, retraité de l'armée britannique.

— Et avec qui règle-t-il ses comptes ?

— Karl Schulz, un magnat du charbonnage pan-germaniste, connu et assez peu apprécié des classes laborieuses de la Ruhr sous le sobriquet de « Baron Cheminée ». Et tant que l'on peut encore s'entendre parler, permets-moi de me répéter : amarre le cœur de la belle Marion avant que la brise ne l'emporte à la dérive.

— Ce soir, minuit, répondit Isaac Bell. Tout est prévu dans les moindres détails. À commencer par le champagne et la musique.

— Le champagne est une valeur sûre. Mais où vas-tu dénicher un orchestre à minuit ? Même le steward qui joue du clairon va se coucher après la sonnerie du soir.

— Je vais la surprendre avec un gramophone.

— Tu ne crains pas de gâcher la surprise lorsqu'elle verra le pavillon d'un gramophone dépasser de ta veste de smoking ?

— Le pavillon est en carton. Et le tout, une fois replié, n'est pas plus gros que l'étui d'un appareil photo.

Archie posa sur son ami un regard chargé d'admiration.

— Tu es un incroyable stratège.

— Lillian fait les cent pas derrière la porte. Fais-lui signe pour l'avertir que c'est dans la poche.

— Est-il trop tôt pour boire un verre à ton succès ?

Du regard, Bell avait déjà attiré l'attention du steward.

— Deux McEwan's Export, je vous prie.

— Je veux bien être damné, dit soudain Archie en se redressant et en agitant la main. C'est Hermann

Wagner, le banquier. Il a organisé un dîner en notre honneur lors de notre lune de miel à Berlin. *Herr* Wagner !

Wagner s'approcha en souriant. Bell remarqua chez lui l'attitude typique du Berlinois raffiné, tout en élégance, à l'opposé du provincial grossier qu'était le « Baron Cheminée » Karl Schulz.

Alors qu'ils échangeaient les propos habituels des voyageurs sur les rumeurs de tempête et s'accordaient sur le fait que le *Mauretania* tanguait déjà beaucoup pour un bâtiment d'une telle longueur, ils furent soudain interrompus par la voix du comte de Strone, de l'autre côté de la salle.

— Pourquoi diable l'Allemagne aurait-elle besoin de plus de cuirassés ?

— Parce que l'heure de la puissance montante de l'Allemagne a enfin sonné, répondit Schulz d'une voix aussi forte que celle de son interlocuteur.

Dans le fumoir, toute conversation cessa aussitôt. Chacun attendait la réponse du comte de Strone.

Le Britannique tira une montre de sa poche de gilet. Il ouvrit le couvercle avec son pouce, examina le cadran.

— Si j'en crois cette montre, l'heure en question serait donc onze heures et demie, annonça-t-il en provoquant les rires de l'assistance.

— Je parle des réussites de l'Allemagne, répondit Karl Schulz avec fierté. Nous avons dépassé l'Angleterre pour la production de charbon et d'acier, et nos scientifiques ont une longueur d'avance dans les domaines des produits chimiques et de l'électricité.

Nous produisons la moitié du matériel électrique du monde. Et notre culture est supérieure en ce qui concerne la musique, la poésie et la philosophie.

Hermann Wagner, l'ami d'Archie, intervint d'une voix posée.

— Le mot « supérieur » est peut-être un peu fort entre compagnons de voyage. La force doit engendrer l'humilité.

— L'humilité, c'est bon pour les imbéciles, gronda Schulz. Nous ne sommes ni des despotes comme les Russes ni des mauviettes de démocrates comme les Français. Nos succès donnent à l'Allemagne le droit, le devoir, le *noble* devoir, de fonder de nouvelles colonies.

— Grand Dieu, monsieur, vous avez déjà l'Afrique orientale et le Sud-Ouest africain, et même une parcelle du Togo, si ma mémoire est bonne. Que vous faut-il de plus ?

— Léopold, roi de la minuscule Belgique, possède le Congo *tout entier*. L'Allemagne ne demande que la part qui lui revient de droit en Afrique. Ainsi qu'en Amérique latine, dans le Pacifique et en Chine. L'Angleterre a trop régné sur ces territoires, et pendant trop longtemps.

Les lèvres du comte se pincèrent, et il fit mine de se lever.

Hermann Wagner intervint et le calma à grand renfort de sourires et de propos aimables. Strone se renfonça dans son fauteuil en se raclant la gorge comme un dogue indigné.

— Le sort des colonies est une histoire déjà réglée.

— Strone est un excellent comédien, dit Isaac Bell à Archie.

— Comédien ? Que veux-tu dire par là ?

— Je te parie à dix contre un qu'il fait partie des services de renseignements de l'armée britannique.

Archie observa le comte avec attention.

— Et à vingt contre un qu'il n'est *pas* en retraite.

Archie, qui serait lui-même devenu comédien si sa mère ne lui avait pas interdit un tel écart par rapport aux codes de la bonne société, hocha la tête.

— Aucun doute.

La discussion se poursuivait entre Schulz et le comte.

— Vous voulez la guerre dans l'espoir de mettre la main sur un butin conséquent.

— Les puissances qui cherchent à entraver l'essor de l'Allemagne finiront par se remettre de la leçon que nous leur infligerons et accepteront leur place dans le nouvel ordre.

Lord Strone se tourna soudain vers Isaac Bell.

— Vous, monsieur, semblez être américain.

— J'ai cet honneur.

— Les États-Unis accepteront-ils ce « nouvel ordre » ?

Bell choisit de répondre avec diplomatie.

— La marine britannique règne sur les mers, et l'Allemagne possède la plus grande armée au monde. Nous espérons de tout cœur que vous aplanirez vos différends. C'est d'ailleurs ce que nous *attendons de vous*, ajouta-t-il d'un ton grave.

— C'est peu probable tant que les Allemands continueront à construire des cuirassés, dit le comte.

Les joues de Schulz prirent une teinte cramoisie.

— Je me contenterai de citer notre Kaiser : « Notre armure doit être sans faille. »

Hermann Wagner intervint à nouveau en souriant, comme pour excuser l'agressivité débordante de son compatriote.

— Mais si – que Dieu nous en préserve – la Grande-Bretagne et l'Empire germanique devaient entrer en conflit, quelle serait la place de l'Amérique ?

— Loin, de l'autre côté de l'Atlantique, lança Archie d'une voix traînante, suscitant des éclats de rire dans toute la salle.

Le Berlinois se joignit à la bonne humeur générale et le « Baron Cheminée » se permit même le luxe de sourire. Lord Strone intervint d'un ton grave :

— Nous sommes embarqués pour une traversée de quatre jours, monsieur. Le *Mauretania* file vers New York à la vitesse de vingt-six nœuds. Le monde est plus proche que ne l'imaginent les Américains.

— Pas au point de ne pas le voir arriver, répliqua Isaac Bell.

Les hommes présents rirent à nouveau, puis continuèrent à vider leurs verres et à fumer leurs cigarettes et leurs cigares.

Hermann Wagner brisa le silence, et Bell se demanda pourquoi il insistait à ce point.

— Mais si l'Amérique *devait* choisir, si elle était *obligée* de choisir, vers qui pencherait-elle ?

— L'Allemagne, répondit Schulz. Les immigrants allemands y sont plus nombreux que ceux de toute autre nation au monde.

— Les Américains et les Anglais partagent le même sang, ainsi que des siècles de traditions, riposta le comte. Nous sommes frères.

— Les Américains ont tout de même combattu leurs *frères* pendant la guerre de Sécession.

Isaac Bell et Archie Abbott échangèrent un regard sombre. Il paraissait évident que l'Empire germanique et l'Empire britannique allaient entrer en conflit à brève échéance. Dieu seul savait si la France, la Russie, l'Italie et l'Autriche participeraient à la guerre, mais les États-Unis se tiendraient à l'écart du chaos de la politique européenne, les deux détectives en étaient convaincus.

Isaac Bell se leva de toute sa hauteur et regarda l'officier de renseignements militaires soi-disant en retraite droit dans les yeux. Le Britannique, à tout le moins, devait savoir que les jours héroïques des charges de cavalerie appartenaient depuis longtemps au passé. Impérieux, il élargit son champ de vision pour englober les passagers allemands.

— Avant que vous ne recouriez à la guerre, je vous recommande d'étudier de près les effets des mitrailleuses les plus modernes. Messieurs, si vous ne parvenez pas à résoudre vos contentieux, vous transformerez l'Europe en abattoir.

— Vous êtes dans le commerce des armes, monsieur Bell ? lui demanda Hermann Wagner.

— Non. Dans les assurances.

— Oh, vraiment ? Puis-je vous demander pour quelle compagnie ?

— Dagget, Staples & Hitchcock.

— Une firme très respectable, grommela Lord Strone. Mes conseillers juridiques s'adressent à eux pour les avoirs et intérêts que je détiens en Amérique. Mais dites-moi, mon vieux, est-ce dans les habitudes des assureurs de se documenter sur les effets des armes modernes ?

— Nous comptons parmi nos clients des usines d'armement du Connecticut et du Massachusetts, répondit Bell avec calme. Et par extension, des usines avec lesquelles elles font affaire à l'étranger. Vickers, bien sûr, en Angleterre, précisa-t-il à l'intention de Strone. Et la Krieg Rüstungswerk en Allemagne, ajouta-t-il en se tournant vers Schulz. Vous connaissez cette entreprise ?

— Uniquement de réputation, répondit Hermann Wagner tandis que Schulz détournait le regard.

— Et quelle est cette réputation ?

— L'innovation, coupa à nouveau Wagner. De l'allant et du dynamisme, comme disent les Américains.

3

Arthur Curtis, responsable de l'agence Van Dorn de Berlin, qui se réduisait à une unique pièce, était un petit homme rebondi originaire du Colorado. Avec son sourire immédiat et chaleureux, la lueur amicale de ses yeux bleus et la bedaine qui tendait son gilet, Art Curtis ressemblait plutôt à un prospère représentant en spiritueux qu'à un détective privé de haut vol.

Il s'occupa de Beiderbecke et de Lynds à l'instant même où il reçut le télégraphe d'Isaac Bell. C'était dans sa nature de s'atteler aussitôt à la tâche, mais dans le cas de Bell, c'était encore différent ; il n'oublierait jamais que lorsque son vieux partenaire Glenn Irvine avait été tué par le « Boucher », c'était Bell, blessé à deux reprises au cours de la fusillade, qui avait payé de sa poche pour s'occuper de la vieille mère de l'agent disparu.

Curtis était à Berlin depuis moins d'un an et il travaillait encore à développer le réseau de contacts – au gouvernement, dans les milieux d'affaires, la police, l'armée, et parmi les criminels – dont il allait avoir besoin pour que son antenne allemande satisfasse aux exigences Van

Dorn. Ses progrès furent toutefois rapides, et il parvint à établir que le professeur Franz Bismark Beiderbecke avait occupé un prestigieux poste de titulaire de chaire à l'Institut Polytechnique impérial et royal de Vienne. Quant à Lynds, ses multiples diplômes confirmaient qu'il était bien le jeune génie décrit par son mentor.

Mais il se heurta à un mur dès qu'il commença à poser des questions au sujet de la manufacture de munitions. Un policier avec lequel il avait cultivé de bonnes relations, un enquêteur de rang moyen, se mura dans le silence lorsqu'il l'appela au téléphone. Curtis n'entendit plus que la friture du réseau, et s'interrogea sur cette soudaine réticence.

— Cela peut être dangereux, finit tout de même par dire le policier.

— Qu'est-ce qui peut être dangereux ?

— Lorsque la Krieg Rüstungswerk GmbH apprend que l'on pose des questions, cela peut devenir très risqué.

Menacer Arthur Curtis était le plus sûr moyen de le mettre en rogne.

— C'est vrai ?

— Tout à fait vrai, *Herr* Detective, répondit l'Allemand. Mais je vous ai déjà retenu trop longtemps au téléphone. Bonne journée, monsieur.

Art Curtis replaça le combiné sur l'appareil, prit son pistolet préféré, un Browning 1899 léger et à la fabrication raffinée qui convenait à la perfection à sa petite main, et le nettoya pour s'éclaircir l'esprit. Un frappement résolu à la porte l'avertit que les ennuis commençaient.

— Je vous ai déjà dit de partir, lança-t-il sans prendre la peine de regarder vers la porte.

— Si je suis ici, c'est pour votre bien, lui répondit Pauline Grandzau, qui entra sans y être invitée avant de suspendre à la patère le manteau et le chapeau qu'elle avait déjà ôtés. Vous avez besoin de moi.

Arthur Curtis grinça des dents.

— Pour la dernière fois, je n'ai aucun besoin d'une femme dans ce bureau. Et même si c'était le cas, je n'aurais rien à faire d'une fille qui n'a que dix-sept ans et ment sans doute sur son âge, qui doit être selon moi plus proche de seize ans, voire moins.

— Tous les grands détectives ont besoin d'un apprenti.

Curtis leva la tête d'un air las. Cela durait depuis des semaines. Elle se tenait toujours là avec le même sourire plein d'espoir sur son visage parsemé de taches de rousseur, une petite lycéenne allemande toute maigre aux tresses dorées, aux yeux bleus clairs, mais qui avait autant de cran qu'une habituée des combats de rue berlinois.

— Je ne suis pas un grand détective, répliqua Curtis, je ne suis pas le Sherlock Holmes à la gomme dont vous aimez tant vous gargariser. Je ne suis qu'un bosseur. Et comme ça, on me fiche la paix.

— C'est votre devoir envers la société de prendre un apprenti. Sinon, comment les jeunes pourraient-ils apprendre ?

— Je ne crois pas aux filles détectives. Et je ne donne pas un gala de bienfaisance. Partez.

Pauline s'était déjà rapprochée, et se glissait derrière lui pour regarder par-dessus son épaule les papiers posés sur son bureau. Encore tout un tas de messages

Van Dorn chiffrés qu'il allait falloir décoder au petit bonheur la chance, se dit-il.

— Vous savez bien que vous finirez par m'engager, lui lança-t-elle d'un ton insouciant. Vous avez besoin de moi. Mon anglais est parfait. J'étudie à la bibliothèque et je peux tout y trouver. Je suis même une excellente skieuse : c'est mon grand-père qui m'a appris à skier dans les Alpes.

Curtis enfouit son visage entre ses mains. Il connaissait déjà la suite. Et bien sûr, Pauline ne manqua pas l'occasion de citer son Sherlock Holmes de malheur : « Lorsque l'adversaire a tous les atouts, mieux vaut gagner du temps en abattant son jeu. »

— Dehors !

Pauline Grandzau attrapa son chapeau et son manteau et lui adressa un salut de la main en quittant le bureau. Curtis verrouilla la porte. L'anglais de la jeune femme était assez bon, en effet, mais pas aussi parfait qu'elle le pensait, et il n'avait d'ailleurs pas besoin d'une traductrice.

Il passa en revue sa liste sans cesse croissante de connaissances et appela un directeur d'agence bancaire bavard avec lequel il avait noué des relations amicales. Il l'invita dans un *Biergarten* où ils s'installèrent pour discuter à l'ombre des arbres. De temps à autre, ils entrechoquaient leurs chopes d'étain tout en apportant leur propre contribution au nuage de fumée de cigare qui envahissait les lieux.

Le directeur d'agence disposait de quelques renseignements sur la Krieg Rüstungswerk GmbH. La manufacture de munitions était sous le contrôle des Roth, une ancienne famille prussienne, connue pour son souci de discrétion, ce qui n'était pas surprenant dans le commerce des armes. L'entreprise Krieg, ainsi qu'elle était surnommée, entretenait des liens étroits avec l'armée, car elle jouissait des faveurs du Kaiser en personne. La compagnie avait aussi tendance à racheter des entreprises spécialisées dans des domaines qui n'avaient rien à voir avec les armes. À l'inverse du policier avec lequel Curtis avait parlé au téléphone, le directeur d'agence ne mentionna aucun danger lié au fait de poser trop de questions.

— Je connais un type qui travaille dans leurs bureaux de Berlin, dit-il soudain d'un ton dégagé, alors que Curtis prenait congé en lui serrant la main et se préparait à rejoindre un autre *Biergarten*, fréquenté par des ouvriers, et où un sergent en retraite de l'armée allemande avait ses habitudes.

— Vraiment ? Il occupe un poste important ?

— Assez, oui. C'est un cadre.

— J'aimerais le rencontrer. Vous pensez que ce serait possible ?

— Cela vous coûtera un repas copieux. Il est plutôt gourmand.

— Pourquoi ne dînerions-nous pas ensemble, tous les trois ? demanda Arthur, devançant ainsi les espoirs du directeur d'agence.

Curtis se rendit à son second rendez-vous. Le sergent en retraite l'y attendait. Muni d'une nouvelle chope bien remplie, il parla avec admiration d'un canon rayé de haute précision fabriqué par la Krieg Rüstungswerk et répéta ce que Curtis avait déjà entendu au sujet des sentiments chaleureux du Kaiser pour l'entreprise. Après avoir vidé une troisième chope, le sergent se souvint avec émotion du jour où le Kaiser lui-même, vêtu de l'uniforme noir des hussards à tête de mort, avait passé son régiment en revue.

Arthur Curtis regagna ensuite son bureau pour préparer une réponse au message d'Isaac Bell.

Il déverrouilla la porte et entra. Ses cheveux se hérissèrent sur sa nuque. Il pivota, pressa son dos contre le mur et sortit son pistolet de son holster d'épaule.

— Ce n'est que moi, dit l'ombre installée à son bureau.

— Pauline, comment êtes-vous entrée ?

— Si j'avais été le colonel Moran, je vous aurais abattu avec mon pistolet silencieux à air comprimé. Dans tout l'immeuble, personne n'aurait rien entendu.

— Qui diable est le colonel Moran ?

— Il a essayé de tuer Sherlock Holmes. Et Holmes l'a arrêté.

— Je vous ai demandé comment vous étiez entrée ?

Pauline désigna la fenêtre, à laquelle on pouvait accéder de l'extérieur par une échelle d'incendie, que Curtis utilisait à l'occasion pour quitter son bureau incognito.

— Comme le disait Holmes dans *L'Homme estropié* : « Élémentaire ».

— Élémentaire ? Je vais vous montrer ce qui est élémentaire, s'écria Art Curtis en décrochant le téléphone. Si vous ne débarrassez pas le plancher une fois pour toutes, j'appelle la police et je vous fais arrêter pour effraction.

— Devinez ce que j'ai trouvé à la bibliothèque au sujet de Clyde Lynds ?

Curtis sentit sa mâchoire s'affaisser.

— Comment connaissez-vous ce nom ?

— Je l'ai lu dans le marconigramme que vous avez reçu du *Mauretania*. Celui qui parlait du professeur Beiderbecke et de la Krieg Rüstungswerk.

— Ce marconigramme était chiffré.

— Le code n'était pas très compliqué, répliqua Pauline en haussant les épaules.

4

— Tu as quelque chose en tête.

Marion tendait les muscles pour résister aux mouvements du navire, et contemplait Isaac Bell avec le regard concentré d'un commandant de cuirassé. Ses yeux d'un vert corail (ce qu'elle avait de plus beau en elle, selon Bell) scintillaient tout en exprimant à la fois un amour chaleureux et un scepticisme avisé.

— Un pique-nique, répondit Isaac.

— Il est minuit. Nous sommes les deux seuls passagers à ne pas souffrir du mal de mer dans leurs cabines. Je ne vois pas de panier à pique-nique. Mais, pour une raison que j'ignore, tu as un appareil photo.

— Cet objet *ressemble* à un appareil photo. Prends mon bras pour que nous ne tombions pas dans l'escalier.

La mer était mauvaise. L'escalier, large et imposant, semblait se balancer tandis que le navire s'élevait et retombait avec une majestueuse précision, mais après vingt-quatre heures passées dans les vents violents et la houle de l'Atlantique Nord, ils avaient fini par s'en accommoder. Tandis que Bell se tenait à la rampe, ils grimpaient en tentant d'évaluer le tangage et de compenser le roulis. Au sommet de l'escalier, Bell guida Marion dans le couloir qui menait à la salle de musique de première classe, un salon en coupole avec un épais tapis à motifs floraux et des meubles recouverts de brocart dans diverses nuances de rose, de bleu, de rouge et de jaune. L'éclairage était très tamisé et la salle déserte, à l'exception d'un steward à l'air endormi qui se tenait là, avec un seau à champagne coincé près de ses pieds entre un pilier et un canapé. Bell le gratifia d'un pourboire généreux.

— Je l'ouvrirai moi-même, merci. Bonne nuit.

L'homme partit en souriant.

— On dirait que tu veux me rendre pompette ? dit Marion.

— Veux-tu danser avec moi ?

— J'en serai ravie. Dès que l'orchestre sera là.

Bell ouvrit ce qui ressemblait au boîtier d'un appareil photo et le disposa dans un coin du canapé. Marion se pencha pour l'examiner. Des mèches de sa chevelure couleur champagne vinrent caresser ses joues.

— Qu'est-ce que c'est que ça ? Oh mon Dieu, c'est un petit gramophone ! Où est le pavillon ?

Bell déploya un morceau de carton plat et lui donna la forme d'un pavillon, qu'il fixa à l'appareil. Il tourna un petit bouton, remonta le mécanisme et inséra un cylindre de deux minutes.

— Tu t'en souviens ? Nous avons vu le spectacle à Broadway.

— *Heaven Will Protect the Working Girl*, répondit Marion lorsque les premières notes résonnèrent à faible volume dans le pavillon.

La chanson phare de la comédie musicale *Tillie's Nightmare* était une parodie des vieilles ballades romantiques des années 1890.

Isaac Bell suivit le chant d'une voix de baryton passable.

Il la traitait avec respect, comme le font tous ces vauriens,
Et elle le prit pour un parfait gentleman.
Mais elle comprit son erreur un soir
Où elle alla dîner avec lui
Dans ce restaurant si insouciant et si gai.
Il lui dit : « Après ce repas, nous boirons une petite tasse de café. »

Marion entonna :

Elle lui tint alors ces propos courageux :
« Arrière, vaurien, passe ton chemin !
Tu peux tenter les bourgeoises
Avec tes tasses de café infâmes,
Mais le Ciel protégera toujours l'ouvrière. »

Bell ouvrit la bouteille de champagne et versa deux coupes.

— À quoi boirons-nous ? demanda Marion.

— À l'amour ?

— Alors, à l'amour !

Leurs regards se croisèrent, et ils s'embrassèrent avant de boire. Bell changea le cylindre et les notes d'une nouvelle chanson, un succès romantique intitulé

Let Me Call You Sweetheart, jaillirent du pavillon de carton.

— M'accorderas-tu cette danse ?

Isaac prit Marion dans ses bras et guida la valse parmi le mobilier, comme si le pont mouvant du navire était une piste de danse bondée.

— Tu te souviens de la première fois où je t'ai demandée en mariage ?

Marion pressa sa joue contre celle d'Isaac.

— Oui, c'était pendant un tremblement de terre.

— Et la seconde ?

— Dans le hall de l'hôtel St. Francis. Je t'ai dit que j'étais trop vieille pour toi. Tu as affirmé le contraire.

— Et la troisième ?

— À New York, lorsque tu m'as offert cette magnifique émeraude. Je la trouvais trop brillante au début, mais j'ai appris à l'aimer et à la considérer comme notre porte-bonheur.

— La quatrième ?

— Au-dessus du Golden Gate, à bord de ta machine volante.

— Veux-tu m'épouser ?

— Bien sûr.

— Alors, demain, conclut Isaac Bell.

*

— Demain ?

Marion lui lança un regard étonné. La musique s'arrêta. Elle se dégagea des bras d'Isaac et le regarda au plus profond des yeux, puis baissa le regard vers sa bague en émeraude.

— C'est drôle que tu me demandes cela, ajouta-t-elle.

— Qu'y a-t-il de drôle dans le fait de demander cinq fois sa fiancée en mariage ?

Marion ne semblait pas l'entendre, mais arborait une expression d'émerveillement.

— À la dernière minute, alors que je me dépêchais d'arriver à la gare d'Euston pour prendre le train, j'ai demandé au chauffeur de s'arrêter à Hanover Square pour que je puisse m'acheter une robe chez *Lucile*. Je n'avais pas le temps de m'en faire confectionner une, bien sûr, mais une Russe que j'avais rencontrée à Londres m'avait dit qu'avec l'enterrement du roi Édouard – il paraît qu'il avait beaucoup plus de maîtresses que ne le prétendait la rumeur –, il y avait une telle demande de robes noires qu'on pouvait trouver chez *Lucile* des tas de robes d'autres couleurs à des prix très avantageux. Je voulais savoir ce que tu en pensais avant de la porter, mais c'est impossible.

— Bien entendu, c'est impossible. Cela porte malheur de voir la robe de la fiancée avant le mariage.

Marion le dévisagea, et ses beaux yeux se remplirent de larmes.

— Mais tu pleures ! Qu'est-ce qui ne va pas ?

— Je suis si heureuse.

— Mais…

— Je t'aime tellement.

— Mais…

— Tu peux me donner ton mouchoir ?

Isaac Bell tendit à Marion un carré de lin immaculé.

— Tu m'as rendue si heureuse que j'en suis stupéfaite. Je suppose que je m'étais habituée à l'idée que nous serions toujours fiancés. C'était parfait, mais je t'aime de tout mon cœur. Et je sais que tu m'aimes. Même si je suppose que je restais un peu en retrait, je veux vraiment, vraiment t'épouser. Isaac, tu crois que le capitaine Turner nous mariera ? J'ai entendu dire qu'il était plutôt bougon.

— Cela n'a tenu qu'à un fil, reconnut Bell. Il n'a pas une haute opinion des passagers de première classe et m'a demandé de but en blanc pourquoi je tenais à inviter « toute cette bande de singes » à notre mariage. Je l'ai assuré que certains de nos meilleurs amis étaient en effet des singes. Il n'a même pas daigné sourire. Il m'a simplement dit qu'étant divorcé, il n'était « pas très calé sur les questions matrimoniales », selon ses propres termes.

— Comment l'as-tu fait changer d'avis ? Tu as sorti ton arme ?

— C'est ce que j'allais faire, mais il t'a aperçue quand tu embarquais après avoir quitté le train de correspondance. Soudain, il était tout sourire. Il a presque failli tomber à l'eau en se penchant par-dessus le bastingage pour te voir monter à bord. Je lui ai dit : « C'est ma fiancée. » Et le capitaine a répondu : « Je porterai mon uniforme de cérémonie, avec les galons et tout l'accoutrement. »

— Je ne prétendrais pas que ma robe soit parfaite pour l'occasion. Elle n'est pas tout à fait blanche, plutôt crème, et elle ressemble plus à une tenue de soirée qu'à une robe de mariée traditionnelle. (Marion se tamponna une dernière fois les yeux et rendit son mouchoir à Isaac.) À propos, la tradition n'exige-t-elle pas qu'un homme embrasse sa fiancée lorsqu'elle a accepté sa demande ?

Isaac prit Marion dans ses bras.

— Je ne me souviens plus si le fait d'embrasser sa fiancée avant le mariage porte malheur ou bonheur.

— C'est une obligation, répliqua Marion.

— Même pendant la nuit qui précède le mariage ?

— Oui. Et même toute la nuit.

5

— Les passagers de troisième classe ne sont jamais admis dans les sections de première classe du navire, déclara à Isaac Bell le commissaire de bord du *Mauretania* lorsqu'ils se rencontrèrent pour organiser le mariage. Même pas à titre ponctuel pour célébrer votre union, je suis navré de devoir vous en informer. Et pas même ces gens des « images animées » que connaît votre fiancée. Vous pouvez inviter quelques passagers de seconde classe, à condition qu'ils soient vêtus de façon adéquate. Mais s'il existe une ligne à ne pas franchir et si nous refusons que les gens de troisième classe se mêlent aux classes supérieures, la raison en est simple.

— Et quelle est-elle ? demanda Bell avec une dangereuse lueur dans le regard.

Il ne supportait pas le sectarisme. Si les connaissances de Marion voyageaient en troisième classe, cela ne constituait en aucun cas un motif d'exclusion.

— Une raison que le plus ardent des « démocrates » comprendra sans peine. Si les passagers de troisième classe se mélangeaient aux classes supérieures et si l'un d'eux devait arriver à New York en présentant des symptômes d'oreillons, de rougeole ou d'une autre de ces maladies propagées par les immigrants, le navire entier et tous ses passagers seraient retenus en quarantaine. Personne – ni vous ni aucun de vos compagnons de première classe – ne serait autorisé à débarquer jusqu'à ce que les médecins puissent garantir l'absence de tout risque d'épidémie lié à une maladie infectieuse, ce qui prendrait des semaines. Des semaines ! Imaginez, monsieur Bell, rester confiné à bord du navire ancré au large, à contempler la ville de New York, si proche et pourtant si lointaine…

— Les amis de ma fiancée ne sont pas des immigrants. Ce sont des artistes qui essaient de joindre les deux bouts en ne dépensant pas trop d'argent.

— Les maladies infectieuses ne font aucune différence entre les motivations des passagers. Je suis désolé, mais je suis sûr que vous comprenez la situation.

— Quel est le menu de demain soir dans l'entrepont ? demanda Bell en utilisant le terme souvent employé pour désigner la troisième classe.

— Une soupe nourrissante, avec des morceaux de bœuf.

— Puis-je voir le menu du dîner de première classe pour demain ?

Le commissaire lui présenta un grand menu orné d'une superbe illustration en couleur qui représentait l'immense navire de quatre ponts encadré de roses. Bell le lut du début à la fin.

— Tout cela me paraît satisfaisant. Pour notre banquet de mariage, ma fiancée et moi vous demanderons d'envoyer dans l'entrepont de l'aloyau de premier choix et des côtes de bœuf, de la dinde farcie et rôtie, des carrés d'agneau, de la langue de bœuf fumée, et des canetons de Rouen.

— Parfait. Donnez-moi le nom de vos amis, et je verrai…

— Vous servirez ces plats à *tout le monde* dans l'entrepont.

— Tout le monde?

— Tout le monde profitera du banquet.

— C'est on ne peut plus généreux, monsieur, répondit le commissaire de bord d'un ton sec. Puis-je vous rappeler que mille cent trente-cinq passagers voyagent dans l'entre… – je veux dire en troisième classe?

— Quel est le dessert prévu dans l'entrepont?

— Le dimanche, nous leur servons de la marmelade d'oranges.

Bell consulta à nouveau le menu de première classe.

— Nous leur ferons porter des tartes aux pommes, des petits-fours, de la glace à la française et du cake au rhum.

Le commissaire jeta un regard circulaire dans son bureau pour s'assurer qu'ils étaient seuls et que la porte était fermée.

— Je ne me permettrais pas de demander quels sont les revenus d'un détective privé, mais le fait de servir de la cuisine de première classe à plus de mille personnes représente un coût considérable.

— Dieu merci, répliqua Isaac Bell en souriant, j'avais un généreux grand-père, qui m'a gratifié d'un bon héritage. À propos, combien d'enfants voyagent dans l'entrepont?

— Beaucoup.

— Alors il faudra prévoir plus de glace.

*

— Un marconigramme pour monsieur Bell, annonça
d'une voix flûtée un groom d'une douzaine d'années
vêtu d'un uniforme bleu.

— Ne bouge pas, ô fiancé trop nerveux, dit Archie,
je m'en occupe.

Isaac Bell avait en général les doigts habiles, mais il
peinait à nouer sa cravate et Archibald Angell Abbott
IV essayait d'y parvenir à sa place. Il lança une pièce
au garçon, qui écarquilla les yeux, et tendit à Isaac Bell
l'enveloppe orange du marconigramme.

Bell la déchira, déplia le message couleur chamois,
prit note de la date et de la mention « Remis à bord
du *SS Adriatic* », preuve que le paquebot de la White
Star avait relayé le signal radio reçu d'une station à
terre, et se mit à déchiffrer son contenu manuscrit
pendant qu'Archie se débattait avec son nœud de
cravate.

— Voilà qui est étrange.

— Ne bouge pas ! Qu'est-ce qui est étrange ?

— Selon Art Curtis, le professeur Beiderbecke n'est
pas un inventeur d'armements.

— Qu'invente-t-il d'autre ?

— Attends, j'essaie de trouver…

En général aussi rapide avec les chiffres qu'il l'était
avec ses mains, Bell éprouvait bien des difficultés à
comprendre le code Van Dorn pourtant familier.

— Je n'avais encore jamais vu un jeune marié aussi
nerveux, commenta Archie.

— C'est *toi* qui te cognais à tous les murs le jour de ton mariage ! Ah, voilà ! Le professeur Beiderbecke est un scientifique électro-acousticien de l'Institut Polytechnique impérial et royal de Vienne.

— Tu peux m'expliquer ce que peut bien être un scientifique électro-acousticien ?

— Art me dit qu'il détient des brevets pour des dispositifs d'enregistrement et d'amplification de discours et de musique.

— Des gramophones ?

Les deux détectives échangèrent un regard.

— Pourquoi une entreprise d'armement s'intéresserait-elle aux gramophones ?

Archie éclata de rire.

— Si la Krieg Rüstungswerk essaie de remettre en cause les brevets du phonographe de Thomas Edison, ils comprendront vite le vrai sens du mot « guerre ».

Archie vit soudain une expression de perplexité et d'intense curiosité traverser le visage de Bell.

— Quoi d'autre ? lui demanda-t-il.

— Clyde Lynds s'est vu décerner un diplôme avec mention par l'Institut Polytechnique.

— C'est ce qu'ils t'avaient dit.

— Mais sans préciser qu'il était parti en cavale.

— Qui est à sa poursuite ?

— L'armée impériale allemande a émis un mandat d'arrêt contre lui pour désertion. Cela n'a aucun sens. Ce gamin n'est pas un soldat.

— C'est peut-être pour cela qu'il a déserté.

Bell hocha la tête.

— Mais il a grandi aux États-Unis et a étudié en Australie. Je n'aurais pas cru qu'il soit soumis à la conscription en Allemagne.

— Peut-être qu'ils l'ont enrôlé et qu'il ne s'est jamais présenté ?

— Art parle très bien l'allemand, et il choisit toujours ses mots avec soin. Il écrit : « désertion ». Ce qui signifie que Clyde Lynds était déjà dans l'armée. Bien, allons-y.

— Où cela ?

— Je veux demander à Beiderbecke pourquoi une entreprise d'armement essaie de voler son gramophone.

Au moment où Bell ouvrait la porte, un garçon d'honneur arriva en faisant résonner un gong chinois.

— C'est le dernier signal pour que nous soyons prêts et habillés. Tu n'as pas le temps. Le commandant va vous marier d'ici une demi-heure.

— Et je vais continuer à le questionner jusqu'à ce qu'il me réponde.

— Mais ton mariage ?

— Quand nous serons là-haut, sépare Lynds et Beiderbecke pour que je puisse parler en privé au professeur, répondit Bell, qui avait déjà franchi la porte.

Des dizaines d'invités étaient arrivés en avance dans le grand salon de première classe, les hommes avec une cravate blanche, les femmes en robe longue. Tous arboraient une expression de soulagement prudent, celle de passagers dont le mal de mer commence enfin à être relégué au rang de simple souvenir. Ainsi que l'exprima Clyde Lynds lorsque Isaac et Archie s'approchèrent de lui et de Beiderbecke : « Quand on n'a plus le mal de mer, c'est comme si on sortait de prison. »

Archie l'attrapa par le coude.

— Il faut que vous me racontiez votre expérience de prisonnier.

Bell conduisit Beiderbecke au petit bar installé vers l'entrée du salon.

— Je suis victime du trac des jeunes futurs mariés. Vous prendrez bien un verre avec moi.

— Je me sens encore un peu malade.

— Un « stabilisateur » pour ce gentleman, lança Bell au barman. Et un whisky soda pour moi. Le « stabilisateur » se compose à parts égales de brandy et de porto, précisa-t-il à Beiderbecke, qui ne put réprimer un frisson. C'est efficace, croyez-moi.

— C'est très délicat de votre part de nous inviter à votre mariage, dit le professeur viennois en brandissant d'un geste théâtral son invitation, une épaisse feuille de papier parchemin gaufré à l'atelier d'imprimerie du *Mauretania*. Avec ce document en main, s'émerveilla-t-il, les barrières qui séparent la seconde classe de la première se sont effondrées comme les murailles de Jéricho. Le jeune Clyde a dormi avec la sienne sous son oreiller, de crainte qu'un vaurien ne cherche à s'en emparer.

Bell leva son verre.

— À une navigation plus douce.

— Et au bonheur de votre fiancée !

Dubitatif, Beiderbecke prit une gorgée de sa boisson, et parut surpris.

— L'effet est immédiat.

— Je vous avais dit que vous pouviez me faire confiance, répondit Bell. À présent, pouvez-vous m'expliquer de façon précise en quoi consiste l'activité d'un scientifique électro-acousticien ?

Franz Beiderbecke adressa un regard candide au détective.

— Je procède à des expériences pour enregistrer des sons avec plus de précision en utilisant l'électricité plutôt que des moyens mécaniques.

— Cela est-il possible ?

— C'est ce que j'espère. En théorie, il suffit d'amplifier et de régénérer les signaux électriques de faible intensité. Mais en pratique, ce n'est pas aussi simple. Mais attendez, lança-t-il en battant des paupières, stupéfait, comment se fait-il que vous soyez au courant de cela ? Je n'ai jamais discuté de mes travaux avec vous.

— La curiosité, répondit Bell. J'ai envoyé un marconigramme à un collègue à Berlin, qui m'a appris que vous étiez un scientifique célèbre dans le domaine de l'électro-acoustique.

— Les marconigrammes coûtent cher. Vous avez dépensé des sommes considérables pour enquêter à mon sujet.

— Je n'ai pas souvent l'occasion de rencontrer des inventeurs de dispositifs « secrets ».

— Vous n'allez pas blâmer mon protégé pour sa prudence ?

— Je le blâme pour avoir mis vos vies en danger, répliqua Bell sans ménagement. Il est peut-être intelligent, mais pas assez pour distinguer un ennemi d'un ami. Vous, par contre, vous savez que je ne vous trahirai pas au profit des gens que j'ai empêché de vous kidnapper.

Beiderbecke pressa le bord de son verre sur ses lèvres.

— Vous ne trouvez pas que nos protégés sont souvent plus intéressants que s'ils étaient nos propres enfants ?

— Ne tournez pas autour du pot sur un sujet d'une telle gravité, professeur. Vous et Clyde êtes en danger. Et si ces gens avaient des complices à bord ? Et même si vous arrivez sains et saufs à New York, pensez-vous qu'une entreprise puissante comme la Krieg Rüstungswerk n'ait pas le pouvoir de mettre la main sur vous en Amérique ?

— Les Prussiens ont une mentalité insulaire à un point pathologique.

— Vous avez inventé quelque chose que ces Prussiens considèrent comme unique. De quelle sorte d'arme s'agit-il ?

— Une arme ? Le *Sprechendlichtspieltheater* n'est pas une arme !

— Le *Sprechen*-quoi ?

Beiderbecke reposa son verre.

— Ce n'est pas une arme, répéta-t-il d'une voix résolue. Et je ne prononcerai pas un mot de plus à ce sujet. J'ai donné ma parole à Clyde.

— Si ce n'est pas une arme, en quoi cette invention peut-elle susciter la convoitise d'une manufacture de munitions ?

— Je l'ignore. Cette invention n'est pas conçue pour la guerre, mais pour l'éducation. La science. La communication. Le développement industriel. Et même pour le spectacle. C'est…

Clyde Lynds approchait, talonné par Archie, qui lança une œillade à Bell pour l'avertir qu'il n'avait pu retenir le jeune homme plus longtemps. Beiderbecke parut très soulagé par l'interruption.

— Ah, Clyde ! Je donnais à monsieur Bell des conseils de vieil homme sur la meilleure façon de survivre au mariage.

— Que vous a-t-il dit, monsieur Bell ?

— Répétez-moi donc cela, professeur, répondit Bell. Je serais incapable d'exprimer les choses avec une telle éloquence.

— Je vais essayer, dans ce cas, dit Beiderbecke en lançant un regard reconnaissant au détective. Les hommes et les femmes étant des créatures de nature différente, l'amour est leur seul espoir de s'entendre.

— En d'autres termes, dit Isaac Bell, tout ce qu'ils ont besoin d'avoir en commun, c'est l'amour.

Archie Abbott ouvrit sa montre de gousset.

— En supposant que Miss Marion Morgan n'ait pas sauté par-dessus bord, je crois qu'il est temps d'aller vérifier cette théorie.

6

— Camarades de bord! rugit le capitaine William Turner.

Âgé d'une cinquantaine d'années, atteint de strabisme, c'était un homme de petite taille à la mâchoire carrée, aux oreilles immenses et au nez semblable à la proue d'un paquebot. Sa vigoureuse voix de marin portait jusque dans les moindres recoins du grand salon du *Mauretania*, où trois cents passagers de première classe étaient arrivés, tirés à quatre épingles, pour célébrer l'événement exceptionnel qu'est un mariage en mer.

Personne ne fut déçu.

La jeune mariée, d'une beauté ensorcelante, portait une robe ajustée couleur crème, avec une taille haute qui convenait à merveille à sa stature élancée; une large ceinture de soie diaphane soulignait avec discrétion un décolleté enchanteur. Ses cheveux blonds étaient ramenés sur le dessus de sa tête, encerclés par un court voile qui mettait en valeur son front haut et coiffés d'une tiare où les diamants étaient remplacés par des boutons de rose. Tout le monde s'accordait à dire que ses yeux étincelants auraient fait pâlir l'éclat des plus beaux diamants.

Son futur époux se tenait en habit à son côté, dans une attitude pleine de fierté, aussi droit qu'un officier de cavalerie. Sous sa moustache, ses lèvres s'entrouvraient sur un petit sourire qui s'élargissait à intervalles réguliers.

La superbe dame d'honneur et le séduisant témoin affichaient des expressions de pur ravissement devant le bonheur de leurs amis. Le commandant du *Mauretania*, connu pour son caractère distant, était l'incarnation même de la cordialité, rayonnant dans son uniforme de cérémonie de la Royal Naval Reserve, avec tous ses boutons, sa ceinture, ses épaulettes et ses galons dorés, son épée au côté et sa casquette plantée sur sa tête comme un gréement.

— Nous sommes réunis ensemble sous le regard de Dieu, devant les passagers du *Mauretania* et sa compagnie maritime pour unir cet homme et cette femme par les liens sacrés du mariage, la plus honorable des institutions…

*

Bientôt, l'attention de tout le navire fut entièrement captée par la cérémonie, et le professeur Beiderbecke se dit qu'il pouvait se risquer dans la soute à bagages, à l'arrière du bateau, afin de s'assurer de l'état de ses machines et instruments. Il se retira très vite au prétexte que son mal de mer empirait, alors même que l'océan s'était calmé et que la plupart des passagers avaient déjà retrouvé des couleurs.

Clyde l'avait à peine remarqué. Le jeune homme était excité au plus haut point, tout à son bonheur d'avoir pu pénétrer dans le somptueux salon de première classe, et d'être placé juste à côté d'une Russe exotique, amie de Marion. Si l'on en croyait l'expérience de Beiderbecke, les femmes russes étaient d'un charme enivrant, et mademoiselle Viorets, avec ses yeux sombres, ne faisait pas exception à la règle.

Le professeur, craignant que les entrailles du gigantesque navire ne forment un labyrinthe inextricable d'escaliers et de coursives, en avait étudié les plans de construction à la bibliothèque du bord et les avait mémorisés comme il avait l'habitude de le faire pour les circuits électriques les plus complexes et les modèles de tubes triode les plus récents.

Les riches tapis et chemins de couloir du pont des passagers cédèrent la place à des revêtements de caoutchouc. Les larges escaliers se rétrécirent en se voilant d'acier. Il esquivait les membres d'équipage lorsqu'il les repérait à temps, et adressait à ceux qu'il ne pouvait éviter un regard hautain qui semblait dire : « Place au professeur Franz Bismark Beiderbecke, avec sa redingote démodée et sa canne à pommeau d'argent. »

Il eut soudain la sensation étrange que quelqu'un l'observait. Sa première pensée, effrayante, fut que l'*Akrobat* – ainsi qu'il avait surnommé l'agile voleur au long bras qui avait à deux reprises tenté de lui dérober son *Sprechendlichtspieltheater* – l'espionnait une fois de plus.

Impossible. Beiderbecke avait vu de ses propres yeux l'*Akrobat* sauter en mer depuis le pont du *Mauretania*.

Il interrompit toutefois sa marche et lança un regard craintif en haut de l'escalier. Personne. Il tendit le cou pour jeter un coup d'œil à une volée de marches qui descendait plus bas dans les profondeurs du navire. Personne. Il avança la tête dans une coursive, ne repéra aucune présence, et poursuivit sa route en pénétrant dans le quartier des équipages. Il passa devant des cabines aux couchettes rudimentaires, des toilettes, des espaces de rangement et des garde-manger. L'atmosphère devenait oppressante.

Ici, les moteurs du navire faisaient sentir leur présence en faisant résonner l'acier autour de lui dans un grondement étouffé de plus en plus puissant au fur et à mesure qu'il descendait. Beiderbecke s'immobilisa à nouveau et regarda derrière lui, à l'affût de bruits de pas. Quelle bêtise ! Qu'aurait-il pu entendre par-dessus le vacarme des chaudières et le gémissement des turbines ? D'ailleurs, même si Bell avait tenté de l'effrayer pour qu'il révèle son secret, l'*Akrobat* n'existait plus.

Aussi réelle qu'elle puisse paraître, la sensation d'être observé était irrationnelle, se dit-il. Une ombre sembla voler près de lui. Il se recroquevilla dans un étroit renfoncement formé par de massives membrures d'acier. Il se plaqua contre le métal, qui vibrait et dégageait de la chaleur, comme si les feux qui animaient l'énorme bâtiment brûlaient juste derrière son dos. L'ombre, projetée par des ampoules électriques encastrées dans le plafond bas, s'avançait dans la coursive, vers l'endroit où il s'était tapi. Un membre d'équipage passa en hâte devant lui, ses vêtements, sa casquette et son visage noircis par la poussière de charbon.

Beiderbecke attendit qu'il soit parti, puis se lança dans le couloir et dévala une volée de marches jusqu'au faux-pont inférieur, où il se retrouva à des mètres de la poupe, dans une zone de chambrées destinées aux trois douzaines de cuisiniers et de stewards. Le bruit était assourdissant. En visualisant dans son esprit les plans de construction du navire, il comprit qu'il se trouvait sous la ligne de flottaison. De l'autre côté des plaques de la coque, les hélices faisaient retentir un vacarme incessant en labourant la mer à cent quatre-vingts révolutions par minute.

Beiderbecke vit une nouvelle ombre s'approcher de lui ; il se pencha pour franchir une porte et descendit un escalier. Enfin, il atteignit une autre porte qui aurait dû – s'il n'avait pas fini par perdre tout repère – donner sur le couloir qui menait à la soute à bagages. La caisse en bois qui contenait sa machine était cachée parmi un chargement d'une dizaine de caisses identiques. Toutes portaient l'adresse d'un entrepôt de New York, dans la 14e rue, à courte distance de marche, selon Clyde, du quai de la Cunard Line où allait accoster le *Mauretania*.

Il ouvrit la porte et tomba nez à nez avec un matelot aux larges épaules qui quittait la soute à bagages.

— Je vous demande pardon, m'sieur ?

— Vous pourriez peut-être m'aider, répondit Beiderbecke. Je cherche ma cargaison de caisses.

— Des caisses, m'sieur ?

— Des caisses en bois. Je dois trouver quelque chose dans l'une d'elles.

— Il n'y a pas de caisses ici, m'sieur, juste des bagages.

— Pas de caisses ? répéta Beiderbecke, atterré, en se demandant si la Krieg Rüstungswerk avait pu les voler. Mais elles ont été chargées ici !

— Ah ça non, m'sieur. C'est dans la soute à bagages à l'avant que vous trouverez des caisses. C'est là qu'ils les arriment. Ils les font descendre dans la soute avant par l'écoutille de chargement, c'est comme ça qu'ils font. Vers la proue, m'sieur. À l'avant.

— Sur quel pont puis-je trouver cette soute ?

— Le pont inférieur, m'sieur. Tout droit sous le pont principal.

— Cette pléthore de ponts – supérieur, inférieur, faux-pont inférieur, pont-abri – semble destinée à susciter la confusion, déclara Beiderbecke en tirant son portefeuille de sa poche. Comment puis-je vous persuader de me montrer le chemin ?

— Que Dieu me pardonne, m'sieur, je voudrais bien. Mais ce n'est pas un endroit pour les passagers.

— Je crains d'être perdu, répondit Beiderbecke en sortant un billet d'une livre.

Le marin regarda l'argent, s'humecta les lèvres et secoua la tête d'un air triste.

— Le mieux que je puisse faire pour vous, m'sieur, c'est de remonter avec vous jusqu'au pont-abri. Là, je vous indiquerai le pont promenade de troisième classe. Vous marcherez jusqu'à la proue, et vous descendrez de trois niveaux jusqu'au pont inférieur, et peut-être quelqu'un vous indiquera-t-il la soute à bagages.

Franz Bismark Beiderbecke gravit avec peine des escaliers étroits à la suite du marin, puis il franchit un peu moins de deux cents mètres sur la promenade de troisième classe peuplée d'une foule d'immigrants venus de Croatie, de Bohême, de Moravie, de Roumanie, d'Italie ou de Hongrie, comme si la moitié de l'Empire austro-hongrois avait décidé de s'installer en Amérique. La promenade s'arrêtait près du fumoir de troisième classe, vers la proue du *Mauretania*. L'accès aux ponts inférieurs était bloqué par un portail de sécurité à croisillons et il remonta d'un étage pour contourner l'obstacle. Son billet d'une livre persuada un steward à l'allure revêche de le laisser contourner une barrière.

Au-delà, il avisa un hublot qui donnait sur le pont avant découvert et aperçut, entre le mât et une ancre énorme, un panneau de chargement. C'était là ! Le panneau couvrait sans doute l'ouverture à travers laquelle les grues avaient déposé ses caisses en soute. Il redescendit de plusieurs ponts. En fouillant dans ses souvenirs des plans de construction du navire, il finit par ouvrir une porte qui donnerait, espérait-il, sur la soute à bagages avant.

Son cœur se pétrifia.

L'*Akrobat*, que Beiderbecke avait de ses propres yeux vu sauter en mer, marchait à grandes enjambées le long du passage en examinant chaque coin et recoin de la soute. Sur son dos, il portait une énorme malle de voyage de couleur argentée. À en juger par l'aisance avec laquelle il supportait son poids, elle était vide.

7

Isaac Bell promit à Marion « … de la prendre pour épouse, pour le meilleur et pour le pire, dans l'abondance et dans la pauvreté, dans la maladie et dans la santé, pour l'aimer et la chérir dès maintenant et pour toujours, jusqu'à ce que la mort [les] sépare. »

Lorsque Marion lui fit la même promesse de l'aimer et de le chérir, elle ajouta d'une voix forte : « Avec tout mon cœur, pour toujours et à jamais », et les yeux d'un bleu violet d'Isaac Bell s'embuèrent d'émotion tandis qu'il mettait à son doigt, à côté de leur émeraude porte-bonheur, une alliance en or achetée depuis longtemps déjà à San Francisco. Le capitaine Turner répéta alors leurs vœux en termes de marin, et les exhorta à « voguer de concert, par vents favorables ou adverses, par mer calme ou par tempête, sur des navires petits ou grands ».

— Par les pouvoirs qui me sont conférés en tant que maître du *Mauretania*, je vous déclare mari et femme, conclut-il d'une voix puissante. Vous pouvez embrasser la mariée, s'empressa-t-il d'ajouter, mais Isaac Bell n'avait pas attendu sa permission.

*

Flanqués d'Archie, de Lillian et du capitaine Turner, monsieur et madame Bell se rangèrent pour accueillir leurs invités.

Mademoiselle Viorets et Clyde Lynds fermaient la marche.

— En Russie, nous faisons tout à l'envers, proclama mademoiselle Viorets d'un ton dramatique. Chez vous, ce sont les gentlemen qui embrassent la mariée, mais chez nous, la coutume veut que ce soient les femmes qui embrassent le jeune marié. Un baiser bien ferme sur les lèvres.

— Irina, l'avertit Marion Bell avec un regard glacé, nous ne sommes pas en Russie. Si tu veux embrasser quelqu'un sur les lèvres, commence par ce séduisant jeune homme qui te suit partout avec un regard adorateur. Isaac, je voudrais te présenter mon excellente amie Irina Viorets. C'est elle qui m'a parlé de cette robe.

— Enchanté, déclara Isaac en serrant la main de la jeune beauté aux yeux sombres. Si j'en crois ce que m'a dit Marion, vous vous êtes beaucoup amusées à Londres, plus qu'on ne pourrait le supposer à l'occasion de funérailles royales.

— Nous sommes des âmes sœurs. Marion, j'ai préparé pour toi et ton beau mari un cadeau de mariage spécial pour vous souhaiter tout le bonheur possible dans votre union.

— De quoi s'agit-il ?

— D'un spectacle.

Irina claqua des doigts et prit le commandement d'un quarteron de stewards, qui défilèrent dans le salon bondé en portant un projecteur de cinéma Edison, ainsi qu'un écran improvisé à partir d'un carré de toile de voile.

— Voilà une femme pleine d'énergie, murmura Isaac à l'oreille de Marion.

— Un peu trop. La police secrète était sur ses talons lorsqu'elle a quitté la Russie.

— Qu'a-t-elle fait pour déplaire à l'Okhrana ?

— Elle a réalisé un film que la tsarine a jugé trop « osé ». Je ne connais pas toute l'histoire, qui avait tendance à changer un peu au fur et à mesure que les verres de vin s'accumulaient, mais Irina espère repartir de zéro dans l'industrie new-yorkaise du cinéma.

— Derrière une caméra ?

— Non, en faisant elle-même des films. « Cette fois, ce sera moi la patronne », m'a-t-elle affirmé.

— Est-ce que je t'ai dit à quel point tu étais magnifique avec cette robe ?

— Deux fois seulement depuis que nous sommes mariés, répondit Marion en s'approchant pour presser ses lèvres contre les siennes. N'est-ce pas merveilleux ? À présent, les gens s'attendent à nous voir nous embrasser en public – Oh, mon Dieu ! Irina nous projette un film d'images parlantes !

Les stewards accrochèrent la toile de voile près du piano. Les comédiens, une femme et deux hommes, se placèrent derrière l'écran avec tout un assortiment de gongs, de triangles, de baguettes de tambour, de sifflets et de planches à laver utilisées en guise de percussions.

— Où a-t-elle déniché une troupe Humanova en plein milieu de l'océan ? s'émerveilla Marion.

— Ça alors, qu'est-ce que cela peut bien être, une troupe Humanova ? s'étonna Lord Strone, qui n'avait cessé de rôder dans les parages de mademoiselle Viorets.

— Les comédiens Humanova créent une partie sonore pour des films, lui expliqua Marion.

— Du son ? Au cinéma ? Vous voulez dire, comme un orchestre ?

— Mieux qu'un orchestre. Les comédiens prononcent les dialogues, et produisent des effets.

— Des effets ?

— Des coups de feu, des sifflements, des bruits de cloche. Vous avez sans doute dû les entendre à Londres. Ou alors les Actologues.

— Je ne sors plus beaucoup en ville, très chère. Je suis à la retraite, vous ne l'ignorez pas.

Bell réprima un sourire en voyant l'un des sourcils roux d'Archie se lever vers le ciel. Strone en faisait des tonnes dans ce registre, mais toute une série de marconigrammes envoyés par des informateurs Van Dorn établis en Angleterre avaient confirmé, en termes prudents, que « Sa Seigneurie » était, comme le soupçonnait Bell, rattachée au nouveau service de renseignements dont les bureaux se trouvaient à Whitehall, siège du gouvernement. Il ne quittait l'Angleterre que pour saper les activités des ennemis du royaume à l'étranger.

Pressés par Irina Viorets, les stewards disposèrent les sièges en face de l'écran improvisé et quelques minutes plus tard, le salon était transformé en salle de cinéma. Des membres de l'orchestre du bord se rassemblèrent autour du piano avec leurs violons et une trompette. Ils firent résonner un accord claironnant.

Les invités des mariés s'installèrent sur leurs sièges. L'éclairage baissa d'intensité. Le projecteur émit un cliquetis et une lumière tremblota sur l'écran.

— C'est une comédie produite par la compagnie Biograph, chuchota Marion à Isaac, avec Florence Lawrence.

C'était la dernière scène du film : dans une salle de cinéma populaire, le public en costume du dimanche applaudissait l'actrice armée d'un pistolet qui empêchait la fuite d'un bandit. Un policier emmenait ce dernier. Les acteurs placés derrière l'écran firent la claque.

Le film suivant montrait un chef d'orchestre et un pianiste auditionnant des chanteurs et des danseuses. Derrière la toile de voile, les acteurs chantèrent et frappèrent des pieds des planches à laver le linge, pendant que le pianiste du *Mauretania* jouait un ragtime. Sur l'écran, une femme qui ressemblait fortement à celle armée du pistolet entrait dans le cinéma, coiffée d'un immense chapeau, et cherchait un siège. Une comédienne Humanova répéta à plusieurs reprises : « Ce siège est-il libre ? » Les spectateurs refusaient de se déplacer et protestaient : son chapeau les empêcherait de voir le film.

La dame à l'impressionnant couvre-chef était suivie par un homme en haut-de-forme, assez semblable à celui qui s'était fait arrêter dans le film précédent. Un comédien Humanova demanda d'une voix forte : « Ce siège est-il libre ? » tandis que le public du cinéma hurlait : le chapeau était trop haut. Puis des sons correspondant à la scène se firent entendre derrière la toile de voile, des propos coléreux et un brouhaha général.

Lord Strone éclata de rire.

— Si ma femme pouvait voir les personnages tout à fait déplaisants qui peuplent cette salle de cinéma, elle cesserait de m'importuner pour que je l'y emmène !

L'orchestre du *Mauretania* reprit un aria de *La Bohème*.

Sur l'écran de la salle de cinéma, le chef d'orchestre mettait à la porte les chanteurs venus auditionner.

Derrière la toile, près du piano, on entendit une porte claquer et des gens rire.

Dans le cinéma, des femmes portant des chapeaux de plus en plus imposants finissaient par provoquer une émeute.

Un coup de sifflet résonna derrière la toile. Dans le cinéma, les mâchoires d'une pelleteuse à vapeur descendirent du plafond pour cueillir le chapeau d'une dame. Les autres ôtèrent leurs couvre-chefs. Celle qui portait le plus encombrant refusa d'obtempérer. Les mâchoires redescendirent et la soulevèrent hors de la salle. Les comédiens derrière l'écran du *Mauretania* se mirent à applaudir, imités aussitôt par Lord Strone.

— Incroyable ! Ça lui apprendra ! Bon débarras !

— Irina ! s'écria Marion dès que les lumières se rallumèrent. C'était merveilleux. Merci !

Irina se leva et salua le public du navire.

— À présent, voulez-vous féliciter les comédiens ?

La troupe Humanova sortit de derrière la toile de voile. Les invités leur firent une ovation.

Isaac Bell serra les mains des acteurs et glissa à chacun une pièce d'or de dix dollars.

— Merci pour ce spectacle mémorable !

— Si seulement nous avions pu répéter un peu plus longtemps, soupira l'un d'eux, mais mademoiselle Viorets n'arrêtait pas de changer le dialogue.

Les invités descendirent ensemble le grand escalier du *Mauretania* pour gagner la salle à manger. Isaac et Marion Bell firent le tour des tables, remercièrent les convives de leur présence et répondirent à leurs questions.

— À la superbe mariée ! s'écria le « Baron Cheminée », plus rougeaud que jamais, en vidant son verre en attendant qu'un steward vienne le remplir à nouveau. *Und* à vous, monsieur Bell, comme on dit en Allemagne, *Du hast Glück gehabt* !

— Ce qui signifie, traduisit *Herr* Wagner, « Quelle chance vous avez eue ! ».

— *Danke schön !* répondit Isaac Bell en souriant.

Il regagnait sa propre table avec Marion lorsque Clyde Lynds s'approcha en hâte, le visage pâle et l'expression grave.

— Monsieur Bell !

— Tout va bien, Clyde ?

— Je ne trouve le professeur nulle part. Il n'est pas dans sa cabine ni sur le pont, il n'est pas ici ni dans la salle à manger de seconde classe.

— Quand a-t-il quitté les autres invités ?

— Juste avant la cérémonie. Il disait souffrir du mal de mer, répondit Lynds, qui baissa soudain la voix. J'ai eu l'impression qu'il se dirigeait vers les soutes à bagages, chuchota-t-il. Je suis venu ici. Je ne l'ai pas vu. Je me suis rendu dans les soutes, vers la poupe, et dans celle de la proue. Il n'y était pas non plus.

— Pourquoi aurait-il voulu s'y rendre ?

Clyde Lynds haussa les épaules.

— Pour vérifier nos affaires, je suppose.

— Quelles affaires ? l'interrogea Bell. Vos bagages ?

Le professeur et son protégé avaient en permanence éludé la question de leur « invention secrète ». Était-elle à bord du *Mauretania* ? Dans leurs têtes ? Sur un autre navire ? Ne consistait-elle qu'en une série de plans ou de dessins ? Bell l'ignorait, mais à présent, il paraissait probable que la fameuse invention soit bel et bien à bord. Si cette machine, quelle qu'elle puisse être, se trouvait dans la même soute que le prisonnier de l'agence Van Dorn, la situation était plutôt ironique.

— Que transporte le professeur dans ces bagages, Clyde ?

Lynds hésita, puis pencha la tête.

— Le professeur a plusieurs caisses dans la soute.

— Installez-vous près de mademoiselle Viorets. Je vais aller y jeter un coup d'œil.

— Vous ne voulez pas que je vous accompagne ?

— Non.

8

— Marion, je crains de devoir m'absenter un moment. Beiderbecke a disparu. Clyde est inquiet, et moi aussi.

— Je garderai la forteresse.

Bell accompagna son épouse jusqu'à son siège et adressa un hochement de tête à Archie. Les deux hommes quittèrent l'assemblée chacun de leur côté et se rejoignirent dans la cabine de Bell, où celui-ci glissa un petit pistolet dans sa poche et en tendit un second à son ami.

— Beiderbecke est introuvable. Clyde pensait qu'il était allé à la soute à bagages, mais il n'y était pas.

— Nous avons notre gars du service de protection dans la soute avant.

— Allons voir ce qu'il peut nous raconter.

Plus rapides que l'ascenseur, ils dévalèrent le grand escalier, et descendirent sous le pont promenade, le pont-abri, le pont supérieur et le pont principal, jusqu'au pont inférieur, où ils s'élancèrent vers l'avant du navire. Ils suivaient un itinéraire qu'ils connaissaient bien pour avoir rendu visite à plusieurs reprises à leur prisonnier, l'escroc de la finance, et à son gardien solitaire qui s'ennuyait ferme. Archie fut vite essoufflé, mais il insista pour marcher à la même allure que Bell. Soudain, celui-ci lui saisit le bras et l'immobilisa net.

— Attention.

Bell ramassa sur le pont le pince-nez du professeur Beiderbecke. Les deux hommes l'examinèrent à la lueur d'une des ampoules du plafond. L'un des verres était fendu.

— C'est bien le sien, les verres sont teintés en rose.

La soute avant était énorme, plus de vingt mètres en longueur et en largeur, près d'une douzaine de mètres, qui se rétrécissaient jusqu'à cinq au fur et à mesure que la coque se fuselait vers l'avant du navire. Elle contenait beaucoup plus de marchandises empaquetées dans des balles et des caisses en bois que de bagages, ainsi que des rangées entières de barils marqués « Fragile » ou « Porcelaine », des fûts de vin ou de brandy, deux limousines Daimler et une superbe voiture de tourisme jaune Wolseley-Siddeley. Bell distingua une odeur particulière dans l'air fétide. Ce n'était pas l'odeur de carburant automobile qu'il avait remarqué lors de ses précédentes visites, mais une puanteur plus âcre, comme du goudron de houille, ou peut-être, songea-t-il, des relents de peinture, omniprésents à l'intérieur du *Mauretania* en raison des constants travaux de maintenance.

La cage à lion était installée près de l'entrée. Lorsqu'Isaac et Archie franchirent la porte, ils s'aperçurent que l'agent du service de protection Van Dorn s'était endormi près de la cage et que leur escroc, un individu d'âge mûr, dégingandé, doté d'une crinière léonine et d'un sourire d'enfant de chœur, essayait d'atteindre les clefs à travers les barreaux.

— Lawrence Block, lança Archie en utilisant le pseudonyme sous lequel le malfaiteur avait commis ses forfaits, même si vous parvenez à ouvrir la porte, où pensez-vous aller, à bord d'un steamer au beau milieu de l'Atlantique ?

— J'aurais juste fait une petite promenade, répondit l'aigrefin. J'aurais peut-être même trouvé quelqu'un à qui parler. Ce gars et moi avons épuisé tous les sujets de conversation que nous avions en commun. Sinon, j'aurais peut-être ouvert l'un de ces tonneaux de brandy pour me soûler.

Le garde se réveilla d'un seul coup et se remit sur pied.

— Désolé, monsieur Bell. Ce navire n'arrête pas de descendre et de remonter, et puis il y a dans l'air une odeur qui m'épuise.

— La prochaine fois, cachez vos clefs, l'admonesta Archie.

— Nous cherchons un gentleman viennois d'âge mûr avec une moustache soignée et un pince-nez. Il portait une redingote et marchait avec une canne à pommeau d'argent. Avez-vous vu par ici quelqu'un qui correspondrait à cette description ?

— Non, monsieur.

— Quelqu'un d'autre serait-il passé avant que vous vous endormiez ?

— Juste un jeune gars qui recherchait la même personne que vous. Il est arrivé en courant et il est reparti aussi vite.

— Il doit s'agir de Clyde. Quelqu'un d'autre ?

— Non.

— Et ce gars qui est venu prendre une malle ? intervint l'escroc.

— Quel gars ?

— Ce n'était qu'un homme d'équipage, répondit le garde Van Dorn.

— Que voulait-il ?

— Il a pris une malle. On en voit tout le temps, des types comme lui. Les passagers de première classe les envoient chercher leurs affaires quand ils ont oublié quelque chose.

— Ce gars n'était pas un membre de l'équipage, insista l'escroc.

— Comment ?

Bell le regarda agripper les barreaux de sa cage. L'homme semblait aussi heureux que peut l'être un prisonnier lorsqu'un événement intéressant vient rompre une routine dépourvue d'intérêt.

— Que voulez-vous dire, monsieur Block ?

— Il ne faisait pas partie de l'équipage.

— Bien sûr que si, lança l'agent du service de protection. Je l'ai vu de mes propres yeux.

Bell l'ignora et se tourna vers Block.

— Pourquoi affirmez-vous que cet homme n'appartenait pas à la compagnie de ce navire ?

— La nourriture ne vaut rien, ici. Je veux un bon repas.

— Vous en aurez un si vous dites ce que vous avez en tête.

— Il faisait semblant d'être membre d'équipage.

— Et il l'était bel et bien, répéta le garde.

— Non, il ne l'était pas.

— Archie !

Archie Abbott accompagna le garde et ils quittèrent tous deux la soute.

— Comment savez-vous, demanda Bell au prisonnier, que l'homme qui a pris cette malle ne travaillait pas pour la compagnie maritime ?

— Est-ce que j'aurai un repas ?

— Aloyau de premier choix, côte de bœuf, dinde farcie et rôtie, carré d'agneau, langue de bœuf fumée et caneton de Rouen. *Si* vous m'aidez. Alors, comment avez-vous pu le savoir ?

— Je le sais, c'est tout.

— Vous devriez trouver mieux que cela, ou vous allez devoir vous contenter de pain et d'eau.

— Je ne vous raconte pas de salades, monsieur Bell. Mais je suis bien placé pour reconnaître un imposteur. J'ai tout de suite su que c'était le cas. D'abord, il était couvert de poussière de charbon. Comme un chauffeur. Vous croyez qu'ils enverraient un chauffeur récupérer les jolies malles d'un riche passager de première classe ? Bien sûr que non. Ils feraient faire le boulot par un steward bien propre. Vous voyez ce que je veux dire ?

— Et encore ?

— Les stewards viennent en général à deux pour porter les affaires. Il était seul.

— À quoi ressemblait-il ?

— Je vous l'ai dit. À un chauffeur. Un vrai dur, comme toutes ces « gueules noires ».

— Grand ?

— Pas tant que ça. Mais musclé. De longs bras. Comme je vous disais, ce à quoi on peut s'attendre avec un type qui passe son temps à pelleter du charbon.

— De longs bras ? Vous avez vu son visage ?

— Noir de suie.

— Vous le reconnaîtriez si vous le rencontriez à nouveau ?

— J'en doute.

— Et pourquoi ?

— Une casquette sur les yeux, répondit l'escroc. Un col remonté sur les oreilles. Et toute cette suie sur son visage. Pour ce que j'ai vu, ce pourrait aussi bien être un comédien déguisé en Noir pour un spectacle de music-hall.

Bell le dévisagea d'un regard glacial. Block était un malfaiteur intelligent.

— De quelle couleur était la malle ?

— Argentée.

— Quand est-il passé ?

— Une heure, peut-être. Guère plus.

— Profitez bien de votre casse-croûte, lui lança Bell, qui se dirigea vers la porte avant de se raviser. Y avait-il sur la malle une étiquette indiquant la classe du passager ?

— Première classe.

— Lawrence Block, vous avez gagné votre premier repas honnête.

Isaac Bell fit rentrer l'homme du service de protection Van Dorn avec l'injonction sévère de bien vouloir rester éveillé.

— Un chauffeur, ou quelqu'un qui y ressemble, dit-il à Archie, s'est emparé d'une malle argentée portant une étiquette de première classe. La question est : pourquoi ?

— Si l'on part du principe que le professeur Beiderbecke a été enlevé, je dirais qu'on l'a caché à l'intérieur pour pouvoir l'emmener jusqu'à une cabine réservée en première classe.

— C'est aussi mon avis.

— Toutefois, tempéra Archie, c'est ici en bas que nous avons retrouvé son pince-nez. Comment son ravisseur aurait-il su qu'il allait venir dans la soute ? Un membre de l'équipage le surveillait peut-être ?

— Ou un passager, répondit Isaac Bell. Nous ferions mieux de demander au capitaine Turner d'organiser au plus vite une équipe de recherche.

9

— Isaac ! Ils ont trouvé la malle sur le pont promenade !

Bell dépassa Archie en courant à toute allure, et grimpa quatre à quatre les marches du grand escalier. Une petite foule se trouvait en haut. Les couloirs qui convergeaient près d'un office étaient encombrés par des membres d'équipage subalternes : des stewards du salon, des ponts et des cabines, et des marins réquisitionnés pour participer aux recherches. Bell aperçut un steward du salon étendu sur le dos. Son uniforme en général immaculé était à présent souillé, et la malle argentée se trouvait à son côté. Un marin à la forte carrure se tenait près du bagage et s'apprêtait à faire sauter la serrure à l'aide d'une hache.

— Je vais l'ouvrir, intervint Bell en l'écartant d'un coup d'épaule.

Il s'agenouilla près de la malle et s'aperçut en la soupesant qu'elle pesait un bon poids.

— Quelqu'un aurait-il un tire-bouchon à portée de main ?

L'assistant sommelier lui en tendit un. Bell l'enfonça dans la serrure avec un mouvement de rotation et le manipula quelques instants, le regard à la fois concentré et lointain. La serrure cliqueta et s'ouvrit.

— Un vieux truc de prestidigitation de salon que m'avait appris ma grand-tante Isabel, qui ne se débrouillait pas si mal, lança Bell sous les murmures approbateurs, avant que quiconque ait eu l'idée de demander où un dirigeant de compagnie d'assurances avait pu apprendre l'art du crochetage.

Les stewards et les marins s'esclaffèrent.

— Elle n'a jamais voulu dire où elle l'avait appris, ajouta-t-il en provoquant cette fois les rires des officiers.

Il souleva le fermoir et ouvrit la malle. Les rires se turent soudain.

Le professeur Beiderbecke avait été enfermé de force dans la malle. Ses jambes étaient repliées contre sa poitrine, et ses bras pressés sur la face. Ses yeux étaient grand ouverts. Son visage semblait rigidifié par la peur et la douleur. Sa peau était bleue.

Sans un mot, un steward âgé de la salle à manger du bord tendit à Isaac Bell un couteau à poisson étincelant. Bell le maintint sous les narines de Beiderbecke. Il ne s'attendait pas à ce que le souffle du professeur fasse apparaître la moindre trace de buée sur l'argent du couvert, mais c'est pourtant ce qui arriva.

— Il est vivant !

Une dizaine de marins aida Bell à extraire le vieil homme de la malle. Ils l'étendirent sur le sol couvert de panneaux de caoutchouc et avec douceur, redressèrent ses membres. Beiderbecke grogna, haleta, et commença à respirer par à-coups.

— Docteur !

— Appelez le médecin du bord.

Bell se pencha sur le professeur, attentif à la moindre étincelle de vie dans ses yeux écarquillés, qui paraissaient fixés sur lui.

— Tout ira bien, le rassura-t-il. Le docteur arrive.

Le corps de Beiderbecke se convulsa.

— Mon cœur, haleta-t-il, torturé par la douleur, en étreignant sa poitrine. Bell !

— Je suis là, professeur.

— Bell. Mon… mon protégé…

— Ne vous inquiétez pas, je vais m'occuper de lui.

— Protégez-le, je vous en prie.

— Je vous le promets.

— Protégez-le de l'akkk…

— De quoi ? demanda Bell en approchant l'oreille des lèvres de Beiderbecke, certain que l'homme vivait ses derniers instants. De qui ?

— L'*Akrobat*.

Le médecin du bord arriva, se frayant un chemin à travers les passagers. Bell se releva pour lui céder la place, puis l'observa tandis qu'il ouvrait le gilet et la chemise du professeur d'un geste sûr pour appliquer un stéthoscope sur sa poitrine. Il écouta un long moment, et secoua la tête avant de retirer l'instrument.

— Que t'a-t-il dit ? demanda Archie à Isaac Bell.

— Il m'a fait promettre de protéger Clyde.

— De la Krieg Rüstungswerk ?

— Je suppose, répondit Bell. Mais il a parlé d'autre chose.

— Qu'a-t-il dit d'autre ?

— Un nom ou un mot qui sonnait comme « acrobate ». Quel est le mot en allemand ?

— Le même qu'en anglais, mais avec un « k », répondit Archie. Mais qu'entendait-il par là ?

— Un homme, dit Bell d'un ton songeur. Un homme capable de voler.

— Comme celui qui a sauté par-dessus bord.

— Et qui a pu voler à nouveau pour revenir à bord.

— Mais les acrobates ne peuvent pas voler.

— Peut-être pas, mais les meilleurs d'entre eux s'en rapprochent de façon étonnante…, dit Bell en se creusant la cervelle. Entre les passagers et l'équipage, le *Mauretania* transporte trois mille personnes. L'assassin de Beiderbecke se cache parmi eux.

— C'est comme se cacher dans une ville.

— Il nous faut un témoin. Demandons à ce steward s'il a pu voir qui l'avait attaqué.

Le steward, qui se rasseyait, encore étourdi, secoua la tête.

— Désolé, patron. Il m'a sauté dessus par-derrière, je vous jure, pendant que j'entrais dans l'office.

Isaac Bell l'aida à se relever.

— Même pas un petit aperçu pendant que vous tombiez ? Vous avez vu sa taille, ou ses vêtements ?

— Rien du tout, patron, répondit le steward en contemplant la manche de sa veste, puis son pantalon. Bon Dieu, à quoi est-ce que je ressemble ! Je ferais mieux de me changer avant que mon chef me voie dans cet état.

Bell remarqua sur le pantalon des traces de graisse marron qui provenaient sans doute du sol de l'office. Mais les traces sur sa manche ressemblaient à de la suie. Il passa un doigt sur l'une d'elles.

— De la poussière de charbon, dit-il à Archie. Allons rendre visite à ces « gueules noires ».

*

Lawrence Block, l'escroc, jura sur tous les saints, et
à de multiples reprises, qu'il n'avait pas vu le visage de
l'homme venu chercher la malle argentée dans la soute
à bagages, mais Isaac le força toutefois à l'accompagner. Il comptait l'observer, à la recherche du moindre
signe de dissimulation, pendant qu'ils examineraient
les hommes chargés d'alimenter les chaudières. Il fit
aussi venir le steward du salon, en se basant sur la
théorie selon laquelle son assaillant ne pouvait être sûr
à cent pour cent de ne pas avoir dévoilé une partie de
son visage. La vision de deux témoins allait peut-être
lui faire perdre son sang-froid. C'est du moins ce que
Bell s'imaginait avant de voir les chauffeurs.

*

— Trois cent vingt « passeurs », soutiers et chauffeurs, pour la plupart des Irlandais de Liverpool, expliqua le chef mécanicien du *Mauretania*, un Écossais
trapu, franc et direct, qui arborait une moustache gauloise et quatre galons dorés sur sa manche. Et nous
avons aussi quelques étrangers.

Le capitaine Turner lui avait ordonné d'accompagner Bell, Archie et leurs deux témoins à la chambre
de chauffe.

Il appuya sur un interrupteur électrique, et une massive porte étanche en acier s'ouvrit sur une scène sulfureuse de chaleur et de tonnerre. Des hommes, torse
nu, presque pliés en deux, pelletaient du charbon et

poussaient des brouettes dans une pénombre quasi totale.

Le chef mécanicien dut crier pour que Bell puisse entendre son avertissement :

— Je ne pense pas que vous en tirerez grand-chose. Les « gueules noires » sont des durs.

— Le contraire m'aurait surpris.

— Vous devriez les voir quand ils se bagarrent. Quand ça arrive, on ferme les panneaux d'écoutille jusqu'à ce qu'ils aient terminé. Remarquez, le boulot ici, ce n'est pas une partie de plaisir. Notre *Mauretania*, si on veut qu'il garde l'allure, il faut lui donner ses mille tonnes de charbon par jour.

Bell songea que le diable en personne se serait senti chez lui dans les profondeurs du navire. C'était une chose de comprendre le fonctionnement du système : le feu transformait l'eau en vapeur pour activer les pales des turbines du *Mauretania*, qui à leur tour, faisaient tourner ses hélices et permettaient au navire de fendre les flots. C'en était une autre de tenter de percer du regard une atmosphère saturée de poussière de charbon qui piquait les yeux et de voir les hommes qui s'activaient et transpiraient pour alimenter les chaudières.

Des gongs retentirent. Les portes des foyers s'ouvrirent. À la lueur bondissante des flammes, des chauffeurs, le visage recouvert de linges mouillés pour se protéger de la fournaise, débitaient des barres de trois mètres de charbon, aux arêtes coupantes comme des lames de rasoir, dont ils jetaient les morceaux dans des lits bouillonnants de braises jaunes. Ils les frappaient pour dégager et réduire en poussière le mâchefer et les scories en fusion des grilles des foyers, avant de les enfoncer plus loin. Ils plongeaient leurs pelles dans les tas de charbon accumulés sur le pont, se redressaient et disséminaient leur pelletée dans les foyers, puis se courbaient à nouveau pour pelleter encore et encore. Ils travaillaient vite, et s'efforçaient de garder les portes des foyers ouvertes le moins longtemps possible pour que les chaudières ne perdent pas de chaleur. Pendant sept minutes, les chauffeurs découpèrent, ratissèrent et pelletèrent, répandant avec précision des couches de carburant neuf sur le charbon déjà incandescent. La chaleur torride avait eu le temps de sécher et de raidir les linges dont ils s'étaient couvert le visage.

Les portes des foyers se refermèrent. L'obscurité retomba dans la salle. Les chauffeurs se précipitèrent vers des seaux d'eau. Des soutiers en sueur amenèrent des brouettes vers l'allée des chaudières et déversèrent de nouveaux chargements de charbon près des portes des foyers, avant de repartir en hâte vers les soutes pour se réapprovisionner. À l'intérieur de ces mêmes soutes, Bell aperçut des « passeurs » qui déplaçaient le charbon de l'arrière vers l'entrée. Les gongs résonnèrent une fois de plus, et l'indicateur d'alimentation signala le numéro de la prochaine chaudière à remplir.

— Combien de temps dure leur service ? demanda Bell au chef mécanicien.

— Quatre heures de travail, huit heures de repos.

Bell conduisit le steward et l'escroc le long des allées des quatre salles de chaudières. Ils passèrent devant cent quatre-vingt-douze foyers installés sous vingt-quatre chaudières, entrèrent et ressortirent des soutes à charbon, croisèrent des soutiers qui graissaient les pièces des machines et pelletaient des scories incandescentes dans des cendriers de foyers pour les déverser dans des éjecteurs. Enfin, il traversa avec eux les quartiers nauséabonds des passeurs et des soutiers sur le pont inférieur et, sur le pont principal, ceux des chauffeurs, où des hommes épuisés étaient étendus sur d'étroites couchettes empilées les unes sur les autres. Rien ne put faire admettre au steward ni à l'escroc que parmi les visages luisants des hommes éveillés ou plongés dans un sommeil sans rêve, l'un d'eux évoquait le moindre souvenir.

*

De retour de la cérémonie de mariage, Hermann Wagner ouvrit la porte de sa « suite Royale ». Digne d'un roi, en effet, songea-t-il en souriant, avec ses deux chambres, son petit salon, sa salle à manger privée, et un accès auxiliaire qui passait par l'office réservé au personnel. Il fut surpris de constater que les lumières étaient éteintes. Les nuits précédentes, il avait toujours retrouvé après dîner une cabine bien éclairée, des draps rabattus, ainsi qu'une chocolatière remplie de sa boisson vespérale préférée sur la table de nuit, accompagnée d'un verre de brandy. Eh bien, se dit-il, si le récent mariage de monsieur et madame Bell avait semé l'affolement dans tout le navire, cela en avait bien valu la peine. La fête avait été merveilleuse, tout comme les jeunes époux, les mets et les vins parfaits et l'atmosphère romantique, qui se parait même d'une petite aura de mystère. Si l'on en croyait la rumeur, la moitié de l'équipage frappait aux portes des cabines, à la recherche d'un passager de seconde classe disparu.

Tout aussi inhabituelle, une odeur flottait dans l'air, une senteur lourde et âcre, comme si la fumée que crachaient les cheminées du *Mauretania* s'était infiltrée dans les conduits d'aération de sa suite. Jamais il n'avait respiré de fumée de charbon lorsqu'il traversait l'Atlantique en première classe. Les navires britanniques, allemands et français se disputaient la clientèle des passagers les plus riches du monde, et chaque détail devait être conforme aux exigences du luxe le plus abouti.

Avec prudence, il tâtonna pour trouver l'interrupteur. Le champagne l'avait rendu quelque peu maladroit. Il trébucha sur un lampadaire et se précipita pour le récupérer avant de se souvenir qu'il était fixé pour résister aux mouvements du navire. Derrière lui, il entendit un cliquetis métallique. Il se demanda ce qu'il avait bien pu renverser, puis comprit qu'il venait d'entendre la porte se verrouiller. Quelque chose le frôla. Une main d'acier se referma autour de son bras. Il se sentit tiré en arrière contre un corps dur comme de la pierre.

Une autre main se plaqua sur sa bouche avant qu'il ait pu appeler à l'aide, ou même pousser un cri de surprise. Hermann Wagner était jeune et athlétique. Il se débattit pour se libérer, mais son assaillant le maintenait avec une force étonnante. Cet homme, qui menaçait de l'écraser à mort, empestait le charbon.

On frappa à la porte. Il était sauvé !

— Je suis le steward, monsieur. Puis-je entrer ?

Wagner envoya de grands coups de pieds, dans l'espoir de faire tomber quelque chose sur le sol de la façon la plus bruyante possible. Des doigts impatients frappèrent à nouveau à la porte. Il ne s'agissait pas de l'habituel et déférent « toc ! toc ! », qui sonnait presque comme une excuse, mais d'une claire injonction d'ouvrir la porte à l'instant. Le passager manquant ! L'équipage fouillait le navire. Il redoubla d'efforts pour se débattre. La main plaquée sur sa bouche descendit sur son menton et se referma sur sa gorge. Ni le sang ni l'air ne parvenaient plus à irriguer son cerveau. Ses jambes le lâchèrent et il comprit en perdant tout espoir que l'homme l'étranglait et qu'il allait mourir.

— Monsieur ? Êtes-vous là, monsieur ?

— *Ich bin Donar*, murmura à l'oreille de Wagner l'homme qui sentait le charbon.

C'était le son le plus merveilleux que Wagner ait entendu de toute sa vie. *Donar*. C'était le nom allemand du dieu Thor, le dieu du Tonnerre. Cela signifiait qu'il n'allait pas mourir. *Donar* désignait le chef d'un projet secret de l'armée impériale allemande, approuvé, selon les assurances formelles qu'avait reçu Wagner, par le Kaiser en personne.

La pression sur sa gorge se relâcha un peu.

Wagner hocha la tête pour confirmer ce dont il avait fait serment par le sang : obéir sans question.

La main se détendit encore un peu plus, juste assez pour qu'il puisse murmurer :

— Pardonnez-moi, je vous prie. Je ne savais pas.

— Dites au steward que vous dormez, et qu'il s'en aille.

— Et s'il ne veut pas partir ? Ils fouillent le navire.

— S'il insiste, faites-le entrer, mais pas dans votre chambre. Expliquez-lui que vous recevez une dame qui souhaite conserver l'anonymat. Vous avez compris ?

— Oui, monsieur, répondit Wagner.

Il faillit adresser à son agresseur un salut militaire. Le dernier homme à lui avoir adressé la parole avec une autorité aussi impérieuse était son colonel, lorsqu'il servait dans l'armée.

— Alors faites-le.

*

— Tu crois qu'ils cherchent l'Allemand ?

Deux jeunes soutiers de la chaudière numéro un – Bill Chambers, du comté de Mayo, et Parnell Hall, de la province de Munster – se croisaient en poussant des brouettes entre la soute, en travers de l'avant, et l'allée des foyers. En raison du fracas de tonnerre, ils ne craignaient pas d'être entendus. Et puis le chef mécanicien, le richard américain, le steward du salon et le prisonnier détenu dans la soute à bagages avaient enfin quitté la chambre de chauffe.

— Qui d'autre ?

Chambers et Hall étaient des leaders d'une nouvelle génération de l'*Irish Republican Brotherhood*, la Fraternité républicaine irlandaise. Pour eux, les vieux dirigeants toujours prêts aux compromis pouvaient bien aller au diable. Eux étaient de vrais rebelles, et ils avaient juré de chasser l'occupant britannique hors d'Irlande ou de mourir. C'étaient des têtes brûlées, et ils étaient volontiers prêts à l'admettre, et même à prendre l'accusation comme un compliment. Et aucun de ceux qui les avaient vus harceler les patrouilles anglaises à coups de fronde et de jets de pierres n'aurait pu mettre leur courage en doute. Quant au fait de se laisser séduire par des promesses de fusils et d'explosifs en échange d'une aide à l'Allemagne, tout dépendait de la définition que l'on donnait au mot « séduction ».

— Tu crois qu'ils le trouveront ?

— S'ils le trouvent, ils auront l'occasion de le regretter.

Ils étaient tous deux jeunes et braves, et avaient combattu les Anglais. Pourtant, Bill Chambers et Parnell Hall lâchèrent leurs brouettes un instant et firent le signe de croix. Celui qu'ils appelaient l'« Allemand » était lui aussi engagé dans un combat.

Ainsi que l'écrivait le poète, la peste et la famine vont souvent de pair.

*

À travers la porte de la salle de bains de sa suite, Hermann Wagner entendit le dirigeant du projet *Donar* se débarrasser de la poussière de charbon sous le jet de la douche installée au-dessus de la baignoire en porcelaine.

— Retournez-vous, lui lança *Donar*.

Un peu plus tôt, il l'avait averti d'une voix glacée qui ne laissait aucun doute quant aux conséquences en cas de désobéissance :

— Ne regardez jamais mon visage.

Wagner avança dans son salon en tournant le dos à la porte de la salle de bains. Depuis que *Donar* l'avait presque étranglé, sa gorge le faisait encore souffrir.

— Commandez votre dîner dans votre suite ce soir ; ainsi, vous pourrez monter la garde pendant que je dormirai.

Wagner, qui chantait dans la chorale de son église et savait reconnaître les intonations vocales, distingua une certaine dissonance dans le haut allemand de *Donar*. Si la tonalité était à la fois fluide et gutturale, avec l'accent habituel dénotant une bonne éducation, on percevait de temps à autre des nuances évoquant les classes supérieures prussiennes, mais durcies par un côté paysan.

— Dois-je vous commander à manger aussi ?

— Ne soyez pas ridicule. Un passager seul ne mange pas deux repas.

— Je pensais que vous aimeriez vous sustenter un peu.

— Je mangerai votre repas.

— Oui, bien sûr, je vois, répondit Wagner, qui entendit en même temps *Donar* passer de la salle de bains à la chambre.

— Nettoyez cette poussière de charbon avant que votre steward ne puisse la voir.

Hermann Wagner se mit à quatre pattes pour récurer sa propre salle de bains, corvée qu'il n'avait pas effectuée depuis ses douze ans, dans le très strict pensionnat où son père l'avait envoyé pour l'« endurcir ».

Peu lui importait. C'était un honneur de faire partie de l'élite des diplomates, des banquiers et marchands enrôlés dans le projet *Donar*. Il n'était pas un soldat, il devait en convenir, et n'était pas non plus informé des détails de l'opération militaire. Il pouvait toutefois voyager en toute liberté aux États-Unis d'Amérique tout en menant des affaires légitimes et côtoyer les plus hauts échelons de la société.

Der Tag était proche. La victoire ne dépendait pas que des soldats. Elle ne serait au rendez-vous que si des patriotes comme Hermann Wagner joignaient leurs efforts pour persuader les Américains de participer à la guerre du côté de l'Allemagne, ou tout au moins de se tenir à l'écart pendant que celle-ci détruisait la Russie, la France et la Grande-Bretagne.

10

À l'aube, le jeune marié Isaac Bell se glissa en silence hors de son lit, déposa un doux baiser sur le front de son épouse, s'habilla sans hâte et sortit sur le pont promenade. Le froid était mordant, et la houle grossissait à nouveau. À espaces réguliers, de longs rouleaux surgissaient du nord-ouest. Le ciel était clair, à l'exception de quelques nuages déchiquetés empilés à l'horizon comme des pics de montagnes couverts de neige. Le vent soufflait, et la fumée des grandes cheminées rouges du *Mauretania* filait, comme aplatie, derrière le navire.

Bell se dirigea sans hésiter à tribord, vers l'endroit où l'homme qui avait sauté du pont des embarcations du *Mauretania* aurait dû passer au cours de sa chute. Bell pensait cependant qu'il était parvenu à atterrir en sécurité sur le pont promenade, même si cela paraissait impossible, car le pont des embarcations n'était pas en retrait et le pont promenade ne se projetait pas au-dessus de la mer. Mais Beiderbecke avait parlé d'un « acrobate ».

Bell arpenta la zone, le regard aux aguets. Supposons, se dit-il, que l'*Akrobat* soit en effet un véritable acrobate. Qu'il ait suivi l'entraînement d'un professionnel, trapéziste ou autre. Qu'il soit doté d'une force hors du commun, d'une agilité étonnante, qu'il ne craigne pas le vertige et qu'il ait des nerfs d'acier.

Bell sourit en se remémorant un souvenir qui lui était cher. Enfant, il s'était enfui de chez lui pour rejoindre un cirque. Avant que son père ne parvienne à le retrouver sur un champ de foire du Mississippi, il s'était lié avec des dresseurs d'animaux, des cavaliers et surtout des acrobates, qu'il admirait pour leur force et leur bravoure.

Admettons, se dit-il, que l'*Akrobat* possède toutes les qualités d'un grand artiste professionnel et qu'il ait développé ses talents depuis l'enfance, comme c'est souvent le cas dans les cirques. D'après ce que Bell avait pu voir la nuit de leur appareillage, cet homme était en effet fort et agile, n'avait pas le vertige et disposait d'un système nerveux à toute épreuve. Était-il possible à un tel homme de sauter du pont, de dégringoler de trois mètres le long de la coque, puis de se propulser à nouveau à bord sur le pont promenade?

Bien sûr que non.

Bell se pencha par-dessus le bastingage et plongea son regard vers la surface de l'eau. Puis il leva les yeux vers le côté de la cabine de télégraphe. Ainsi qu'il l'avait signalé à Archie, le canot de sauvetage le plus proche, suspendu à ses bossoirs près du pont, se trouvait à plus de dix mètres de l'endroit où l'*Akrobat* avait sauté. Un rapide décompte des canots révéla à Bell un fait auquel il n'avait jusqu'alors jamais songé. Ils ne pouvaient accueillir que cinq cents personnes, alors que le *Mauretania* en transportait trois mille…

Soudain, Isaac Bell se précipita vers l'escalier le plus proche et grimpa les marches en courant. Si l'*Akrobat* avait sauté *en l'air* plutôt que vers le bas, l'aurait-il remarqué, dans l'obscurité ? En l'air, pour atteindre l'un des multiples câbles et jambettes qui s'élevaient au-dessus du pont des embarcations, où était installée la cabine de télégraphe ? S'il avait agrippé un filin et s'était hissé jusque là-haut, l'aurait-il vu ?

Bell courut sur le pont des embarcations, dépassa la fenêtre de la bibliothèque, qui avait éclairé la scène cette nuit-là, et comprit aussitôt que la réponse était là aussi négative. Aucun câble ni cordage n'était assez proche pour que l'homme ait pu s'y accrocher. Si l'*Akrobat* n'était pas tombé en mer, il avait forcément dû se retrouver sur le pont situé sous le pont des embarcations. C'était tout aussi impossible. Perplexe, Isaac Bell redescendit d'un pas lent sur le pont promenade.

Deux matelots ponçaient le bastingage de bois avec des limes et du papier de verre.

— Bonjour monsieur.

— Bonjour messieurs, vous vous levez de bonne heure !

— Dès qu'il y a quelque chose à faire, répondit l'un des deux marins.

— Si nous laissions le bâtiment s'user et se défraîchir, ce serait bien gênant, croyez-le. Regardez cette entaille ! Elle a presque coupé le bastingage en deux ! lança le second en faisant un pas en arrière pour montrer à Bell la réparation qu'ils étaient en train d'effectuer.

Bell distingua une rainure minuscule dans le bois de teck, si petite que seul un maître d'équipage aurait pu la remarquer.

Toutefois, l'entaille suivait la courbe entière du bois, sur une trentaine de centimètres, comme si quelque chose de flexible y avait été noué.

— Qu'est-ce qui a pu causer cela, à votre avis ? demanda-t-il aux deux hommes.

— Un de ces fichus richards – je vous demande pardon, m'sieur – a dû faire ça à coups de canne, répondit le premier.

— Ou avec une épée, suggéra son camarade.

— Une épée, répéta le premier matelot d'un ton ironique.

— Le grain du bois est coupé.

— Ce n'est pas une coupure. C'est une entaille.

— Appelle ça une entaille si tu veux, mon pote, mais moi, je dis que ce type a donné des coups d'épée.

— Où est-ce qu'un rupin de première classe aurait déniché une épée ?

— Les cannes-épées, ça existe, vous n'êtes pas d'accord avec moi, m'sieur ? insista le second marin, qui avait vu que Bell étudiait l'entaille avec attention.

— Un fil métallique, répondit Bell.

— Je vous demande pardon, m'sieur ?

— Un fil métallique. Un fin câble en acier tressé.

— Eh bien oui, ça pourrait aussi être un câble en acier, m'sieur. D'un autre côté, on pourrait se demander où des nababs de première iraient chercher ça, et pourquoi ils iraient abîmer le bastingage avec. À moins que ce ne soit qu'un fichu vandale. Remarquez, on en a déjà eu deux ou trois à bord. Tu te souviens, Jake, il y avait ce Français ?

— Tu m'étonnes !

— Un acrobate, dit Bell à mi-voix.

L'*Akrobat* aurait-il pu arrimer le bastingage avec un câble métallique flexible ?

— Un acrobate ? Non, m'sieur, je vous demande pardon, mais ce Français n'était pas acrobate.

— Un acrobate allemand.

Les deux marins échangèrent des regards déconcertés.

— Si vous le dites, m'sieur.

— Vous avez raison, ça doit être un acrobate.

Alors qu'Isaac Bell s'éloignait à pas vifs, il entendit des murmures derrière lui.

— Qu'est-ce que ce type était en train de radoter ?

— Des acrobates.

— La prochaine fois, ce seront des singes, sans doute.

Isaac Bell accéléra le pas. Il pouvait en effet imaginer qu'un athlète parfait, un acrobate à la fois musclé et léger, ait pu stopper sa chute en accrochant un câble au bastingage. En revanche, il ne voyait pas d'où l'homme aurait pu le sortir en un instant. Ni comment il serait parvenu à lui trouver un point de fixation à la seconde même où il passait par-dessus bord. Le câble aurait dû lui glisser entre les doigts, ou lui découper la chair jusqu'à l'os s'il l'avait noué autour de son poignet.

Bell franchit la barrière qui le séparait de la seconde classe, salua le marin que le capitaine Turner avait chargé de monter la garde devant la cabine de Clyde Lynds et frappa quelques coups impératifs à la porte.

— C'est Isaac Bell, Clyde, ouvrez !

Lynds le fit entrer dans l'espace confiné, dépourvu de hublot, qu'il avait partagé avec le professeur Beiderbecke. Il semblait avoir dormi tout habillé.

— Vous ne paraissez pas en très bon état, lui dit Bell.

— Je n'ai pas fermé l'œil de la nuit. Le professeur était quelqu'un de bien. Il ne méritait pas de mourir ainsi.

— Vous ne le méritez pas non plus.

— Suis-je le prochain sur la liste ?

— Dites ce que vous avez sur le cœur, Clyde. Votre vie est en danger. Qui sont-ils ? Que veulent-ils ?

— Je vous jure que je ne les connais pas.

— Cela a-t-il un rapport avec votre désertion de l'armée allemande ?

— Je n'ai pas déserté. Je n'ai jamais été dans l'armée. Je n'ai jamais été soldat.

— Alors pourquoi l'armée allemande est-elle à vos trousses ?

— Je l'ignore. Ils mentent.

— Pourquoi l'armée mentirait-elle ? Et même dans ce cas, pourquoi vous pourchassent-ils ?

— Je ne sais pas.

— Si, vous le savez.

— Je ne suis pas un déserteur.

— J'en suis convaincu. C'est ce qui rend la situation encore pire.

— Pire ?

— L'armée allemande aide la Krieg Rüstungswerk à voler votre invention.

— Je serai tiré d'affaire quand je serai arrivé aux États-Unis.

Si Isaac Bell s'était rendu dans la cabine de Clyde, c'était pour lui poser une question précise :

— Avez-vous déjà entendu le professeur mentionner un nom ou un mot qui sonnait comme « acrobate » ?

Le visage de Clyde Lynds pâlit aussitôt.

— Pourquoi posez-vous cette question ?

— Lorsque le professeur Beiderbecke m'a demandé de vous protéger, c'est le dernier mot qu'il a prononcé. Acrobate.

— Oh, mon Dieu, haleta Clyde. Êtes-vous en train de me dire que ce type n'est pas passé par-dessus bord, en fin de compte ?

— Vous voyez de qui je veux parler.

— Oui, reconnut Clyde. C'est bien lui. Il est vraiment à bord du navire ?

— Je suis convaincu que le professeur l'a vu. Je pense que c'est cet acrobate qui l'a enfermé dans la malle. Si c'est vrai, ce ne sont pas des complices qui vous pourchassent, mais l'homme lui-même, celui qui a déjà tenté sa chance à Brême, puis le soir où nous avons quitté Liverpool. Cette nuit-là, vous avez eu de la chance que je sois là. Mais hier soir… Celui qui a tué le professeur Beiderbecke se cache parmi les passagers ou les membres d'équipage. Il ne sera pas découvert avant notre arrivée à New York, et à ce moment-là, il disparaîtra dans la ville, où il parviendra à vous retrouver sans peine, Clyde. Un homme recherché sans succès à bord d'un navire qui dispose d'un équipage de presque mille hommes est un formidable chasseur. Il vous trouvera.

Clyde Lynds se rengorgea.

— En quoi tout cela peut-il intéresser un agent d'assurances ? lança-t-il d'un ton agressif.

— Je me fiche pas mal de tout cela, et de vous aussi, par la même occasion, répliqua Bell.

— Vraiment ?

— Si je n'avais pas promis au professeur Beiderbecke de protéger un spécialiste des faux-fuyants dans votre genre, je vous laisserais vous débrouiller tout seul avec cet assassin. Mais j'ai promis. Vous êtes condamné à accepter mon aide, que vous le vouliez ou non.

— Vous pouvez vraiment me protéger ?

— À la seule condition que vous me disiez contre quoi vous devez être protégé. Quelle est votre « invention secrète » ? Pourquoi veulent-ils s'en emparer ?

— Très bien, très bien. On fera les choses comme vous l'entendez.

Lynds demeura un long moment silencieux.

— Le professeur Beiderbecke a commencé à m'en parler lorsque nous buvions un verre avant mon mariage. Il a prononcé un mot du genre *Sprechend*-quelque chose avant de se refermer comme une huître.

Clyde Lynds éclata de rire.

— Qu'y a-t-il de si drôle ? lui demanda Bell.

— *Sprechendlichtspieltheater.*

— *Sprechendlichtspieltheater ?* Qu'est-ce que c'est ?

— Un nom ridicule. Je lui ai dit qu'il nous fallait un nom percutant. Il a trouvé « Animatophone ». Je lui ai dit que c'était encore pire. Alors, il a proposé « Photokinema ». Un désastre. Ce que je n'arrivais pas à lui faire rentrer dans le crâne, c'est qu'il nous fallait un mot accrocheur pour vendre notre invention.

— Mais de quoi s'agit-il ?

— Le professeur Beiderbecke et moi-même avons inventé un appareil qui reproduit le son à la perfection.

— Je ne vois pas le rapport avec une machine de guerre.

— Ce n'est pas une arme.

— C'est ce que m'avait dit Beiderbecke. Je croyais qu'il mentait.

Bell se souvenait des affirmations du professeur selon lesquelles l'invention était conçue pour l'éducation, la science, les communications, le développement industriel, et même l'industrie du spectacle. Une liste interminable, mais qui pouvait en effet correspondre à un gramophone amélioré.

— Mais quelle est cette invention ? Un gramophone ?

— C'est plus qu'un gramophone. Beaucoup plus. Nous avons mis au point un système qui permet d'ajouter des sons à des images animées. Un appareil à faire des images parlantes.

— Des images parlantes ?

— C'est ainsi que j'ai baptisé notre invention. Les Images parlantes. Pas mal, non ?

— Mieux que *Sprechendlichtspieltheater*, c'est certain, admit Bell en souriant.

Clyde Lynds secoua la tête d'un air attristé et passa les doigts dans sa chevelure ébouriffée.

— La nouvelle s'est répandue. Nous avons été contactés aussitôt par le plus grand fabricant allemand de pellicule cinématographique. Ils voulaient conclure un accord. Ils nous ont invités à Berlin, en première classe, tous frais payés, et nous ont installés dans le meilleur hôtel. Mais nous avons appris que cette firme appartenait à la Krieg Rüstungswerk GmbH, et nous avons compris qu'ils allaient s'emparer de notre appareil. Le professeur connaissait un scientifique dont ils avaient volé l'invention. Alors nous nous sommes dit que nous ferions mieux d'aller aux États-Unis pour vendre notre machine à Thomas Edison... Mon Dieu, que nous étions naïfs ! Il ne nous est pas venu à l'esprit qu'ils essaieraient de nous empêcher de quitter l'Allemagne. Ni que la Krieg Rüstungswerk entretenait des liens si étroits avec l'armée que celle-ci l'aiderait à suivre nos traces dès que nous aurions filé. Nous avons réussi à nous en sortir sur un coup de chance. Ce faux mandat leur permettait de m'arrêter pour désertion et le professeur pour avoir hébergé un insoumis. Grâce à notre tour de passe-passe à Rotterdam, nous nous sommes échappés de justesse, mais en embarquant sur le *Mauretania*, nous pensions être libres de vendre les Images parlantes en Amérique. Et c'est là que nous avons eu une drôle de surprise...

— Pourquoi veulent-ils cette machine ?

— Elle a beaucoup de valeur, répondit Lynds.

— Mais l'armée allemande ne travaille pas dans le milieu du cinéma.

Lynds haussa les épaules.

— Ils veulent peut-être s'y lancer.

11

— Je ne sais pas pourquoi, dit Marion en souriant à la vue d'Isaac Bell perché au bord du lit pour lui tendre une tasse de thé, mais j'ai toujours cru que je te verrais plus souvent une fois que nous serions mariés. Ou tout au moins le lendemain de notre mariage.

— Pardonne-moi, mais je crains d'avoir une nouvelle affaire sur les bras.

— J'en suis même certaine. Tu empêches le pauvre professeur Beiderbecke de se faire kidnapper, et voilà qu'il se fait assassiner. Tu en fais donc une affaire personnelle, lui répondit Marion en l'embrassant avant de prendre la tasse. Qu'as-tu appris depuis que nous nous sommes dit bonsoir ?

— Clyde Lynds a fini par me révéler ce que voulaient les kidnappeurs. Mais j'ai un peu de mal à le croire.

Bell répéta à Marion ce que lui avait raconté Lynds. Il parlait souvent de ses affaires en cours avec elle. Elle avait l'esprit vif et possédait une étonnante capacité à considérer les faits selon un angle inattendu. Dans le cas des Images parlantes, elle était particulièrement qualifiée, en tant qu'experte du milieu du cinéma.

Lorsqu'il eut terminé son récit, Marion posa sa tasse et se redressa.

— Des Images parlantes ? De *vraies* images parlantes ?

— Qu'est-ce que tu entends par « vraies » ?

— Des comédiens qui parleraient à l'écran, et pas seulement derrière lui ? Des images avec du son ?

— C'est ce qu'il prétend.

— Isaac ! Des images sonores, c'est incroyable, c'est le Graal ! J'ignore s'il en est capable – ils sont nombreux à s'y être cassé les dents –, mais si c'est vrai, cela pourrait valoir une fortune. Ça changerait tout. Pour le moment, nous restons cantonnés au spectacle silencieux. La pantomime.

— Un problème qu'a résolu la troupe Humanova…

— Les troupes Humanova ou Actologues ne font rien d'autre qu'un spectacle de vaudeville itinérant, qui présente le même show soirée après soirée dans une seule salle à la fois. Ce n'est pas *plus* que du cinéma, c'est *moins*, sans compter les frais que représentent les comédiens en tournée : cachets, billets de train, gîte et couvert. Avec de véritables images parlantes, on pourrait présenter ces centaines de copies en même temps. Les bobines de film ne mangent pas et ne dorment pas.

— Comme une usine de poêles à frire qui n'aurait pas besoin de payer d'ouvriers parce qu'elle possède des machines automatiques qui fabriquent ses produits ?

— C'est tout à fait cela. Les salles n'auront besoin que d'un projecteur et d'un appareil sonore.

— Cela a l'air de te passionner. Tes yeux brillent.

— Tu m'étonnes ! C'est comme si tu m'annonçais soudain que je peux m'envoler jusqu'à la lune. Tu comprends ? Toutes les salles présentent depuis une éternité des films de dix minutes, avec deux cent quarante-quatre mètres de pellicule sur une seule bobine. Mais il existe un potentiel énorme pour de nouveaux publics. Les amateurs d'opéra ou de théâtre opteraient pour des films plus longs, de deux ou trois bobines. Grâce au son, nous pourrions raconter des histoires plus longues. Pour faire des films parlants, je quitterais Picture World sans hésiter !

— Alors, il semblerait que le jeune Clyde ait en main quelque chose de très précieux ?

— Si son invention fonctionne.

— Pourquoi ne fonctionnerait-elle pas ?

— Il existe trois problèmes techniques que personne n'est parvenu à résoudre jusqu'à présent.

Elle les énuméra sur les longs et gracieux doigts de sa main gauche, en commençant par l'index et en terminant par l'annulaire, où son émeraude étincelait à côté de l'alliance en or de San Francisco.

— Première difficulté : synchroniser le son et l'image. Les mots prononcés par le comédien doivent correspondre aux mouvements de ses lèvres, comme dans un théâtre où le public entend ce qu'il voit sur la scène. Second problème : amplifier le son. Il doit être assez puissant pour que plusieurs milliers de personnes puissent l'entendre dans les plus grandes salles. Et enfin, la fidélité de la reproduction sonore. Le public doit ressentir le pouvoir expressif de la voix humaine et la beauté de la musique.

— C'est ce à quoi on s'attend dans un grand opéra.

— Mais dans ce cas, ce serait comme des centaines de théâtres ou d'opéras, et de façon simultanée ! Les images parlantes pourraient être présentées dans toutes les villes en même temps, vues et entendues par des millions de gens. Mais jusqu'ici, personne en Europe ni en Amérique n'a pu ne serait-ce qu'approcher la solution. Ceux qui ont essayé ont abandonné, ruinés. Si leur machine fonctionne, c'est que Beiderbecke et Lynds sont parvenus à résoudre ces trois difficultés.

— S'ils ont réussi, ils possèdent une véritable mine d'or !

— C'est aussi un trésor artistique, Isaac, c'est si passionnant !

— Que penses-tu du projet de Lynds de vendre son appareil à Thomas Edison ?

Marion prit le temps de réfléchir avant de répondre.

— Proposer une idée nouvelle à Edison, c'est prendre un gros risque. Les inventions ne l'intéressent que lorsqu'elles deviennent les siennes. Il se bat bec et ongles pour conserver son monopole sur les images animées en brevetant ses caméras, ses projecteurs et en excluant toute concurrence. L'une de ses entreprises, la Motion Picture Patents Company, fait enquêter les marshals et ses propres détectives sur la moindre entorse à ses droits de brevets, et poursuit en justice les réalisateurs indépendants pour les motifs les plus futiles. Les tribunaux sont de son côté, car il s'est fait des amis dans le corps législatif en soutenant les propos absurdes de certains réformateurs contre les « lieux de recrutement du vice » que seraient certains ciné-mas. Mais le pire, c'est que si tu ne travailles pas sous licence Edison Company, tu ne peux même pas acheter de pellicule perforée Eastman Kodak, sans laquelle il est impossible de présenter des images de qualité. Et à dire vrai, c'est pour cela que cela ne me dérange pas de travailler avec Preston Whiteway pour Picture World. Edison ne peut rien contre moi. Les films d'actualités constituent un secteur à part, et Preston est trop riche pour se laisser intimider.

— Et trop désagréable, répondit Bell. À qui Clyde pourrait-il s'adresser ?

— Tout le problème est là, dit Marion, qui réfléchit un instant avant de poursuivre. Le choix est limité. Edison représente le seul marché possible. À moins que Clyde ne veuille prendre le risque de s'associer à un indépendant qui pourrait se faire écraser par Edison à n'importe quel moment. Tu sais, c'est peut-être toi qui devrais investir dans cette invention. Ce serait une bonne façon d'utiliser une partie de l'argent de ton grand-père.

— Mon grand-père Isaiah me disait sur son lit de mort qu'un homme qui agit comme son propre banquier n'a qu'un seul client : un idiot.

— J'ai entendu des avocats dire la même chose.

— C'est ce que je lui répondu, et grand-père m'a dit, à bout de souffle : « Les avocats ont volé l'expression aux banquiers. Dépense tout ce que tu veux en vins, en femmes et en chansons, mais jure-moi que tu n'investiras pas cet argent. » En conclusion, je laisserai les images parlantes aux professionnels. Mais je pourrais peut-être convaincre Joe Van Dorn de renoncer aux honoraires de protection de Lynds en échange d'une part des bénéfices sur cette invention.

— Où est Clyde en ce moment ?

— Il est en sécurité. Archie est avec lui.

Marion fronça les sourcils.

— Lillian m'a dit qu'Archie n'était pas encore tout à fait rétabli.

— Il m'a promis de tirer le premier et d'éviter les bagarres.

— Mais il va bien ? Selon Lillian, il s'endort encore parfois à l'improviste.

Bell hocha la tête.

— Cela lui est arrivé à Nice la semaine dernière, mais il a réussi à dominer la situation. Pour lui, c'est important de fournir sa part d'efforts, et je lui tire mon chapeau pour cela, dit Isaac d'un ton égal. Que cela me plaise ou non. (Un sourire chaleureux adoucit son expression de franchise abrupte.) Ce qui me laisse du temps avant de rejoindre le capitaine Turner pour le dîner de ce soir. Voudrais-tu faire quelque chose en particulier pour ce dernier jour en mer ?

Marion s'étendit en travers du lit et souleva le combiné du téléphone blanc fixé à la cloison.

— Si tu veux te débarrasser de ces vêtements en tweed qui ont tendance à gratter beaucoup, tu trouveras dans cette penderie une robe de chambre en soie que j'ai achetée à ton intention chez Selfridges – Oh, bonjour, steward ! Nous aimerions prendre notre petit déjeuner au lit, s'il vous plaît – Isaac ! Il me demande ce que nous voulons.

— Le petit déjeuner spécial lune de miel.

*

Ce soir-là, leur dernière soirée en mer, Isaac, Marion et Lillian Abbott dînèrent dans la salle à manger de première classe à la table du capitaine Turner. Archibald Angell Abbott IV se fit excuser, car il jouait son rôle de baby-sitter auprès de Clyde Lynds.

12

Clyde Lynds vit Archie Abbott piquer du nez, puis commencer à se réveiller avant de se laisser à nouveau dériver vers le sommeil.

L'ami rouquin d'Isaac Bell sera parti au pays des rêves d'ici dix minutes, se dit-il. En effet, au bout de huit minutes Archie dormait à poings fermés, assis sur un fauteuil installé dans un coin de la petite cabine de Clyde. Celui-ci, ayant remarqué la tendance d'Archie à s'endormir de façon impromptue, s'était préparé à en tirer parti, et s'était rendu au bureau du commissaire de bord pour retirer une partie de l'argent que lui et le professeur Beiderbecke avaient déposé dans un coffre-fort.

Il se glissa en silence hors de la pièce et adressa un geste à un steward de pont qu'il avait payé pour l'attendre. Il posa un doigt sur ses lèvres pour s'assurer de son silence. Le steward s'éloigna en hâte et revint presque aussitôt avec deux collègues, plus costauds que lui. Ils avancèrent sans se presser le long du couloir. Leurs chaussures ne faisaient aucun bruit sur les panneaux de caoutchouc qui recouvraient le sol. Les trois stewards souriaient comme des hommes sur le point de gagner un énorme pourboire en échange d'un effort minuscule.

— Prêts ?

— Nous sommes prêts, monsieur.

— Je ne pense pas qu'il y aura de problème, mais juste au cas où…

— Ne vous inquiétez pas, monsieur, le rassurèrent-ils.

— S'ils cherchent les ennuis, ils les auront.

— Ça, c'est certain, monsieur.

Clyde savait que c'était de la folie, mais il fallait qu'il aille voir la machine pour s'assurer que tout allait bien. C'était une décision semblable qui avait coûté la vie au professeur, et c'est la raison pour laquelle il avait payé un bon prix pour faire en sorte que rien de tel ne puisse lui arriver.

— Vous connaissez le chemin ?

— Suivez-nous, monsieur.

— *Où comptez-vous aller ainsi, Clyde ?*

Clyde Lynds se retourna soudain et vit Archie Abbott, tout à fait éveillé, dans l'embrasure d'une porte, derrière lui. Les stewards se précipitèrent à sa rescousse, avant de changer brusquement d'avis.

Archie braqua un pistolet droit sur son torse.

— Allez-y tout doux, les gars. Où est-ce que vous alliez, Clyde ?

Clyde Lynds lui expliqua qu'il voulait se rendre à la soute à bagages avant pour voir sa machine, et qu'il avait recruté les stewards pour lui servir de gardes du corps.

— Je dois juste vérifier qu'elle est là et en bon état, monsieur Abbott. Vous comprenez ? C'est très important.

Archie examina d'un peu plus près la « brigade de protection » de Clyde. Les stewards de seconde classe étaient des durs, comparés à ceux de la première, et l'un des deux costauds semblait avoir fréquenté les rings de boxe, même si cette partie de sa vie datait déjà de quelques années.

— Très bien, dit-il en rempochant son arme. Je vous accompagnerai en arrière-garde. Allez-y, messieurs. Ouvrez la marche.

Ils marchèrent à pas vifs le long du couloir et descendirent plusieurs escaliers, Clyde sur les talons des stewards. Archie, un peu à la traîne, respirait avec peine, en songeant qu'il aurait pu dîner avec sa femme au lieu de suivre cette troupe hétéroclite dans les entrailles du paquebot.

Lorsqu'ils arrivèrent, l'escroc et son gardien dormaient de tout leur saoul, enfouis sous leurs couvertures. Aucun des deux ne bougea lorsqu'Archie, Lynds et les stewards se rassemblèrent dans la soute. Archie remarqua une odeur vive et acide qu'il n'avait pas sentie lors de sa précédente visite. Clyde s'en aperçut lui aussi. Il s'arrêta soudain devant la rangée de caisses en bois d'où provenait la puanteur.

— On dirait du goudron, dit Archie.

— Ou du vin qui a tourné, lança un steward en riant. On devrait peut-être le goûter ?

Archie remarqua que Clyde ne partageait pas son hilarité. Le jeune homme s'humecta les lèvres et regarda autour de lui. Il semblait nerveux.

— Que se passe-t-il, Clyde ?

— Uhhhmm…

— On dirait que vous venez de voir un fantôme.

— Vous ne sentez pas une odeur forte ?

— Oui, c'est ce que je viens de dire. Et eux aussi. Que vous arrive-t-il ?

— Je ne sais pas, répondit Clyde d'une voix lente.

Archie en était moins sûr. Le jeune homme posa une main hésitante sur l'une des caisses, se pencha et renifla le bois. Lorsqu'il se redressa, Archie vit qu'il paraissait terrifié.

— Monsieur Abbott, nous devons ouvrir toutes les portes et les écoutilles de cette soute. Tout de suite ! Allez-y, tous ! Ouvrez tout, tout de suite !

Les stewards regardèrent autour d'eux, sans comprendre.

— Que se passe-t-il, Clyde ? répéta Archie.

— À moins que je me trompe, répondit Clyde, ces caisses contiennent des pellicules en celluloïd. Pour les films de cinéma. L'odeur de goudron indique que le celluloïd est vieux et se décompose.

— Et alors ?

— Par réaction chimique, il se transforme en gaz de nitrate volatil. Il va exploser.

— Comment le savez-vous ?

— Je suis un scientifique ! Je passe mon temps à pratiquer des expériences avec des films en celluloïd. C'est une matière obtenue par la dissolution de nitro-cellulose dans du camphre et de l'alcool.

Archie comprit enfin à quoi Clyde faisait allusion.

— Du fulmi-coton, dit-il. Un produit très inflammable.

— Le gaz généré par la décomposition ne se contentera pas de brûler. Il commencera par exploser. Ce n'est qu'ensuite que la pellicule brûlera. Il faut ventiler le gaz avant que quelque chose provoque l'explosion.

— Ouvrez tout! ordonna Archie aux stewards. Tout de suite! Toutes les portes doivent être ouvertes.

Les hommes se précipitèrent pour obéir.

Clyde Lynds leva les yeux vers un carré de trois mètres sur trois qui se découpait au plafond.

— L'écoutille de chargement!

— Que faites-vous?

Lynds escalada une caisse, leva les bras, et se hissa sur les échelons supérieurs d'une échelle qui s'élevait dans l'obscurité.

— L'écoutille de chargement, lança-t-il en guise de confirmation. Si je peux l'ouvrir, le puits évacuera le gaz comme une cheminée.

*

De nombreux ponts plus bas et trente mètres en arrière, Marion s'adressait au capitaine Turner.

— Capitaine, je ne peux m'empêcher de constater que huit des douze sièges de notre table sont vacants. Les passagers qui souhaiteraient dîner en votre compagnie ne manquent pourtant pas. C'est un repas merveilleux, et vous êtes un hôte charmant.

— Merci, madame Bell, répondit Turner en ignorant de façon ostensible les magnats de l'industrie, les aristocrates londoniens et les millionnaires américains des tables voisines, qui cherchaient à attirer son regard. J'emporterai vos délicats compliments jusqu'à la tombe. Mais je ne dîne avec les passagers que si j'en ai envie, ce qui n'est pas fréquent. Ils ont tendance à se comporter comme une fichue bande de singes, à l'exception de la compagnie ici présente.

— Et la Cunard n'y voit pas d'objection ? Le capitaine n'est-il pas censé tout faire pour plaire aux riches passagers ?

— La Cunard a remarqué un fait curieux, répondit Turner. Plus j'insulte les passagers de première classe, plus ils tiennent à naviguer à mon bord. C'était la même chose sur le *Lusitania*, mon précédent commandement. Pour une raison que j'ignore, les riches, et surtout les nouveaux riches, adorent être maltraités. Comme vous le savez, poursuivit le capitaine en baissant la voix et en prenant un air de conspirateur pour leur faire signe de se pencher vers lui, la White Star Line va bientôt lancer l'*Olympic* et le *Titanic*. Aucun des deux ne sera comparable au *Mauretania* pour ce qui est de la vitesse, mais ils seront plus gros, et avec l'attrait de la nouveauté, la concurrence sera plus rude que jamais. Aussi j'ai suggéré au directeur général d'augmenter les ventes de billets en faisant donner le fouet aux passagers de première classe, selon les bonnes vieilles méthodes de la Royal Navy.

Isaac Bell et Marion éclatèrent de rire.

— Je n'ai pas entendu parler de lui depuis, gloussa Turner. Il en discute sans doute avec son conseil d'administration.

Les rires furent soudain interrompus par un bruit sourd et un choc qui fit trembler l'argenterie. Les verres en cristal émirent une tonalité musicale. Dans l'immense salle à manger, cinq cents personnes se figèrent dans le silence.

Bell eut comme l'impression que quelque chose de lourd venait d'écraser le pont recouvert de tapis sous leurs pieds. Un autre navire avait peut-être heurté le *Mauretania*, ou une explosion s'était produite quelque part dans la coque longue de plus de deux cent soixante-dix mètres. Un cri résonna soudain, le plus terrifiant que l'on puisse entendre en mer :

— Au feu !

LIVRE DEUX

Une image dansante

13

— Au feu ! Incendie dans la soute à bagages avant !
Isaac Bell dévala le grand escalier.

Le capitaine Turner montait en sens inverse, en direction de la passerelle, et criait des ordres pour que le *Mauretania* se détourne du vent qui risquait d'attiser les flammes.

Bell courut vers le lieu de l'incendie. Son prisonnier était piégé dans la soute à bagages de la proue. Il fallait mettre l'escroc et son garde en sécurité.

La sonnerie perçante du clairon résonna.

— *Incendie, tous à vos postes ! Incendie, tous à vos postes !*

Les passagers grouillaient en tous sens. Les stewards tentaient de les calmer, mais n'avaient aucune réponse à leurs questions angoissées. Le navire commença à donner de la bande, et décrivit en se penchant un brusque virage qui mit sa poupe sous le vent. Les ponts tanguèrent. Les officiers hurlaient dans leurs mégaphones :

— Tous les passagers sur le pont des embarcations !
Tous les passagers sur le pont des embarcations !

Les stewards encourageaient les passagers à enfiler leur gilet de sauvetage.

Une femme hurla.

*

Isaac Bell respira la fumée avant d'être assez proche pour distinguer le feu. C'était un amer mélange chimique de goudron de houille et de poudre à canon, où venaient s'immiscer des relents plus doux de brandy. Soudain, il vit les flammes exploser au bout d'un couloir. C'était le feu le plus vif et le plus éclatant qu'il ait jamais vu jusqu'alors, d'un blanc orangé intense. Il en sentit la chaleur à quinze mètres de distance.

Un groupe de stewards, dont les uniformes brûlés étaient réduits à l'état de haillons fumants, débouchait en titubant d'un couloir transversal avec une lance à incendie. Bell courut les rejoindre pour les aider à combattre le feu. Le groupe était dirigé par un homme de haute taille, rendu à moitié chauve par les flammes. Ses yeux verts étincelants contrastaient avec son visage noir de suie.

— Archie ? s'exclama Bell.

— Le dîner était bon ? lui répondit son ami en avançant à grands pas dans la soute tandis que la lance se mettait à cracher de la vapeur.

— Tu vas bien ?

— Pas de souci. La plus grosse partie de l'explosion s'est dirigée vers le haut à travers l'écoutille de chargement, et notre gardien Van Dorn s'est distingué en faisant sortir Block de la soute.

— Qu'est-ce qui brûle ?

— De la pellicule de film au nitrate. Selon Clyde, elle se nourrit de son propre oxygène.

— Il y a d'autres lances ?

— Celle-ci fonctionne avec de la vapeur. Il y a une lance à eau de mer dans l'escalier.

Bell partit la dérouler et suivit Archie dans la soute.

— Où est Clyde ?

— Il a escaladé l'échelle de l'écoutille pour faciliter l'évacuation des gaz et des émanations de l'incendie.

Bell leva les yeux vers l'ouverture carrée de l'écoutille. La fumée acide, sans doute très toxique, remontait en tourbillonnant par l'ouverture.

— Il va bien ?

— Je ne sais pas. L'explosion a eu lieu juste après qu'il est monté, mais je crois qu'il a réussi à ouvrir le panneau d'écoutille. À moins que ce ne soit la déflagration qui l'ait ouverte.

Une bonne trentaine de marins descendit en rangs serrés de leurs quartiers, situés juste au-dessus de la soute. Des stewards les rejoignirent et se regroupèrent dans la soute avec de longues lances, dont ils dirigèrent la vapeur et l'eau de mer vers la gueule du brasier orange déchaîné, avec sa fumée empoisonnée et sa chaleur infernale. L'eau salée avait tendance à étaler la pellicule en fusion ; la vapeur, en revanche, la recouvrait et étouffait sa combustion. Alors que les hommes luttaient pour limiter le sinistre à la soute, la chaleur faisait bouillonner la peinture sur les cloisons environnantes. Les trois automobiles explosèrent, tandis que le brandy menaçait, à en croire les cris d'un steward, de transformer le *Mauretania* en « crêpe flambée ».

Tandis que l'équipage combattait le feu, Isaac Bell, constatant que sa lance à eau était moins efficace que celle à vapeur qu'Archie refusait d'abandonner, remonta l'escalier pour retrouver Clyde. Il put constater que l'écoutille d'acier, qui s'élevait de la soute vers la plage avant sur une hauteur d'une douzaine de mètres, avait dirigé la puissance et la violence de l'explosion vers le haut, au-delà du mess des officiers, sur le pont-abri, comme un énorme canon carré. Il s'avança sur la plage avant découverte. Une colonne de flammes et de fumée jaillissait de l'écoutille vers le ciel et éclairait les mâts, les prises d'air et les cheminées comme en plein jour.

Il découvrit Clyde affalé contre l'ancre de miséricorde ; il toussait et, pris de haut-le-cœur, recrachait les émanations toxiques de ses poumons, tout en avalant à intervalles réguliers l'eau d'un seau que lui tendaient deux chauffeurs noirs de graisse et de suie. Les deux hommes lui tapaient sur le dos et l'arrosaient en criant :

— C'est bien, mon gars ! Crache-moi ça, mon garçon. Crache et tout ira bien !

Ils racontèrent à Isaac Bell qu'ils venaient de sortir prendre une goulée d'air frais dans la pénombre de la plage avant lorsqu'ils avaient entendu des battements de poings frénétiques contre le panneau d'écoutille.

— Il a déverrouillé le panneau, oui m'sieur, mais il était trop lourd pour qu'il puisse le soulever. Un coup de chance qu'on ait été sur place pour l'aider, et on a réussi à l'ouvrir en un clin d'œil. Ce gars-là, c'est un héros, je vous le dis. Il a sauvé le navire. Crache, mon garçon, crache-moi tout ça !

*

Tard cette nuit-là, Isaac Bell interrogea Archie Abbott, Clyde Lynds, le commissaire de bord du *Mauretania* et enfin, le second maître d'équipage ; celui-ci avait actionné le treuil lors du chargement de la cargaison des bagages dans la soute avant le départ de Liverpool. Bell rejoignit ensuite la passerelle pour s'entretenir en privé avec le capitaine Turner.

— Comme vous le savez, tout le contenu de la soute a été carbonisé. Le brasier était tellement ardent qu'il ne reste que des cendres. Mais je peux vous l'affirmer presque à coup sûr, l'incendie a été provoqué par l'explosion spontanée d'une cargaison importante de pellicule de film celluloïd qui était en train de se détériorer en soute. Vous comprenez, j'en suis sûr, que les contrebandiers engrangent leurs profits en contournant le trust Edison pour vendre la marchandise à des fabricants indépendants qui ne peuvent l'acquérir directement par le biais d'Eastman Kodak.

Le marin était livide.

— Je les pendrai moi-même au mât de misaine si je mets la main sur eux. Cela est arrivé plusieurs fois au cours de l'année écoulée et cela fait toujours courir de gros risques aux navires.

— Il y avait huit caisses en bois, une soi-disant cargaison de livres rares destinée à un bibliophile de Reistertown, dans le Maryland. Je doute que ce monsieur s'attende à recevoir plus d'une caisse. L'idée était astucieuse, car les livres sont lourds, tout comme la pellicule.

— Satanés contrebandiers ! N'ont-ils donc aucun égard pour la vie de trois mille passagers ?

*

Le capitaine Turner était pleinement d'accord avec les chauffeurs : Clyde Lynds était un héros. Lors d'une cérémonie organisée sur le passavant dans la fraîcheur du matin, il épingla une médaille sur la poitrine de Clyde, pendant que plus bas sur le coqueron avant, des marins nettoyaient et repeignaient l'écoutille noircie.

— Cette médaille récompense votre vivacité, votre intelligence et un acte courageux qui nous a évité une explosion catastrophique. Je vous prête l'une des miennes dans l'immédiat, en attendant que la compagnie en fasse graver une à votre intention.

— Les chauffeurs qui m'ont aidé méritent eux aussi une médaille.

— Je leur en ai déjà décerné une, ne vous inquiétez pas, mon garçon.

Clyde lança un regard interrogatif à Bell. Le détective constata que le jeune scientifique, en général plutôt fanfaron, semblait réticent à accepter un tel honneur.

— Qu'en pensez-vous, monsieur Bell ?

— Je pense que vous le méritez amplement. Et j'espère que cela compensera un peu la destruction de votre propre caisse dans l'incendie.

Bell fut surpris de voir le visage du jeune homme s'éclairer d'un large sourire à la mention de cette perte. C'était la première fois que Bell le voyait aussi radieux depuis la mort du professeur Beiderbecke.

— Cette cargaison n'était-elle pas importante à vos yeux ?

— Merci, capitaine Turner, lança Clyde d'un ton brusque sans répondre à la question de Bell. Et je vous remercie aussi pour le prêt temporaire de cette médaille. Qu'est-ce qui vous a valu cette distinction ?

— Gentlemen, bonne journée à vous, répondit Turner pour couper court à la conversation et congédier ses invités. J'ai promis à la compagnie un temps de relâche le plus court possible, une sorte de répétition en prévision des traversées de Noël. Je dois débarquer le navire, assurer le départ des passagers, charger du charbon et des vivres pour le prochain voyage sans perdre une seule minute.

La sonnerie du clairon résonna pour signaler l'heure du déjeuner tandis qu'Isaac Bell et Clyde Lynds descendaient les marches du grand escalier.

— Votre caisse n'était donc pas si précieuse ? répéta Bell.

— Bien sûr que si. Elle contenait le seul et unique prototype de la machine à Images parlantes Beiderbecke et Lynds.

— Alors, pourquoi ce sourire ?

— Elle est en sécurité dans ma tête. Donnez-moi du temps, de l'argent, et je peux la reconstruire, même sans l'aide du regretté professeur Beiderbecke.

Isaac Bell s'immobilisa au beau milieu de l'escalier et saisit le bras de Clyde d'un geste ferme.

— Clyde, vous êtes le roi des idiots.

— Vous croyez que je me vante ? Écoutez, je ne prétends pas que ce sera un jeu d'enfant, mais avec plusieurs années de travail, un financement approprié et un laboratoire dernier cri, c'est possible. Et je pourrai même l'améliorer. Après avoir terminé la fabrication de notre machine, le professeur et moi n'avons pas cessé de nous demander comment la rendre plus performante. Ce n'est pas comme si je partais de zéro. Nous avons déjà résolu les problèmes les plus importants, et les solutions sont ici, dans ma tête, ajouta Lynds en se tapotant le front de l'index. Juste ici. Enfouies au plus profond de mon cerveau.

— Si vos ennemis s'en doutent, vous êtes plus que jamais en danger.

*

Hermann Wagner rédigea son texte sur un formulaire de marconigramme vierge et le tendit à l'assistant du commissaire de bord.

Celui-ci avait été dûment informé avant le départ de Liverpool de l'identité des tous les passagers importants. Il ne fut pas surpris de constater que l'important banquier berlinois envoyait un message codé, et ce d'autant moins que le marconigramme était adressé au consulat d'Allemagne à New York. Si les financiers ont leurs secrets, les diplomates en ont tout autant, voire plus.

L'assistant du commissaire de bord vit que les mains de Wagner tremblaient, mais bien sûr, il ne se permit aucune remarque à ce sujet. Tout le monde sait que même les robustes hommes d'affaires germaniques se permettent quelques schnaps de trop lors de leur dernière nuit en mer. Une bonne nuit de sommeil à terre, et l'Allemand serait prêt à travailler sans relâche dès le lendemain matin.

— Ce sera envoyé sans tarder, *Herr* Wagner. Puis-je vous aider à organiser votre hébergement à New York ?

— Non, je vous remercie. Tout est déjà prévu.

14

« Colossal », c'est le seul mot qui puisse décrire le nouveau terminal maritime de la compagnie Chelsea Improvement, déclara Archie Abbott, promoteur aussi infatigable de son New York adoré que s'il avait été porte-parole de la Chambre de commerce.

Pour accueillir jusqu'à seize paquebots express aussi imposants que le *Mauretania*, les embarcadères du terminal s'étendaient sur presque deux cents mètres dans le lit de l'Hudson et s'enfonçaient de soixante mètres à l'intérieur des terres pour parcourir mille deux cents mètres entre la 12ᵉ rue Little West, et la 23ᵉ rue Ouest.

— Il y aura même assez de place pour le *Titanic* quand il entrera en service. Et attends de voir les portails sur West Street – en granit rose ! Ce front de mer hideux est métamorphosé !

— Pas tout à fait, objecta Isaac Bell en examinant les quais aux jumelles.

Un foule était sortie de la salle d'attente du deuxième étage et s'était rassemblée sur le tablier de l'embarcadère pour saluer à grand renfort de mouchoirs les passagers du navire en approche.

Plus tôt, alors que le *Mauretania* faisait route vers le port, Isaac et Marion Bell, ainsi qu'Archie et Lillian Abbott, les deux couples main dans la main, admiraient la ville depuis le bastingage du pont promenade. C'était une superbe journée, et l'air était frais et piquant. Un fort vent de nord-est dissipait le nuage de fumée de charbon qui recouvrait en général les installations portuaires. Les gratte-ciel de Manhattan étincelaient dans le ciel bleu.

À présent, tandis que la musique d'un orchestre de ragtime flottait à la surface de l'eau et que des remorqueurs s'épuisaient à faire aborder les trente-deux mille tonneaux de jauge brute du *Mauretania* contre le vent qui soufflait sur sa haute superstructure, les deux détectives se concentraient sur le meilleur moyen de faire débarquer leur prisonnier et Clyde Lynds en toute sécurité. Après quoi, ils se retrouveraient en compagnie de leurs épouses dans l'hôtel particulier d'Archie et Lillian sur la 64e rue Est, où les nouveaux mariés étaient invités à demeurer le temps de leur séjour.

— « Pas tout à fait » ? Que veux-tu dire par là ? protesta Archie. Nous avons débarqué en provenance de Hoboken le mois dernier. Tu n'as pas vu les portails de Chelsea ni les somptueuses salles d'attente. Les ascenseurs sont en bronze massif. C'est la première fois qu'un projet urbain de cette importance est mené à bien.

Bell lui passa ses jumelles.

— Ils ont oublié de métamorphoser les durs à cuire.

— On n'évitera jamais la présence de quelques pickpockets lorsqu'un navire débarque, ironisa Archie.

— Je ne parle pas de pickpockets. Regarde de plus près.

Un millier de personnes attendait le paquebot à l'embarcadère 54. Des débardeurs s'étaient rassemblés pour accomplir leur tâche, rentrer les amarres et décharger le courrier et les bagages. Des agents des douanes du département du Trésor se pressaient sur le pont inférieur de l'embarcadère pour inspecter les bagages à la recherche de robes de soirée passibles de droits de douane ou de bijoux de contrebande. Des soutiers étaient arrivés en avance sur leur horaire habituel à bord de leurs barges pour approvisionner le *Mauretania* en charbon et assurer le temps de relâche exceptionnellement court exigé par le capitaine Turner. Et sur la terrasse de la salle d'attente du second étage, les éternels groupes de chapardeurs se faufilaient parmi les amis et parents des passagers, les vendeurs de friandises, les journalistes et les photographes. Mais l'attention d'Isaac Bell fut attirée par la présence de six gangsters du quartier de Hell's Kitchen.

— Des Gopher ! s'exclama Archie.

Les Gopher, ou « *gouffah* », comme ils se nommaient eux-mêmes, aimaient s'habiller chic, et arboraient des costumes cintrés, des chapeaux melon gris perle, des chaussures fantaisie et des chaussettes colorées.

— Qui diable a pu leur fournir un laisser-passer ?

— Il est possible qu'ils connaissent quelqu'un à Tammany Hall[1], répondit Bell d'un ton sec.

À New York, politiciens, entrepreneurs du bâtiment, prêtres, flics et gangsters se partageaient le gâteau, un

---

1. Tammany Hall : organisation liée au parti démocrate, et qui exerçait une influence prépondérante sur la vie politique new-yorkaise.

système qui n'était dénoncé qu'en de rares occasions par les réformateurs.

— Et tu vois qui ils ont emmené avec eux ? poursuivit Bell.

— Des filles, dit Archie en concentrant son regard sur un groupe de femmes aux coiffures extravagantes qui portaient d'imposants chapeaux et des robes colorées.

— Ce n'est pas bon signe.

La police de New York avait récemment adopté une politique répressive pour lutter contre la prolifération des armes à feu. Confrontés à un risque d'arrestation immédiate, les gangsters avaient pris l'habitude de cacher leur pistolet dans le chapeau ou le rembourrage du dos des robes de leurs compagnes.

— Ils sont prêts à l'action. À ton avis, qui sont-ils venus accueillir ?

Bell reprit ses jumelles. Les voyous lançaient des regards noirs vers l'arrière du navire, d'où débarqueraient les passagers de seconde classe. Un Gopher d'une taille imposante examinait la zone de débarquement de seconde classe à l'aide de délicates jumelles de théâtre en nacre, sans doute volées.

— Archie, tu reconnais cette brute avec les jumelles de théâtre ?

Archie Abbott était fier de New York au point d'inclure dans son admiration les gangs de la ville, dont la férocité était implacable.

— Ce pourrait être Blinky Armstrong, dit « Clin d'œil ».

— C'est un des chefs ?

— D'après ce que j'ai entendu, pas encore.

— J'ai tout de même l'impression qu'il dirige cette équipe. Dès que le standard sera connecté, téléphone au bureau et demande à Harry Warren de venir avec sa patrouille antigang.

— Pourquoi ?

— J'ai un mauvais pressentiment.

Le standard du système de téléphone privé du *Mauretania* se raccorderait au réseau de New York dès l'arrivée du navire à quai. Le bureau opérationnel Van Dorn de New York était installé au Knickerbocker Hotel, sur la 42ᵉ rue, et même avec une circulation chaotique, l'express aérien de la 9ᵉ avenue, véritable tapis volant, permettrait à Harry Warren et à ses spécialistes des gangs d'arriver sur place sans tarder.

— Harry saura si c'est bien Blinky.

Les remorqueurs étaient presque dépassés par le tonnage du *Mauretania* et par la force du vent ; il fallut plus de trente minutes avant qu'ils parviennent à guider le navire assez loin dans son bassin de mouillage pour que les marins puissent projeter à terre des lance-amarres, avec lesquels les dockers tirèrent ses lourdes aussières jusqu'au quai.

Enfin, le clairon sonna pour indiquer que le *Mauretania* était au mouillage. Les premiers à débarquer furent Lord Strone et Karl Schulz, qui s'ignoraient avec la même expression de raideur. Le « Baron Cheminée » fut pour sa part accueilli par une nuée de jolies filles. C'étaient sans doute ses petites-filles, se dit Bell, à en juger par l'empressement joyeux avec lequel elles le prirent par la main et le firent disparaître en riant à travers la cohue jusqu'à la sortie de West Street. Strone s'écarta, seul, et suivit avec discrétion un jeune homme, que Bell supposa être un agent du consulat britannique, vers les marches de l'appontement inférieur. De là, le *Ringer*, un yacht à vapeur venu de Greenwich qui avait suivi le *Mauretania* après l'inspection des services de quarantaine, allait le conduire jusqu'à sa propriété du Connecticut.

Bell entendit les crépitements des flashes des photographes au pied de la passerelle de débarquement et comprit que les reporters avaient aperçu Marion et Lillian. D'expérience, il imaginait sans peine les questions qui leur étaient posées à grands cris. Miss Morgan était-elle revenue à New York pour réaliser de nouveaux films animés ? Était-il vrai que Miss Morgan s'était mariée à un dirigeant d'une compagnie d'assurances ? Le commandant du *Mauretania* avait-il présidé à la cérémonie ? Que pensait madame Abbott des dernières tendances de la mode londonienne ? Les rumeurs selon lesquelles son père avait amassé en secret des actions de la compagnie Atchison, Topeka and Santa Fe, au point de détenir une majorité de contrôle, étaient-elles fondées ?

La passerelle de seconde classe allait être mise en place dès que les passagers de première auraient quitté le bord. Marion avait expliqué à Isaac Bell que les voyageurs de troisième classe devraient se résigner à passer la nuit sur le *Mauretania*, car deux noms étaient introuvables sur la liste des passagers. De telles erreurs n'étaient pas rares, mais en troisième classe, tout le monde – immigrants, citoyens américains, y compris les professionnels du cinéma – serait retenu à bord pour un nouveau décompte. Isaac Bell se demanda si les deux absents étaient les complices de l'*Akrobat*.

Le capitaine en second, relégué au fumoir contre son gré cette nuit-là, devait lui aussi se poser quelques questions.

— Très bien, Archie. Va téléphoner à Harry Warren. Je vais récupérer Clyde. Tu t'occupes de Block et de son gardien. Quand les choses se seront calmées, nous débarquerons ensemble par la passerelle de seconde.

Bell rejoignit en hâte la seconde classe. Il y trouva Clyde Lynds dans le hall de débarquement et donna un pourboire aux marins auxquels le capitaine Turner avait assigné la tâche de veiller sur le jeune homme.

— Merci messieurs, je vais à présent prendre le relais.

Clyde, son sac de voyage à la main, scrutait avec une expression angoissée la foule qui attendait les passagers.

— Vous voyez quelqu'un que vous connaissez? lui demanda Bell en observant sa réaction.

— Je ne crois pas, répondit Clyde, dont les yeux étaient pourtant rivés sur le groupe de Gopher qui lui rendaient son regard. Cela fait un bon moment que je ne suis pas venu dans le coin.

— Dans les coulisses d'un théâtre, si je me souviens bien?

— Mon avant-dernier beau-père était régisseur.

— Dans quel théâtre?

— Un peu partout. Dans le centre. La 14e rue. Et puis à Broadway pendant un moment. Au Hammerstein.

— Vous habitiez dans le quartier? demanda Bell.

Blinky Armstrong braquait ses jumelles de théâtre droit sur l'endroit où il se trouvait avec Clyde.

— Au coin de la 46e.

142

— Ce n'est pas très loin de Hell's Kitchen.

Clyde eut un rire nerveux.

— Pas trop près tout de même, Dieu merci.

Mais assez proche, se dit Bell, pour qu'un gang de Gopher se soit rassemblé pour venir accueillir le jeune homme. Clyde les avait-il offensés d'une façon ou d'une autre ? À moins que la Krieg Rüstungswerk GmbH ne les ait payés pour s'emparer de Clyde à son arrivée ? D'après ce que Bell pouvait distinguer à travers les vitres de la salle d'attente, les Gopher paraissaient désormais plus nombreux. Il compta une douzaine de gangsters qui convergeaient vers l'arrière du navire. Ils se frayaient un passage à travers la foule entourant la passerelle de débarquement que des marins étaient en train d'installer.

Isaac Bell appréciait de moins en moins la tournure que prenaient les événements. Il était bien armé, mais cela ne servirait à rien, car une fusillade risquait de tuer d'innombrables innocents. Il vit deux policiers patrouiller dans la salle d'attente et quelques autres au niveau inférieur, mais ils n'étaient pas en nombre suffisant pour contrer une attaque groupée, si telle était l'intention des Gopher.

Archie Abbott arriva presque en courant avec le gardien de Lawrence Block. L'homme s'était menotté à son prisonnier, qui paraissait désespéré.

— Harry Warren arrive, annonça Archie.

— Ne quitte pas Clyde une seconde, lui chuchota Bell. Ne le laisse pas descendre à terre.

— Où vas-tu ?

— Je vais essayer de découvrir pourquoi les Gopher l'observent avec autant d'intérêt que s'ils voulaient en faire leur déjeuner.

Le détective se tourna vers Clyde.

— Restez ici avec Archie. Ne quittez pas le navire avant que je revienne vous chercher.

— Que se passe-t-il ?

Bell dépassa les marins devant le point de débarquement et sauta pour atteindre la coupée de seconde classe, que des débardeurs faisaient pivoter vers la coque du navire. Il manquait encore un mètre cinquante pour qu'elle y soit fixée, et elle oscillait de façon menaçante sous son propre poids. Bell courut sur toute sa longueur et atterrit dans la salle d'attente du terminal.

— Halte là ! cria un agent de la Cunard.

Isaac Bell le frôla en passant devant lui et se dirigea droit vers Blinky Armstrong, qui avait mis ses jumelles dans sa poche et observait Clyde d'un air menaçant tout en frappant sa paume dure comme de la pierre d'un poing épais. Le détective était à six ou sept mètres du gangster, ralenti par la foule de plus en plus dense, lorsqu'une femme poussa un hurlement perçant. Le son qui franchit ses lèvres évoquait d'ailleurs plus une vocifération sauvage, dictée par la haine plutôt que par la peur, qu'un véritable cri.

Deux gangsters se battaient ; ils roulaient sur le bitume, se lançaient des coups de pied, échangeaient des horions et se frappaient avec leurs matraques. Deux autres vinrent se joindre à la bagarre ; les gens ordinaires s'éloignaient en courant de la rixe avec des cris affolés. Lorsqu'une nouvelle escouade de voyous fendit la foule, et écarta sans ménagement hommes, femmes et enfants de leur chemin en balançant des poings et en montrant les tuyaux de plomb dont ils étaient armés,

144

Bell comprit qu'il ne s'agissait pas de Gopher, mais de membres d'une bande rivale.

Le pugilat se répandit comme une traînée de poudre. Une quinzaine d'hommes se cognaient les uns les autres. Un grand flic chargea, matraque en main. Puissant et agile, il fit chuter trois gangsters au sol comme des quilles de bowling. La botte de l'un d'eux dévia son angle d'attaque; il se retrouva lui aussi à terre parmi les combattants et disparut comme avalé par la mêlée.

Des lames de couteaux étincelèrent, suscitant des hurlements coléreux et des cris de frayeur.

Une détonation retentit, d'un volume sonore surprenant.

Les yeux écarquillés, les gangsters coururent vers leurs compagnes qui les encourageaient de chaque côté de la pièce. Ils sortirent d'un geste vif leurs armes de leurs cachettes et déchaînèrent une fusillade en direction du débarcadère. Les balles s'écrasèrent sur les portes en tôle ondulée et brisèrent les vitres. Les personnes les plus proches s'aplatirent au sol, et Bell constata soudain que la voie était dégagée comme si une moissonneuse géante venait de passer dans un champ de blé agité par le vent. Il vit Blinky Armstrong et deux de ses Gopher courir vers le portail de West Street en piétinant les citoyens recroquevillés de peur et en précipitant à terre ceux qui étaient trop terrifiés pour bouger.

Isaac Bell se lança à leur poursuite.

À mi-chemin de West Street, Blinky et ses hommes se précipitèrent dans une cage d'escalier.

Bell les suivit, dévalant les marches d'acier qui menaient au pont des bagages, au niveau inférieur.

Les Gopher couraient le long du *Mauretania* vers l'alignement de portes qui permettaient de quitter le débarcadère pour s'engager dans West Street. Avant qu'ils aient pu sortir, des groupes de policiers accoururent des postes voisins, et les Gopher comme leurs rivaux se lancèrent dans une fuite éperdue pour éviter d'être arrêtés.

Au lieu d'essayer de s'échapper vers West Street, où ils auraient pu se fondre dans le quartier, ils se retournèrent vers le quai pour se débarrasser de leurs armes. Revolvers, pistolets de poche et autres armes à feu dissimulées dans les manches allèrent cogner avec un bruit métallique contre la coque noire du *Mauretania* avant de s'enfoncer dans l'eau du bassin de mouillage.

Isaac Bell prit à la corde le virage en coude emprunté par les gangsters pour s'approcher du *Mauretania* et commença à gagner du terrain. Il était à présent assez proche pour distinguer les coutures du manteau d'Armstrong et se préparait à le tacler. Des allèges étaient amarrées à l'embarcadère pour amener des draps, des nappes, des serviettes de table ou de toilette à diverses blanchisseries de la ville. Des avitailleurs attendaient là pour livrer des vivres. Des remorqueurs manœuvraient des barges de charbon où des soutiers armés de pelles attendaient de remplir les soutes du *Mauretania*.

Sourds au tumulte qui régnait près de l'embarcadère, ou désireux de profiter de l'inattention des gangsters en fuite et des flics lancés à leur poursuite, deux colleurs d'affiche guidèrent une petite embarcation à vapeur sous la proue évasée du *Mauretania*, saisirent deux grands pinceaux à longs manches et se mirent en devoir de placarder des affiches publicitaires sur la coque du paquebot.

LE THÉÂTRE ÉLECTRIQUE
232, 14ᵉ RUE OUEST
LA MEILLEURE
SALLE D'IMAGES ANIMÉES
DE NEW YORK
TOUS LES JOURS DE NOUVEAUX SPECTACLES !

Vingt flics supplémentaires s'engouffrèrent par les portes donnant sur West Street.

Les Gopher virèrent aussitôt sur la droite.

Isaac Bell leur emboîta le pas.

Le Gopher qui se trouvait devant Armstrong bondit de l'embarcadère vers le bord le plus proche du bassin de mouillage, calcula mal son élan et tomba à l'eau. Armstrong sauta après lui, réussit son passage et courut en dépassant la proue du *Mauretania*. Bell l'imita avec succès et courut de toute la vitesse dont il était capable. Il accéléra encore pour plonger sur Armstrong, mais alors qu'il allait s'élancer, il entraperçut du coin de l'œil, plutôt qu'il ne la vit, une sinistre silhouette dansante qui lui était familière, et qui descendait le long du flanc du navire avec une grâce assurée.

15

Isaac Bell se figea aussitôt. Il en croyait à peine ses yeux. Des goulottes de chargement s'ouvraient, béantes, à mi-hauteur de la coque, cinq mètres au-dessus des barges. Sous chacune, un échafaudage en bois destiné à accueillir des soutiers était suspendu par des cordes. Vers la plus éloignée d'entre elles, en arrière, près du milieu du navire, à cent vingt mètres en direction de l'Hudson, était tapie la silhouette aux longs bras, presque simiesque, du kidnappeur que Bell avait vu sauter du pont des embarcations la nuit où le *Mauretania* avait appareillé de Liverpool. Elle était rendue presque invisible par les ombres et par les groupes de soutiers qui hissaient des seaux de charbon pour les déverser dans les goulottes.

Isaac Bell calcula l'itinéraire le plus rapide. Remonter à bord lui prendrait trop de temps. Il lui fallait franchir l'étendue d'eau entre le bassin de mouillage et le bâtiment lui-même. Il repéra les entreprenants poseurs d'affiches qui collaient leurs publicités sur le navire depuis leur petite embarcation à vapeur qui dansait sur l'eau.

— Hé, vous ! Messieurs !

Bell comprit qu'ils l'avaient entendu en les voyant baisser la tête, mais ils se contentèrent pour toute réponse de coller leurs publicités encore plus vite. Habitués à être chassés des domaines privés, ils essayaient de placarder autant d'affiches que possible avant de fuir hors de portée des propriétaires de bateaux et des agents du port. Avant qu'Isaac Bell puisse attirer leur attention, l'homme que le professeur Beiderbecke avait surnommé l'*Akrobat* glissait déjà le long d'une corde qui maintenait un échafaudage. Il se laissa tomber avec légèreté sur une barge déjà déchargée par les soutiers et qui flottait haut sur la surface de l'eau. Un remorqueur s'approchait ; les marins tenaient des cordages pour ramener l'embarcation à quai et la remplir à nouveau.

Bell s'aperçut que l'*Akrobat* avait calculé sa chute pour qu'elle coïncide avec le départ de la barge. Grâce à de généreux pots-de-vin distribués aux matelots, il allait naviguer à bord déguisé en soutier américain et gagner la terre ferme sur un quai de chargement de charbon, évitant ainsi les agents des douanes et de l'immigration en poste au débarcadère du *Mauretania*.

Bell mit ses mains en porte-voix :

— Cinquante dollars pour monter à votre bord.

Les yeux des colleurs d'affiche se tournèrent vers lui comme des projecteurs.

Bell sortit son portefeuille de son manteau et agita un billet.

L'affiche qu'ils s'apprêtaient à poser proclamait :

Le théâtre du Pays des rêves
9, 9ᵉ Rue Ouest
Nouveaux spectacles d'« images animées »
tous les jours

Elle fut abandonnée en un instant.

L'un des colleurs se servit de son pinceau comme d'une perche pour écarter leur canot à vapeur du *Mauretania* comme si le paquebot était en feu tandis que l'autre agrippait le gouvernail et poussait la vapeur à fond. Le canot s'élança vers le quai. Bell fit un bond de plus de deux mètres pour atterrir sur le pont et faillit faire chavirer l'étroite embarcation. Il désigna d'un geste la barge vide tirée le long du flanc du remorqueur.

— Suivez cette barge !

— Donnez-moi le fric, lança l'homme au pinceau.

Bell lui écrasa le billet contre la paume.

— Dépêchons-nous !

Le moteur à vapeur haleta. L'hélice tourbillonna et le petit canot à la proue mince vira et prit de la vitesse le long de la coque du *Mauretania*. Ils dépassèrent la dernière goulotte de chargement encore ouverte, là où Bell avait vu l'*Akrobat*, et s'élancèrent dans le sillage du remorqueur.

Bell entendit un puissant sifflement lancé à deux doigts, un signal d'urgence classique. L'*Akrobat* envoyait un avertissement à un complice à bord du paquebot. Il se retourna pour voir de qui il pouvait s'agir.

Il distingua un mouvement confus dans l'une des goulottes et vit voler vers sa tête un morceau de charbon aux facettes luisantes et acérées. Il se courba en détournant le visage, mais le projectile arriva trop vite. Personne ne pouvait lancer avec une telle force ; le tireur avait dû utiliser une fronde. Grâce à ses réflexes, Bell put épargner son visage, mais le morceau de charbon acéré projeta son chapeau dans l'eau et lui entailla le crâne.

Il entendit le son creux d'une détonation, comme celui d'un pétard jeté dans un tonneau. Une douleur aiguë explosa le long de sa colonne vertébrale. Il sentit ses genoux lâcher et culbuta par-dessus bord. Il entendit crier le colleur d'affiche qui manœuvrait le canot.

— Rattrape-le !

Il vit le pinceau tendu vers lui. Il souleva le bras, mais sa main était trop lourde. Il tenta de rassembler toutes ses forces pour une dernière tentative désespérée. Il leva plus haut sa main, aussi pesante que du plomb. Il sentit le manche du pinceau entre ses doigts, et l'agrippa du mieux qu'il le pouvait. Les soies glissèrent entre ses doigts, et le détective, impuissant, tomba dans l'eau du port.

16

Isaac Bell coula comme une pierre.

La marée haute qui avait accompagné l'arrivée du *Mauretania* avait commencé à se retirer, et l'eau froide du fleuve tourbillonnait à travers le bassin. Le courant entraînait Bell, de plus en plus vite à mesure qu'il s'enfonçait dans l'eau. Il se cogna avec violence contre une masse dure – l'un des piliers qui soutenaient le débarcadère, et contre lequel le plaquait la puissance du courant. Puis quelque chose sembla saisir son pied, avec une puissance à la fois douce et insistante. De la boue ? se demanda-t-il, l'esprit confus. Il avait dû couler jusqu'au fond du bassin, et la vase, tel un être vivant et affamé, voulait le garder là pour toujours.

Bell sentit comme un battement. Puis son visage devint soudain froid, comme si quelqu'un lui avait jeté le contenu d'un seau à glace à la figure. Il crut voir Marion l'asperger d'eau glacée.

— Réveille-toi, Isaac. Réveille-toi ! Je t'en prie !

Il revint à la vie et eut soudain pleine conscience de sa situation. Le battement était celui de son propre cœur. L'eau glacée était celle d'une langue de courant froid qui l'avait pour un temps revigoré. La boue indiquait qu'il se trouvait à plus de dix mètres sous la surface. S'il ne respirait pas, il allait mourir. Il donna un coup de pied dans la boue et se hissa le long du pilier glissant. L'eau se réchauffait, le courant faiblissait. Il battit plus fort des jambes et son ascension s'accéléra. L'instinct lui dicta de mettre une main au-dessus de sa tête pour se protéger et un instant plus tard, en effet, il se cogna contre une poutre transversale qui étayait deux poteaux. Il manquait d'air. Son cœur battait avec la puissance du tonnerre. Des éclairs jaillissaient devant ses yeux. Il lui était impossible de retenir plus longtemps sa respiration. Il ouvrit la bouche, inspira, et soudain la lumière du soleil baigna son visage.

— Isaac !

Il cracha de l'eau et aspira de l'air, toussa, aspira encore et se mit à nager en direction du cri qu'il venait d'entendre. Des cris résonnèrent. Quelqu'un parla d'une échelle. Il la trouva installée contre un poteau, la saisit et tira pour s'en approcher. Il s'y accrocha un instant, ignorant les cris, pour respirer et reprendre ses esprits.

*

Isaac Bell se hissa hors du fleuve, d'une humeur massacrante. L'*Akrobat* s'était bel et bien échappé. Sa tête lui infligeait le martyre. Le sang lui piquait les yeux. Sans compter qu'il avait perdu son chapeau et son pistolet préféré.

— Isaac, ça va ?

C'était Harry Warren, chef de la brigade antigang de l'agence Van Dorn de New York, un homme dont l'allure insignifiante était en réalité travaillée avec soin, et qui portait un ample costume sombre muni de multiples poches pour dissimuler ses armes et un chapeau melon au fond renforcé. Son visage, en général dépourvu de toute expression, était contracté par l'angoisse, comme ceux de ses agents aguerris, qui regardaient par-dessus l'épaule de leur supérieur pendant qu'Isaac Bell rassemblait ses forces et se remettait debout en vacillant.

Harry lui tendit un mouchoir.

— Tu saignes.

— Il faut trouver qui est venu chercher des noises aux Gopher.

— Comment ?

Bell essuya son visage et tamponna la plaie, un sillon déchiqueté qui traversait sa chevelure de part en part.

— Je veux savoir ce qui se passe. Nous ne sommes pas tombés par hasard sur une guerre entre gangs. Les Gopher attendaient un passager du navire. Je veux savoir qui et pourquoi. Et je veux aussi savoir pour quelle raison les autres gangsters sont arrivés juste au même moment. Et vite !

Warren et ses hommes se dispersèrent. Bell partit à la recherche de vêtements secs.

*

Tôt le lendemain matin, dans la bibliothèque d'Archie Abbott, Marion lut à voix haute, à l'intention d'Isaac Bell, le compte rendu donné par le *New York Times* de la fusillade de la veille sur l'embarcadère 54. Sous l'influence de la Cunard Line, soucieuse de maintenir la réputation de la compagnie en matière de sécurité, et sous la menace, supposa Bell, des policiers et responsables des quais embarrassés par la tournure qu'avait prise la situation, le journal imputait la responsabilité de la fusillade à des dockers italiens mécontents.

Bell éclata de rire, ce qui raviva aussitôt sa douleur au crâne.

— « Les Italiens se sont tous échappés dans la confusion ambiante, et "des arrestations sont imminentes", selon les responsables des quais », termina Marion.

Le majordome d'Archie apparut soudain.

— Un certain monsieur Warren souhaiterait vous voir à la porte de la cuisine, annonça-t-il à Isaac Bell.

— Faites-le entrer, lui répondit Marion.

— J'ai essayé, madame Bell, mais il refuse d'aller plus loin.

*

La cuisinière versa du café à Harry Warren et s'éclipsa sans tarder.

Harry contempla avec un certain étonnement Isaac Bell, vêtu comme à l'accoutumée d'un costume en lin blanc, et qui avait coiffé son épaisse chevelure d'or de façon à dissimuler une rangée de points de suture.

— Si tu n'étais pas aussi blanc que ton costume, je ne penserais jamais que tu as failli être décervelé et noyé.

— Il a l'air en meilleure forme qu'il ne l'est en réalité, rétorqua Marion. Le docteur dit qu'il devrait être au lit.

— Je vais bien, dit Isaac.

Harry Warren et Marion Bell échangèrent des regards inquiets.

— Tu sais, patron, madame Bell a raison de se faire du souci, et le toubib aussi. Des coups sur la caboche, ça mérite quelques égards.

— Merci, Harry, dit Marion. Pouvez-vous m'aider à l'accompagner à l'étage ?

— Qu'est-ce que tu as trouvé ? demanda Bell.

— Les Gopher ne croient toujours pas qu'il y ait eu un incendie à bord du *Mauretania*.

— Mais en quoi cela les concernait-il ? Et puis cet incendie a bel et bien eu lieu, je l'ai vu de mes propres yeux. Le feu a tout brûlé dans la soute à bagages avant, y compris la cargaison de pellicule de contrebande qui l'a provoqué.

— C'est ce que les Gopher refusent de croire.

Bell se tourna vers Marion, et soudain, tout s'éclaircit dans son esprit.

— Tu veux dire que ce sont les Gopher qui font de la contrebande de pellicule ?

— Ils ont fourni le fric pour la cargaison. Lorsqu'ils ont entendu parler du sinistre, ils se sont dit que le type qu'ils avaient payé pour la transporter jusqu'à New York voulait les doubler et vendre à un autre acheteur pour un meilleur prix.

— Et qui est ce type ?

— Clyde Lynds.

— Je craignais que tu me dises cela. Clyde a senti l'odeur de la pellicule qui se décomposait et savait avec une parfaite précision de quoi il s'agissait, parce que c'était sa propre marchandise.

— Le « héros » qui a sauvé le navire est donc le contrebandier qui a failli le faire couler, commenta Marion.

— En résumé, oui, acquiesça Warren, qui se leva et remit son chapeau. Bref, quand les gars de Yorkville sont arrivés, les Gopher en ont conclu qu'ils étaient venus attendre la livraison qu'ils avaient eux-mêmes payée, et cela a déclenché la bagarre.

— En résumé…

— Merci pour le café.

— Qui sont ces types ?

— Ils viennent du nouveau quartier allemand de Yorkville. Dans le nord de l'East Side.

— Des Allemands ?

— Les Allemands quittent le centre depuis la catastrophe du *General Slocum*. Vous savez, ce bateau prévu pour des excursions dans l'incendie duquel tous ces pauvres enfants ont perdu la vie. Cela a déchiré le cœur de tout le quartier, et les gens sont allés en bloc s'installer plus au nord avec armes et bagages.

— Quel est le nom du gang ?

— Les « Pâtes d'amandes ».

— Comme la confiserie du même nom ?

— Les vieux gangs se fichaient d'eux à cause de ce nom, mais à présent, ils en sont fiers, parce qu'ils flanquent des raclées à tout le monde. Ce sont des durs.

Harry avait déjà presque franchi la porte de service lorsque Bell l'interpella :

— Mais pourquoi ces « Pâtes d'amandes » sont-ils venus au débarcadère 54 ?

— Qu'est-ce que tu veux dire ?

— Cette pellicule de contrebande a bien brûlé pendant l'incendie, expliqua Bell avec patience. Clyde Lynds n'a pas trahi son accord. Les types de Yorkville n'ont pas acheté la marchandise à l'insu des Gopher. Donc, ils ne sont pas venus pour récupérer de la pellicule dont ils n'avaient jamais entendu parler. Alors pourquoi ce gang est-il venu attendre le *Mauretania*?

Le visage de Warren devint encore plus inexpressif qu'il ne l'était déjà.

— Je n'ai pas encore trouvé la réponse.

— Eh bien trouve-la, et viens me faire ton rapport au bureau.

— Isaac, intervint Marion, le médecin t'a ordonné de rester ici pour la journée.

— Très bien. J'obéirai. Harry, viens me faire ton rapport au bureau ce soir.

17

— Clyde, annonça Isaac Bell, vous allez devoir rendre votre médaille au capitaine Turner.

— Que voulez-vous dire, monsieur Bell ?

Le détective lui adressa un regard glacé. Clyde Lynds baissa la tête.

— Je suis désolé, monsieur Bell. Je suis tellement désolé.

— Désolé de quoi ? Allez, crachez le morceau ! De quoi ?

— La cargaison de pellicule. Elle était à moi.

— Continuez.

— Nous avions besoin d'argent pour fuir l'Allemagne. Je voulais tellement que les Images parlantes soient un succès, mais j'avais une trouille bleue que nous y laissions notre vie. Lorsque l'armée a lancé ce mandat d'arrêt bidon, je savais que c'était cuit.

— Cette affaire de contrebande est-elle une idée du professeur Beiderbecke ? lui demanda Bell d'une voix calme après l'avoir sondé un instant du regard.

— Non !

— Vous en êtes certain ?

— Le pauvre vieux ne se doutait de rien. C'était mon idée. Vous vous souvenez, quand je vous ai dit que j'avais eu de la chance ? Ce qui s'est passé, c'est que je suis tombé par hasard sur un Gopher que j'avais connu à New York, et qui travaillait comme machiniste au Hammerstein. Il avait pris du galon dans le gang, et ils l'ont envoyé en Allemagne pour chercher de la pellicule. Il avait de l'argent. Je connaissais une entreprise à laquelle j'en avais déjà acheté, et ils m'ont indiqué un affréteur pour emballer et cacher la marchandise. Nous avons conclu un accord. (Clyde baissa à nouveau la tête.) Je me suis dit, après tout, je m'en fiche, tout le monde trafique avec la pellicule, pourquoi pas moi ? Je ne savais pas qu'elle était vieille au point d'être instable, ajouta-t-il avec un rire amer. Ils m'ont eu comme un bleu. Sept caisses de détritus.

— Un détritus mortel.

— Je vous le jure, je ne savais pas. Je suis convaincu qu'ils m'ont refilé un vieux stock à la place de ce que je voulais acheter. Je veux dire, je n'aurais pas pris le risque de faire du mal à tous ces gens.

— Et vous m'affirmez que Beiderbecke n'avait rien à voir avec tout cela ?

— Je ne lui ai rien dit jusqu'à ce que nous soyons à bord… Qu'allez-vous faire ?

Isaac Bell poussa un soupir.

— Je crains que vous ne me laissiez pas le choix. Je vais vous aider à rester en vie, sans être kidnappé, pendant que vous construirez une nouvelle machine pour vos Images parlantes.

— M'aider ? Pourquoi ? Ce que j'ai fait est affreux. Tous ces gens auraient pu mourir.

— Pourquoi ? Vous êtes un âne. Mais un âne honnête. Je vous ai laissé une échappatoire et vous n'en avez pas profité. Il vous aurait suffi de rejeter la responsabilité de toute l'affaire sur le professeur, et vous ne l'avez pas fait. Cela me suffit.

*

— Quelqu'un a inculqué la crainte de Dieu à ces « Pâtes d'amandes », confia Warren à Bell ce soir-là au quartier général Van Dorn, installé au Knickerbocker Hotel. Ce qui n'est pas un mince exploit.

— Comment ont-ils réussi une chose pareille ?

— Ce gars qui a mené l'attaque à l'embarcadère 54...

— Eh bien ?

Spécialiste des gangs de l'agence de New York, Warren fréquentait les Gopher, les Duster, les triades de Chinatown, et il avait vu son lot de crimes et de violence dans les taudis de la ville. Pourtant, ses mains tremblaient tandis qu'il sortait une flasque de sa poche intérieure ; il en but une rasade, puis la passa à Bell.

— Il a été brûlé vif dans la chaudière d'une brasserie, répondit Harry Warren en reprenant sa flasque, qu'il essuya avant de reprendre une gorgée. C'est son frère qui me l'a raconté.

— Pourquoi t'en a-t-il parlé ?

— Bonne question. C'est un peu comme si celui qui a fait ça avait soudain révélé une nature radicalement différente de celle des autres. Comme si les Gopher, les « Pâtes d'amandes », les Van Dorn et même les flics étaient d'un côté de la rue devant un grand trou, après un tremblement de terre ou quelque chose du genre, et que ces gars qui ont rôti son frère étaient de l'autre côté.

— Que diable t'a-t-il dit d'autre ?

— Rien. Fermé comme une huître.

— Allons le voir.

*

Isaac Bell et Harry Warren firent le tour des bars des East Eighties et finirent par trouver le frère de l'homme assassiné, appuyé contre la façade d'un saloon, sous le chemin de fer aérien de la 3ᵉ avenue. Il s'appelait Franck et fouillait ses poches à la recherche d'un peu d'argent. C'était un Germano-Américain de grande taille, aux larges épaules, séduisant, avec le visage et les poings balafrés d'un cogneur de rues. Il évalua Bell d'un coup d'œil et hocha la tête, comme pour indiquer qu'il se battrait avec lui s'il le fallait, mais qu'il n'en avait pas envie. Bell lut autre chose dans son regard résigné, une confirmation de ce que lui avait raconté Warren. Le gangster avait vu quelque chose de diabolique qui l'avait secoué jusqu'aux tréfonds de son être.

Warren et Bell le firent entrer dans le bar et commandèrent une bouteille.

— Je suis désolé, au sujet de votre frère, lui dit Bell.

— Ouais.

— Vous étiez proches, Bruno et vous ?

— Oui, avant, quand on était gosses. Moins après.

— Vous frère vous a dit ce qui se préparait à l'embarcadère ?

Franck haussa les épaules.

— On devait attraper un gars qui débarquait du navire.

— À quoi ressemblait ce type ?

— Vingtaine d'années, cheveux bruns mal coiffés, yeux bleus, moustache fine.

Clyde Lynds tout craché.

— Il vous a dit pourquoi ?

— Non.

— Il vous a expliqué pour le compte de qui vous deviez mettre la main sur ce type ?

— Non.

— Vous aviez déjà vu ce commanditaire ?

— Comment est-ce que j'aurais pu ? Mon frère gardait ses affaires pour lui.

— Votre frère vous a dit combien le gars payait ?

Franck secoua la tête.

— Bruno ne m'en aurait jamais parlé. Il prenait ce qu'il y avait à prendre et nous payait ce qu'il voulait.

— Un dur en affaires, votre frangin.

— Pas autant qu'eux.

— Je suppose que non, en effet… Puis-je vous poser une question ?

— Rien ne vous a empêché de le faire jusqu'à présent.

— Et rien ne vous a forcé à me répondre. J'apprécie, surtout dans un moment aussi difficile.

— Vous voulez avoir ces types ?

— Oui, répondit Bell.

— Qu'est-ce que vous voulez savoir ? demanda Franck en hochant la tête.

— Votre frère avait-il déjà travaillé pour eux dans le passé ?

Franck hésita un instant.

— C'était la première fois ? insista Bell.

— Je ne sais pas. Je veux dire, je ne sais pas si c'est les mêmes ou quelqu'un qui les connaît. Vous voyez ce que je veux dire ?

— Non.

— Eh ben des fois, quand ils font une fête, on leur vend de la poudre. Et aussi des filles.

— Qui ?

— Peut-être ceux qui ont parlé de mon frère à ce type.

— Peut-être, acquiesça Bell. Qui sont-ils ?

— Je ne veux pas leur faire d'histoires. Ce ne sont peut-être pas eux qui ont parlé à ce gars. Je ne voudrais pas...

— Vous ne voudriez pas ficher en l'air un accord profitable, dit Bell. Je ne vous en blâme pas.

— Moi non plus, renchérit Warren.

— Ouais, je veux dire... de l'argent régulier, ce n'est pas rien.

— Avec votre frère hors du jeu, le fric ne va pas courir les rues, approuva Bell. Au moins jusqu'à ce que votre équipe se remette sur pied. Écoutez, Harry est là, debout devant vous, et personne ne verra que je vous donne ça. À peu près deux cents dollars pour vous aider à tenir.

— Deux cents ? Bon Dieu, m'sieur. Qu'est-ce que vous voulez obtenir avec ça ?

— Je veux celui qui a tué votre frère. Si vous pouviez me dire qui a présenté ce type à votre frangin... les clients qui achetaient votre coke et vos filles.

— Ouais.

— Qui sont-ils ?

— Ils vivent au consulat.

Bell retint son souffle.

— Quel consulat ?

— Le consulat d'Allemagne.

Isaac Bell et Harry Warren prirent en hâte le chemin de fer aérien de la 3ᵉ avenue et se rendirent au centre, à la pointe de Lower Manhattan. Ils sortirent à la station South Ferry et remontèrent Broadway à pied. En pleine conversation, ils arrivèrent près du superbe immeuble de seize étages du Bowling Green Office, sans même prêter attention à sa façade de style néo-grec en granit, brique blanche et terre cuite.

À cette heure tardive, seuls deux éclairages étaient visibles parmi les rangées de baies vitrées qui s'empilaient du rez-de-chaussée jusqu'au toit. Les affréteurs de la White Star et de l'American Line, les architectes navals, les banquiers et les avocats qui menaient leurs affaires depuis cette prestigieuse adresse étaient à présent rentrés chez eux. Les deux lumières provenaient du neuvième étage, qui abritait les bureaux du consul général d'Allemagne.

— Il faut surveiller le coin, ordonna Bell, et essayer de recueillir de nouveaux éléments.

18

— J'ai entendu dire que l'agence avait signé un contrat de protection avec le consul général d'Allemagne à New York en 1902, dit Isaac Bell en entrant dans le bureau aux lambris de noyer de Joseph Van Dorn, au quartier général de l'agence installé au Willard Hotel de Washington, à deux pas de la Maison Blanche.

Ces derniers temps, c'était là que le patron passait le plus clair de son temps à cajoler la clientèle du département de la Justice, du Congrès et de la Navy. Il connaissait sur le bout des doigts les rouages politiques de la capitale.

— C'est vrai, en effet, répondit Van Dorn en riant de bon cœur. Et je ne risque pas de l'oublier de sitôt.

Son hilarité donna une teinte cramoisie à son visage, sorte de grosse lune encadrée de favoris roux qui rejoignaient une moustache aux poils rêches, le tout surmonté d'un crâne chauve et luisant. Ses yeux aux paupières tombantes disparaissaient presque sous des poches aux multiples replis. Ses façons affables et son rire facile masquaient son ambition, une intelligence féroce et un indéfectible amour de la justice qui le faisaient redouter des criminels de toutes sortes.

— Le prince Henri de Prusse était en visite aux États-Unis, expliqua Van Dorn d'une voix chaude adoucie par un accent irlandais à peine perceptible. Après tous ces assassinats en Europe, qui pouvait savoir si un anarchiste ou un cinglé de fanatique n'allait pas prendre le prince pour cible ? Les Allemands avaient leurs propres agents, bien sûr, sans compter ceux du Secret Service prêtés par le département du Trésor, mais ils ont fait appel à nous, à des flics locaux et à des détectives des chemins de fer pour le protéger pendant ses voyages en train, et aussi à quelques agences moins importantes. Tout ça a fini par devenir un invraisemblable imbroglio : treize sortes de détectives veillaient sur le prince, et aucun n'avait la moindre idée de l'identité des autres. Henri a eu de la chance de rentrer chez lui sain et sauf sans se faire abattre par un apprenti Pinkerton à la noix.

— Que voulez-vous dire par « leurs propres agents » ?

— Les consulats étrangers font venir leurs services secrets pour surveiller leurs compatriotes qui vivent ou voyagent aux États-Unis, et garder un œil sur les criminels ou les anarchistes susceptibles de rentrer en Europe pour fomenter des troubles.

— J'ai cru comprendre que les consulats allemands utilisaient par ailleurs des espions sous couvert de fonctions officielles, du genre attaché commercial ou militaire, intervint Bell.

— Tout comme les Britanniques, les Français, les Autrichiens, les Espagnols, les Chinois ou les Japonais. Mais pourquoi me parliez-vous de ce contrat ?

— Ont-ils aussi des liens avec des criminels du coin ?

— Ah, c'est donc là où vous vouliez en venir... Des criminels du coin ? Je n'irais pas jusque-là. Mais les consuls et les vice-consuls en poste par ici n'ont pas vraiment le sang bleu, comparés aux aristocrates qui occupent les ambassades. Les consuls fréquentent des hommes d'affaires, des flics, et tous les fauteurs de troubles que peuvent rencontrer des étrangers en voyage.

Isaac Bell parut vouloir changer de sujet.

— J'ai reçu plusieurs télégrammes de Curtis.

Van Dorn fronça les sourcils.

— À votre instigation, Curtis persiste à me faire dépenser des sommes considérables pour des renseignements sur les rouages internes de la Krieg Rüstungswerk GmbH. Jusqu'à présent, personne n'a jugé bon de m'informer quant à l'intérêt de tels renseignements, ajouta Van Dorn d'un ton aigre. Et le patron de cette agence n'a donc plus qu'à spéculer et se demander s'il sera le dernier à savoir ce qui se trame, et si cela peut avoir un quelconque rapport avec cet incendie à bord du *Mauretania*, ou cette fusillade au débarcadère 54, ou encore avec la rumeur selon laquelle deux ou trois personnes seraient passées par-dessus bord pendant que vous étiez en mer, Isaac.

— Les informations fournies par Curtis valent de l'or, argumenta Bell. De l'or pur. Il a réussi à dénicher un employé mécontent de la Krieg, un cadre supérieur, qui affirme qu'à New York et à Los Angeles, la compagnie paye des commissions au personnel du consulat allemand pour agir en tant que représentants officieux.

— De l'or ? lança Van Dorn avec dédain. Les consuls étrangers sont censés huiler les rouages du commerce international. C'est ça, leur boulot. Le commerce. Présenter des gens à d'autres. Vendre.

— Sauf que ces agents du consulat ne vendent rien. Ils ne favorisent aucun contact. Ils ne sont pas non plus à la recherche de clients américains. En revanche, ils touchent des commissions comme s'ils effectuaient bel et bien ce travail. En résumé, la Krieg verse des dessous-de-table aux consuls allemands. Vous ne vous demandez pas quel genre de faveurs les agents des consulats lui accordent en échange ?

Isaac Bell constata avec satisfaction que son patron avait cessé de rire. Il ne souriait même plus, mais ses yeux brillaient comme des flammes, semblables à ceux d'un grizzli qui renifle sa proie.

— C'est intéressant.

— Art Curtis dans toute sa splendeur, répondit Bell. Je ne connais que lui pour étudier les choses en profondeur et aussi vite. Mais cela coûte cher de suborner un informateur bien placé. En d'autres termes, ce cadre qu'Art est parvenu à retourner est habitué à une rémunération confortable.

Van Dorn se leva de son bureau et avança à pas lourds vers la fenêtre. L'emplacement de celle-ci, dans son bureau installé dans un coin du second étage, lui permettait de voir les gens qui s'approchaient des entrées principale et latérale du Willard. Il se déplaça ensuite vers la cloison intérieure et inspecta le salon de réception à travers un judas percé dans l'œil du portrait de Benjamin Franklin qui accueillait de l'autre côté du mur les visiteurs de l'agence.

Patient et silencieux, Bell demeura immobile sur son siège.

Au bout d'un moment, Van Dorn se retourna vers lui et le fixa d'un air interrogateur.

— Est-ce pour cela que vous avez fait tout le chemin jusqu'à Washington au lieu de me passer un coup de fil longue distance?

— Non. Je suis venu vous dire quelque chose de beaucoup plus intéressant.

*

Hans Reuter – l'informateur d'Art Curtis au sein de la Krieg Rüstungswerk, et avec qui le détective entretenait des relations cultivées avec soin et non sans difficultés – refusa de continuer à rencontrer son interlocuteur dans des *Biergarten*.

— Trop de monde, ne cessait-il de répéter. Trop de gens nous voient ensemble.

S'ils avaient discuté face à face plutôt qu'au téléphone, Arthur aurait croisé les mains avec douceur sur son ventre rebondi et écouté Reuter d'un air compatissant, mais il devait se contenter de sa voix apaisante et d'une logique simple.

— Ils ne savent pas de quoi nous parlons. Et ils ignorent que je vous paye.

— La dernière fois, j'ai été suivi.

— Vous en êtes sûr? demanda Arthur Curtis en feignant une insouciance qu'il était loin de ressentir.

Après leur dernier rendez-vous, Curtis s'était lui-même demandé s'il était filé, et était revenu à son bureau par des chemins détournés après s'être donné beaucoup de mal pour semer son éventuel poursuivant. Il semblait à présent que ç'ait été le cas, et que l'individu soit plutôt du genre furtif. Il devait sans doute rendre des comptes à la Krieg Rüstungswerk, et il ne lui avait pas fallu beaucoup de temps pour trouver sa piste. Curtis devait mettre un terme à cette menace, il en était conscient. Le problème, c'est que son informateur effrayé disposait encore de nombreux renseignements qui mijotaient dans son esprit rongé d'amertume, mais il les distillait au compte-gouttes.

— J'en suis certain à cent pour cent, répondit Reuter. Pour ce que j'en sais, ils pourraient aussi bien avoir mis cette ligne sous écoute.

— Il faudrait qu'ils aient de véritables devins à leur service, postés dans les cabines téléphoniques des bureaux de poste de tous les quartiers de Berlin.

— Je n'en serais pas si étonné.

— J'ai une idée, dit Arthur Curtis.

— Assez d'idées comme ça, répliqua Reuter, qui raccrocha aussitôt.

Arthur Curtis rentra à son bureau en prenant tout son temps. Il redoublait de précautions, observait son reflet dans les vitrines, changeait sans cesse de tramway, entrait et sortait de multiples boulangeries et cafés, et il ne pénétra dans son immeuble que lorsqu'il fut convaincu de ne pas avoir été suivi.

Pauline était assise derrière son bureau, et lisait son courrier.

— Vous devriez être chez vous et au lit. Il est tard.

— Je ne suis pas fatiguée, répondit Pauline.

— Vous n'allez pas à l'école demain ?

— L'ami de ma mère est à la maison. Il sera parti à minuit.

— Vous avez dîné ?

— Je n'ai pas faim.

— Tenez.

Curtis tendit à Pauline un beignet sucré qu'il avait acheté en cas de fringale passagère et la regarda le dévorer avec l'appétit d'un loup qui s'attaque à une biche. Et quelque chose d'incroyable se produisit soudain. Art Curtis avait peur. Pas pour lui, mais pour elle, cette gamine écervelée qui traînait toujours autour de lui. Que se passerait-il s'ils mettaient la main sur lui en sa présence ? Que lui feraient-ils subir lorsqu'ils en auraient terminé avec lui ?

*

— Ces films « parlants » existent depuis des années, objecta Joseph Van Dorn.

Isaac Bell venait de terminer son récit au sujet de Beiderbecke, de Clyde Lynds et de leur machine à Images parlantes. Bell avait recommandé à son patron d'assurer la protection de Lynds, le temps qu'il fabrique un nouveau dispositif, en échange d'une partie des bénéfices.

— Le son rendra les images animées beaucoup plus vivantes, et elles changeront de nature. Le son joue sur les émotions. La machine à Images parlantes est une invention révolutionnaire.

Van Dorn haussa les épaules.

— Un jour, je suis allé voir un film parlant. Ils appe-laient ça « Kinetophone », ou quelque chose du genre, et la publicité prétendait que les chansons suivaient à la perfection les mouvements de lèvres des comédiens. En réalité, les lèvres et les paroles n'allaient pas du tout ensemble, et il était impossible de suivre l'histoire.

— La synchronisation, c'est le problème crucial.

— Et puis avec les machines parlantes, il y a une espèce de grincement mécanique discordant, qui ne paraît pas du tout naturel.

— L'amplification pose problème aussi. Selon Lynds, lui et Beiderbecke avaient trouvé la solution.

— Un vrai problème, en effet. J'ai voulu aller voir une troupe d'Actologues à Detroit. L'un des malheu-reux comédiens avait une voix si faible qu'elle ne parvenait pas à franchir l'écran. Chaque mot qu'il prononçait s'évanouissait dans les airs.

— Vous avez acheté des billets, répondit Bell. Vous avez payé pour assister à ces différentes tentatives de produire des images parlantes. Cela prouve qu'il existe une demande pour ce type d'attraction. Mais le fonctionnement actuel est trop onéreux. Marion me disait qu'une troupe d'Actologues classique comprend au moins huit personnes – opérateur, pianiste, chan-teurs, directeur et comédiens. Un film présenté avec la machine à Images parlantes de Lynds et Beiderbecke pourrait être présenté dans un millier de salles en même temps. Les bobines de pellicule ne mangent pas, ne dorment pas et n'exigent aucun salaire. Ce serait comme une usine de poêles à frire qui fonctionnerait sans ouvriers, avec des machines pour fabriquer ses produits.

Van Dorn, l'un des hommes d'affaires les plus avisés et les plus regardants à la dépense qu'ait connu Bell, sourit à la pensée de ne pas avoir à payer d'employés.

— Vous êtes tout à fait persuasif, Isaac. Quand je vous écoute, je me dis que cela vaut peut-être la peine de protéger ce jeune homme.

L'astucieux fondateur de l'agence Van Dorn se caressa le menton, rumina en silence et joua d'un air absent avec le téléphone à colonne et son tube acoustique.

— Mais le professeur Beiderbecke est mort, ajouta-t-il. Clyde Lynds pourra-t-il reconstruire une nouvelle machine sans son aide ?

— Beiderbecke affirmait que Clyde était très brillant. L'armée allemande l'en croit capable. Et les consuls allemands aussi.

— J'ai du mal à croire que l'armée du Kaiser se démène autant pour une simple question d'argent.

— Je suis d'accord avec vous. Ce ne sont pas des businessmen, mais des soldats. Il doit y avoir autre chose.

— Découvrez quoi, ordonna-t-il à Bell. Continuez à surveiller ce qui se passe au consulat d'Allemagne à New York. Je m'occuperai de celui de Washington.

— Pourquoi ne pas inviter l'ambassadeur à déjeuner au Cosmos Club ?

— C'est ce que je vais faire dès demain, mais ne vous faites pas trop d'illusions. Il est peu probable que Son Excellence soit informée d'une opération hostile, surtout s'il s'agit d'un projet militaire.

— Pouvez-vous donner carte blanche à Art Curtis à Berlin ?

— Oui, oui, oui, grogna Van Dorn à contrecœur.

— Je préférerais qu'il ne soit pas obligé de justifier chaque dépense en passant par vous.

Van Dorn grimaça.

— Très bien, bon Dieu. Je vous autorise à dépenser ce dont vous avez besoin.

— Ne vous inquiétez pas, Art ne gaspillera pas un *cent*.

— Et n'oubliez pas que pendant que vous essayez de comprendre à quoi jouent les Allemands, notre précieux petit génie est déjà dans leur ligne de mire. Veillez sur sa sécurité. Où est-il en ce moment ?

— Il est avec Lipsher.

— Qui est ce Lipsher ?

— Le garde du service de protection qui surveillait Lawrence Block à bord du *Mauretania*, répondit Bell en se levant de son siège. Si vous pouvez arranger ça avec le directeur général de l'agence Dagget, j'aimerais pouvoir continuer à travailler sous l'identité d'un dirigeant de compagnie d'assurances et faire courir le bruit que Dagget, Staples et Hitchcock ont l'intention d'investir dans l'invention de Lynds. Le fait qu'une compagnie aussi ancienne et solide s'intéresse à cette machine pourrait en renforcer l'attrait de façon considérable.

Van Dorn éclata de rire.

— Dagget, Staples & Hitchcock en relations d'affaires avec le milieu du cinéma ? Les fondateurs vont se retourner dans leurs tombes ! Mais vous avez raison. Restez à l'écart aussi longtemps que possible. Mieux vaut ne pas abattre notre jeu tant que nous ignorons qui est notre adversaire.

— Et ce qu'il veut, ajouta Bell en prenant son chapeau et en se dirigeant vers la porte.

— Où allez-vous ?

— À Union Station. Je dois prendre le train pour retrouver Clyde à West Orange, dans le New Jersey.

— Au laboratoire de Thomas Edison. Si vous tenez à vos plombages, faites attention à vous !

19

Isaac Bell eut droit à deux surprises lorsqu'il arriva devant l'immeuble de brique rouge qui abritait le laboratoire de Thomas Edison à West Orange. Il n'aurait jamais imaginé à quel point les scientifiques employés par Edison pouvaient être précoces. Les labos grouillaient de brillants jeunes gens très chics du genre de Clyde Lynds. Il ne s'était pas non plus attendu à ce qu'Edison, avec sa réputation de dur en affaires, l'accueille avec un sourire aussi chaleureux, qui élargissait sa bouche pleine de façon charmante et illuminait ses yeux enfoncés dans leurs orbites.

Lorsqu'un employé le conduisit jusqu'à une salle insonorisée dédiée à l'enregistrement de cylindres de phonographes, Bell ne fut pas étonné par la vision du grand homme essayant de percevoir la musique en mordant le couvercle du piano. Il était de notoriété publique qu'Edison était sourd. Ce dernier se releva et congédia le pianiste d'un hochement de tête aimable.

— Ne devenez jamais sourd. Vous détesteriez cela. Vous devez être monsieur Bell ?

Bell serra la main musculeuse que lui tendait Edison.

— Et vous, jeune homme, vous êtes sans doute Clyde Lynds. Monsieur Bell s'est montré très élogieux à votre sujet. Très astucieux, votre télégramme, monsieur Bell. Je ne vaux rien au téléphone. Dites-moi ce que vous m'avez apporté.

Clyde avait préparé un carnet avec des dessins et des titres écrits en majuscules. Edison hocha la tête d'un air approbateur.

— Voilà qui est encore mieux que le télégramme de monsieur Bell, dit-il en feuilletant les pages. Des images parlantes ? Tout le monde vient me voir avec des images parlantes. Le problème, c'est que ces machines ne fonctionnent jamais.

Clyde Lynds fit face à l'inventeur et commença à parler d'une voix haute, mais puissante, et en exagérant le mouvement de ses lèvres pour bien faire comprendre chaque mot.

— Celle. Ci. Fonctionne.

— Non, c'est vrai ? Eh bien, montrez-moi.

Clyde tapota le carnet, puis son propre crâne.

— Ici.

— Que voulez-vous dire ?

Bell observa avec admiration Clyde, qui tourna une page du carnet pour montrer un texte rédigé à l'avance : *La première machine a été perdue. Il me faut un laboratoire, des ateliers de fabrication et de l'argent pour en construire une nouvelle.*

— Comment cela, « perdue » ?

Clyde Lynds tourna la page, sur laquelle était écrit : *Dans un incendie.* L'admiration de Bell monta encore d'un cran. Le jeune scientifique impécunieux avait imaginé une mise en scène parfaite pour sa conversation avec l'inventeur le plus riche et le plus célèbre au monde.

Edison tourna les yeux vers Bell. L'expression de son regard se perdit dans l'ombre de son front, mais le détective sentit un changement d'attitude.

— Monsieur Bell, dit-il d'un ton sec en endossant soudain son personnage d'homme d'affaires, je crains que la conversation purement scientifique que nous allons avoir ne vous ennuie. J'ai organisé à votre intention une visite de mes laboratoires. Pendant ce temps, monsieur Lynds et moi allons voir en quoi sa machine à images parlantes diffère des autres.

— C'est très attentionné de votre part, répondit Bell en se levant. Je suis curieux de voir le fonctionnement de vos installations.

Il était clair qu'Edison souhaitait se débarrasser de lui. Mais il était tout aussi manifeste que Lynds parviendrait à se débrouiller tout seul. Le détective et le jeune homme avaient d'ailleurs conclu un accord : Clyde Lynds ne signerait aucun papier qui n'ait été au préalable étudié par les conseillers juridiques de l'agence Van Dorn.

L'employé entra avec une célérité telle que l'on aurait pu croire qu'il était resté l'oreille collée à la porte. Isaac Bell se laissa guider pour une visite officielle et formatée de la compagnie Edison. Il put observer l'usine chimique, les ateliers de fabrication et les labos. Dans la réserve, il vit un employé distribuer des longueurs de peaux de lamantin qui allaient être transformées, selon son guide, en courroies d'entraînement. Depuis une galerie, il put apercevoir le bureau d'Edison et ses deux étages aux cloisons tapissées de livres. Son accompagnateur lui montra une statue d'Edison, qui représentait un ange éclairant avec une ampoule électrique un tas de lampes à huile brisées.

— Qu'est-ce que c'est que cela ? demanda Bell alors qu'ils passaient devant une porte marquée « Laboratoire du Kinetophone ».

À travers une vitre aménagée en hauteur, Bell distingua un barbu, plus âgé que les autres scientifiques, penché sur un enchevêtrement de fils électriques et de poulies qui reliait un projecteur de cinéma et un phonographe. Il se souvint des propos de Joseph Van Dorn, qui s'était déclaré déçu par les performances du Kinetophone.

— Je vous demandais de quoi il s'agissait, répéta-t-il.

— C'est juste une expérience.

— J'aimerais beaucoup y assister.

— L'installation n'est pas encore prête à être montrée.

— Cela ne fait rien, répondit Bell, qui poussa la porte, sourd aux protestations de son guide.

Le vieux barbu leva la tête en cillant des yeux, à l'évidence peu habitué aux visites inopinées.

— Nous ne devrions pas être ici, monsieur Bell, s'inquiéta l'employé. Cette expérience est très importante aux yeux de monsieur Edison. Beaucoup de choses en dépendent.

— Eh bien allez donc lui demander son autorisation. J'attendrai ici. Allez !

L'homme quitta la pièce avec précipitation.

— Un de mes amis a vu une installation semblable à Cincinnati. C'est peut-être celle que vous êtes en train de réparer?

— Réparer? Laissez-moi rire! Dieu lui-même serait incapable de réparer cette fichue saleté.

— Qu'est-ce qui ne fonctionne pas? En quoi est-ce une « saleté »?

— Écoutez.

Il appuya sur un interrupteur, et la machine projeta sur le mur l'image animée d'une femme en train de chanter. En même temps, le cylindre du phonographe se mit à tourner. Les fils qui reliaient les deux appareils émirent un bourdonnement et les poulies s'actionnèrent en cliquetant; la voix féminine qui émergeait du pavillon du phono était conforme à la description de Van Dorn : aigre, grinçante et criarde. En moins de dix secondes, elle cessa de suivre le mouvement des lèvres sur l'écran.

— La voix et les images ne semblent pas synchronisées, fit observer Isaac Bell.

— Et elles ne le seront jamais.

Le chant se termina, mais l'image de la femme semblait l'ignorer. Elle ouvrit grand la bouche, comme pour maintenir une note, pendant qu'une voix d'homme résonnait dans le pavillon :

— *Quelle merveilleuse voix vous avez!*

Cinq secondes plus tard, un homme apparut sur la toile en articulant les mots qu'il venait de prononcer et en applaudissant en silence tandis que jouait un violon invisible. Le musicien finit par apparaître quelques instants plus tard.

— C'est plutôt amusant, constata Bell.

— C'est censé être une scène dramatique.

— Si le problème ne peut être réglé, pourquoi continuez-vous à y travailler?

— Parce que c'est le seul boulot que veut bien me donner Edison, répondit le vieil homme non sans amertume. Des hommes plus jeunes travaillent sur des expérimentations similaires, mais elles ne valent rien.

— Pourquoi ne pas trouver un emploi ailleurs?

Le barbu leva les yeux vers Bell. Une lueur étrange brillait dans ses yeux, son regard se perdit dans le vide comme s'il ne voyait plus qui était devant lui.

— Edison m'a acculé à la faillite. J'avais des dettes que je n'aurais jamais pu rembourser. Il les a rachetées. Je lui suis redevable, et donc forcé de travailler ici.

— Pourquoi monsieur Edison voudrait-il vous voir vous acharner sur un système qui ne fonctionne pas?

— Vous ne comprenez donc pas? répondit le vieil homme en vociférant, au point que Bell se demanda s'il avait toute sa tête. Il m'empêche d'inventer des appareils qui l'obligeraient à cesser ces activités dans ce domaine. Il m'a volé ma plus grande invention et à présent, il s'assure que je ne pourrai jamais en créer une autre.

— Quelle invention? demanda Bell d'une voix douce.

Il se sentait peiné devant la détresse de cet homme.

— J'ai inventé un gramophone bon marché. Edison l'a copié pour en faire un appareil de mauvaise qualité. Le mien était meilleur, mais il a coupé l'herbe sous les pieds de la concurrence avec des prix attractifs et inondé le marché avec ses copies à quatre sous. Il a baptisé l'appareil du nom de « phonographe ». Le public a été enthousiasmé – les gens sont si bêtes – et a acheté cette version moins chère. J'ai été obligé de mettre la clef sous la porte.

— Quand cela s'est-il passé ?

— Il y a très, très longtemps. (Le visage du barbu se plissa, se contorsionna, et il se mit à crier.) C'était une merveilleuse machine. Edison est un monstre.

La porte s'ouvrit à la volée. L'employé de bureau était de retour, accompagné d'un gros bras dont le manteau enflé révélait la présence de matraques et d'un pistolet.

— Allons, monsieur. Sortez d'ici, ordonna le cogneur à la forte carrure en prenant Bell par le bras.

Le détective lui adressa un regard froid comme de la glace.

— Ne me touchez pas.

Le garde le lâcha.

— Ramenez-moi vers monsieur Edison.

*

Thomas Edison ne souriait plus lorsqu'Isaac Bell entra dans la salle d'enregistrement insonorisée ; Clyde Lynds, en général plutôt gai, semblait renfermé, et la colère pinçait ses lèvres.

— Vous voici, monsieur Bell. Notre conversation vient de se terminer. Clyde, j'espère recevoir de vos nouvelles dès que vous aurez eu l'occasion de discuter avec votre avocat. Bonne journée, messieurs.

L'ombre d'un sourire traversa le visage de Clyde, qui inscrivit deux mots sur son carnet : *Bonne journée.*

— Me laisseriez-vous vos dessins, lui demanda Edison, afin que je puisse les étudier à tête reposée ?

À la grande surprise de Bell, Clyde Lynds tendit son carnet à Thomas Edison.

Le tramway qui les emmena jusqu'à Newark était beaucoup moins bondé qu'à l'habitude. Bell attendit jusqu'à ce qu'ils aient embarqué à bord d'un train en partance pour Pennsylvania Station pour engager la conversation.

— Que pense monsieur Edison de votre machine ?

— Il est convaincu qu'elle a une très, très grande valeur. Il ne me l'a pas dit, bien entendu.

— Que vous a-t-il proposé ?

— Il ne se contentera pas d'une licence de fabrication. En échange d'un laboratoire, il exige un contrôle total sur le brevet. En d'autres termes, il veut être le propriétaire de la machine.

— Ce sont des termes plutôt durs.

— Je vois cela comme une véritable marque de confiance, répondit Clyde en souriant. Si un homme aussi intelligent que lui veut me voler la machine à Images parlantes, c'est qu'elle vaut une fortune.

— J'ai jeté un coup d'œil à ce « Kinetophone », mais il ne m'a pas paru très prometteur.

— Toutes les méthodes de synchronisation mécanique sont vouées à l'échec. Le professeur Beiderbecke et moi avions compris dès le départ que nous n'arriverions jamais à obtenir une synchronisation précise avec deux appareils séparés. Nous savions qu'il nous fallait trouver une meilleure méthode. C'est ce que nous avons fait. Un système plus efficace, et tout à fait différent.

184

— Ce n'était pas un peu risqué de confier vos plans à Edison ?

Clyde éclata de rire.

— Je lui ai donné des faux.

— Vraiment ? Très habile ! Je n'y ai vu que du feu.

— Les notes que je lui ai remises concernent un microphone acoustique, et non le modèle électrique du professeur, et je lui ai laissé des dessins d'un dispositif similaire au Kinetophone que vous avez vu là-bas.

— Similaire ? Comment le savez-vous ?

— Le professeur et moi avons étudié tous les systèmes parlants du monde – allemands, russes, français, britanniques –, y compris les plus farfelus, sans oublier tous ceux qu'Edison a lui-même copiés sur des appareils conçus par d'autres inventeurs.

Isaac Bell commençait à se dire que Clyde Lynds avait un sens des affaires bien plus développé qu'il ne le laissait paraître.

— L'attitude d'Edison cet après-midi ne vous a donc pas surpris ?

Clyde poussa un soupir et sembla soudain fatigué.

— Je ne suis pas surpris, mais je suis déçu. Le professeur et moi avions espéré que la supériorité de notre machine convaincrait Edison de nous traiter en égaux, mais je vais devoir travailler seul.

— Pas tout à fait, répondit Bell en souriant.

— Que voulez-vous dire ?

— Marion a usé de son influence pour le cas où les choses ne se passeraient pas comme vous l'espériez. Elle vous a obtenu un rendez-vous avec un entrepreneur indépendant surnommé le « roi pirate ». Il fait la pluie et le beau temps parmi ceux qui font des films sans passer par le trust Edison.

— C'est très gentil de sa part.

— C'est encore mieux que cela. Marion vous soutient à fond. Elle a l'intention de réaliser le premier véritable film parlant.

20

Marion avertit son mari :

— Il ne faut jamais déranger les professionnels du cinéma lorsque le soleil brille. Ils détestent gaspiller la lumière.

Isaac Bell scruta le ciel en espérant y déceler une trace de brouillard prometteuse. Le ferry à destination du district de Fort Lee, dans le New Jersey, traversait l'Hudson. Le vent de sud-ouest, étouffant, semblait annoncer des nuages imminents. Avec un peu de chance, prédit-il à Clyde Lynds, le temps ne tarderait pas à s'obscurcir.

Bell et Lynds louèrent une Ford dans un bazar équipé d'une pompe à essence devant sa façade et entreprirent l'ascension de la muraille de falaises du front de mer. Arrivés dans le village de Fort Lee, ils dépassèrent plusieurs entreprises cinématographiques adoubées par le trust Edison. À travers les murs de verre et les toits ajourés des structures semblables à des granges, ils aperçurent des lampes à arc suspendues aux chevrons et des rangées de lampes à vapeur de mercure Cooper-Hewitt destinées à accentuer la lumière du soleil. De massives dépendances en brique abritaient des décors, des accessoires, des ateliers de costumes, des bureaux, des laboratoires de développement, des ateliers de maintenance pour les caméras, et des dynamos pour alimenter les lampes Cooper-Hewitt.

Bell poursuivit en direction du nord sur des routes étroites qui bordaient la ligne des falaises. Il suivit les indications que lui avait données Marion, repéra un embranchement au milieu de nulle part et s'enfonça dans la campagne en direction de l'ouest. Il s'arrêta enfin devant la cour de ferme d'une exploitation laitière, invisible depuis la route. C'était là que Jay Tarses, le « roi pirate », cinéaste indépendant, filmait en extérieur une troupe de comédiens costumés en Maures, en croisés ou en vestales.

Une troupe de chevaux nerveux s'agitait autour d'un corral, effrayée par les chameaux que Jay Tarses avait rassemblés pour ses « Maures ». À en croire Marion, le cameraman penché sur une caméra Bianchi d'un volume prodigieux faisait en réalité tourner un appareil breveté Edison dissimulé à l'intérieur.

Isaac Bell arrêta la voiture à l'écart pour rester en dehors du champ. Plusieurs filles menues à la chevelure sombre évoluaient autour de Jay Tarses ; l'une d'elles, une assistante, quitta le groupe et s'approcha avec appréhension.

— Ne vous inquiétez pas, la rassura Bell. Nous ne sommes pas à la solde d'Edison. Je suis Isaac Bell et mon épouse, Marion, a organisé pour monsieur Clyde Lynds et moi-même un entretien avec monsieur Tarses.

— Oh, bien sûr ! s'exclama l'assistante. Je vais le prévenir de votre arrivée.

— N'interrompez pas la prise de vues, lui dit Bell. Nous attendrons les nuages.

À treize heures, le soleil avait disparu. Tandis que les comédiens s'attaquaient à leurs sandwiches, la jeune femme conduisit Bell et Lynds vers le « roi pirate », un homme mal rasé coiffé d'un chapeau mou, en bras de chemise et en gilet, qui parlait à un personnage à lunettes dont les doigts étaient tachés d'encre.

— Vingt-cinq dollars, c'est le maximum que je puisse offrir pour un texte de scénario.

— Je pense que je mérite cinquante.

Tarses alluma un cigare bon marché.

— Si c'est un succès, on vous enverra un second chèque de la même somme.

— Mais quand j'écris une nouvelle, les magazines me paient deux cents dollars !

— Les gens qui vont voir mes films ne savent pas lire, rétorqua Tarses à l'écrivain en lui tournant le dos.

Il lança un sourire aimable en direction d'Isaac Bell.

— Tous les maris de Marion sont mes amis, monsieur Bell. Marion a fait un véritable tabac avec son premier film. *A Hot Time in the Old Town Tonight* était si vivant, si humain. Que puis-je faire pour vous ?

Bell se lança dans ce que Clyde Lynds appelait son « baratin ».

— Je représente le cabinet Dagget, Staples et Hitchcock, de Hartford, dans le Connecticut.

— C'est regrettable, le coupa Tarses, mais je n'ai jamais eu le plaisir de leur emprunter de l'argent. Les gens de leur sorte ne fréquentent pas des types comme moi.

— Alors c'est votre jour de chance. Le cabinet Dagget, Staples et Hitchcock songe à investir dans l'industrie cinématographique.

— Je suis tout ouïe, répondit aussitôt Jay Tarses.

L'argent était une chose importante dans un milieu où il fallait en emprunter chaque jour, et un cadre dirigeant d'une compagnie d'assurances prospère, avec un costume et des chaussures sur mesure, était une personne digne d'être écoutée.

— Nous voudrions déjà investir dans la machine à Images parlantes de monsieur Lynds. Nous recherchons des partenaires dans le milieu du cinéma, des professionnels expérimentés capables de produire des images d'une qualité photographique et d'un fini comparables à ce que font les Français. Monsieur Lynds vous expliquera les détails techniques.

Pour toute réponse, Jay Tarses changea de sujet.

— Votre femme réalise-t-elle toujours des films d'actualités pour Whiteway ?

— Je peux vous assurer qu'elle créera des images parlantes dès que monsieur Lynds aura perfectionné sa machine, dit Bell, qui décida de laisser le soin à Clyde de poursuivre.

C'était après tout à Lynds de vendre son projet, et le jeune homme était un négociateur-né, Bell n'en doutait pas une seconde.

— Attendez, lança Jay Tarses. Que voulez-vous de moi ?

— Pour commencer, monsieur Lynds a besoin d'un laboratoire, de chimistes, d'ateliers de fabrication et de mécaniciens spécialisés dans le cinéma.

Tarses parcourut la cour de ferme du regard et désigna du bout de son cigare les chevaux, les chameaux et les comédiens.

— Je n'ai rien de tout cela ici.

— Mais vous pourriez l'avoir en un rien de temps, répliqua Isaac Bell. Mon épouse a fait un choix avisé. Vous connaissez tous les gens du cinéma, quel que soit leur domaine d'activité dans la réalisation ou la fabrication. Et puis vous êtes un manager dans l'âme. Tout le monde dans le milieu dit que si vous ne détestiez pas autant le trust Edison, vous auriez vous-même une grosse entreprise que vous dirigeriez à la baguette.

— Ouais, eh bien, j'ai toujours du mal à travailler avec un patron au-dessus de moi.

— Lorsque cette machine sera tout à fait au point, monsieur Tarses, monsieur Lynds aura besoin de quelqu'un comme vous, qui connaît tout du métier. Vous serez votre propre patron, c'est vous qui réaliserez les films et qui les distribuerez.

— Mais qui donc s'intéresse aux images parlantes ?

Clyde était stupéfait. Il lança un regard incrédule à Bell. La Krieg Rüstungswerk et l'armée allemande, qui avaient tout fait pour s'en emparer, n'avaient-elles pas prouvé à quel point elles se passionnaient pour son invention ?

— Qui cela intéresse ? s'écria Clyde, le visage soudain empourpré, qui luttait pour trouver les mots et répondre à une question aussi absurde. Mais tout le monde ! Les images parlantes permettront aux gens du cinéma de faire des films de tout premier ordre, pleins d'action, d'énergie et d'allant. Nous raconterons des histoires qui parleront de situations réelles et originales. Elles sauront parler au cœur des financiers, qui devront bien admettre que les exploitants de salles savent reconnaître ce qui est bon pour leurs clients.

Jay Tarses croisa les bras devant lui.

— Les images parlantes n'existeront jamais, répondit-il d'un ton catégorique.

— Donnez-moi un seul argument.

— Je vais vous en donner quatre. Primo, le public est heureux. Il n'a pas besoin de dialogues de petits malins. Ce que les gens veulent, ce sont des images qui bougent. Secundo, comment les étrangers feront-ils pour comprendre ce que disent les comédiens ? Tertio, qui va payer pour installer ces machines dans toutes les salles ? Les exploitants détestent dépenser de l'argent. Et quarto, qui osera distribuer ces fameuses images parlantes ? Si cette machine fonctionne, le trust Edison fera tout pour s'y opposer.

*

— Il a tort, s'indigna Marion lorsqu'Isaac Bell revint à l'hôtel particulier d'Archie Abbott et lui raconta la rebuffade que lui et Lynds avaient subie. Tarses est tellement occupé à essayer de garder une longueur d'avance qu'il ne comprend plus rien à ce qui se passe. Je suis désolée, je le croyais plus intelligent. C'est vraiment important, Isaac, nous devons aider Clyde.

— Qui d'autre pourrions-nous contacter ?

— Je me le demande…

Bell attendit. Ils s'étaient retrouvés dans la bibliothèque d'Archie. Ils entendirent les invités au dîner se rassembler au salon pour prendre un cocktail.

— Va donc t'habiller, lui suggéra Marion. Laisse-moi y réfléchir.

Lorsqu'il revint, vêtu d'un smoking bleu nuit, Marion, enthousiaste, faisait preuve d'une assurance inébranlable.

— La compagnie Biograph a un nouveau directeur très innovateur, lui dit-elle. Audacieux et très intelligent.

— Mais Biograph fait partie du trust.

— Oui, mais son directeur ronge son frein sous la direction d'Edison. Il veut faire ses propres films. C'est un visionnaire – il a inventé toutes sortes d'astuces incroyables pour les caméras –, et il devrait comprendre tout le potentiel de la machine de Clyde.

— Allons le voir !

— Il vient de partir pour la Californie avec une équipe de cinquante personnes. Il réalise un film dans un petit village près de Los Angeles.

— Comment s'appelle-t-il ?

— Griffith. Tu as vu certains de ses films. D.W. Griffith.

— Bien sûr ! C'est lui qui a tourné *Is This Seat Taken* ?

— En personne.

— Je n'ai pas du tout envie de t'abandonner si peu de temps après notre mariage, mais je crois que je devrais aller le voir avec Clyde.

— J'aimerais beaucoup aller voir mon père à San Francisco pour lui parler de notre mariage, répondit Marion.

— Merveilleux ! San Francisco n'est qu'à cinq heures de train de Los Angeles. Nous pourrons nous retrouver à mi-chemin.

Marion arrangea le nœud papillon de son époux et se serra contre lui.

— Je suppose qu'il n'y a aucune chance que nous voyagions ensemble?

Bell secoua la tête avec un sourire contrit.

— J'aimerais tant que ce soit possible.

— J'adore prendre le train avec toi, dit Marion en riant. À présent que nous sommes mariés, nous n'avons plus besoin de prendre des couchettes séparées pour ne pas choquer les bonnes mœurs.

— Par malheur, si je dois escorter Clyde, il me faudra rester près de lui la nuit pour le surveiller.

— Tu penses que la Krieg Rüstungswerk va tenter de le kidnapper?

— Non, non. C'est juste une précaution. Ne t'inquiète pas; lorsque nous aurons vu monsieur Griffith, je demanderai au bureau de Los Angeles de planquer Clyde pour un week-end, et nous pourrons nous voir à Santa Barbara.

— Et lorsque j'aurai vu mon père, je viendrai à Los Angeles pour trouver du travail.

*

La vieille gare de Grand Central n'existait plus. Sa façade classique et ses deux cents mètres de quais recouverts de toits de verre venaient d'être rasés; des mineurs et des excavatrices à vapeur creusaient le schiste de Manhattan à vingt mètres de profondeur pour laisser place à un nouveau terminal à deux étages.

Isaac Bell fit entrer Clyde Lynds dans la gare provisoire installée dans le Grand Central Palace, un immeuble situé au coin de Lexington Avenue et destiné au départ aux salons commerciaux et aux conventions politiques. Ils se dirigèrent vers une entrée de quai où un tableau indiquait *20th Century Limited*. En matière de luxe, les critères de la compagnie ferroviaire qui exploitait l'express en direction de Chicago n'avaient pas été affectés par le chaos provoqué par les travaux. Que la gare soit provisoire ou non, on avait déroulé le fameux tapis rouge du *20th Century Limited* sur toute la longueur du quai.

— Attendez une minute, dit Bell. J'ai un lacet dénoué.

Il posa le pied sur une colonne d'alimentation d'eau des services d'incendie qui dépassait d'un mur et agita les doigts autour de sa bottine.

— Comment cela ? s'étonna Clyde. Vos chaussures n'ont pas de lacets !

— Ne le dites à personne, lui répondit Bell, qui se redressa et se dirigea vers les cabines de téléphone. Je dois passer un coup de fil au bureau. Restez près de moi.

— J'ai entendu dire qu'il y avait un téléphone à bord du train.

— Oui, mais les hommes d'affaires feront la queue pour avertir leurs bureaux qu'ils sont à bord. Ne vous éloignez pas.

Ils arrivèrent au comptoir de réception des cabines téléphoniques.

— Enquêteur en chef Isaac Bell, annonça-t-il au réceptionniste. Agence Van Dorn, Knickerbocker Hotel.

Il suivit l'homme jusqu'à une cabine lambrissée. Lorsque le standardiste Van Dorn lui répondit, il demanda à parler à l'employé de permanence.

— Enquêteur en chef Bell. Deux grands types aux cheveux jaunes, en costume sombre et chapeau melon, m'ont suivi de la 42e rue jusqu'au Grand Central Palace. Ils font les cent pas près de la salle d'attente en faisant semblant de ne pas s'intéresser à l'entrée du quai du *20th Century*. L'un d'eux a une moustache et porte une cravate avec un nœud simple. L'autre est rasé de près, avec un nœud papillon foncé. Je vous rappellerai quand nous changerons de locomotive à Harmon.

Bell paya son appel et se tourna vers Lynds.

— Allons acheter quelques magazines, Clyde. Non ! Ne regardez pas dans leur direction !

21

Quarante-cinq minutes après son départ de New York, le *20th Century Limited* s'arrêta à Harmon pour échanger la motrice électrique avec laquelle elle avait traversé les tunnels de Manhattan contre une locomotive à vapeur Atlantic 4-4-2, perchée sur des roues à grand rayon, qui allait l'emmener par le nord à Albany, à plus de cent vingt kilomètres à l'heure. Pendant que les agents se hâtaient de découpler l'ancienne machine du train et d'atteler la nouvelle, Isaac Bell courut jusqu'au bureau du régulateur de trafic de New York Central, où il se présenta avant de demander à utiliser le téléphone.

Au Knickerbocker, l'employé de permanence lui apprit que les agents Van Dorn surveillaient les deux « gentlemen casseurs » qui l'avaient suivi depuis la 42e rue.

Un télégramme laconique attendait Bell à Albany, où l'on attela une nouvelle locomotive et un wagon-restaurant au *20th Century* :

rien pour le moment

Après le repas, le train s'arrêta à Syracuse, où Bell ne reçut aucune autre nouvelle.

Le détective avait réservé un compartiment avec deux couchettes étroites. Il s'étendit tout habillé sur celle du dessous.

— Vous savez, j'aurais pu vous économiser de l'argent en dormant sur une couchette Pullman.

— Ce n'est pas par plaisir que j'ai choisi de vous tenir compagnie, soyez-en sûr, mais cela me permet de garder un œil sur vous.

— Qui étaient ces hommes ? Des gens de la Krieg Rüstungswerk ?

— Je devrais le savoir avant demain matin.

— Comment ont-ils fait pour nous suivre depuis votre agence ?

— Ils nous ont suivis depuis l'hôtel, et non depuis l'agence.

Par souci de sécurité, Bell avait caché Clyde dans une chambre du Knickerbocker située juste à côté des locaux Van Dorn. L'hôtel était immense, et les agents de la Krieg n'auraient aucune raison d'établir un lien entre le jeune homme et l'agence.

— Comment ont-ils pu savoir de quel hôtel il s'agissait ?

— Ils nous ont sans doute filés du laboratoire Edison jusqu'au Knickerbocker. Vous avez dû mentionner Thomas Edison à l'époque où vous discutiez de votre invention avec la Krieg ?

— Oui, en effet. Je voulais qu'ils sachent que nous pouvions aussi nous adresser à d'autres personnes.

— Je vous parie qu'ils ont surveillé le labo Edison dès l'arrivée du *Mauretania*. Ils attendaient votre visite.

Bell verrouilla la porte et ferma les yeux. Il se souvenait de ces nuits à bord du *20th Century Limited*, lorsque Marion et lui savouraient du champagne dans l'intimité de leurs cabines contiguës.

À Rochester, le télégraphe apporta enfin des nouvelles intéressantes.

gc rendu visite attaché ca

Le visage de Bell s'élargit en un sourire carnassier.

Le message indiquait que les « gentlemen casseurs » qui l'avaient suivi étaient allés remettre leur rapport à un attaché diplomatique ; les enquêteurs Van Dorn qui couvraient l'immeuble du Bowling Green Office l'avaient identifié : il appartenait au consulat allemand. En d'autres termes, la Krieg et l'armée allemande avaient appris que Clyde et lui se rendaient à Chicago. Mais ils ignoraient que Bell le savait.

Il attendit l'arrêt suivant pour télégraphier au bureau Van Dorn de Chicago.

*

« La table des commis voyageurs », qui se réunissait dans la salle à manger du très cossu Palmer House Hotel de Chicago, fonctionnait comme un club privé, mais tous les représentants de commerce capables de s'offrir le meilleur hôtel de la ville y étaient les bienvenus. Les « frères » – des hommes de bien, qui ne travaillaient qu'à la commission et réglaient leurs propres dépenses – portaient des costumes coûteux, affichaient des visages rougeauds et des panses rebondies ; ils riaient plus fort que les magnats de l'acier ou des abattoirs des tables environnantes, mais ne se permettaient jamais de raconter une nouvelle plaisanterie avant eux.

Le représentant principal de la Locomobile Company of America faisait profiter l'auditoire d'une histoire entendue deux jours plus tôt à la direction de l'entreprise, à Bridgeport, dans le Connecticut. Son récit évoquait deux livraisons d'un grand magasin, une de gants de femme et l'autre de sous-vêtements, qui avaient été interverties par erreur.

Les représentants de la Victor Talking Machine Company l'interrompirent.

— Hé ! Voilà Fritz !

— Salut, Fritz ! On ne t'avait pas vu depuis des siècles !

Les membres du club s'agitèrent pour faire place au nouvel arrivant, un Allemand dans la trentaine, aux larges épaules, mais agile et vif, qui parcourait l'Amérique pour vendre des orgues d'église et des pianos de salon.

— Garçon ! Garçon ! Un petit déjeuner pour monsieur Wunderlich.

— J'ai juste le temps de boire un café. Je dois prendre le train pour Los Angeles.

Fritz Wunderlich avait une drôle d'allure, avec ses arcades sourcilières proéminentes, sa mâchoire comme une enclume et ses longs bras de gorille, mais les « frères » se seraient damnés pour avoir un sourire comme le sien, large comme les grandes prairies de l'Ouest, éclatant comme le soleil, et qui attirait la clientèle comme un aimant.

Fritz était un travailleur acharné – « Huit jours par semaine, treize mois par an », disait-il – et cela lui réussissait, à en juger par la coupe de son costume d'un noir funèbre, son linge immaculé, son feutre élégant, sa lourde chaîne de montre en or et le brillant parfait de ses chaussures.

— Du café pour Fritz !

— *Mit Schlag !*

— Vous avez entendu, garçon ? *Mit Schlag !*

— *Ach*, j'ai interrompu une histoire ?

Le représentant Locomobile reprit son récit depuis le début, avec la fameuse erreur de livraison entre les gants et les sous-vêtements.

— Et cette dame à laquelle on avait livré des petites culottes reçoit une lettre du gars qui avait cru lui offrir des gants. Voilà ce qu'il écrivait.

Fritz le coupa en révélant la chute de l'histoire :

— « Quiconque vous verra les porter ne pourra qu'admirer mon bon goût et votre charme délicat. »

Toute l'assemblée éclata de rire.

— Bravo, elle est bonne, celle-là !

— Mais elle est toute nouvelle, protesta le représentant de Bridgeport. Où l'avez-vous entendue ? J'arrive tout droit de Chicago par le *Pennsylvania Limited* !

— À San Francisco, la semaine dernière.

— À Frisco ? Comment est-ce possible ? Quelqu'un parmi vous l'avait-il déjà entendue ?

Les membres du club secouèrent la tête.

— C'est bien la première fois qu'on me la raconte, Jake.

Le plus jeune d'entre eux, un natif de Chicago qui faisait des affaires en or grâce à une gamme de produits fabriqués par la Gillette Safety Razor Company, avait une explication à proposer :

— L'électricité est plus rapide que la vapeur.

— Mais qu'est-ce que tu racontes ? lança l'homme de la Locomobile.

— Ce qu'il veut dire, intervint Fritz Wunderlich, c'est que pendant que vous prenez le train, votre blague voyage jusqu'à San Francisco par télégramme.

— Qui peut se permettre d'envoyer des blagues par télégramme ?

— Personne ne paye. Mais le soir, tard, quand il n'y a plus beaucoup de messages à transmettre et que les télégraphistes n'ont pas grand-chose à faire, ils s'envoient ce genre de plaisanteries.

Le représentant Quaker Oats hocha la tête.

— Ils reconnaissent leurs collègues par leur « coup de poignet » sur le manipulateur de leur télégraphe. Ils s'envoient leurs histoires de ville en ville et elles ne mettent pas longtemps à traverser tout le continent.

— Alors, Fritz, comment ça va, à Leipzig ?

— Je suis heureux de constater que l'Amérique reste une nation de pratiquants, craignant Dieu et aimant la musique. Alors tout va bien à Leipzig. Du moins pour les fabricants d'orgues. Et vous-mêmes, messieurs ? Comment allez-vous ?

— Très bien, Fritz ! Mais dites-nous, vous ne cherchiez pas à vendre un nouvel orgue à cette grande église de Saint Louis ? Tout s'est bien passé ?

— C'était à Detroit, si j'ai bonne mémoire. Et nous avons fait affaire, merci.

— Ils ont acheté un nouvel orgue ?

— Deux !

— Deux orgues pour la même église ? Mais pourquoi donc ?

Le sourire de Fritz Wunderlich réchauffa l'assemblée, et sa réponse sonnait comme la devise même de la « table des commis voyageurs ».

— Sur le moment, ils se sont dit que c'était une bonne idée.

Un rugissement de rires salua sa remarque. Les hommes se tapaient sur les cuisses. Ceux qui appréciaient un petit verre le matin adressèrent des signes aux serveurs pour une nouvelle tournée.

— Je dois y aller. Le temps, c'est de l'argent. Oh, j'allais oublier… Je vends une nouvelle gamme de produits. Des cantiques. Regardez, voici quelques échantillons.

Fritz ouvrit une sacoche en cuir de veau à fermeture en cuivre massif et distribua à la ronde des partitions imprimées avec élégance.

— *En avant, soldats du Christ !* entonna-t-il en rassemblant ses affaires.

Sa voix superbe de ténor lyrique mit un terme à toutes les conversations.

Tout le monde reprit en chœur le cantique. Les représentants marquèrent le rythme en frappant leurs tasses à café ou leurs verres de whisky soda à coups de cuillère. Tous souhaitèrent un excellent voyage à ce bon vieux Fritz, qui se précipitait déjà pour ne pas rater son train.

— Voilà un représentant de tout premier ordre, s'exclama le commis voyageur de la Locomobile, assez fort pour que l'Allemand l'entende.

— « Huit jours par semaine, treize mois par an », lança un autre en riant alors que Fritz venait de franchir la porte.

— « Le temps, c'est de l'argent ! »

— *Mit Schlag !*

— Il y a tout de même quelque chose de curieux, intervint l'homme des rasoirs Gillette.

— Quoi donc ?

— Je me suis arrêté dans l'un des magasins de pianos de sa boîte, à Akron. Une vieille boutique poussiéreuse. Ils m'ont dit qu'ils ne pouvaient plus prendre de commandes, qu'ils n'avaient plus rien en stock.

— Tu as entendu Fritz. Les affaires marchent du tonnerre de Dieu.

— Oui, sauf que ce n'était pas le genre de magasin auquel on aurait pu s'attendre. Ce type pas aimable derrière le comptoir ressemblait plus à un videur de saloon qu'à un marchand d'instruments de musique. Difficile d'imaginer que cette boutique ait jamais vendu le moindre piano.

— Ce devait être un mauvais jour.

— Sans doute.

*

Le général de brigade Christian Semmler, de l'armée impériale allemande, Service du renseignement militaire, quitta à pas vifs le Palmer House Hotel. Il savourait encore les rires de ses « collègues » et leurs adieux chaleureux. Au cirque Semmler, lorsqu'il était enfant, il avait appris des clowns qu'un comédien *habité* par son personnage ne risquait jamais d'être démasqué.

Il existait une « table des commis voyageurs » dans tous les bons hôtels d'Amérique. Dans le club du Palmer House, Fritz Wunderlich, représentant en orgues et pianos payé à la commission, était un « frère ».

Fritz Wunderlich pouvait voyager là où il le voulait.

Christian Semmler, cerveau du projet *Donar*, n'était jamais obligé de se justifier.

22

Isaac Bell et Clyde Lynds changèrent de train à Chicago pour traverser le continent jusqu'à Los Angeles à bord du *Golden State Limited*, réservé aux seuls passagers Pullman. Les détectives Van Dorn qui les surveillaient, de la gare du *20th Century*, LaSalle Street, jusqu'à celle de Dearborn, d'où partait le *Golden State*, étaient si discrets que Bell ne les aperçut qu'à deux reprises.

Une fois à bord, il demanda à l'un des agents, costumé en chef de train, s'ils avaient été suivis par quelqu'un d'autre. L'homme l'assura de la façon la plus catégorique que ce n'était pas le cas. Bell le crut. Joseph Van Dorn avait fondé son agence à Chicago. Les enquêteurs qui opéraient au Palmer House étaient des agents de haut niveau, et ils en étaient fiers.

*

Le *Golden State Limited* était un express transcontinental qui ne s'arrêtait que dans les plus grandes gares le long de son parcours de plus de trois mille six cents kilomètres vers le sud et l'ouest sur l'itinéraire en basse altitude d'El Paso. Ce luxueux « poids lourd » consistait en une voiture salon, une voiture salon et couchettes, une autre comportant des couchettes plus petites – où Bell avait réservé deux lits superposés –, un wagon-restaurant et une voiture, à l'arrière du train, qui servait à la fois de buffet, de bibliothèque et de voiture panoramique. Les wagons qui transportaient le courrier, les bagages ou les marchandises étaient situés à l'avant, juste après le tender qui approvisionnait la locomotive Pacific 4-6-2 en eau et en charbon.

Cinq minutes avant l'heure prévue pour le départ de Chicago, un camion blindé Bellamore, équipé de plaques métalliques sur ses flancs et portant le nom de la Continental & Commercial Bank, fit son entrée en grondant sur ses pneus en caoutchouc plein sur le quai couvert de la gare de Dearborn et s'arrêta près du *Golden State*. Des gardes armés déchargèrent un énorme coffre-fort dans la voiture des marchandises.

Le coffre-fort, aussi long qu'un cercueil, était adressé à la Los Angeles Trust and Savings Bank, au 561, South Spring Street. La destination, ainsi que la présence des gardes mutiques qui la portaient à grand-peine, indiquait sans grand risque d'erreur que le coffre devait être rempli d'or, d'ordres au porteur négociables, de billets de banque, ou d'une précieuse combinaison de ces trois éléments. Affable, l'employé responsable des bagages et marchandises précieuses fit remarquer que lorsqu'il s'était rendu récemment à Los Angeles, l'immeuble de la Trust and Savings Bank était encore en construction. Il n'obtint pour toute réponse que des regards froids et une consigne laconique :

— Signez ici.

L'employé, Pete Stock, un homme calme et résolu, équipé d'un Smith & Wesson bien huilé qu'il portait sur la hanche, approchait de la retraite, et s'attendait à recevoir une belle montre Waltham pour ses années de bons et loyaux services. Il avait assuré la surveillance d'innombrables cargaisons d'espèces, de billets, de lingots d'argent et d'or, et avait plus d'une fois échangé des coups de feu avec des hommes armés désireux de faire main basse sur le chargement de la voiture. Il vérifia avec soin que le papier tendu par le peu aimable convoyeur Bellamore correspondait à son propre manifeste, et le signa.

*

Isaac Bell envoya et reçut des télégrammes à chaque arrêt du *Golden State*.

À Kansas City, ce fut un message de Marion, qui n'aimait pas gaspiller d'argent en mots superflus :

**griffith attend clyde
mari manque à jeune mariée**

Griffith, aussi courtois que laconique, écrivait quant à lui :

dans l'attente visite

Après avoir réfléchi un moment au sujet de l'*Akrobat*, Bell télégraphia à Harry Warren, à New York :

**on aurait manqué quelque chose ?
bruno n'a pas dit à son frère franck
qui l'avait engagé. mais bruno a-t-il parlé
à sa petite amie ?**

La réponse d'Harry Warren parvint à Bell le lendemain soir. Le train se voyait atteler une locomotive auxiliaire pour l'aider dans l'ascension des montagnes, à un peu plus de cent kilomètres à l'est de Deming, au Nouveau-Mexique, qui marquait la frontière avec le territoire de l'Arizona.

**bruno a parlé à petite amie d'un chauffeur
qui ressemblait à un singe. ça te rappelle quelque
chose ?**

Un souvenir familier, en effet. Et étrange. L'homme semblait pouvoir être partout à la fois, et Isaac Bell se dit que l'*Akrobat* était un homme vraiment dangereux, de ces personnages que l'on rencontrait rarement dans la pègre – un cerveau criminel qui se chargeait lui-même de ses sales besognes. Hors-la-loi ou espions étrangers, les solitaires étaient insaisissables, car ils ne prenaient pas le risque d'être trahis par des subalternes incompétents.

Bell poursuivit ses réflexions un moment, tout en observant le ballet ferroviaire d'une précision parfaite orchestré par les chefs de train de Deming qui dirigeaient le couplage de la motrice auxiliaire. Une pensée lui traversa soudain l'esprit. Vu la précision militaire de l'attaque de l'*Akrobat*, qui avait presque réussi à kidnapper Lynds et Beiderbecke à bord du

Mauretania, il pourrait très bien être soldat, et pas n'importe lequel.

Les militaires, par nature, ne travaillent pas seuls. Si l'*Akrobat* avait appartenu à l'armée, ce n'était plus le cas à présent. Les militaires ne travaillent pas seuls et doivent répondre de leurs faits et gestes devant leurs supérieurs.

Bell envoya un câble à Art Curtis, à Berlin.

**akrobat. peut-être artiste de cirque ? ou soldat ?
et maintenant ? hommes d'affaires lié à la krieg
rüstungswerk ???**

Bell savait qu'il était présomptueux de sa part de penser qu'un bureau Van Dorn géré par une seule personne – même si c'était un enquêteur d'exception comme Art Curtis – allait lui dénicher des éléments précis pour étayer des suppositions aussi vagues, et il s'en désolait. Il envoya le même message à Archie Abbott à New York. Et juste au moment où un double coup de sifflet signalait le départ du *Golden State*, il en transmit une copie à Joseph Van Dorn, à Washington.

*

Un « naufrageur de trains » maniait une clef anglaise sous la lumière des étoiles. Il se trouvait à quarante kilomètres de Deming et à une quinzaine du Continental Divide, où la voie montait en pente raide sur la ligne Southern Pacific que les trains empruntaient entre El Paso et la côte Ouest. Il déboulonnait une éclisse qui maintenait ensemble les extrémités de deux rails.

Son partenaire extrayait quant à lui les gros clous qui fixaient les rails d'acier aux traverses de bois. À chaque fois qu'un boulon et un clou étaient ôtés, le puissant berceau construit pour supporter le poids de locomotives de cent tonnes se fragilisait un peu plus. Il suffisait que les rails soient à peine déplacés. Deux ou trois centimètres suffiraient pour faire toute la différence entre un passage sans heurt et l'éternité.

Mais pour assurer le succès de leur entreprise, lorsqu'ils eurent terminé leur tâche, les bandits enfoncèrent un boulon plus long dans un trou pratiqué sur le côté du rail et dans lequel passait auparavant un boulon d'éclisse ; ils l'attachèrent au dernier maillon d'une chaîne, qu'ils avaient étendue sur toute sa longueur le long d'un arroyo, dans le lit d'une crique desséchée assez profonde pour dissimuler une Rolls-Royce volée à un riche touriste en visite à Lordsburg.

Ils étaient prêts, juste à temps. La lueur diffuse des phares d'une locomotive commençait à briller à l'est.

Un sifflement strident alerta leur complice, posté plus haut sur la colline avec les chevaux, qui répondit par un autre coup de sifflet. Message reçu – il allait aussitôt commencer à boucler les sangles des selles et à charger les sacoches d'eau et de vivres pour la longue chevauchée vers le Mexique.

Les brigands firent démarrer la Rolls et avancèrent jusqu'à ce que la chaîne soit bien tendue. Puis ils attendirent, et le doux murmure du moteur de l'automobile fut peu à peu noyé par le grondement de plus en plus puissant des deux motrices fonctionnant en tandem. Lorsque le train fut trop proche pour pouvoir s'arrêter, même au cas où le conducteur aurait vu les rails libérés de leurs traverses s'écarter devant lui, ils mirent les gaz. Le rail résista, et les roues de la voiture patinèrent dans le sable. Mais il suffisait de deux ou trois centimètres.

*

Si le *Golden State Limited* avait roulé à sa vitesse habituelle de presque cent kilomètres à l'heure, le train tout entier aurait déraillé avant de dévaler le talus. Le charbon ardent de sa chaudière aurait provoqué un incendie qui aurait brûlé le convoi tout entier. Mais les criminels étaient des saboteurs expérimentés, et ils avaient fait le choix délibéré de la forte pente qui grimpait de Deming jusqu'au Continental Divide. Même avec sa motrice auxiliaire, le train n'avançait qu'à cinquante kilomètres à l'heure à peine lorsqu'ils arrachèrent le rail sous son poids.

Les locomotives, les tenders et les wagons de marchandises s'écrasèrent d'un peu moins de vingt centimètres entre les rails écartés et tombèrent sur les traverses en faisant voler le bois en éclats et en éparpillant le ballast. Pendant un moment qui, à bord, parut durer une éternité, le *Golden State* dérapa en avant dans une cacophonie de métal hurlant.

Entre la voiture express et celle du courrier, l'attelage se rompit. Les câbles électriques, les tuyaux de plomberie et les lances pneumatiques se déchirèrent. Les freins à air des voitures situées en queue de convoi étaient privés de toute pression, et leurs sabots vinrent s'accrocher aux roues. Ralentis par cette résistance supplémentaire, la voiture courrier, le wagon-restaurant et les voitures couchettes finirent par s'immobiliser en travers des voies, encore debout quoique penchés à un angle inquiétant, et se trouvèrent plongés dans l'obscurité.

23

Lorsque les lumières s'éteignirent, l'Allemand que Beiderbecke avait surnommé l'*Akrobat* sortit du coffre-fort de la Continental & Commercial Bank de Chicago. Le responsable du transport des marchandises, Pete Stock, avait déjà repéré la lueur d'une lampe mais, incrédule, il avait hésité le temps d'une fatale demi-seconde avant de dégainer son Smith & Wesson.

L'*Akrobat* déroula un mince câble tressé d'une sorte de gantelet en cuir accroché à son poignet puissant, le fit passer autour du cou de Stock et l'étrangla. Il partit aussitôt à la recherche de Clyde Lynds ; il savait que ses gens avaient tout mis en œuvre pour garantir une fuite rapide et en bon ordre ; ils allaient franchir la frontière mexicaine à cheval, puis prendre un train spécial jusqu'à Veracruz. Ensuite, il prendrait un paquebot Lloyds affrété en Allemagne septentrionale et retrouverait la Prusse, où il persuaderait le jeune inventeur de reconstruire sa machine.

Il sauta du train et courut vers les voitures Pullman de queue de convoi. Il compta les wagons à la lumière du ciel étoilé et dépassa la voiture des bagages, celle du courrier, le wagon-restaurant et deux voitures salon et couchettes, et finit par grimper à bord du wagon de couchettes où Clyde Lynds venait d'être réveillé par le vacarme du déraillement.

*

Isaac Bell avait pris l'habitude de dormir avec les jambes vers l'avant du train. Soudain réveillé lorsque ses pieds s'écrasèrent contre la cloison, il enfila ses bottines et prit son holster d'épaule.

— Que se passe-t-il ? lui demanda Clyde Lynds d'une voix ensommeillée depuis la couchette du haut.

— Le train a quitté la voie ferrée.

— Il a déraillé ?

Bell engagea une cartouche dans la chambre de son Browning.

— En grimpant une pente à petite vitesse et en ligne droite ? On a dû l'aider, je suis prêt à le parier.

— Qu'est-ce que vous faites ?

— Dès que j'aurai franchi la porte, verrouillez derrière moi. Ne laissez entrer personne, pas même le chef de train.

Bell s'enfonça dans le couloir plongé dans une obscurité complète et referma la porte derrière lui. Pour autant qu'il puisse en être sûr, l'endroit était désert. Il entendit des gens crier dans leurs compartiments. À les entendre, ils paraissaient plus désorientés qu'effrayés.

Bell demeura debout, immobile, le dos plaqué contre la porte. Ses yeux ne tardèrent pas à s'accommoder à la pénombre. Le couloir était toujours vide. Il distinguait de l'autre côté de l'étroit corridor les formes des vitres, soulignées par la lumière des étoiles qui baignait le sol désertique. Il perçut un mouvement fugitif à l'extérieur, dans la pénombre. Ses yeux lui jouaient-ils des tours, ou avait-il bel et bien vu des chevaux groupés tout proches les uns des autres, à une centaine de mètres du train ? Ils étaient trop éloignés et il faisait trop sombre pour qu'il puisse voir s'ils étaient sellés. Toutefois, des animaux sauvages, confrontés à un déraillement assourdissant, se seraient empressés de fuir de l'autre côté des montagnes. Ces chevaux devaient être accompagnés par des hommes.

Bell aperçut la lueur d'une lampe de poche à l'extrémité de la voiture, et à travers le faisceau vacillant, reconnut l'uniforme d'un blanc immaculé du steward des wagons-lits Pullman, Edward, réveillé par l'incident alors qu'il faisait un somme dans son office. Bell perçut un mouvement derrière Edward. Avant qu'il ait pu l'avertir, celui-ci s'affaissa sur le sol. Sa lampe tomba près de lui, et le rayon lumineux forma un arc dans le couloir en direction de Bell.

La porte d'un compartiment s'ouvrit, et un homme de forte corpulence sortit en criant :

— Garçon !

D'autres portes s'ouvrirent. Des passagers trébuchaient dans le corridor obscur, et Bell comprit que le plan de l'*Akrobat* ne se déroulait pas comme prévu. Il vit les contours flous de l'homme qui avait neutralisé Edward ; il se déplaçait de façon étrange, un bras lancé en avant et l'autre replié pour couvrir son visage.

Bell huma une senteur familière et se couvrit les yeux. Il entendit un petit bruit, comme le « pop » d'une bouteille de champagne. Un éclat d'une intense lumière blanche inonda le couloir. Aveuglés, les passagers battirent en retraite dans leurs compartiments en poussant des cris de désarroi et de frayeur.

À l'exception d'Isaac Bell, il n'y avait plus personne entre l'*Akrobat* et la porte de Clyde Lynds.

Dans son enfance, Bell avait passé du temps dans un cirque et il se souvenait de l'odeur particulière de la nitrocellulose que les clowns aimaient utiliser pour faire danser des flammes du bout des doigts. Il en avait reconnu le parfum à temps et avait ainsi pu éviter d'être ébloui.

Il chargea dans le noir, droit sur la silhouette simiesque de l'*Akrobat*.

— Je n'y vois rien, cria le gros homme qui sortit à nouveau en titubant de son compartiment.

Bell le heurta dans son élan. Les deux hommes perdirent l'équilibre et se retrouvèrent par terre, les membres entremêlés. Bell exécuta une roulade pour se rétablir sur ses pieds. Le gros homme lui saisit la cheville d'une poigne d'une puissance étonnante.

Bell se dégagea d'un mouvement brusque et se précipita vers le bout du couloir avant de franchir la passerelle qui menait à la voiture suivante. Tout au fond, la flamme du réchaud à alcool destiné à la préparation du thé dans l'office du steward Pullman éclaira un homme aux larges épaules et aux longs bras qui courait en avant. L'employé gisait lui aussi sur le sol, assommé ou tué. Bell leva son pistolet sans perdre de temps en sommations.

Il visa les jambes et appuya sur la détente.

Juste au moment où le chien s'abattait sur le bord de la cartouche et faisait exploser la charge, Bell leva son arme en l'air de toutes ses forces. Une femme en robe de chambre blanche qui semblait briller dans la nuit venait de sortir de son compartiment. Elle poussa un cri et Isaac Bell vit son bonnet de nuit s'envoler de sa tête.

— Vous n'avez rien ? lui demanda-t-il.

Il accourut auprès d'elle, une main sur les portes des compartiments pour se guider. Il ressentit soudain une piqûre – les échardes de bois que sa balle avait arrachées de la porte – et comprit avec un immense soulagement qu'aucune femme abattue d'un coup de feu à la tête n'aurait pu hurler de la sorte. Il s'assura qu'elle ne souffrait d'aucune blessure et la guida avec douceur jusqu'à sa couchette avant de repartir au pas de course à la poursuite de l'*Akrobat*.

*

À l'inverse d'Isaac Bell, l'*Akrobat* ne se laissa pas ralentir par les passagers désorientés et apeurés qui quittaient leurs compartiments en se cognant partout, appelaient les stewards et exigeaient des explications. Il fonçait droit devant sans ménagement, en projeta certains au sol et brisa des vitres pour en éjecter d'autres par les fenêtres. Cela faisait deux fois qu'Isaac Bell contrecarrait ses opérations planifiées dans les moindres détails et exécutées avec une précision absolue.

Il courut vers la tête du convoi, et lorsqu'il atteignit le wagon postal dont l'attelage avait cédé, il sauta sur le ballast et dépassa à toutes jambes les wagons de marchandises et le tender. Il entendait Isaac Bell courir derrière lui. Soudain il vit l'occasion de se débarrasser de lui une bonne fois pour toutes, et grimpa sur le flanc de la locomotive auxiliaire.

Surgi de nulle part, un chef de train lui saisit la cheville.

L'Allemand l'étendit d'un coup de pied si puissant que l'homme se rompit le cou, mais l'impact lui fit perdre l'équilibre si bien qu'il se sentit tomber en arrière. Il réagit avec calme et une économie de mouvements digne d'un chat. Il étendit la main gauche. Lancée depuis l'espèce de gantelet attaché à son poignet, l'extrémité lestée de son câble de métal tressé s'enroula en tournoyant autour du garde-corps de la motrice.

24

Isaac Bell vit l'*Akrobat* sauter sur la tige de cylindre
qui reliait le piston aux roues motrices de la locomotive auxiliaire, et aperçut l'ombre d'un cheminot qui
tentait de l'en empêcher, mais qui s'écrasa aussitôt
au sol. Pendant une seconde, Bell crut que l'*Akrobat*
tombait lui aussi, mais il leva les bras au-dessus de sa
tête et parut s'envoler de la tige métallique pour s'élever par-dessus le chasse-pierres jusqu'à un garde-corps
installé plus haut. Il attrapa la rambarde et se renversa
en arrière. Sa silhouette de singe masqua les étoiles
au-dessus de l'imposant moteur de la locomotive, et
soudain, il s'évanouit dans les airs.

Bell se précipita à sa poursuite. La motrice était
équipée d'un tas de marchepieds et de poignées pour
que les cheminots puissent atteindre toutes les pièces
qui devaient être graissées, huilées, nettoyées ou ajus-
tées. Le chasse-pierres qui dominait les roues formait
un rebord le long de la chaudière. Il bondit sur la tige
de cylindre, se hissa sur le rebord et saisit la rambarde à
deux mains. Au moment où il bandait ses muscles pour
se hisser plus haut, il vit la forme d'une botte foncer

vers son visage à la vitesse d'un boulet de canon. Au lieu de s'enfuir, l'*Akrobat* l'avait attendu au sommet de l'engin.

Bell recula et esquiva le coup.

La botte passa en sifflant à côté de son oreille et s'écrasa sur son épaule.

Le choc l'éjecta de la locomotive. Il tomba à la renverse, et se ramassa en boule pour protéger sa tête. S'il parvenait à retomber sur ses pieds sur l'accotement en pente raide de la voie ferrée, il aurait une chance de survivre à sa chute. Le ciel constellé d'étoiles décrivait des cercles tourbillonnants, tel un kaléidoscope en noir et blanc. Le sol sombre s'approchait à toute allure de son visage. Il heurta le mince espace entre la voie et l'accotement, puis dévala la pente en dérapant jusqu'à un fossé asséché.

Il resta étendu là, pendant que les étoiles semblaient encore tournoyer. Il entendit un martèlement, comme un bruit de sabots de chevaux. Il se remit debout, ignorant les élancements de douleur qui lui cisaillaient les épaules et les genoux. Le bruit s'éloignait. Des sabots, bien sûr. Il avait vu des chevaux à la lumière des étoiles. Le moyen le plus rapide de quitter un pays rude et une situation dangereuse.

Il escalada le talus et se retrouva nez à nez avec Clyde Lynds.

— Vous allez bien, monsieur Bell ?

— Je vous avais dit de rester dans le compartiment et de verrouiller la porte.

— Ils sont partis. Ils se sont enfuis à cheval.

— Vous avez pu voir leurs visages ?

— Non, mais… Euh…

— Mais quoi ? s'impatienta Isaac Bell.

— L'un des chevaux n'avait pas de cavalier, répondit Lynds d'un air craintif en observant les passagers rassemblés autour du train. Il est peut-être encore ici…

— Non, Clyde. La selle qui n'était pas occupée vous était destinée.

*

— Monsieur, si vous voulez bien descendre de cette locomotive, mugit un géant roux, un conducteur de train de secours. Il faut qu'on remette ce convoi sur les rails.

Les premières lueurs de l'aube avaient surpris Bell en train d'examiner la locomotive d'appoint du *Golden State* à l'aide d'une loupe. Un train de secours avait enfin gravi la pente depuis Deming, tandis qu'un second venait d'arriver de Lordsburg. Les deux se préparaient à remettre le *Golden State Limited* sur les rails, morceau par morceau.

— Je n'en ai que pour une minute, se défendit Bell.

— Fichez le camp de mon train ! rugit le colosse en escaladant le chasse-pierres pour grimper sur l'engin.

Bell se retourna en souriant et tendit la main au rouquin.

— Mike Malone. J'aurais reconnu cet accent irlandais au beau milieu de l'enfer !

— Je veux bien être pendu, Isaac. Allez, on se serre la pince. Qu'est-ce que tu fiches ici ?

— J'escorte quelqu'un, répondit Bell, laconique.

Il connaissait Mike depuis qu'ils avaient failli être réduits en fumée par l'explosion de bâtons de dynamite

222

dissimulés sous les voies de la Southern Pacific Railroad, la compagnie du magnat des chemins de fer Osgood Hennessy.

— Incognito, ajouta-t-il, espérant décourager Mike de lui demander en quoi une loupe pouvait l'aider dans son travail d'escorte, sans parler de l'employé étranglé et de la Rolls-Royce enchaînée à un rail brisé.

Mike Malone lui adressa un clin d'œil.

— Motus et bouche cousue.

Bell lui montra un sillon qui entaillait le garde-fou.

— Qu'est-ce qui a pu faire cela, à ton avis ?

Mike le parcourut d'un doigt calleux.

— Une scie à métaux ?

— Et un câble métallique tressé ?

Malone haussa ses imposantes épaules.

— Peut-être bien.

— Sur ta motrice de dépannage, tu n'aurais pas une petite pince coupante que je pourrais t'emprunter ?

— Une pince de technicien des réseaux ferrés, ça te va ?

— Tant qu'elle coupe comme un rasoir et qu'elle est assez petite pour je puisse la glisser dans ma manche…

— Je n'en ai jamais vu d'aussi petite, mais je vais demander à mon outilleur de te préparer ça. Où est-ce que je dois l'envoyer ?

— À Los Angeles.

*

Isaac Bell était certain que le but de l'attaque était de kidnapper Clyde Lynds, mais sans le blesser. La tentative n'avait pas été loin de réussir, et Clyde était terrifié. Il ne restait rien de son attitude fanfaronne ni de ses bavardages de monsieur je-sais-tout. Son regard partait dans toutes les directions, à la recherche d'une quelconque consolation, mais il ne trouvait que la peur.

Bell n'avait aucune intention de s'écarter de l'enquête sur la Krieg Rüstungswerk GmbH, mais son honneur lui commandait de demander au jeune scientifique s'il ne préférait pas jouer la sécurité en vendant sa machine à Edison pour échapper à la traque des Allemands.

— Et ainsi, vous seriez aussitôt libéré de toute menace.

Clyde demanda au détective s'il comptait l'abandonner à son sort.

— Pas du tout. Toutefois, j'affirme que cette attaque était bien près de réussir, et que ce pourrait être le cas de la prochaine, même si les agents Van Dorn, et moi en particulier, sommes prêts à mettre nos vies en jeu pour vous protéger.

— Mais pourquoi ? Quel intérêt y trouvez-vous ? Il pourrait se passer des années avant que Van Dorn ne gagne le moindre argent avec les Images parlantes !

Pour Isaac Bell, l'innocent était sacré et devait être protégé en toutes circonstances. Il se contenta de rire.

— Je vous l'ai déjà dit, Marion espère que votre invention lui permettra de réaliser de meilleurs films. Cela me suffit.

— Si vous le dites, répondit Clyde, les yeux toujours aux aguets. Dans ce cas, cela me convient aussi.

— En êtes-vous sûr, Clyde ? Il m'est *impossible* de garantir votre sécurité. Je ne peux vous promettre qu'une chose : je ferai tout ce qui s'avérera nécessaire

224

pour vous garder en vie, mais le succès n'est pas assuré. L'*Akrobat* n'a pas dit son dernier mot.

Clyde s'efforça d'afficher un sourire courageux.

— Et la fameuse devise Van Dorn ? *Nous n'abandonnons jamais ! Jamais !*

— Oh, nous finirons par l'avoir ! répondit Bell en lui rendant son sourire.

— Voilà qui ne m'avancera à rien si c'est lui qui m'attrape en premier.

— C'est pourquoi je vous ai demandé si vous étiez sûr de votre choix.

Clyde prit une profonde inspiration.

— J'en suis sûr.

— C'est bien.

*

Arthur Curtis faisait les cent pas dans le parc du *Großer Tiergarten* de Berlin et dans les alentours immédiats ; il passait sous les immenses portes d'inspiration égyptiennes toutes les vingt minutes. Le capricieux Hans Reuter n'avait pas honoré son rendez-vous. Curtis avait pourtant espéré qu'à défaut de la haine qu'il vouait à son employeur, sa cupidité l'aurait au moins rendu un peu plus courageux. Aussi élégant et ventripotent que jamais, l'agent Van Dorn s'apprêtait à entrer dans le parc pour la troisième fois, mais il abandonna cette idée en remarquant un policier en civil qui semblait s'intéresser à lui.

À en juger par sa démarche guillerette, personne n'aurait pu deviner que Curtis était plus qu'alarmé, et qu'il s'efforçait par tous les moyens de déterminer avant son retour au bureau s'il était suivi ou non. Son contact aurait pu se retourner contre lui. Reuter aurait-il révélé à son employeur qu'il vendait à un étranger les secrets de l'entreprise ? C'était peu probable, mais possible. Peut-être était-il même allé voir la police ? Les hommes coupables sont sujets à la panique, et celle-ci les rend stupides.

Curtis traversa avec prudence le quartier diplomatique proche du *Tiergarten* ; il prit son temps pour arpenter les belles rues bordées par les hôtels particuliers des ambassades. On y rencontrait bon nombre d'officiers de l'armée, au point que l'on pouvait se demander si un Allemand sur deux ne portait pas l'uniforme. Par pure coïncidence, Curtis tomba sur une connaissance, un employé subalterne de l'ambassade britannique, grand amateur de cognac français.

— Vous semblez être dans une forme épatante, Curtis ! Vous avez gagné à la loterie ?

— Je suis allé rendre visite à une personne que je connais, lui répondit Art avec un clin d'œil.

Son interlocuteur lui adressa un sourire lubrique.

— Elle a peut-être une sœur ?

— Je lui demanderai la prochaine fois.

Les deux hommes se séparèrent en riant.

Lorsque Curtis atteignit un quartier commerçant, il surveilla son reflet dans les vitrines. Il ne vit rien d'inquiétant jusqu'à ce qu'un homme vêtu d'une élégante gabardine apparaisse devant lui sur le trottoir, vingt minutes après que Curtis l'eut remarqué pour la première fois.

Le personnage était trop bien habillé pour un détective ou un agent de la police secrète. Mais la Krieg et

l'armée pouvaient s'offrir ce qu'il existait de mieux…
Lorsqu'il vit un officier de police à cheval adresser un hochement de tête à quelqu'un, Curtis sauta à bord d'un tramway, pour prendre le temps de réfléchir à la situation, et aussi pour voir qui monterait au prochain arrêt. Ce fut un individu corpulent coiffé d'un feutre coûteux qui embarqua, en nage après avoir couru. Curtis comprit qu'il était soit paranoïaque, soit en mauvaise posture, et qu'il lui fallait agir comme si la deuxième éventualité était la bonne.

D'un autre côté, songea-t-il avec un sourire rayonnant d'innocence, il était dans le métier depuis quinze ans – presque vingt en comptant son apprentissage dans une agence de Denver, spécialisée dans l'escorte et le transport de fonds et dirigée à la baguette par deux vieux boxeurs indiens. Depuis son arrivée en Allemagne, il avait consacré ses loisirs à se familiariser avec tous les secrets des quartiers de Berlin. Il sauta du tram et en prit un autre.

La circulation changea de nature. Les automobiles cédèrent la place aux bicyclettes et aux voitures à cheval. Il s'arrêta dans une zone ouvrière où les vieux immeubles de cinq étages alternaient avec des dépôts de charbon. Dans un tel environnement, les luxueux chapeaux en feutre et les gabardines seraient aussi visibles que le nez au milieu de la figure. Il marcha d'un pas résolu, comme un homme qui rentre chez lui ou plutôt, compte tenu de ses vêtements, comme un propriétaire venu encaisser un loyer. Il poursuivit sa route sur plusieurs rues, la main sur la pince à billets rangée dans sa poche. À un carrefour, il montra son argent à un adolescent sur un vélo, qu'il lui acheta le double de sa valeur, puis il repartit et pédala comme un forcené, en espérant qu'aucun flic ne se trouvait dans les parages pour réquisitionner l'engin d'un autre cycliste.

C'était une fuite bien menée, mais s'enfuir et accomplir le travail qu'on attendait de lui étaient deux choses bien distinctes. Isaac Bell lui mettait la pression et Arthur tenait à lui fournir ce qu'il demandait. S'il ne parvenait pas à mettre la main sur son informateur au sein de la Krieg Rüstungswerk, comment pourrait-il savoir si un ancien officier occupait une position privilégiée dans l'entreprise ?

25

Isaac Bell fut le premier passager à débarquer du *Golden State* à Los Angeles.

Il sauta sur le quai alors que le train roulait encore en entrant dans la gare de La Grande, guida Clyde Lynds en le tenant d'une main ferme par le coude et échangea un hochement de tête avec un agent Van Dorn habillé en porteur. Ils sortirent en hâte de la gare et furent accueillis par un éclatant soleil matinal. Bell chercha du regard un tramway vert olive affichant la destination « Hollywood ». Ils montèrent à bord et sortirent trente minutes plus tard devant la gare routière en brique qui desservait le village.

Pendant que le tram électrique s'éloignait à bonne allure, Bell observa les touristes qui étaient descendus en même temps qu'eux et confirma d'un geste le signal « Tout va bien » que lui adressait un autre agent Van Dorn occupé à acheter des cartes postales. Il entra avec Lynds dans l'hôtel le plus proche.

— Pouvez-vous me dire où monsieur D.W. Griffith tourne ses images animées ?

— Juste au coin de la rue. C'est un film à deux bobines intitulé *In Old California*, mais vous ne trouverez pas de boulot. Il y a déjà quatorze comédiens devant vous. Et je suis le numéro douze.

— Merci pour le renseignement, répondit Bell. Allons, venez avec moi, ajouta-t-il en se tournant vers Clyde.

Le jeune homme s'était remis des frayeurs éprouvées dans le train.

— Qui s'intéresse à la « vieille Californie » ? Il aurait pu trouver un titre un peu plus accrocheur, *The Girls of Old California*, par exemple.

— Ne vous éloignez pas de moi, se contenta de répondre Isaac Bell.

Il trouva le lieu de tournage de Griffith en suivant le grondement de la dynamo qui alimentait l'éclairage. Il s'agissait d'une grande scène en extérieur, réalisée sur un espace vide d'où l'on pouvait au loin apercevoir les majestueuses montagnes. Bell dénombra plus de cinquante personnes : cow-boys, mécaniciens, comédiens, machinistes, et un cameraman, Bitzer, qu'il reconnut aussitôt car il avait travaillé pour Marion.

Griffith, un homme dégingandé d'environ trente-cinq ans, assurait la direction de l'ensemble, assis sur une chaise, le visage protégé du soleil sous un immense chapeau de paille à bord tombant. Il parlait avec un accent du Kentucky aux tonalités douces et portait un revolver à la ceinture.

— Et maintenant, ma jeune dame, lança-t-il à une comédienne vêtue d'une robe longue et d'un châle de *señorita* espagnole à l'ancienne, vous allez essayer encore une fois de marcher de l'endroit où vous êtes jusqu'à cet arbre.

— Oui, monsieur.

Griffith porta un mégaphone à ses lèvres.

— Lumières !

Les lampes Cooper-Hewitt semblèrent s'embraser et presque doubler l'effet du soleil déjà brillant.

— Caméra !

Bitzer régla la mise au point et commença à tourner la manivelle de la caméra.

— Accélérez !

Bitzer tourna plus vite pour faire passer la pellicule devant les lentilles de l'appareil à une vitesse de trois cents mètres en douze minutes et trente secondes.

— *Action* !

La *señorita* désigna l'arbre d'un geste.

— Stop !

Le cameraman arrêta de tourner sa manivelle. Griffith s'affaissa un peu plus sous son chapeau.

— La caméra de Billy vous présente en gros plan, lui expliqua-t-il d'un ton poli, mais ferme. Pour le remercier de cet honneur, j'apprécierais de votre part une certaine retenue dans l'expression.

— Mais il faut que j'indique au public l'endroit vers lequel je vais me diriger.

— Même le moins patient des spectateurs saura très vite où vous allez. N'indiquez rien. Et cessez de regarder la caméra.

— Bien, monsieur Griffith.

— Accélérez !

*

La *señorita* finit par atteindre son arbre et on annonça la pause du déjeuner. Griffith s'abrita sous un parapluie et ôta son chapeau, révélant des cheveux d'un noir de jais malgré une calvitie naissante. Il avait un puissant nez aquilin et les yeux enfoncés et mélancoliques d'un bourreau des cœurs de music-hall. Son visage s'éclaira lorsqu'on lui présenta Isaac Bell.

— Tous mes vœux de bonheur, monsieur Bell. Vous avez épousé une excellente réalisatrice et une femme merveilleuse.

— Merci, monsieur Griffith. Lors de notre mariage à bord du *Mauretania*, nous avons eu le plaisir d'assister à une représentation de votre film *Is This Seat Taken ?* par une troupe Humanova.

— Dont le metteur en scène mettait des paroles dans la bouche de mes comédiens ? s'indigna Griffith en roulant des yeux.

— J'en ai peur, en effet. Et c'est bien de cela que nous sommes venus vous parler. Je vous présente monsieur Clyde Lynds. Il a inventé une machine extraordinaire qui permet de créer et de présenter des images parlantes.

— Des essais de ce genre ont déjà été tentés dans le passé.

— Mais ma machine, elle, fonctionne, intervint Clyde.

— Je n'ai encore jamais vu des voix et des images synchronisées pendant plus de cinq secondes.

— Avec mon invention, elles le resteront pendant cinq *bobines* !

Le regard de Griffith quitta le jeune scientifique effronté et croisa celui de Bell, calme et assuré.

— La firme que je représente, Dagget, Staples et Hitchcock, mise sur le succès de cet appareil, annonça

232

le détective. Clyde a conçu un nouveau procédé avec feu le professeur Beiderbecke, scientifique spécialisé dans l'électro-acoustique à l'Institut Polytechnique impérial et royal de Vienne.

— J'adorerais créer des images parlantes, répondit Griffith. Dans les moments les plus intenses d'un film, la voix humaine serait un merveilleux facteur d'émotion. Mais je ne suis pas en mesure d'investir…

— Je n'ai pas besoin de votre argent, répliqua Clyde du tac au tac. Tout ce qu'il me faut, c'est un laboratoire comme celui que vous avez installé dans ce hangar, et un atelier comme celui dont vous disposez pour les caméras. Et…

— Et avant tout, le coupa Isaac Bell, Clyde a besoin d'un metteur en scène important pour réaliser un film avec sa machine.

— Je serais tout à fait partant, dit Griffith, mais je ne suis ici que jusqu'à la fin du tournage de *In Old California*. Ensuite, retour à New York, et je doute que la compagnie Biograph s'intéresse à une machine qui puisse concurrencer monsieur Edison. (Il se tut un instant pour ménager une pause spectaculaire et leva un doigt pour marquer ses propos.) Mais par coïncidence, il se trouve qu'hier, j'ai été approché par l'Imperial Films Manufacturing Company, qui me permettrait de prendre mes distances avec la Biograph.

Isaac Bell n'aimait pas beaucoup les coïncidences.

— Qui sont ces gens ?

— Ils m'ont fait visiter leur studio cinématographique, et je peux vous dire que c'est la plus belle installation de cinéma de la côte Ouest. Quatre cents personnes, tout un service de mise en scène, des décors superbes, des laboratoires bien équipés, des chambres noires et des ateliers. Le tout a dû coûter une fortune, qui a pu être levée grâce au soutien du Syndicat des Artistes.

— Quel est ce syndicat ? demanda Bell.

— C'est un groupement de banquiers de Wall Street qui se contrefichent du trust Edison. Attendez de voir l'Imperial ! Ils disposent d'assez de matériel flambant neuf pour produire des films en nombre illimité. Ils ont engagé des stars, qui viennent du spectacle dramatique comme du vaudeville. Ils sont prêts à mettre le paquet et créer des films plus longs, avec plusieurs bobines.

— Cette entreprise me paraît très moderne, glissa Clyde à Isaac Bell.

— Pourriez-vous organiser un rendez-vous avec eux, monsieur Griffith ?

— Je vais faire mieux que cela. Je vais leur annoncer que je tournerai le premier film sonore dès que vous aurez mis au point cette machine. Cela devrait leur faire dresser l'oreille.

— Vous n'êtes pas lié par contrat avec la Biograph ?

Griffith posa la main droite sur son cœur.

— Je m'engage à rompre mon accord avec eux dès l'instant où j'aurai la possibilité de réaliser des films qui pourront rendre la véritable qualité de la voix humaine. Mais c'est à vous, monsieur Bell, de leur vendre la machine, et à vous, monsieur Lynds, de la perfectionner. Je vais tout de suite les appeler.

— Avant votre coup de fil, monsieur Griffith, puis-je vous faire une faveur en échange de vos bontés ?

234

— Qu'avez-vous donc en tête ?

— Je vois que vous portez un six-coups.

— Une vieille habitude qui date de l'époque où la Biograph n'était pas encore liée au trust Edison, plaisanta Griffith avec un clin d'œil théâtral. Mais cela fait des années que je n'ai pas pris pour cible un de leurs gros bras.

— Puis-je le voir ?

— Bien sûr, répondit Griffith en sortant le revolver enfoncé dans la ceinture de son pantalon.

Bell ouvrit le barillet, compta six cartouches et en ôta une.

— J'ai des amis qui portent eux aussi un revolver à la ceinture ; en général, ils prennent l'habitude de mettre le chien sur une chambre vide. Du moins s'ils tiennent à garder une chance d'avoir un jour des enfants.

*

Isaac Bell laissa les agents du bureau Van Dorn de Los Angeles s'occuper de Clyde Lynds et se rendit seul à son rendez-vous avec les responsables de l'Imperial. Il tenait à garder l'esprit clair pour juger de l'opportunité qui semblait se présenter. Il découvrit un immeuble de grès rose de dix étages, tout neuf, avec au sommet un penthouse de verre qui dominait des parcelles de terrain à vendre tout juste topographiées. À l'évidence, le quartier était destiné à devenir le nouveau centre des activités de la ville, et l'imposant siège social de l'Imperial semblait prouver que l'entreprise disposait d'assez d'accointances à Wall Street pour se permettre de défier le trust Edison's Patents.

Des coursiers motorisés au side-car rempli de bobines de pellicule entraient et sortaient de la bourse au film installée au premier étage. Le lieu était tapissé d'avertissements « Interdiction de fumer » auxquels aucun des motocyclistes qui portaient cette très inflammable cargaison aux directeurs de salles ne semblaient obéir. Des étages supérieurs abritaient des laboratoires, des ateliers de réparation et de maintenance, des réserves d'accessoires et de costumes, sans oublier le studio principal et ses deux plateaux de tournage dans les bureaux vitrés du dernier étage.

Le premier niveau était tout entier réservé à la salle de cinéma de l'entreprise, elle aussi baptisée l'Imperial. Les articles de journaux affichés dans le hall parlaient de « palais du cinéma », et tout en observant les détails de l'aménagement et les allées et venues des employés et visiteurs, Bell parcourut un article évoquant des angelots brillants de dorure dans un « véritable palace conçu avec raffinement ». Selon le journaliste, la salle allait « attirer les classes les plus aisées, qui ne fréquentent que rarement les spectacles cinématographiques, sauf pour s'encanailler à l'occasion ».

Les portiers qui patrouillaient dans le hall possédaient une carrure qu'il ne se serait pas attendu à voir chez des employés aux uniformes aussi chamarrés que celui du capitaine Turner. Le fait que la présence d'une équipe de gros bras soit considérée comme une sage précaution par un entrepreneur installé à presque cinq mille kilomètres du New Jersey en disait long sur la puissance du trust Edison. L'un des portiers qui regardait Bell lire les articles s'approcha pour mener sa petite enquête à son sujet.

— Selon cet article, les dames qui font leur shopping en ville viennent passer une heure à l'Imperial, lui dit Bell.

— Et elles reviennent ensuite avec leurs amies. Que puis-je faire pour vous, monsieur ?

— J'ai rendez-vous avec le directeur général.

— Sixième étage, monsieur.

Les garçons d'ascenseur étaient eux aussi jeunes et de forte stature. Au sixième étage, un réceptionniste, dont on aurait pu croire qu'il avait autrefois été attaquant dans une équipe de football américain, déverrouilla une porte pour le conduire vers une secrétaire qui à son tour, l'introduisit dans un vaste bureau dont les rideaux étaient tirés pour bloquer les rayons trop ardents du soleil. À la grande surprise d'Isaac Bell, la directrice générale qui se leva en souriant de son siège n'était autre qu'Irina Viorets, la séduisante beauté russe aux yeux sombres, amie de Marion.

Elle était vêtue d'un ensemble élégant composé d'une jupe longue et d'un tailleur ajusté. Elle avait rassemblé sa magnifique chevelure en un chignon haut, une habitude chez les femmes cinéastes désireuses de pouvoir utiliser une caméra sans être gênées par des mèches importunes.

— Vous paraissez surpris, Isaac, lança-t-elle en l'accueillant avec un rire chaleureux. Mais je vous assure, je suis encore plus étonnée que vous !

Bell prit la main qu'Irina lui tendait.

— Je dois vous féliciter, votre réussite est sans doute la plus rapide que l'on puisse imaginer aux USA pour une immigrante. Vous avez su rebondir, c'est le moins que l'on puisse dire !

— J'ai eu de la chance, c'est tout. J'ai rencontré par hasard un vieil ami qui connaissait mon travail en Russie. Il m'a présentée à un banquier, et celui-ci m'a introduite auprès d'un groupe de financiers de Wall Street qui avaient déjà pris en marche le train du cinéma. Comme ils possédaient cette entreprise et n'avaient personne pour la diriger, j'ai bondi sur l'occasion. Tous les films animés seront bientôt réalisés en Californie. Ici, le soleil brille tous les jours !

— Entre la réalisation de films en Russie et la gestion d'une entreprise tout entière, s'émerveilla Bell, vous avez parcouru un chemin impressionnant !

— Eh bien, répondit Irina en baissant les yeux avec modestie, j'avais déjà une certaine expérience des affaires à Saint-Pétersbourg. Mais ne surestimez pas pour autant le poste que j'occupe ici. Ce sont les banquiers de Wall Street qui écrivent la partition à New York. Je ne suis que l'interprète. Ou au mieux, l'arrangeuse. Nuit et jour, ils inondent le réseau télégraphique du continent tout entier avec leurs exigences extravagantes. Mais où est votre adorable épouse ? Est-elle en train de filmer les paysages du New Jersey ?

— Elle est allée voir son père à San Francisco.

— Que compte-t-elle faire ensuite ?

— Elle y réfléchit.

— Parfait. Il faut la convaincre de nous rejoindre ici. Elle pourra créer des images plus intéressantes que dans le New Jersey.

— Je suis sûr que cela lui ferait grand plaisir. Et à moi aussi, d'ailleurs.

— En attendant, allons déjeuner et vous me parlerez de ces Images parlantes.

Ils prirent l'ascenseur pour descendre jusqu'au restaurant de l'entreprise, qui servait des comédiens costumés en ploutocrates, en policiers, en lavandières, en comtesses, en cow-boys ou en Indiens. Beaucoup portaient une couche épaisse de maquillage gras, avec des lèvres écarlates, une peau verte ou des cheveux orange, afin de tenir compte de l'éclairage chartreuse des lampes Cooper-Hewitt. Irina passa parmi eux d'un pas léger, échangea des signes amicaux et des saluts avant de pénétrer avec Bell dans une salle à manger privée qui semblait avoir été déménagée morceau par morceau d'un club londonien avant d'être réinstallée dans cet immeuble neuf.

— Clyde a-t-il mentionné quelque chose au sujet de sa machine à Images parlantes lorsqu'il était à bord du *Mauretania* ?

— Juste assez pour que je me dise, lorsque Griffith m'a appelé, que c'était précisément ce que recherchaient mes investisseurs du Syndicat des Artistes.

*

Isaac Bell profita d'un déjeuner d'où le flirt n'était pas absent pour faire comprendre à Irina, de la façon la plus claire, qu'il était l'homme d'une seule femme, et que celle-ci était Marion. Il avait d'ailleurs l'impression que les sourires, les œillades et la main qui se posait sur son bras relevaient plus du jeu que d'une véritable intention.

— Je voulais vous poser une question, lorsque nous étions à bord. Comment se fait-il que vous parliez aussi bien anglais ? En vous écoutant, on pourrait presque croire que vous êtes née en Amérique.

— Presque, mais pas tout à fait. Je m'améliore. L'anglais est une langue merveilleuse.

— Comment l'avez-vous apprise ?

— À Saint-Pétersbourg, mon père jouait du piano à l'ambassade américaine. J'avais beaucoup d'amis parmi les enfants.

Sans très bien savoir pourquoi, Isaac Bell songea qu'il demanderait aux services de recherches Van Dorn de vérifier cette histoire. Toute cette mise en scène lui paraissait un peu fausse. Était-ce le succès aussi foudroyant qu'incroyable d'Irina, une certaine mauvaise conscience de la part de Bell, ou pure coïncidence ? Ou encore le souvenir d'un propos de Marion ; selon elle, le récit par Irina de sa fuite devant l'Okhrana changeait au fur et à mesure qu'elle absorbait de nouveaux verres de vin. Mais à présent, Irina et lui se contentaient d'eau et de jus d'orange.

— À quelle époque cela se passait-il ?

— Laissez-moi réfléchir. Oh, Isaac, cela fait si longtemps, c'est très gênant pour moi. Nicolas le Sanguinaire n'était pas encore monté sur le trône.

— C'était donc avant, voyons… 1896 ?

— Pas très longtemps avant, répondit Irina, dont les lèvres pleines s'ouvrirent en un sourire chaleureux. Il est toujours délicat pour une femme d'avouer son âge, et mieux vaut rester un peu dans le flou à cet égard.

— Pardonnez-moi, répondit Bell, satisfait à l'idée que Grady Forrer – le chef du service de recherches Van Dorn, allait bientôt tirer les vers du nez des employés et responsables diplomatiques qui avaient servi en Russie à l'époque où régnait le tsar Alexandre III. Mais dites-moi, Irina, ajouta-t-il, le travail de réalisatrice ne va-t-il pas vous manquer, à présent que vous dirigez l'entreprise tout entière ?

— Vous voulez dire, positionner la caméra, ou attendre le soleil pendant des heures pour enfin pouvoir transférer la pure beauté sur les négatifs ? Oui, beaucoup. Mais si vous parlez d'un banquier qui me prête de l'argent et qui, pendant des heures, m'explique comment placer la caméra, alors non, pas du tout ! Aujourd'hui, mon seul patron, c'est le Syndicat des Artistes, et ils sont à New York, à presque cinq mille kilomètres d'ici.

— Qui sont ces investisseurs du Syndicat des Artistes ?

— Le Syndicat est une organisation assez fermée. Je n'en ai rencontré aucun. J'ignore jusqu'à leurs noms.

— Pourquoi tant de mystères, à votre avis ?

— Pour deux raisons, répondit Irina avec un rire dont Bell se dit qu'il masquait mal un certain embarras. La première, c'est qu'il s'agit sans doute de respectables banquiers qui ne veulent pas que leurs épouses, leurs collègues de club ou leurs amis réformateurs progressistes sachent qui ils fréquentent. Il ne faut pas l'oublier, les industriels du cinéma sont considérés comme des gens à risque. Ils souffrent d'une mauvaise réputation liée aux profits douteux de certaines salles et à des carrières souvent débutées dans le vaudeville bas de gamme ou les spectacles de fêtes foraines. On m'a expliqué que c'était une attitude très américaine, mais j'ai constaté qu'il existait un snobisme similaire à Londres.

— Et la seconde ?

— Je pense que c'est la *véritable* raison : la peur. Aussi fortunés soient-ils, ils ne sont pas aussi puissants que Thomas Edison. Ils craignent que dans l'éventualité où les responsables Edison venaient à découvrir qui ils sont, le trust répondrait en acculant à la faillite leurs entreprises, et pas seulement celles qui sont liées au cinéma.

Bell observa son interlocutrice avec attention. Il y avait quelque chose chez elle qu'il appréciait – son savoir-vivre, sans doute, et sa vivacité. Et puis elle était très séduisante. Mais il se demandait si elle allait un jour s'interroger sur la nature de ces investisseurs qui l'avaient aidée à réaliser son rêve. Son ambition allait-elle faire taire ses doutes ?

— Ici, nous avons un proverbe, lui dit-il. *Il faut une longue cuillère pour souper avec le diable…*

Irina esquiva en éclatant de rire.

— Les Russes ont eux aussi un proverbe : *Lorsque le diable trouve une femme paresseuse, il la fait travailler.* J'ai beaucoup de défauts, mais je ne suis pas fainéante. Et je n'ai jamais oublié autre chose que disent souvent les Russes : Dieu protège celles qui veillent elles-mêmes sur leur sécurité.

Bell songea qu'il avait peut-être trouvé une faille dans l'armure d'Irina. Ce qui ne l'empêcherait pas d'envoyer une seconde demande d'enquête à Grady Forrer :

qui paye les factures de
l'entreprise Imperial?

*

Après le déjeuner, Irina Viorets et Isaac Bell parlèrent
affaires. Bell jouait son rôle de cadre supérieur du cabinet d'assurances Dagget, Staples et Hitchcock, désireux
d'investir dans l'industrie du cinéma. Gardant à l'esprit
la rebuffade que lui avait opposée Jay Tarses, il attaqua
par la ligne de défense adoptée alors par Marion.

— Sans images parlantes, le cinéma réduit le drame, la
tragédie, la comédie et la farce à de simples pantomimes.

— Le cinéma, ce n'est peut-être pas le socialisme,
mais c'est la démocratie, s'insurgea Irina. Nous trans-
formons les tragédies, les comédies et les farces vécues
par les gens riches en pantomimes que peuvent s'offrir
les gens ordinaires.

— Clyde Lynds a inventé un système qui permet de
le faire avec des mots et de la musique, répondit Bell.

Irina hocha la tête.

— J'ai entendu dire que votre compagnie d'assurances voulait investir dans les Images parlantes de
monsieur Lynds. C'est pourquoi j'étais intriguée
lorsque Griffith m'a passé ce coup de fil.

— Qui vous a parlé de cette histoire d'investissements?

— Des gens à qui vous avez voulu vendre la même
idée dans le New Jersey.

— Alors vous savez aussi que ma compagnie recherche des professionnels du cinéma capables de créer des images d'une qualité et d'un fini comparables à ce que produisent les Français.

Irina Viorets posa sa jolie main sur le bras de Bell.

— Je vous promets, monsieur Bell, qu'Imperial parviendra à surclasser les Français. Mais laissez-moi vous montrer quelque chose.

Elle emmena le détective pour une visite guidée de l'Imperial Building qui ne laissa aucun doute dans l'esprit de Bell : Irina Viorets était bel et bien à la tête d'une entreprise florissante.

Elle lui montra les laboratoires et les ateliers de mécanique, de réparation et de menuiserie vantés par Griffith. Il vit des instruments de perforation et de tirage installés dans des chambres noires, des pièces remplies d'accessoires et de costumes capables de vêtir des centaines de soldats, de militaires ou de cow-boys, ainsi que des rangées d'appartements monochromes dans le département des décors de scènes. Au troisième étage se trouvait une salle d'enregistrement, similaire à celle d'Edison, avec des murs capitonnés, un sol recouvert de plaques de liège, et tout un assortiment de cornets acoustiques pour capturer les sons.

Irina sortit ensuite du bâtiment avec lui. Sur un terrain vacant au sud de l'Imperial, une fausse rue orientée face au soleil pouvait être transformée pour évoquer New York, Londres, ou le Paris du Moyen Âge.

Un filet de sécurité était installé près de l'immeuble, semblable à ceux dont se servent les pompiers pour sauver les gens qui se jettent d'une maison en feu, mais il s'agissait là d'un équipement permanent.

— Pour les comédiens, expliqua Irina, qui se mit à rire en montrant à Bell le parapet sur le toit, une trentaine de mètres au-dessus du sol. Et il se trouve juste hors du champ des caméras.

— Des frissons qui sauront parler au cœur des financiers et des exploitants, commenta Bell en citant Clyde Lynds.

Ils revinrent à l'intérieur et prirent l'ascenseur pour remonter de dix étages.

— À l'avenir, les meilleurs films narratifs seront tournés en studio, affirma Irina.

Le studio était assez vaste pour accueillir plusieurs scènes de tournage, avec des plafonds de verre pour capturer la lumière naturelle. Sur un des bords du toit, un mur de pierre pouvait être utilisé dans une scène pour évoquer la présence d'un précipice ou d'un autre immeuble. Bell se pencha et regarda en contrebas ; depuis sa position, le filet antichute ne paraissait pas plus gros qu'une pièce de dix *cents*.

— J'ai une dernière chose à vous montrer, annonça Irina qui l'emmena au septième étage, dans un rutilant atelier destiné aux caméras et aux projecteurs, lui-même flanqué d'un laboratoire. Il n'y a ici que du matériel dernier cri. Aimeriez-vous utiliser ces installations, Isaac ?

— Votre Syndicat des Artistes le permettra-t-il ?

— C'est à moi de discuter avec le Syndicat. Vous et Clyde Lynds traiterez avec moi.

— Affaire conclue. À une condition. Ma compagnie embauchera les mécaniciens pour l'atelier.

— Si vous voulez, mais nous avons déjà les meilleurs professionnels de Los Angeles.

— Et nous fournirons nos propres gardes.

— Pour quoi faire ? Cet immeuble est une forteresse.

— C'est ce que j'ai remarqué. Toutefois, mes supérieurs sont plutôt conservateurs. Ils exigeront que toutes les précautions soient prises pour protéger l'invention de Lynds.

— Vous pourriez peut-être les convaincre que nos locaux sont sûrs.

— Ils se souviennent de ce qui est arrivé à bord du *Mauretania*. Le professeur Beiderbecke a été assassiné, et la machine détruite dans un incendie. Vous comprendrez qu'ils insistent pour protéger au mieux leur investissement.

— Je comprends, répondit Irina Viorets à contre-cœur.

— J'espère que cela ne posera aucun problème au Syndicat des Artistes.

— Je vous l'ai dit. Je m'occupe du Syndicat. Serrons-nous la main pour sceller notre accord.

Sur le chemin du retour vers le quartier général Van Dorn, Isaac Bell s'arrêta pour louer une maison assez vaste pour que Clyde Lynds puisse y vivre avec Lipsher et deux autres gardes du service de protection.

*

Irina Viorets verrouilla la porte de son bureau de l'Imperial Films Manufacturing Building et prit dans sa bibliothèque un exemplaire relié en cuir de *Guerre et*

Paix. Son geste fit aussitôt coulisser le rayonnage, qui s'ouvrit sur un escalier privé. Elle monta deux volées de marches pour gagner une suite secrète aménagée au huitième étage. Les fenêtres étaient masquées par de lourds rideaux, et la pièce était froide et sombre. Pour quelqu'un venu du nord de l'Europe, c'était un refuge bienvenu, loin du soleil et de la chaleur de Los Angeles.

L'homme qui attendait le rapport d'Irina était assis derrière un bureau, le visage dans l'ombre.

— Je suis désolée, dit Irina, Bell insiste pour poster à sa guise ses propres gardes.

LIVRE TROIS

Hollywood

26

Le général Christian Semmler éclata de rire.

— Bien sûr, il veut ses propres gardes ! Il est prudent. Qu'attendiez-vous d'autre de la part d'un responsable d'une compagnie d'assurances ?

— Que pourrais-je donc attendre ? Je ne suis qu'une artiste, pas un soldat.

— Vous n'êtes « qu'une artiste », de la même façon qu'un cobra n'est « qu'un serpent ».

— Vous n'avez pas le droit de vous moquer ainsi de moi. J'ai fait ce que vous vouliez.

— Et vous continuerez, répliqua Christian Semmler. (Il observa Irina pendant qu'elle rassemblait son courage, puis lui coupa avec brutalité l'herbe sous les pieds.) Non ! Pour répondre à la question que s'apprêtaient à formuler vos adorables lèvres, je n'ai aucun message pour vous de la part de votre fiancé.

— Vous m'aviez promis, répondit-elle d'un ton désolé.

— Je vous ai promis que *j'essaierais* d'obtenir un message.

Il vit les yeux de la jeune Russe se remplir de larmes. Il parut alors la prendre enfin en pitié, mais ce n'était en réalité qu'une autre manière de la mettre au pas.

— Je peux vous dire qu'il est toujours en sécurité en Allemagne.

— En prison.

— Si la police secrète du tsar était à mes trousses, rétorqua Christian Semmler avec un mépris cinglant pour le naïf amant d'Irina, je préférerais être dans une prison allemande qu'ailleurs en liberté. Les gens de l'Okhrana sont aussi cruels que déterminés. Si cela peut vous apaiser, souvenez-vous que votre jeune ami se trouve en sécurité dans une prison de l'armée allemande en plein cœur de la Prusse. Mon autorisation expresse est indispensable pour y entrer. Et pour en sortir aussi.

— Puis-je m'en aller, à présent ? demanda Irina en se levant avec dignité.

Elle ne manquait pas de cran, Semmler devait l'admettre. Il avait fait un bon choix. Celui d'Irina était moins avisé. L'idiot avec lequel elle s'était fiancée, l'un des milliers de princes appauvris que comptait son pays, avait échoué à mener à bien quelque chimérique attentat contre le tsar, commis au nom d'un douteux mélange de démocratie et de socialisme. Mais la situation donnait à Semmler toute l'influence dont il avait besoin pour forcer Irina Viorets à servir les intérêts du projet *Donar*.

— Vous pouvez partir. Faites en sorte que Clyde Lynds s'installe sans délai et n'épargnez aucun effort pour qu'il se montre productif.

27

— Isaac ! Mais que faites-vous donc à Los Angeles ?

— J'espère que vous pourrez m'aider, oncle Andy.

— Ne m'appelez pas « oncle Andy ». Je ne suis pas votre oncle, et puis cela me donne l'impression d'être un vieillard.

Bell vouait une grande affection au malicieux Andrew Rubenoff.

— Vous êtes un grand ami de mon père. Cela suffit pour faire de vous un oncle.

Rubenoff était un homme d'une quarantaine d'années à la chevelure foncée, qui portait toujours un costume en laine peignée d'une coupe impeccable et était coiffé de la kippa de velours de la foi israélite. Banquier, comme le père d'Isaac, il transférait ses actifs du charbon, de l'acier et des chemins de fer vers les trois nouvelles industries de l'Amérique : l'automobile, les machines volantes et le cinéma. Les collègues qui le prenaient pour un fou avant qu'il double sa fortune furent encore plus horrifiés lorsqu'il plaça la barre plus haut et abandonna New York pour vivre à Los Angeles. Ainsi que l'avait formulé le père d'Isaac, « ils réagissent comme si le président Taft avait déménagé la Maison Blanche à Tokyo. Il est vrai qu'Andrew a émigré de Russie pour venir à New York, puis est allé à San Francisco avant de repartir pour New York. Il faut reconnaître qu'il y a en lui un petit côté bohémien. »

— J'ai besoin de votre aide. Cela vous plairait de devenir détective ?

— Je préférerais jouer du piano à San Francisco, dans un bordel du quartier de Barbary Coast.

— Vous l'avez déjà fait dans le passé, oncle Andy. C'est une nouvelle expérience que je vous propose.

Andrew Rubenoff désigna d'un geste le paysage que lui offraient les vitres de son hôtel particulier bâti au sommet d'une colline : les montagnes au nord et à l'est, la plaine côtière qui s'étendait jusqu'au bleu de l'océan Pacifique, et les contours voilés de l'île de Santa Catalina. Dans son bureau somptueux, l'élégant mobilier partageait l'espace avec des œuvres de peintres modernes comme Marcel Duchamp, John Sloan, sans oublier le piano à queue Mason & Hamlin qu'il chérissait et qui l'avait suivi dans tous ses périples.

— Ceci est l'expérience que j'apprécie le plus, je vous remercie. Vous prendrez du thé, Isaac ?

Un séduisant secrétaire apporta le thé, servi dans de hauts verres. À New York, se souvint Bell, le domestique était plutôt corpulent. Rubenoff aspira son thé à travers un morceau de sucre. Bell l'imita, et se brûla la langue, comme à l'accoutumée.

— Qu'avez-vous entendu au sujet de l'Imperial Films Manufacturing Company ?

— J'ai appris ce matin qu'ils abandonnaient le « Manufacturing ». C'est ce que font toutes les industries cinématographiques. L'idée leur est venue à l'esprit que les films sont bien plus intéressants aux yeux du public que n'importe quelle installation industrielle. Et aussi plus compliqués.

— Que connaissiez-vous d'eux avant ce matin ?

— C'est une grosse entreprise, et riche.

— Pourtant, ils viennent de démarrer leur activité. Ils ont construit un immeuble coûteux, mais ils viennent à peine de commencer à distribuer des films. Comment sont-ils devenus aussi importants et prospères ?

— Le Syndicat des Artistes.

— Qui sont les investisseurs de ce Syndicat ?

— Vous posez enfin une question intéressante. Mais il est difficile d'y répondre.

— S'il est un homme capable de répondre à des questions difficiles, c'est bien vous, répondit Bell avec franchise.

— Connaissez-vous quelque chose au cinéma ? lui demanda Rubenoff.

— Marion m'a appris beaucoup de choses à ce sujet. Et d'ailleurs, encore merci pour le service en argent. Nous le sortirons dès que nous aurons l'occasion d'inviter trente-six personnes à dîner.

Rubenoff écarta d'un geste les remerciements d'Isaac Bell.

— Ah, ce n'était rien. Mais vous voyez, Isaac, il y a quelque chose que je trouve troublant. Je ne sais pas qui investit dans le Syndicat des Artistes ni dans Imperial Films.

— Troublant ?

— Je devrais le savoir. Ces gens sont mes concurrents potentiels, à moins qu'ils ne deviennent un jour mes associés. Je devrais au moins savoir si je suis confronté à une bande de fourreurs new-yorkais, à un groupement de distributeurs de Springfield, à un magnat du mobilier de l'Ohio qui « connaît » une jeune femme désireuse de devenir une star, à des drapiers de Philadelphie, des gantiers de Gloversville ou des Français servant de façade à Pathé. Ou encore à des lords anglais qui voudraient s'emparer d'une nouvelle entreprise américaine. Pourquoi le Syndicat des Artistes tient-il autant à rester discret ?

Mal à l'aise, Bell hocha la tête. Le banquier venait de confirmer ses propres inquiétudes. Avait-il aiguillé Clyde Lynds dans une direction dangereuse ? Grady Forrer avait discuté avec des gens du département d'État, et ceux-ci lui avaient confirmé qu'Irina Viorets avait bien passé sa jeunesse avec des enfants de l'ambassade américaine. En revanche, sur la question de savoir qui payait les factures d'Imperial Films, le service de recherches Van Dorn avait fait chou blanc.

Il ne pouvait pas non plus oublier qu'un câble récent envoyé par Arthur Curtis lui avait appris que la Krieg Rüstungswerk GmbH faisait preuve d'un appétit certain pour des entreprises sans lien avec ses propres activités.

— Je suis sérieux, Andrew. Puis-je vous persuader de jouer les détectives pour mon compte ?

Rubenoff lui adressa un sourire malicieux.

— Devrai-je être armé ?

— Non, à moins que vous ne soyez effrayé par la vision d'une très jolie femme.

*

Arthur Curtis ouvrit une enveloppe qui contenait un câble chiffré rédigé par Isaac Bell. Pauline, qui le décodait plus vite que lui, le lut à haute voix par-dessus son épaule. Il était à présent évident que la jeune femme possédait une véritable mémoire photographique, sonore comme visuelle.

besoin de plus de renseignements sur la krieg rüstungswerk et l'identité de leur homme en amérique. patron d'accord pour toutes dépenses nécessaires. et que ça saute !

— Quel est le sens de cette expression, « et que ça saute » ? Le sens correspond-il à ce que semble indiquer la tonalité ?

— C'est tout à fait cela. Il faut agir sans délai. Tout de suite.

— Alors qu'allez-vous faire pour que ça « saute », détective Curtis ?

— Je vais vous renvoyer chez vous et me mettre au travail.

Curtis enfila son manteau et fouilla ses poches à la recherche des pommes qu'il avait achetées un peu plus tôt.

— Je pourrais vous accompagner ? proposa Pauline.

— Rentrez chez vous. Il est l'heure d'aller vous coucher. Tenez, lui dit-il en lui tendant les fruits. Donnez-en une à votre mère.

Il la fit sortir et verrouilla la porte, puis éteignit la lumière et observa par la fenêtre jusqu'à ce qu'elle ait disparu au coin de la rue. À cette heure tardive, l'endroit était désert, et personne ne surveillait son bureau. Il sortit par la fenêtre de derrière, descendit le long de l'échelle d'incendie et se hâta vers un *Kintopp*, un cinéma de quartier, espérant de tout cœur avoir de la chance.

Une pièce de dix pfennigs lui permet d'acheter une bière et un billet pour le cinéma qui présentait des films d'images animées dans un espace long et étroit formé par trois anciens appartements réunis en une seule salle. Le film de ce soir-là n'aurait jamais dû obtenir l'autorisation des services de la police des mœurs. Mais Hans Reuter, son contact au bureau berlinois de la Krieg Rüstungswerk, appréciait les « images cochonnes », et la salle de cinéma ouvrière était assez éloignée de son quartier opulent pour qu'il puisse la fréquenter sans que personne ne risque d'en informer son épouse. Arthur Curtis avala donc sa bière et fit semblant de s'intéresser aux images vacillantes de l'écran, tout en gardant un œil sur les allées et venues.

Il resta assis deux heures dans l'obscurité. La salle s'était en partie vidée, et il commençait à lutter pour rester éveillé lorsque soudain, son contact de la Krieg fit son entrée, une bière à la main, et chercha une place libre sur son banc préféré de la rangée du fond. Curtis alla le rejoindre. *Herr* Reuter se contenta de s'asseoir, de déguster sa bière et de regarder l'écran.

Le détective Van Dorn, trapu et de petite taille, demeura aussi muet que le film jusqu'à ce que les serveurs se mettent à proposer des bières à grands cris. Il profita du brouhaha des réponses affirmatives pour se pencher vers l'oreille de Reuter.

— Triple, murmura-t-il.

— Comment ? lança Reuter en tournant la tête. (Sa bouche se pinça lorsqu'il s'aperçut que l'homme assis à son côté n'était autre qu'Arthur Curtis.) Je vous ai dit, plus jamais.

— Je peux vous payer le triple, chuchota Curtis. Trois fois plus. Si cela vous intéresse, retrouvez-moi au bar.

Reuter le fit attendre, mais pas longtemps. La cupidité, pour reprendre les termes de l'enquêteur en chef Isaac Bell, était capable d'accomplir des merveilles.

— Le triple ? reprit Reuters, incrédule.

Curtis lui passa la bière fraîche qu'il venait de commander et prit une gorgée de la sienne.

— Le triple. Mais pour un service bien particulier.

— De quel genre ?

— Quelque chose d'unique. Vous connaissez bien la situation chez votre employeur. C'est vous qui êtes le mieux qualifié pour savoir une chose dont j'aurais vraiment besoin. N'est-ce pas le cas ?

Reuter parut soucieux.

— Mais comment puis-je deviner de quoi il s'agit ?

Curtis haussa les épaules.

— Laissez-moi deviner à votre place. Parmi les directeurs et les cadres dirigeants de la Krieg Rüstungswerk, combien sont des anciens officiers de l'armée ?

— Très peu.

— Mais vous en connaissez ?

— Pas sur le plan personnel. Je veux dire, il n'y en a aucun dans nos bureaux berlinois.

— Vous pourriez trouver leurs noms ?

— Il faut que j'y pense.

— Pendant que vous y réfléchissez, rétorqua Arthur Curtis, essayez aussi de découvrir qui, parmi les directeurs, voyage en Europe.

Reuter semblait mal à l'aise, et Curtis songea qu'il venait de toucher un point sensible, comme si l'Allemand venait de se souvenir d'un nom qui lui inspirait de la crainte.

— L'une de vos responsabilités consiste à distribuer des fonds à l'étranger, n'est-ce pas ?

— Comment le savez-vous ?

— J'ai posé quelques questions à droite et à gauche, se contenta de dire Curtis d'un ton détaché.

À en juger par l'expression de Reuter, la réponse de Curtis ne l'avait pas rassuré.

Celui-ci joua son va-tout.

— Il me faut un nom.

— Un nom ?

— Le nom du bénéficiaire. Je vous laisse deux jours, conclut-il. Ici, à dix-neuf heures.

— C'est risqué.

— Ne vous inquiétez pas. Ce sera la dernière fois.

— Rien de plus ? s'enquit Reuter, à la fois rassuré et déçu de voir se tarir sa source de revenus.

— En plus de votre triple émolument, je demanderai si je peux vous accorder une prime de séparation. Je vous remercie.

La cupidité était le principal trait de caractère de Reuter. Il se sentit soudain très courageux.

— Pour obtenir le nom que vous me demandez, il va falloir que je paye quelqu'un d'autre.

Il ment, se dit Curtis. Reuter était assez haut placé dans la hiérarchie pour connaître le nom de la personne en question.

— Très bien, si c'est nécessaire je paierai aussi votre « quelqu'un d'autre ».

De retour vers son bureau, Art Curtis s'arrêta dans une gare où un bureau de télégraphe était ouvert toute la nuit, et il envoya un message à Isaac Bell :

faire transférer les fonds.
aurai peut-être un nom d'ici deux jours.

*

Andrew Rubenoff confia à Isaac Bell à quel point il avait été impressionné par Irina Viorets.

— J'avoue être surpris, reconnut Bell. Je trouvais qu'il y avait quelque chose de louche dans la façon dont elle avait obtenu aussi vite la direction d'une si grande entreprise.

— Elle comprend l'industrie du cinéma avec beaucoup de clairvoyance et de finesse. Et cela ne concerne pas que les prises de vues, mais aussi la distribution et l'exploitation en salles, des éléments essentiels pour générer des profits. Tout aussi important, elle sait qu'il ne suffit pas de présenter deux ou trois nouveaux spectacles à chaque changement de programme. Les clients ne se contenteront plus d'une rénovation superficielle grâce à quelques nouveautés. Les exploitants veulent pouvoir affirmer au public que leur spectacle est entièrement nouveau. « Faites du neuf et réactualisez votre show, m'a-t-elle dit, et toutes vos salles seront pleines. »

— On dirait qu'elle cherchait à vous vendre quelque chose.

— J'ai prétendu être un exploitant, propriétaire d'un ensemble de salles dans l'Indiana.

— Bien joué, commenta Bell d'un ton admiratif.

— Mais non, répondit Rubenoff avec un sourire modeste. Je contrôle en effet des établissements à Detroit, Toledo, Battle Creek et Indianapolis.

— Vous pensez donc qu'elle sait ce qu'elle fait ?

— Dans ce milieu, il existe des frimeurs qui prétendent que faire un film est à la portée de tout le monde. Ce n'est pas vrai, comme monsieur Thomas Edison commence à le constater à grands frais. De même, tout le monde n'est pas capable de *distribuer* des films. Mademoiselle Viorets est compétente. Et elle sait quel est l'avenir du cinéma.

— Vous n'avez pas succombé à son charme, dites-moi, oncle Andy ?

— Il est dans ma nature, répondit Rubenoff, énigmatique, de pouvoir admirer une belle femme sans pour autant la désirer.

— Comment Irina a-t-elle pu en apprendre autant sur l'avenir du cinéma ?

— Elle dit avoir réalisé en Russie des films d'une bobine. C'est un peu ce que fait votre épouse lorsqu'elle ne tourne pas ses films d'actualités Picture World pour cet horrible Preston Whiteway.

— Mais comment une réalisatrice de films russe a-t-elle pu savoir tant de choses sur la distribution et l'exploitation ?

— Vous êtes bien le fils de votre père, Isaac, répondit Rubenoff en souriant. Droit à l'essentiel. J'ai eu l'impression qu'Irina Viorets avait appris beaucoup sur la distribution et l'exploitation en écoutant quelqu'un qui avait manipulé les rouages d'une entreprise moderne dans le but de contrôler à cent pour cent la chaîne de production, ainsi que l'ensemble des activités commerciales, du sommet jusqu'à la base.

— Quel genre de personnage ?

— Andrew Carnegie est l'homme qui a plus ou moins inventé l'intégration verticale.

— Si l'on suppose qu'Irina n'est pas venue s'asseoir sur les genoux de ce vieux philanthrope, alors qui d'autre ? Des Allemands ?

— Des Allemands ? Krupp a mis en œuvre presque à lui tout seul l'intégration verticale à l'allemande.

— Et la Krieg Rüstungswerk GmbH ?

— C'est une entreprise un peu moins importante que Krupp, mais elle bénéficie de liens plus étroits avec les cercles proches du Kaiser. Mais où qu'elle ait pu puiser ses idées, mademoiselle Viorets sait que l'avenir des images animées appartient à ceux qui en contrôleront tous les aspects, du casting des comédiens à la projection du film dans les salles. Ce n'est qu'à ce moment-là que nous pourrons obtenir ces films, et des salles pour les exploiter.

— On dirait que l'intégration verticale vous intéresse aussi, oncle Andy.

— Que Dieu vous entende, mon jeune Isaac. Mais que cela reste entre nous.

— Vous continuerez à enquêter pour savoir qui se cache derrière Irina Viorets ?

— J'ai déjà entrepris quelques recherches à ce sujet, répondit Rubenoff.

*

« Il n'y a pas plus silencieux », déclarèrent les agents du service de protection Van Dorn lorsqu'Isaac Bell rendit visite au laboratoire de l'Imperial Building où Clyde Lynds œuvrait avec acharnement. « Il travaille du petit déjeuner au dîner, et parfois une bonne partie de la nuit. C'est un vrai bosseur. »

— Vous avez vu quelqu'un traîner dans le coin ?

— Non, juste Clyde et ses aides, et vous savez qu'on les a surveillés de près depuis le début.

— Aucune filature lors du retour à la maison ?

— Non, monsieur Bell. Ni dans l'autre sens, d'ailleurs. Et les gars qui gardent la maison n'ont repéré aucune personne suspecte. Vous pensez qu'ils auraient pu laisser tomber et tout abandonner ?

— J'en serais très surpris, répondit Bell. Restez sur vos gardes. Et souvenez-vous, quand on assure la garde de quelqu'un, le gros problème, c'est que l'attaque peut venir à n'importe quel moment, de jour comme de nuit.

Bell ne pouvait s'empêcher de se poser des questions. La Krieg avait-elle renoncé à ses projets ? Ou peut-être se tenaient-ils en retrait? Après tout, Clyde Lynds n'allait partir nulle part avant d'avoir terminé sa machine, et ils sauraient où le trouver le moment venu.

28

De façon inattendue, Joseph Van Dorn arriva par le train.

En voyant son expression, Bell comprit que son patron doutait de la manière dont son enquêteur en chef menait ses investigations. Ses premiers mots furent moins rudes qu'à l'accoutumée, mais non dénués de sous-entendus.

— Nos amis de la compagnie Dagget, Staples & Hitchcock s'inquiètent des demandes de quelques personnalités peu recommandables.

— De quel genre de personnes s'agit-il ?

— Une sorte de fourreur et son cousin, qui travaille dans le secteur de la ganterie, sont venus fanfaronner en exigeant de l'argent pour construire une usine de fabrication de films animés. Grâce à votre mascarade sur leur soi-disant intérêt pour les investissements dans le cinéma, la rumeur se répand dans le milieu que Dagget est disposé à prêter de l'argent.

— Vous êtes certain qu'il ne s'agissait pas d'agents de la Krieg ?

— Je me suis renseigné à leur sujet, mais ils semblent réguliers.

— Des gens peu recommandables, mais réguliers ? ironisa Isaac Bell en souriant.

— Je vous ai dit qui ils étaient : un fourreur et un gantier. Comment Clyde s'en sort-il avec sa machine ?

— Il progresse. Il semble se passionner pour un projet qui consiste à photographier le son directement sur le film.

— J'espère qu'il va avancer encore plus vite. Cela coûte cher de faire garder un homme nuit et jour.

— Comment vous en êtes-vous sorti avec l'ambassadeur d'Allemagne ? demanda Bell.

— Nous avons joué au chat et à la souris. J'ai fait semblant de m'intéresser de très loin aux officiers qui servent en tant qu'attachés d'ambassade, et quant à lui, il a prétendu ne pas s'étonner du fait que cette curiosité soit aussi modérée. J'ai quitté le Cosmos Club avec la nette impression qu'il n'avait pas la moindre idée des activités de ses consuls et encore moins des agissements de l'armée. Et je crois qu'il n'a pas envie d'en savoir plus.

— En d'autres termes, ce sont les consuls qui se chargent du sale boulot.

— C'est ce que je vous avais dit à Washington.

— Donc, rien de nouveau de la part de l'ambassadeur. Van Dorn poussa un soupir.

— Écoutez, Isaac, serait-il possible que la Krieg et consorts aient jeté l'éponge ?

— Non. Ils attendent le moment propice.

— C'est-à-dire ?

— Quand Clyde aura presque terminé son travail.

— Cela pourrait prendre des lustres ! explosa Van Dorn. Plusieurs années, selon Clyde lui-même.

— Je ne pense pas qu'ils restent inactifs aussi longtemps. Dans l'immédiat, Clyde travaille sur sa machine ; ils peuvent patienter jusqu'à ce qu'il ait assez progressé pour qu'ils obtiennent la certitude qu'elle fonctionne.

— Comment le sauront-ils ? Vous l'avez enfermé dans une véritable forteresse. Il est entouré de détectives qui coûtent une fortune et le surveillent nuit et jour, dans son laboratoire, dans sa chambre à coucher, et pendant les trajets entre les deux.

— Il leur suffit d'un espion dans l'Imperial Building, qui observe et fait son rapport. Un grand nombre d'employés travaillent près du laboratoire de Clyde. Il suffirait qu'un seul d'entre eux garde un œil sur lui, un collègue technicien ou mécanicien par ailleurs parfaitement légitime.

— Si c'est le cas, Clyde est en sécurité tant qu'il travaille sur sa machine.

— Une sécurité provisoire, répliqua Isaac Bell. À chaque fois qu'ils ont tenté de mettre la main sur lui, il était clair qu'ils avaient l'intention de l'emmener en Allemagne, où ils étaient prêts à le mettre au travail. À présent, c'est nous qui l'avons mis à l'ouvrage, et ils se contentent d'observer et d'attendre. Lorsqu'ils lanceront leur prochaine attaque, ce sera en raison d'une avancée de la part de Clyde, ou parce que nous aurons baissé la garde.

— Il est difficile, sur le long terme, de faire preuve d'une vigilance constante, Isaac.

— C'est pourquoi j'enquête pour savoir ce que prépare la Krieg Rüstungswerk en Amérique. Lorsque nous le saurons et que nous y aurons mis un terme, Clyde et ses Images parlantes seront libres et en sécurité.

Van Dorn poussa un nouveau soupir.

— Et si ce qu'ils ont en tête, c'est justement de s'emparer de Clyde et de son invention? C'est cette machine qu'ils veulent. Si vous ne les aviez pas neutralisés à bord du *Mauretania*, ils seraient enfermés en toute tranquillité dans un château prussien et Clyde et Beiderbecke seraient forcés de coopérer. Et on n'en aurait plus entendu parler jusqu'au jour où les Allemands auraient présenté des images parlantes.

— Les Allemands étaient déjà ici, répondit Bell.

— Ici? Que voulez-vous dire?

— Ici en Amérique, bien avant que je fasse échouer leur enlèvement.

— Qu'est-ce qui vous fait penser cela?

— Prenez par exemple la tentative d'enlèvement à bord du *Limited*. À Chicago, ils avaient embarqué l'*Akrobat* en cachette dans la voiture express. Trente-six heures plus tard à peine, au Nouveau-Mexique, en plein milieu du continent, ils ont fait dérailler le train. Ils disposaient de cavaliers prêts à passer la frontière mexicaine avec Clyde et à l'embarquer sur un autre train. Je parie à cinq contre un qu'un navire les attendait à Veracruz. Et ils ont monté toute cette organisation dans les quelques jours qui ont suivi celui où Clyde a échappé au gang des « Pâtes d'amandes » à New York. Vous comprenez, Joe? Nous avons affaire à une gigantesque entreprise avec des ramifications aux USA. Je vous parie à dix contre un que la Krieg Rüstungswerk possède en secret des compagnies américaines, des fermes, des ranchs et des hôtels où ils peuvent cacher leurs agents.

*

Dans un silence de mort, et avec des gestes si légers qu'ils semblaient aussi fluides que de l'huile, Christian Semmler montait et descendait les marches d'un escalier caché au centre de l'Imperial Building. Ce passage dissimulé lui permettait d'accéder à chaque étage du bâtiment, des profondeurs du sous-sol jusqu'au toit. Invisible, il pouvait tout observer, tout voir. À l'étage supérieur aux grandes baies vitrées, il appliqua son œil sur un judas. L'opérateur de caméra du studio photographiait une scène où un couple se séparait en s'embrassant, l'homme devant partir à la guerre.

Semmler descendit de trois étages pour espionner Irina Viorets qui travaillait à son bureau, des jeunes femmes sténographes à ses côtés ; de l'autre côté de la pièce, un messager se hâtait de dicter des notes à un télégraphiste qui s'acharnait sur le manipulateur de son appareil. Irina gardait le combiné de son téléphone collé à l'oreille. Les murs qui entouraient l'escalier secret de Semmler étaient épais, mais il s'imaginait presque sentir le parfum de la jeune femme.

Étage après étage, il continua à descendre, observant à travers les judas des ateliers de décors, des menuisiers, des couturières, des rangées de chambres noires où des chimistes travaillaient à la lueur de lampes rouges. Des pellicules étaient enroulées et rangées dans des boîtiers. Il s'arrêta pour regarder une bobine de film entière, de dix minutes, que l'on montrait aux représentants de commerce de l'Imperial Company, qui à leur tour en feraient profiter des exploitants de salles et des distributeurs dans tout le pays. Tout le matériel était ultra-moderne, tout comme les processus de travail, à une exception près : le studio d'enregistrement sonore du troisième étage.

Christian Semmler le surveillait avec un regard de connaisseur. Le studio était archaïque, même si l'équipement dont il disposait était moderne. Ici, les mots et la musique étaient enregistrés de façon aussi médiocre que trente ans plus tôt, lorsqu'Edison avait commencé à travailler sur les phonographes et les gramophones. La triste preuve de cette désuétude était démontrée par le semblant d'enregistrement orchestral – trompettes, clarinettes, saxophones – que claironnait un pavillon acoustique. Où étaient les violons ? La contrebasse ? Le piano ? Et les timbales ? Nulle part ! Aucun de ces instruments ne pouvait être enregistré à un niveau de fidélité suffisant. Le saxophone remplaçait la contrebasse. La clarinette était censée évoquer le son des violons. On comptait sur les banjos pour assurer la rythmique. Un auditeur non averti aurait pu croire, en écoutant le disque de cire, que le piano n'avait jamais été inventé.

Le général de brigade Semmler remonta jusqu'au septième étage pour observer l'homme qui allait mettre un terme à cette situation. À travers le judas, il vit s'activer les assistants enthousiastes de Clyde Lynds. Il constata que Clyde lui-même s'était fait installer un lit de camp pour pouvoir prendre un peu de repos lors de ses longues nuits de travail. Semmler poussa un grognement d'approbation. Le scientifique qui allait enfin résoudre les failles et les défauts du laboratoire du troisième étage était ce que les amis représentants de commerce de Fritz Wunderlich appelaient avec admiration un « travailleur acharné » plein de dynamisme. Semmler songea avec un sourire glacé que Lynds bossait aussi dur que s'il s'était trouvé enfermé dans un donjon prussien avec le canon d'une arme braqué sur la tempe.

Semmler remonta en silence jusqu'à son repaire du huitième étage, certain qu'avec Clyde Lynds, il disposait juste de ce dont il avait besoin pour éviter à l'Allemagne l'échec de son entreprise ultime, *Der Tag*. Et en dépit des interférences répétées d'Isaac Bell, l'organisation du grand projet *Donar* se déroulait comme prévu.

Le général de brigade Christian Semmler avait servi à l'étranger. Lorsqu'il s'était battu en Chine et en Afrique, il était aux premières loges pour juger des forces et des faiblesses de ses ennemis ; mieux que tout autre officier de l'armée du Kaiser, il savait que l'Allemagne ne pourrait jamais survivre à une guerre menée en même temps contre le monde entier.

Le projet *Donar* – le plan stratégique de Semmler pour sauver l'Allemagne – avait vu le jour pendant une pluie torrentielle à Katrinahall, le pavillon de chasse des landes de Rominter qui était le plus beau joyau de la dot de son épouse. Le Kaiser Guillaume II y était venu chasser le sanglier. Une visite royale était un honneur particulier pour lequel les aristocrates rivalisaient entre eux à la cour. Semmler avait aménagé le domaine avec cette idée en tête, mais le souverain avait par ailleurs toujours porté un regard bienveillant sur son plus jeune général de brigade. Pour lui, Semmler était un homme, un vrai, et un authentique soldat, et le Kaiser évoquait en riant les rumeurs de duels à mort lorsque son protégé était encore à l'école et les récits de batailles sauvages à Pékin, ou avec les Boers derrière les lignes anglaises.

Semmler se disait que la faveur dont il jouissait auprès de Sa Majesté s'expliquait peut-être par une autre raison. Il avait une conscience aiguë de ses longs bras et de ses arcades sourcilières simiesques. Il savait qu'un aspect physique évoquant un singe, un gorille, aurait condamné n'importe quel soldat ordinaire à une carrière stagnante dans une armée pour qui la beauté était l'incarnation même de la race « supérieure » et qui tournait la laideur en ridicule. Mais le Kaiser lui-même souffrait d'une tare de naissance, un bras atrophié qui pendait de son épaule comme celui d'une poupée de chiffons. Peut-être était-ce pour cela que ces deux hommes, qui n'aimaient guère voir leur propre image dans un miroir, ressentaient une certaine affinité ?

Lorsque la pluie les força à regagner le pavillon, Semmler invita le Kaiser dans sa bibliothèque, où il entreprit de le distraire en lui projetant des films qui montraient des cavaleries au galop, des trains blindés, les toutes nouvelles machines volantes et les cuirassés de la « flotte de haute mer » qu'affectionnait tant le souverain.

— Regardez, Votre Majesté, l'arme la plus nouvelle de toutes !

Le Kaiser écarquilla les yeux devant l'écran.

— Où est-elle ?

— Les *films* sont une arme, Votre Majesté.

— Je ne comprends pas.

— Vous savez que les classes supérieures ont toujours apprécié le théâtre et l'opéra.

— À juste titre.

— Dans la vie des travailleurs, les films constituent un événement plus important encore. Des millions de gens se précipitent dans les *Kintopps* et autres salles de quartiers, prêts à admirer tout ce qui est présenté à l'écran. Ils sont comme hypnotisés. Imaginez des millions et des millions de spectateurs rassemblés chaque jour pour voir la même chose, *voulant* être hypnotisés, et *espérant* l'être. Ils sont mûrs pour la propagande.

— La propagande ? s'étonna le Kaiser dans un froncement de sourcils. En Angleterre, ils prétendent que les films sont une propagande pour la *démocratie*.

— Les films constituent une propagande encore plus efficace pour l'amour et la haine, Votre Majesté. L'amitié et la guerre. Des millions de gens regardent ces films. Ils sont prêts à recevoir votre message.

— Quel message, général ?

Christian Semmler se tourna pour faire face au Kaiser Guillaume II.

— L'amitié.

— *L'amitié... ?*

Semmler prit une longue inspiration pour se rappeler que la patience était la vertu cardinale du chasseur. Il réprima son envie soudaine d'agripper le Kaiser par le devant de sa chemise et de lui crier au visage que si la propagande était capable de convaincre les Allemands

274

de payer pour une flotte de guerre dont ils n'avaient pas besoin, alors elle pouvait persuader n'importe qui de n'importe quoi. Mais il ne pouvait se laisser aller de la sorte sans rompre aussitôt ce lien particulier qui les unissait.

— Avec tout le respect dû à la puissance de vos splendides armées et de votre flotte, Majesté, lorsque *Der Tag* viendra, nous devrons sans aucun doute combattre en même temps l'Angleterre, la France et la Russie.

— Nous gagnerons, affirma Guillaume. Nos voies ferrées nous permettront de déplacer nos troupes d'un front à l'autre, d'est en ouest et d'ouest en est. Nous n'avons rien à craindre d'une guerre à deux fronts.

— J'en suis convaincu, Votre Majesté. Mais *trois* fronts ? Même notre Allemagne éprouvera des difficultés à se battre sur trois fronts à la fois.

— L'Amérique.

— En effet, Votre Majesté. L'Amérique.

Le Kaiser finit par comprendre où Semmler voulait en venir.

— Des alliés !

— Des alliés, Votre Majesté. Le cinéma peut vaincre les ennemis de l'Allemagne en les opposant les uns aux autres. Nos films de propagande décriront les Allemands et l'immense minorité germano-américaine comme des amis de l'Amérique, et les Britanniques, les Français et les Russes comme leurs ennemis. Peut-on imaginer une arme plus puissante ? L'Allemagne, amie de l'Amérique, et l'Angleterre, son ennemie.

Le Kaiser lui avait lancé un regard perçant.

— Vous avez mûrement réfléchi à tout cela, n'est-ce pas ? L'idée ne vous est pas venue par hasard.

— En effet, Votre Majesté. Je n'ai pas pensé à grand-chose d'autre depuis longtemps. *Der Tag* doit être le nouveau départ de l'Allemagne, et non sa fin.

Le Kaiser Guillaume passa son bras valide autour des épaules de Semmler.

— Agissez, lui dit-il. Prenez tout ce dont vous avez besoin.

— Il me faut l'armée, le corps diplomatique, les banques et les compagnies maritimes.

— Tout cela sera mis à votre service.

Entre autres qualités, Semmler possédait un œil infaillible pour juger de la personnalité et des désirs de ses interlocuteurs. Au lieu de répondre par un salut militaire, il étendit un bras viril vers Guillaume. Les deux hommes échangèrent une ferme poignée de mains et se regardèrent droit dans les yeux.

— Je vous en fais le serment sacré : je ne vous abandonnerai jamais, Votre Majesté.

Mais le Kaiser était connu pour sa nature changeante. La pluie s'était calmée, et avant que Semmler n'ait eu le temps de lui proposer de rejoindre les autres chasseurs, son visage prit une expression rêveuse.

— Ne serait-ce pas merveilleux si les films pouvaient reproduire la musique ? lui demanda-t-il sans se douter de l'aspect prémonitoire de sa question.

— La musique, Votre Majesté ?

— La musique ! Ainsi, des milliers de gens rassemblés dans des théâtres géants pourraient voir les films, et écouter, ressentir les émotions musicales. La musique est un aspect essentiel de la propagande. Elle possède un attrait viscéral.

— Vous avez raison, Votre Majesté, bien sûr. Je vais étudier cela.

Il n'existait toutefois que peu d'orchestres dans les petites salles de la plupart des villes américaines, et un piano au son de casserole serait bien en peine d'émouvoir le public. Semmler se renseigna sur la possibilité que les films eux-mêmes puissent produire leur propre musique et prit connaissance des tentatives malheureuses pour y parvenir.

Et puis il se passa une chose étrange. Semmler avait déjà mis le projet *Donar* en œuvre pour présenter des films pro-allemands au public américain. Il avait fondé l'Imperial Films Manufacturing Company et y intégrait des hommes d'affaires et des exploitants pour contrôler la production, la distribution et l'exploitation lorsque soudain, comme une comète traversant l'espace, lui parvint de Vienne une nouvelle extraordinaire : l'existence du *Sprechendlichtspieltheater*, une machine à images parlantes qui fonctionnait.

Le Kaiser lui-même l'avait évoquée, presque prédite, et voilà que cette invention était devenue réalité. La machine à Images parlantes de Beiderbecke et Lynds allait produire une voix beaucoup plus puissante que dans le passé pour convaincre, cajoler et jouer sur les émotions. La musique et la voix humaine alliées aux images animées convaincraient des millions de gens de faire la guerre.

*

Arthur Curtis se rendit au *Kintopp* avec une heure d'avance sur son rendez-vous avec Hans Reuter. L'espace étroit du *Kino* accueillait déjà une centaine de clients, hommes et femmes venus ce soir-là admirer Sarah Bernhardt. Il prit sa bière et s'avança vers l'écran ; il faisait semblant de vouloir trouver un siège plus proche, tout en recherchant une porte de sortie à l'arrière de la salle. Il n'en existait aucune ; un incendie aurait créé ici une situation plus que précaire. Et si Reuter le trahissait, l'absence d'échappatoire rendrait les choses pires encore.

La solution la plus sûre consistait à quitter la salle elle-même pour revenir déguster sa bière au bar. Curtis, rongé par un désagréable pressentiment, émergea de l'obscurité du théâtre et s'installa au comptoir. À dix-huit heures quarante-cinq, un menuisier, avec une boîte à outils à la main et de la sciure sur sa combinaison de travail, entra, commanda une bière et la but avec lenteur. Il ignorait l'entrée de la salle de cinéma et jetait de temps à autre un coup d'œil vers la porte qui donnait sur la rue, comme s'il attendait un ami. Arthur Curtis l'étudia avec attention. Son pressentiment se faisait plus aigu, mais il fut trop lent à en discerner la source.

C'était la sciure qui l'intriguait, comprit-il enfin. Les travailleurs allemands étaient des gens précis, qui brossaient leurs vêtements à la fin de leur journée. Jamais ils ne se permettaient d'apparaître en public couverts de sciure, même pour rentrer au plus vite à la maison, et celui-ci ne semblait pas pressé. C'était à peine s'il portait de temps en temps sa chope à ses lèvres.

Art Curtis termina sa bière, adressa un salut décontracté à la serveuse et franchit la porte pour gagner la rue. Il respira l'air du soir en observant autour de lui l'animation des vieux immeubles et des boutiques.

Par chance, Reuter arriva en avance. Il marchait vite, la tête penchée en avant, peut-être inconscient du fait qu'il était suivi, ou espérant, telle une autruche, que ce qu'il ne pouvait pas voir ne lui ferait aucun mal.

Curtis prit une décision subite et un gros risque en espérant ne pas s'être trompé lorsqu'il avait jeté un premier coup d'œil dans la rue sans repérer d'ombre suspecte.

Reuter tressaillit lorsque Curtis le prit par le bras.

— Nous allons plutôt marcher un peu.

— Pourquoi ? demanda Reuter.

Toutefois, son appétit d'argent ne lui laissa d'autre choix que de se laisser guider par Curtis.

— Nous pourrons régler notre transaction dans moins d'une minute. Donnez-moi le nom. Je vous donnerai l'argent, et nous pourrons suivre nos chemins respectifs.

Dans le cas présent, le terme « prendre la fuite » eût été plus approprié ; en ce qui le concernait, il se précipiterait au plus vite vers la frontière française, et au diable le bureau Van Dorn. Mais il ne pouvait révéler à Reuter qu'ils étaient sous surveillance sans prendre le risque de le voir agir de façon inconsidérée.

— *Son nom ?* insista-t-il.

— Ils l'appellent « le Singe ».

Bell lui avait parlé d'un acrobate.

— Quel est son véritable nom ?

— Je ne sais pas.

— Je ne paie pas pour ce que vous ignorez, rétorqua Curtis en scrutant la rue devant et derrière eux.

Il vit des ouvriers qui rentraient chez eux, des ménagères avec leurs provisions, des couples, main dans la main, qui se hâtaient vers le *Kintopp*. Le seul fait inhabituel était l'absence de tout policier.

— C'est un officier de l'armée.

— Cela, je le savais déjà.

— Mais vous ignoriez que c'était un général de brigade, répondit Reuter d'un ton suffisant.

— Sans son nom, le grade ne signifie rien, mentit Curtis.

Si le renseignement était exact, un rang aussi élevé réduirait les possibilités à une poignée de personnes.

— Je peux vous en fournir une description, suggéra Reuter.

— Il vaudrait mieux qu'elle soit précise.

Ils passaient à ce moment sous un réverbère et Curtis put observer à loisir le visage de Reuter. Lorsqu'il reprit la parole, l'Allemand prit une expression de confiance assurée qui s'accordait à merveille avec sa tonalité présomptueuse.

— Trente-cinq ans, taille moyenne, forte carrure, cheveux blonds, yeux verts, et de longs bras comme ceux d'un singe.

Trente-cinq ans, c'était jeune pour un général de l'armée allemande, mais le reste du portrait semblait trop incongru pour avoir été inventé de toutes pièces.

— Si vous savez tout cela, vous connaissez aussi son nom. Il est impossible que deux officiers supérieurs de cet âge correspondent à un tel signalement. Pas de nom, pas d'argent.

Deux hommes qui s'approchaient d'eux à vélo sortirent des pistolets Luger P08 des sacoches accrochées à leur guidon. Derrière lui, Arthur Curtis entendit le menuisier sortir en trombe du *Kintopp* et laisser tomber sa boîte à outils.

29

Hans Reuter se mit à courir.

Les cyclistes l'abattirent. Il tomba dans le caniveau. Des piétons se mirent à crier, plongèrent sur les pavés ou se réfugièrent dans des boutiques. Art Curtis avait déjà sorti son Browning. Il fit volte-face et eut la chance d'atteindre le menuisier à la poitrine. Il se retourna à nouveau, tira à deux reprises et blessa le cycliste le plus proche. Celui qu'il avait manqué fit feu à son tour.

Art Curtis sentit le choc brutal d'une balle de neuf millimètres et se retrouva soudain sur le dos à regarder le ciel qui s'obscurcissait. Si quelqu'un avait crié « *Polizei !* », il aurait pu rester au sol, mais personne ne le fit. Les deux cyclistes étaient armés de pistolets de l'armée, et la police avait reçu l'ordre de se tenir à l'écart du quartier. Cela signifiait qu'on avait envoyé ces hommes pour le tuer, et l'effroi qu'il éprouva lui donna la force de se remettre sur pied en titubant. L'homme qui l'avait touché parut surpris ; il leva son arme et le visa de façon délibérée.

Le détective Van Dorn ne perdit pas un temps précieux à ajuster une cible distante de deux mètres. Il appuya sur la détente, sauta par-dessus le corps et courut droit devant.

*

— Vous êtes aussi blanc qu'un fantôme, mon ami, s'exclama le vieux sergent de l'armée lorsqu'Arthur Curtis s'effondra à côté de lui dans le fauteuil en bois courbé.

— Trop de schnaps hier soir.

Il essayait de se convaincre qu'il ne s'agissait que d'une blessure à l'épaule, mais il sentait bien dans ses poumons que la balle, encore logée quelque part dans son corps, avait provoqué des dégâts d'une autre importance. Au moins, elle n'avait brisé aucun os, et il n'y avait pas de sang sur son manteau, juste un petit trou qui aurait pu être causé par une mite. Toutefois, sa respiration était douloureuse et sa tête tournait ; sa marche jusqu'au *Biergarten* attitré du sergent avait failli le tuer.

— Un bonne bière allemande va vous soigner ça ! Serveuse ! Une bière pour mon ami.

Arthur Curtis se reposa jusqu'à l'arrivée de la boisson, puis inclina sa chope en direction du vieil homme.

— Auriez-vous connu, quand vous étiez en activité, un général de brigade que l'on surnommait « le Singe » ?

Le vieux sergent secoua la tête.

— Un général ? Non.

— J'en ai entendu parler l'autre jour. C'est un bien étrange sobriquet pour un officier de haut rang.

— Il n'était pas si gradé que cela à l'époque.

— *Comment ?* Que voulez-vous dire ? Il n'était pas si gradé… Mais qui ?

— J'ai pris ma retraite il y a… voyons… six ans ?
Il n'était que colonel. Un très jeune colonel. Quel
homme ! Et quel soldat ! On n'avait jamais vu un combattant pareil ! On disait qu'il avait démissionné de son
poste pour aller combattre en Afrique, et affronter les
commandos des Boers.

— Vous le connaissiez ?

— Un sergent berlinois fréquenter un aristocrate
prussien ? Vous n'y pensez pas !

Une douleur fulgurante faillit faire tomber Curtis
de son siège. Il s'agrippa à la table, et se concentra de
toutes ses forces pour parler d'une voix normale.

— Vous avez peut-être servi sous ses ordres ?

— Je ne le connaissais que de réputation. Il était très
admiré. C'est toujours le cas aujourd'hui, j'en suis sûr.

— Pourquoi l'appelaient-ils « le Singe » ?

— Jamais en face, répondit le sergent avec un petit
rire. *Mein Gott*, le colonel Semmler leur aurait découpé
les oreilles et les aurait forcés à les avaler.

— Semmler… Mais pourquoi ce surnom ?

— Il ressemblait à un singe. Des bras immenses et
des arcades sourcilières très proéminentes. (Le sergent
jeta un regard circulaire et baissa la voix.) Pas vraiment
l'image du pur aristocrate prussien, si vous voyez ce
que je veux dire. Plutôt un solide paysan dans mon
genre.

— Je croyais que Semmler était un nom prussien ?

— Bien sûr. On disait qu'il était aussi apparenté
aux Roth ; des litres de sang bleu prussien, même si le
physique n'y était pas. Mais ça va, mon ami ? On vous
croirait à l'agonie.

— Quel est son prénom ?

— Christian.

Arthur Curtis rassembla toute sa volonté pour se lever.

— Je crois que ce n'est pas que le schnaps. Ce sont ces huîtres. J'en ai mangé une douzaine au déjeuner. Je devrais peut-être rentrer chez moi… Mais laissez-moi payer.

— Non, non, mon ami. C'est toujours vous qui réglez l'addition. Vous avez à peine bu une gorgée de votre bière. Je paierai et je la finirai à votre place. Rentrez vite vous coucher.

*

Les bureaux de télégraphe des grandes gares restaient ouverts toute la nuit. Curtis comptait envoyer le nom de Semmler à Isaac Bell, ainsi que son signalement, aux bons soins du bureau de New York, et par mesure de sécurité, il ferait parvenir le même message au bureau de Paris. Il se dirigea vers la gare la plus proche, en espérant que sa démarche titubante n'attirerait pas trop l'attention dans ces rues bien éclairées. Il s'arrêta à l'entrée principale pour vérifier dans le miroir d'un kiosque à journaux l'absence de sang sur son manteau. Il constata par la même occasion que des policiers vérifiaient les papiers de tous les gens qui faisaient la queue au bureau du télégraphe. Il en allait sans doute de même dans les bureaux ouverts la nuit et, songea-t-il avec une pointe de panique, dans les hôpitaux. Il faisait nuit à présent, les rues, les bars et les restaurants se vidaient ; ils contrôleraient tous les passants isolés.

La frontière française, à plus de sept cents kilomètres à l'ouest, était un rêve hors de portée. Il pouvait à peine marcher. Il ne pouvait pas non plus rentrer à sa pension, peuplée de clients toujours prêts à se mêler de tout ; quant à sa logeuse, c'était un dragon à la curiosité insatiable. Si quelqu'un le voyait ainsi dans le salon éclairé, tout le monde serait vite au courant de son état. Tout en se maudissant de ne pas avoir préféré l'intimité d'un appartement meublé à l'aspect pratique d'une pension, Arthur Curtis se convainquit qu'il parviendrait à aller se terrer dans son bureau. Là, il pourrait se reposer, reprendre des forces et partir au matin vers la frontière, ou peut-être vers la côte de la mer du Nord. Berlin comptait un million et demi d'habitants, et à l'heure où ils se rendraient tous en masse au travail, les gares seraient trop bondées pour que la police puisse contrôler tout le monde. Il se concentra pour mettre un pied devant l'autre et se dirigea vers l'arrêt du tramway. Les trams roulaient jusqu'à vingt-trois heures. Il avait encore le temps. Au prix d'un effort herculéen, il se hissa à bord, sortit en chancelant une fois arrivé, et marcha vers son bureau en prenant garde de ne pas tomber.

Un homme vêtu d'un imperméable se tenait de l'autre côté de la rue.

Art Curtis enfonça sa main dans sa poche et la referma sur son Browning, qui avait une balle dans la chambre et deux dans le chargeur. Il chercha l'acolyte de l'homme à l'imperméable et le repéra dans une embrasure de porte. Il quitta le trottoir et s'avança dans la rue, les forçant à se découvrir. Ils échangèrent un regard et se mirent aussitôt en mouvement. Il les laissa approcher. Lorsqu'ils sortirent leurs armes, là encore des Luger de l'armée, il fit feu à deux reprises à travers l'étoffe de son manteau, abattit les deux tueurs et entra en vacillant dans son immeuble. Il se hissa le long de l'escalier, enfonça à tâtons la clef dans la serrure, entra et verrouilla derrière lui, en espérant avoir encore assez de force pour recharger son arme. D'autres hommes arriveraient d'une minute à l'autre, il en était certain.

La lampe de son bureau s'alluma, et il se retourna pour tirer sa dernière balle.

— Que s'est-il passé ? s'écria Pauline, les yeux embués de sommeil et le visage plissé à l'endroit où elle avait posé sa joue sur sa manche.

30

— Rentrez chez vous. Allez ! Sortez d'ici !

— Je suis désolée. Je faisais mes devoirs, et je me suis endormie. Je ne peux pas rentrer à la maison, l'ami de ma mère...

— Fichez le camp d'ici ! rugit Curtis.

Pauline hésita, peinée, et des larmes envahirent ses yeux. Curtis se mit à tousser. Il pressa la main sur sa bouche, et quand il l'en éloigna, elle était couverte de sang.

— Oh, mon Dieu, murmura-t-elle. Vous êtes blessé.

— Éteignez la lumière.

Elle obéit aussitôt.

— Ils vont venir ici ?

— Bientôt. Partez d'ici.

— Je ne peux pas vous laisser ainsi.

— Partez !

— Venez avec moi.

— J'aimerais pouvoir le faire, mais je ne peux plus faire un pas, et encore moins descendre le long de cette échelle. Il faut partir, je vous en prie. Avant qu'ils arrivent.

Pauline fouilla dans son cartable et en sortit quelque chose. Curtis entendit le déclic du chien d'une arme à feu.

— Mais qu'est-ce que c'est que ça ?

— J'ai acheté un pistolet.

Curtis eut l'impression que son âme sombrait. Cette stupide gamine, se dit-il, va rester ici comme si j'étais Sherlock Holmes, et elle va mourir avec moi. Quoi de pire, se désola-t-il, que de quitter cette terre en emmenant une enfant avec soi ?

Il n'existait qu'un seul moyen de la forcer à partir.

— Donnez-moi ça.

Pauline lui tendit l'arme, crosse en avant. C'était un petit revolver. Il sentit de la rouille sur le pontet.

— Baissez les stores, et restez bien de côté pendant ce temps. Parfait. À présent, inclinez la lampe pour qu'elle n'éclaire que le bureau. Allumez-la.

La lampe dispensa une faible lueur.

— Je vais m'asseoir ici. (Curtis tituba jusqu'au bureau et s'affaissa sur son siège. Il poussa de côté l'arme de Pauline et sortit la sienne de son manteau.) Observez ce que je fais avec attention.

Il ôta le chargeur et la balle engagée dans la chambre, ainsi que le ressort de glissière du canon et la glissière elle-même. À l'aide d'un chiffon qu'il prit dans le kit de nettoyage d'armes rangé dans son bureau, il nettoya les différentes parties du pistolet, le réassembla, remit un chargeur et poussa le tout vers Pauline.

— À votre tour.

La jeune fille répéta ses gestes, étape par étape. Curtis n'en fut pas étonné. Pauline était l'une des filles les plus futées qu'il ait eu l'occasion de rencontrer.

— Parfait. Souvenez-vous, vérifiez toujours qu'aucune balle n'est engagée dans la chambre, sinon, vous risquez de vous faire sauter la cervelle par erreur. Très bien. Prenez-le. Voici comment il faut l'armer.

Il guida les mains de Pauline et constata avec soulagement qu'elle était assez forte pour actionner la culasse et engager une balle.

— Vos mains sont petites, comme les miennes, cette arme vous conviendra. Gardez-la bien propre. Voici un chargeur de rechange. Vous avez quatorze balles.

— Vous me donnez votre pistolet?

— Si quelqu'un essaie de vous le prendre – et c'est ce qu'ils feront, parce que vous n'êtes qu'une gamine –, voici ce qu'il faut faire : braquez le pistolet sur son visage. Et puis vous regardez à travers lui, comme s'il n'était pas là, comme s'il était transparent. Et à ce moment-là, il saura que vous *voulez* le tuer. Compris?

Pauline hocha la tête d'un air solennel.

— Vous voulez toujours être détective?

— C'est ce que je désire le plus au monde.

— À partir de cet instant, vous êtes une apprentie détective Van Dorn. Voici votre première mission : envoyer un rapport au bureau Van Dorn de Paris.

— Paris?

— Rue du Bac. C'est mon vieux copain Horace Bronson qui le dirige. C'est un as. Avant, il dirigeait l'agence de San Francisco. Et voilà de l'argent, vous en aurez besoin. (Il sortit tous les billets de son portefeuille et les pièces de ses poches, les déposa dans les mains de Pauline, puis il ouvrit un tiroir de son bureau.) Ce sont des francs français. Dites à monsieur Bronson que vous avez un message pour l'enquêteur en chef en Amérique…

Curtis dut s'arrêter pour reprendre son souffle. Ses poumons peinaient de plus en plus à se remplir d'air.

— Le message est le suivant : *L'agent de la Krieg Rüstungswerk GmbH en Amérique est un général de brigade de l'armée impériale. Il s'appelle Christian Semmler.* Répétez-moi ça !

Pauline répéta le texte mot pour mot.

— Seconde partie du message : *Semmler est surnommé « le Singe ». Trente-cinq ans, taille moyenne, carrure puissante, cheveux blonds, yeux verts, et de longs bras, comme ceux d'un singe.* Répétez !

Pauline obtempéra.

— Et maintenant, partez !

— Je ne peux pas vous abandonner.

— Un apprenti Van Dorn doit toujours obéir aux ordres, répondit Curtis en serrant le visage de Pauline entre ses mains tremblantes et en la fixant droit dans les yeux. C'est d'une importance vitale, Pauline. Vous êtes la seule à pouvoir résoudre cette affaire et sauver des vies humaines. Partez. Je vous en prie, partez.

Il la repoussa des mains. En se mordant les lèvres, Pauline prit son manteau et empocha le Browning. Curtis éteignit la lumière. À son immense soulagement, il entendit la jeune fille ouvrir la fenêtre de derrière, puis les barreaux de l'échelle qui grinçaient. Il voulut écouter ses pas dans l'allée, mais ne perçut que celui des bottes qui montaient l'escalier.

Arthur Curtis prit le pistolet rouillé de Pauline et visa la porte. Il espérait que l'arme n'allait pas lui exploser entre les mains. Cela ne ferait certes pas grande différence, mais s'il parvenait à les retenir un moment, elle aurait le temps de courir plus loin.

*

— Un câble de Paris, monsieur Bell.

Bell le prit avec un sourire amusé. L'apprenti Van Dorn qui lui avait amené le message, un jeunot élancé, singeait la proverbiale élégance vestimentaire de l'agence, avec un pantalon et une chemise d'un blanc immaculé, le tout agrémenté d'un nœud papillon lavande. Il ne manquait que le chapeau melon de la même couleur, mais le jeune homme économisait sans aucun doute sur son salaire pour s'en offrir un.

— Attendez ma réponse je vous prie.

Isaac Bell ouvrit l'enveloppe :

police allemande annonce qu'art curtis
a été abattu.
ai envoyé homme à berlin pour connaître
circonstances exactes.
bronson

31

— Votre réponse, monsieur Bell?

Isaac Bell entendit l'apprenti, mais c'était comme si sa voix venait du toit d'un immeuble. Lorsqu'il se tourna vers lui, le garçon tressaillit et détourna les yeux du regard empli de fureur du détective.

— Votre réponse, monsieur? répéta-t-il non sans courage.

— Envoyez ceci :

rapatriez corps à denver.
à mes frais.
bell

— Et notez-le par écrit, mon garçon, ajouta Bell en se détournant pour cacher sa peine.

L'apprenti tâta ses poches, comme pris de panique.

— Vous devez toujours avoir un crayon sur vous, fiston. Si vous voulez devenir détective, vous devez apprendre à noter vos pensées et vos observations. Comment vous appelez-vous?

— Apprenti détective Adams, monsieur. Mike Adams.

— Tenez, prenez le mien.

Bell lui tendit son crayon et une feuille de papier prise sur un bloc du bureau.

Adams écrivit le message, le relut et partit en courant.

Isaac Bell se tourna vers la fenêtre et contempla First Street. Il voyait à peine l'animation de la rue, le défilé des tramways, des voitures, des camions, des chariots attelés, sans oublier une escouade de policiers à vélo coiffés de casques.

Joe Van Dorn entra sans frapper.

— Je viens d'apprendre la nouvelle, Isaac. Je sais que vous l'aimiez beaucoup.

— Le preuve de l'absence de scrupules de l'*Akrobat* était là, devant mes yeux. Je l'ai vu jeter l'un de ses hommes à la mer pour cacher son identité. Pourquoi ai-je pu penser qu'il agirait de façon différente avec Art Curtis ?

Van Dorn secoua la tête d'un air solennel.

— Un jour, j'ai vu Curtis dans une fusillade. Quand les balles se mettent à voler, la plupart des hommes perdent tout sens de la réalité, mais il était d'une autre trempe.

— C'est une pensée que j'apprécie, Joe. Art était de taille à se défendre. Mais c'est pour moi qu'il travaillait.

— Jusqu'à ce que nous sachions qui a fait le coup, je vous autorise bien sûr à employer tous les moyens que vous jugerez nécessaires.

— Je vous remercie.

— À moins que Bronson ne trouve d'autres pistes à Berlin, nous devons présumer qu'il a été abattu par la Krieg Rüstungswerk.

— Ou par l'armée allemande.

— Vous ne vous demandez pas ce qu'il a pu apprendre et qui aurait causé sa mort?

— Un nom.

— Comment le savez-vous?

— Il m'a envoyé un télégramme avant-hier pour me demander des fonds supplémentaires. Il me disait que nous aurions l'argent – ou un nom – dans les deux jours.

— Que lui avez-vous répondu?

— Je lui ai donné l'équivalent d'un chèque en blanc.

— Eh bien s'il a appris ce nom, il l'emporte avec lui dans la tombe.

— Je le crains, en effet.

— Et à présent?

— À moins d'une bonne nouvelle inopinée, répondit Isaac Bell, je repars de zéro.

On frappa à la porte.

— Monsieur Bell – Oh, vous êtes là, monsieur Van Dorn. Le chef de la police vient d'appeler du Levy's Cafe, il se demandait où vous étiez, annonça l'agent de la réception, qui portait un gilet écarlate et un holster d'épaule assorti.

Van Dorn sortit sa montre de gousset.

— Téléphonez au restaurant et dites-leur que j'arriverai dans dix minutes. Je déjeune avec le chef de la police, ajouta-t-il à l'adresse de Bell tout en gagnant le porte. Ensuite, je prends le *Limited* pour Chicago. Tenez-moi au courant.

— Monsieur Bell, quelqu'un désire vous voir.

Andrew Rubenoff entra avec un grand sourire qui s'effaça lorsqu'il vit Bell debout près de la fenêtre.

— Vous n'avez pas l'air d'aller bien, Isaac.

— J'ai perdu un ami, répondit Bell, laconique. Vous avez appris quelque chose ?

Le banquier récemment reconverti dans le financement de l'industrie cinématographique en vint droit au but de sa visite.

— À mon grand soulagement, dit-il, le soi-disant Syndicat des Artistes n'existe pas.

— Que voulez-vous dire ?

— Que ce Syndicat dont je ne savais rien, à ma grande honte, est une imposture. Il n'existe que sur papier. Ses prétendus investisseurs de Wall Street sont des fantômes.

— Vous en êtes certain ?

— Sûr et certain.

— Mais alors, qui a financé l'immeuble de dix étages de l'Imperial Films ?

— Je ne le sais pas encore, mais ce n'était pas le Syndicat des Artistes.

— Quelqu'un a versé beaucoup d'argent sur le compte de l'Imperial.

— C'est le moins que l'on puisse dire. L'argent de l'Imperial vient d'une autre source que Wall Street. Je soupçonne un financement étranger.

— L'Allemagne ?

— Peut-être, mais ce sont les banquiers anglais qui représentent notre source de fonds étrangers la plus importante. Ils investissent dans les chemins de fer, les ranchs et l'extraction des minerais. Pourquoi pas le cinéma ?

— Mais les Allemands ?

— À l'évidence, ce sont eux qui vous intéressent avant tout. Nous verrons. Ne vous inquiétez pas, je n'en suis qu'au début de mon enquête.

— Je vais demander à notre service de recherches de fouiner aussi là-dedans.

Rubenoff eut un sourire modeste.

— Je suis certain que l'aide du service de recherches Van Dorn nous sera… précieuse.

— Comment avez-vous découvert aussi vite qu'il n'y avait aucun investisseur de Wall Street dans le Syndicat des Artistes ?

— Isaac ! C'est à Andrew Rubenoff que vous parlez. Lorsque le Messie viendra, c'est à moi qu'il demandera de lui recommander un agent de change. Je ne veux pas vous donner de faux espoirs, ajouta le financier d'un ton plus sérieux. Wall Street, c'était facile. Pour ce qui est de l'étranger, c'est plus compliqué. J'ai déjà commencé à me renseigner, mais je ne peux pas vous fournir des informations aussi vite.

Bell entendit dans la rue le claquement des sabots d'une troupe de cavaliers, un son inhabituel dans le centre de Los Angeles. Il jeta un coup d'œil en contre-bas. Une vingtaine de comédiens déguisés en cow-boys à chapeaux blancs et en Indiens à la poitrine nue couverte de peintures de guerre s'avançaient au trot dans la direction de l'Elysian Park où devait, semblait-il, se dérouler un tournage. Il les regarda passer, concentré, les sourcils froncés, puis il prit le combiné de l'interphone électrique Kellogg.

— Envoyez-moi un apprenti.

Le jeune homme au nœud papillon lavande arriva.

— Mike, envoyez un télégramme à Texas Walt Hatfield par la ligne privée. Le bureau de Houston saura où le trouver.

L'apprenti brandit un carnet et un crayon.

— Bien, monsieur Bell. Quel est le message ?

— Le voici :

venez à l.a.
demandez rôle de cow-boy
à imperial films

— Ce sera tout, Mike, allez-y.

— Faut-il signer « BELL » ?

— Plutôt « ISAAC ».

Mike Adams repartit en courant.

Andrew leva un sourcil interrogateur.

— Walt Hatfield était cavalier dans les Texas Rangers avant de rejoindre l'agence Van Dorn. Il sera tout à fait crédible dans le personnage d'un cow-boy cherchant à arrondir ses fins de mois dans les spectacles inspirés du Far West. Qui sait, ils en feront peut-être une star du western ? À le voir, on le croirait sculpté dans un cactus.

— Je suppose que c'est un de vos vieux amis ?

— Qu'est-ce qui vous fait dire cela ?

— On a parfois besoin d'un vieil ami près de soi.

— Peut-être, mais ce dont j'ai surtout besoin, c'est d'un détective de premier ordre à l'intérieur d'Imperial Films.

— Que pourra faire un détective seul ? L'Imperial est une grande entreprise qui compte quatre cents employés.

— Il ne sera pas seul.

*

Bell télégraphia à Grady Forrer sur la ligne privée Van Dorn pour s'informer des progrès de son enquête sur les banquiers de l'Imperial.

Le redoutable chef du service de recherches lui répondit sans tarder :

mes gars creusent profond.
mais les banques aiment le secret.
espère plus infos bientôt.
désolé pour art. un homme bien.

Isaac Bell lui envoya un nouveau message :

concentrez-vous sur banques d'affaires allemandes en europe qui ont des liens avec l'armée.
cherchez connexions entre krieg et imperial.

32

Pauline Grandzau se réveilla dans une meule de foin, le visage à quelques centimètres des dents d'une fourche. L'acier de l'outil, souvent utilisé et récemment aiguisé, était luisant. Trois des dents étaient pointues comme des aiguilles. La quatrième était tordue, comme si le paysan avait heurté une pierre par accident juste avant de découvrir la jeune femme dans la meule.

En ce moment précis, quel est le meilleur aspect de la situation ? se demanda Pauline.

La réponse était claire : son déguisement était efficace. Elle ne ressemblait plus à une fille. C'était un garçon, semblable à ces jeunes des faubourgs de Berlin, avec une casquette d'ouvrier, une veste et un pantalon en laine rêche. La nuit précédente, elle avait échangé sa robe, son manteau et son magnifique chapeau contre les vêtements du frère de son amie Hilda. Cinq *Groschen* prélevés sur les *Marks* donnés par Curtis lui avaient permis d'acquérir en prime le sac à dos du garçon. Il contenait des chaussettes sèches, un pull en laine, une pomme et des biscuits qu'elle avait déjà dévorés, un exemplaire du magazine *Strand*, une carte de France et le guide Baedecker *Paris et ses environs*, achetés dans une gare, sans oublier le Browning du détective Curtis.

Mieux encore, le déguisement était si convaincant que le paysan en paraissait effrayé. La meule se trouvait derrière sa grange. Une forêt dense s'étendait de l'autre côté du champ, et au-delà, les rails du chemin de fer, qui amenaient des vagabonds, des bohémiens et des fauteurs de troubles venus de Berlin.

Et maintenant ? se demanda Pauline. Que ferait Sherlock Holmes après avoir constaté le succès de son accoutrement ?

— Pourquoi pointez-vous cette fourche sur moi ? demanda-t-elle en se forçant à parler d'une voix grave, avec une tonalité gutturale.

— Qui êtes-vous ? l'interrogea le cultivateur.

Comment réagirait Sherlock ? La réponse était évidente : il observerait tout, et pas seulement les dents de la fourche tout près de son visage. Elle constata que l'homme était jeune. Ce n'était donc pas le paysan lui-même, mais son fils.

— Et vous, qui êtes-vous ? demanda-t-elle avec autorité. Pourquoi me menacez-vous avec cet outil ? Quel genre d'Allemand êtes-vous donc ? Vous n'avez pas honte ?

Le garçon écarquilla les yeux.

— Mais qu'est-ce que vous faites ici ?

— Je ne vous dirai rien si vous n'écartez pas cet objet de moi.

Il baissa la fourche.

Pauline se releva en prenant son temps, sans cesser d'observer. Les jambes du garçon étaient courtes. Les siennes étaient plus longues. Elle courrait plus vite que lui. Elle vit une bosse sur sa veste et un tissu blanc qui dépassait de sa poche. Le genre de paquet que préparerait une mère.

— J'ai faim, grommela-t-elle. Vous avez quelque chose à manger?

Le garçon sortit le paquet de sa poche, et Pauline sentit une odeur de jambon. La viande était posée sur une tranche de pain beurré. Elle avala avec un appétit féroce deux bouchées, énormes, délicieuses.

— Hans! cria une voix d'homme. Qu'est-ce que tu fais là?

Ce ne pouvait être que le père. Et il ne se laisserait pas berner.

Elle courut vers la forêt à travers laquelle elle s'était frayé un chemin depuis la voie ferrée. Il faisait encore sombre à ce moment-là, et le train avait pris un aiguillage pour s'arrêter sur le bas-côté, séparé de sa locomotive repartie pour Berlin.

Elle entendit les cris derrière elle.

— Attrape-le! hurlait le père.

Hans galopait comme il le pouvait sur ses petites jambes. Quant au père, il avançait en boitant en s'aidant de sa canne.

Plus loin, à travers les arbres, Pauline aperçut la voie de garage et l'unique wagon à bord duquel elle s'était échappée de Berlin. Elle le dépassa et bondit sur la voie principale. Puis elle courut sur les traverses. Le sang battait si fort dans sa tête qu'elle n'entendit pas le train qui fonçait derrière elle.

*

À Griffith Park, une oasis de nature sauvage dans les collines du nord de Los Angeles, Jay Tarses se plaignait à la petite femme brune qui était à la fois sa maîtresse et son agent commercial.

— Je veux retourner dans le New Jersey.

— Le New Jersey ? Mais tu es cinglé ? Venir en Californie, c'est la meilleure décision que nous ayons jamais prise. Ici, c'est magnifique. Le soleil a brillé toute la journée. Tu as déjà exposé presque deux cent cinquante mètres de pellicule. Tu auras fini le film avant qu'il fasse nuit. Et tu dois commencer un spectacle de western demain.

— C'est la pire journée de ma vie.

La ville de Los Angeles venait d'infliger à Jay Tarses une amende de vingt-cinq dollars sous prétexte qu'une fusillade entre ses « légionnaires » français et les « Arabes » ravisseurs de son héroïne avait effarouché l'élan qui vivait dans le parc. Ensuite, ses chameaux avaient semé la panique parmi une troupe de chevaux qui n'étaient pas habitués à leur odeur. Et à présent, pour couronner le tout, alors que ses cow-boys venaient à peine de les rassembler pour pouvoir se remettre au travail, Tarses voyait une escouade de gros bras Edison s'extraire d'une automobile Marmon, impatients de sortir leurs matraques au cas où il filmerait avec une caméra autre qu'un modèle Edison hors de prix.

Leur chef, un jeune voyou élancé aux poings osseux, s'aperçut sans tarder que c'était le cas.

— Vous croyez que la Californie est assez lointaine pour que vous puissiez berner monsieur Edison ?

— Laissez partir les filles, lui dit Jay Tarses. Je suis là pour encaisser les coups.

— Cette fois, vous allez tous y avoir droit. On va faire un exemple pour tous les indépendants de votre espèce.

Il agrippa Tarses par le col et le maintint à peine éloigné pour lui porter le premier coup.

— Arrêtez ! hurla une voix.

Si Jay Tarses pensait être secouru, ses espoirs furent vite douchés lorsqu'il vit le voyou en chef d'Edison, Joe McCoy, sortir des bois en se pavanant. McCoy, le détective Edison le plus déplaisant à qui il ait eu affaire, n'avait de comptes à rendre qu'à monsieur Dyer, l'avocat chargé de faire respecter d'une main de fer les restrictions et brevets imposées par son patron. McCoy avait les épaules d'un soutier et son visage exprimait moins de miséricorde d'une batte de base-ball.

— Monsieur Tarses, lança-t-il en ricanant, avec cette puanteur de chameau, j'aurais reconnu votre art du cinéma entre mille.

— Il y aurait peut-être moyen de vous acheter ? suggéra Tarses, les yeux rivés sur la matraque de McCoy.

Celui-ci leva un bras puissant. La matraque siffla en fendant l'air, et le casseur Edison qui tenait Tarses par le revers de sa veste alla voler de côté vers un chameau avant de s'écraser face contre terre. Tarses réalisa dans une sorte de brouillard qu'il était encore debout et indemne. Cette constatation mise à part, il n'avait aucune idée de ce qui se passait.

McCoy lui tendit une carte de visite. À travers une traînée de sang laissée par la matraque, Jay Tarses put lire :

service de protection imperial films
« l'ami des indépendants »

— Le numéro de téléphone est au dos. Le standard est opérationnel jour et nuit.

— Vous ne travaillez plus pour Edison ? demanda Tarses.

— Vous n'avez pas entendu ? grimaça McCoy. Je veille à l'application des lois antitrust. Comme Teddy Roosevelt.

— Le service de protection Imperial Films ? Qu'est-ce que c'est que ça ?

— « L'ami des indépendants ». Vous ne savez pas lire ?

— L'ami ? Et puis quoi encore ? Combien cela va me coûter ?

— Rien.

— Allons, Joe. C'est quoi, le truc ?

McCoy passa un bras pesant autour des épaules de Jay Tarses.

— Comme dit le proverbe : « À cheval donné, on ne regarde pas la denture », Jay. Et arrêtez de poser des questions idiotes.

Jay Tarses savait qu'il avait son lot de faiblesses, mais la stupidité n'en faisait pas partie.

— Merci, Joe, se contenta-t-il de répondre.

— Ce n'est pas moi qu'il faut remercier, mais l'Imperial. Bien, le soleil brille. Je suis sûr que vous brûlez d'impatience de vous remettre au boulot. Dites, comment s'appellera votre film ?

— « Le Cavalier impérial ».

McCoy souleva son chapeau pour saluer la jolie petite brune, puis balança le gros bras inanimé sur son épaule et l'emporta.

Jay Tarses cria à ses comédiens de remonter en selle.

— Caméra…

Ce soir-là, alors que Tarses payait ses figurants, le dernier de la queue lui adressa la parole avec un accent traînant.

— Qui étaient ces types qui voulaient faire du grabuge ?

Tarses s'apprêtait à lui ordonner de se mêler de ses propres affaires lorsqu'il reconnut le figurant : c'était le grand cow-boy maigre comme du barbelé à qui sa costumière avait donné un képi de légionnaire contre son Stetson, avec la promesse d'une restitution lorsqu'ils boiraient un verre ensemble une fois le travail terminé. Tarses l'avait remarqué : il se tenait sur sa selle comme s'il y était né et à présent, de plus près, il nota la structure osseuse tout en angles de son visage, qui lui donnait un aspect dangereux à la lumière du soleil couchant.

— Quel est votre nom ?

— Tex.

— Revenez demain, Tex. Je vais tourner des images pour un spectacle sur le Far West.

*

Texas Walt Hatfield entra d'un pas nonchalant dans les bureaux Van Dorn de Los Angeles, lança un regard méprisant sur la tenue fantaisiste de l'agent de la réception et salua Bell avec chaleur en lui serrant la main.

Bell vit tressaillir le robuste Texan.

— Qu'est-il arrivé à votre main ?

— Je me la suis fichue en l'air en tombant de mon satané cheval. Un chameau lui avait flanqué la frousse.

Bell s'en étonna, car il n'y avait pas meilleur cavalier que Tex dans l'Ouest américain.

— Depuis quand n'étiez-vous pas tombé de cheval ?

— Si vous voulez dire sans avoir reçu une balle de revolver avant, ça va faire trois ans, et il n'avait jamais été dressé.

— Vous avez réussi à trouver des tuyaux sur Joe McCoy ?

— Ouais. Comme me l'a dit Tarses, il jouait les durs pour Edison. Selon les termes de Joe, il était « employé par le service juridique Edison ». Je ne sais pas s'il a fichu le camp ou s'il a été viré. Il a débarqué là-bas et s'est fait embaucher dans le service de protection Imperial Films. McCoy prétend que lui et ses gars ont flanqué une fichue raclée aux gars d'Edison.

— J'en ai vu quelques-uns qui repartaient vers l'est en train, et ils étaient plutôt amochés, lui répondit Bell.

— McCoy a une petite idée sur ce qu'est en réalité le service de protection Imperial ?

— Il n'est pas très bavard. Mais d'après ce que j'ai pu glaner, il est réglo.

— Les autres gens du service aussi ?

— Tout ce que je sais, c'est qu'ils ne demandent pas de fric en échange de leur protection. Mais si ce n'est pas un racket, alors pourquoi l'Imperial se range du côté des indépendants ? Par pure bonté d'âme ?

— Je soupçonne que la vérité est imprimée sur leurs cartes de visite.

— « L'ami des indépendants » ? Comment cela ?

— Si une entreprise qui distribue et exploite des images animées entretient de bonnes relations avec tous les indépendants, cela peut leur permettre de se procurer une quantité de films. « L'ami » serait en mesure de contrôler la distribution et l'exploitation de tous les films réalisés par les indépendants.

— Vous êtes sûr que c'est bien la même entreprise Imperial que celle sur laquelle vous enquêtez ?

— Certain. Grâce au central téléphonique de Los Angeles, Larry Saunders a pu tracer leur numéro et remonter jusqu'à l'Imperial Building.

— Et vous pensez que l'Imperial Films sert de paravent pour quelque chose d'autre ?

— C'est ce que nous allons tâcher de découvrir.

— Vous voulez que je continue à jouer les cow-boys pour Jay Tarses, j'imagine ?

— Non, je vous veux à l'Imperial Building. Ils ont installé des studios de tournage au dernier étage. Passez une audition pour obtenir un rôle de comédien à l'intérieur du bâtiment.

— Les rôles ne sont pas si faciles à obtenir. Partout où ils tournent, hommes et femmes font la queue pour en trouver un.

— Vous avez déjà quelques avantages, Walt. Un physique parfait pour le cinéma, et puis vous avez tourné dans deux ou trois films. Trouvez un moyen d'entrer dès la première heure demain matin.

Texas Walt hésita.

— Qu'est-ce qui ne va pas ? l'interrogea Bell.

— Je ne voudrais pas laisser tomber Tarses.

— Tarses ? Qu'a-t-il à voir avec l'affaire des Images parlantes ?

Texas Walt traîna le talon de sa botte sur le tapis.

— C'est-à-dire qu'il pensait me confier un rôle plus important.

— Pourquoi ne pas demander un congé exceptionnel à monsieur Van Dorn ? demanda Bell d'un ton doux et persuasif sur lequel Texas Walt se méprit.

— Vous pensez qu'il accepterait ?

— *Pas avant que nous ayons résolu l'affaire.*

Texas Walt traça un sillon encore plus épais sur le tapis.

— Rassurez-vous. Comme on dit, quand j'invite une fille à danser, je ne vais pas refuser de la raccompagner chez elle.

— J'apprécie, dit Bell. Voici où nous en sommes : nos gars surveillent Clyde. Je veux que vous soyez dans les studios du penthouse. J'ai vu le bureau de mademoiselle Viorets au sixième, et je vais à présent me rendre au troisième, là où ils procèdent aux enregistrements.

— Comment allez-vous faire pour y entrer ?

— C'est comme si j'y étais déjà.

*

Les gardes en uniformes fantaisie qui surveillaient le hall de l'Imperial Building ne montraient aucune sympathie envers Isaac Bell, mais il avait rendu visite à Clyde Lynds assez souvent pour qu'ils sachent reconnaître un visage familier, et ils l'appelaient par son nom.

— Bonjour, monsieur Bell, dit le portier avant de s'adresser d'un ton sec aux costauds agglutinés derrière le détective, chargés de cuivres, de saxophones, d'une clarinette, d'un violon et d'une contrebasse. Attendez ici et ne bougez pas, messieurs, je m'occupe de vous dans une minute.

— Ils sont avec moi, annonça Bell.

— Tous ?

— Monsieur Lynds a exigé un orchestre.

— Ouvrez ces étuis.

— Obtempérez, messieurs, dit Bell, les gens sont un peu nerveux, ici. Montrez-lui vos instruments.

Une fois ouverts, les étuis révélèrent des trompettes et des saxophones rutilants, des clarinettes, un petit violon et une énorme contrebasse.

— Troisième étage, indiqua Isaac Bell au liftier, qui attendit un signe du portier en chef avant de refermer les portes.

Clyde Lynds attendait avec impatience dans la salle d'enregistrement.

— Qu'est-ce qui vous a pris autant de temps ?

— Des portiers tatillons s'imaginaient que nous tentions de faire entrer en fraude des mitrailleuses Gatling.

— Les idiots ! Très bien, les gars, installez-vous sur les sièges autour de ce pavillon. Le violon plus près, la trompette par ici, le saxophone et la contrebasse là-bas derrière.

— Où voulez-vous que j'aille ? demanda le clari-nettiste, un individu d'apparence fluette, habillé avec chic, que Bell avait un jour vu dans l'Idaho dépouiller des braqueurs de banques de leurs armes.

Le contrebassiste, célèbre chez Van Dorn pour avoir infiltré les services de police corrompus de San Francisco, fit résonner un « la » sur son diapason pour que chacun accorde son instrument.

— Lorsque nous procédons à des enregistrements acoustiques, expliqua Clyde, nous devons remplacer les violons par des cuivres et des clarinettes, rehausser le son de la contrebasse avec un saxophone basse, et celui de la batterie avec des banjos. L'un des objectifs est de remplacer les systèmes acoustiques mécaniques inventés par Edison. Ses machines sont incapables d'enregistrer les violons, les batteries ou le piano, et le son est à la fois plat et grêle.

Isaac Bell jeta un coup d'œil par-dessus son épaule. Il éprouvait une sensation étrange, comme si quelqu'un l'observait. Mais il ne vit que les assistants de Clyde qui arrivaient dans la pièce en portant une caisse à laquelle étaient reliés des fils. Pendant qu'ils reliaient ceux-ci à la machine de gravure, Bell se dirigea vers la porte et regarda à l'extérieur. Le couloir était désert, mais l'impression d'être sous surveillance était toujours aussi présente.

Les aides de Clyde traînèrent une autre caisse en bois surmontée d'un épais disque cylindrique parsemé de perforations, qu'ils disposèrent près du pavillon.

— Ceci est un microphone au carbone, semblable à celui d'un téléphone, mais beaucoup plus gros. À l'intérieur de cette boîte, une lampe à vide chargée en électricité amplifie et régénère ce qu'entend le microphone. Selon ma théorie, un enregistrement électrique ajoutera une octave aux possibilités de reproduction du son, de telle sorte que l'on puisse enregistrer les violons et un jour, je l'espère, le piano. Je finirai par mettre au point un modèle qui laisse « flotter » les ondes sonores, à l'inverse des dispositifs Edison, qui exigent beaucoup de travail. Lorsque le pavillon Edison émet le son, celui-ci est aussi lessivé qu'un ouvrier à la fin de sa journée. Très bien, pourquoi ne pas finir de vous accorder pendant que nous branchons tous ces fils ?

Clyde rejoignit Bell à la porte, et ils traversèrent le couloir pour gagner une pièce insonorisée que Clyde avait fait installer près du studio d'enregistrement. Une vitre, faite de multiples couches de verre, permettait de voir les musiciens. Un immense pavillon de gramophone était fixé sur une caisse de bois d'où sortaient, remarqua Bell, des fils qui traversaient le mur pour rejoindre la salle d'enregistrement.

— Pourquoi graver un disque ? Je pensais que vous vouliez intégrer le son à la pellicule elle-même.

— Chaque chose en son temps. Tout d'abord, il me faut réussir un enregistrement électrique clair. Cela ne présente aucun intérêt de rendre les films sonores si la restitution du son n'est pas assez puissante pour que le public d'une grande salle puisse l'entendre.

— Quand pensez-vous y parvenir ?

— Écoutez ceci.

Clyde referma un commutateur à couteau sur le boîtier qui soutenait le pavillon. Celui-ci transmit la discordante cacophonie des musiciens qui accordaient les violons et les banjos. Bell écouta avec attention et essaya de différencier à l'oreille les instruments qu'il voyait par la vitre.

— Je ne distingue guère de différence entre le violon et la clarinette.

312

— Le seul fait que vous puissiez entendre le violon prouve que je suis sur la bonne voie, répondit Clyde qui referma l'interrupteur, plongeant la pièce dans le silence. Vous pourrez dire à monsieur Van Dorn que nous sommes prêts à vendre une version de ce microphone à Alexander Graham Bell pour des appels téléphoniques longue distance, comme d'ici à New York.

— Je l'en informerai, répondit Bell d'un ton sec. Je lui dirai aussi que nous avons encore du chemin à parcourir.

— J'en avais un meilleur, mais on me l'a volé.

— Volé ? Mais qui ?

Clyde haussa les épaules.

— Je ne sais pas. Je suis arrivé hier matin, et mon meilleur microphone avait disparu. Mes gars n'ont rien vu. Ni les vôtres, d'ailleurs.

— Vous pensez que quelqu'un a pu s'introduire ici pendant que vous dormiez ?

— Je suis rentré à la maison prendre un bain et profiter d'une bonne nuit de sommeil. Les femmes de ménage l'ont peut-être jeté avec les ordures, mais elles disent que non.

Isaac Bell était ennuyé. Le jeune scientifique disait-il la vérité ou cherchait-il des excuses pour la lenteur à laquelle progressaient ses recherches ?

— Je posterai un homme ici la nuit lorsque vous serez absent.

— Je ne pars pas souvent.

— Je sais. Monsieur Van Dorn est très impressionné par votre dévouement. Pour ce qui est d'Imperial, vous avez appris du nouveau ?

Clyde Lynds s'était fait beaucoup d'amis, comme à l'accoutumée, en parcourant le bâtiment et les ascenseurs tout en réfléchissant aux épineux problèmes scientifiques que lui posait sa machine à Images parlantes. Il partageait la méfiance de Bell quant à cette entreprise à la mystérieuse opulence.

— J'ai rencontré un réalisateur Imperial qui fait un film en extérieurs. Il bosse pour eux parce qu'il est en bons termes avec quelqu'un de haut placé dans l'entreprise. Il sait peut-être quelque chose. À moins qu'il ne soit juste un mercenaire parmi d'autres.

— Comment s'appelle son film ?

— *La Fille du brasseur*.

— Cela parle de quoi ?

— Le héros épouse la fille d'un immigrant allemand, et ils vivent heureux jusqu'à la fin de leurs jours.

— Je vais m'y intéresser de près.

33

Isaac Bell tamponna un mélange de cirage et de cire Pinaud Clubman sur sa moustache, coiffa ses cheveux d'or d'un casque de machine volante en cuir et chaussa de grosses lunettes pour protéger ses yeux bleus. Il enfourcha une moto Indian d'un noir rutilant et remonta Second Street dans un rugissement de moteur, slalomant à une vitesse folle entre les tramways, les automobiles, les camions et les charrettes attelées. La machine était le tout dernier modèle de la marque, équipée d'une pompe à huile automatique, d'une transmission à deux vitesses pour des démarrages foudroyants et d'une fourche avant souple qui lui permettrait – c'était du moins ce que Bell espérait – de bien réagir aux bosses de la route.

En se penchant pour prendre le virage, il fila le long de la voie ferrée Southern Pacific Railroad en direction d'Aliso. Il s'engagea dans la ville, se dirigea droit vers un carrefour occupé par une énorme brasserie de brique rouge et ses ateliers de mise en bouteilles et accéléra. En s'approchant à vive allure de la brasserie, il aperçut une pancarte en toile qui pendait au-dessus d'une parcelle de terrain délimitée par une corde :

imperial films
« la fille du brasseur »
file d'attente pour les figurants

Une foule de figurants en costumes grouillait autour de la parcelle : des bandits moustachus, des policiers casqués, de gros hommes bombant la taille dans des costumes voyants, quelques dizaines de cow-boys couverts de poussière, dont beaucoup étaient munis de lassos, de nombreux clowns, et pas moins de trois cavalières acrobates vêtues de daim, debout sur leur selle. Texas Walt avait raison. La concurrence était rude. Tout le monde à Los Angeles voulait figurer dans un film, mais pour cela, il fallait sortir du lot.

Bell repéra près des portes en fer ouvragé de la brasserie le cameraman qui tournait sa manivelle à toute vitesse, flanqué d'un réalisateur qui tenait un mégaphone et de toute une rangée étincelante de lampes Cooper-Hewitt. Une limousine Pierce-Arrow s'avança devant le portail. Une séduisante comédienne en tenue de soirée en sortit pour se retrouver sous les feux des lampes.

Isaac Bell décéléra et passa en première. Penché bas sur le guidon, il se dirigea vers une longue rampe d'accès que les camions et les chariots attelés empruntaient pour accéder au premier étage de la brasserie. Il se faufila entre les chevaux et les véhicules, s'inclina pour prendre une courbe serrée, remonta la rampe et vira à nouveau brusquement. Le moteur de l'Indian émit un hurlement de protestation lorsque les roues quittèrent le sol.

La moto s'envola du sommet de la rampe et s'élança au-dessus du capot de la Pierce-Arrow. Bell évita de justesse la limousine, retomba avec violence sur les pavés et dérapa dans un crissement de pneus strident pour s'arrêter devant la caméra.

Lorsqu'il constata que le cameraman avait conservé son sang-froid et continuait à filmer, Bell s'inclina devant la belle comédienne et lui présenta sa main gantée. Elle la prit en masquant sa surprise, comme si Bell était un personnage du film dont on aurait oublié de lui parler.

— Qu'est-ce que vous fichez ici ? hurla le réalisateur.

— Je suis venu pour un emploi, répondit Bell en imitant le parler d'un paysan venu tenter sa chance dans la grande ville.

— Vous êtes cinglé ?

— J'ai entendu dire qu'il devait y avoir une scène de poursuite dans *La Jeune Mariée de la brasserie*.

— C'est *La Fille du brasseur*. Hé, attendez une minute ! Qui vous a dit qu'il y avait une scène de poursuite ?

— Un type qui bosse dans le métier.

Le réalisateur faisait partie des connaissances récentes de Clyde Lynds, auprès de qui il s'était vanté de bientôt tourner une scène où le couple s'enfuyait à vélo, poursuivi par des camions de la brasserie et des attelages dont s'échapperaient des tonneaux de bière.

— Où travaille-t-il ?

— Il bosse pour monsieur Griffith.

Le réalisateur prit une expression de fierté rayonnante.

— D.W. Griffith a entendu dire que je tournerais une scène de poursuite ?

— C'est ce que m'a raconté ce type.

— Monsieur Griffith, selon lui, aurait-il dit quoi que ce soit d'autre à ce sujet?

— Si j'étais à votre place, j'utiliserais quelque chose de plus excitant qu'une bicyclette.

Le visage du réalisateur commença par se rembrunir, puis il retrouva toute sa faconde.

— Ah, je comprends! Vous pensez que j'ai besoin d'un dingo sur une moto?

Isaac Bell désigna d'un geste la caméra.

— Regardez un peu les images que vous venez de prendre, et dites-moi si ce n'est pas moi le meilleur motard de tout le cinéma.

*

Un *Bremserhäuschen* – en d'autres termes un fourgon-frein, ou cambuse, était immobilisé, solitaire, sur une voie de garage. Il était équipé de hautes roues à rayons comme ceux d'un wagon de marchandises, d'un cubilot qui surmontait l'une de ses extrémités, de trois vitres carrées, d'une cheminée de tôle et sur le toit, de ventilateurs actionnés par le vent. Pauline aperçut une porte au milieu du véhicule et deux autres sur les plates-formes, à l'avant et à l'arrière.

Il recommençait à pleuvoir. La nuit tombait. Pauline avait froid, elle était affamée, et se trouvait encore à des milliers de kilomètres de la France. Quel était, se demanda-t-elle, l'aspect le plus positif de sa situation actuelle?

Aucune des vitres ne diffusait de lumière, et aucune fumée ne montait de la cheminée.

Elle ne vit personne aux alentours. Toute la journée, elle avait été surprise par le vide des paysages traversés par la voie ferrée. La population de l'Allemagne s'était accrue dans des proportions considérables, même au cours des dernières années de sa courte existence. Elle aurait cru que les trains de marchandises allaient lui faire traverser des villes grouillantes d'activité et des banlieues animées. Au lieu de cela, ils étaient passés devant une succession de fermes, et elle avait vu plus d'animaux que d'êtres humains. Ce fourgon de queue désert était une chance inespérée. À l'intérieur, elle serait au sec et protégée du vent. Peut-être même y trouverait-elle quelque chose à manger ?

Pour la dixième fois, elle vérifia que personne ne rôdait près du fourgon, puis se mit à courir aussi vite que possible dans le champ boueux et grimpa les barreaux d'une petite échelle pour atteindre la plate-forme. La porte était fermée à clef. Elle redescendit, longea la voie et tenta sa chance avec la porte centrale. Verrouillée. Elle se dirigea vers l'avant pour s'apercevoir que la dernière porte était elle aussi fermée.

Elle avait si froid qu'elle se mit à grelotter. Le cubilot ! Peut-être y avait-il un panneau que quelqu'un aurait oublié de refermer ? Une échelle flanquait le véhicule. Elle escalada les barreaux métalliques humides, rampa sur le toit et s'agenouilla pour l'inspecter. Elle ne vit pas d'écoutille, mais le toit tout entier formait un grand panneau qui s'ouvrait sur une charnière. Elle descendit le long d'une échelle dans une obscurité presque totale et referma pour ne pas laisser entrer la pluie.

Elle tâta autour d'elle jusqu'à ce que ses mains frôlent une lanterne et une boîte d'allumettes. Elle hésitait à allumer la lampe, de crainte que quelqu'un puisse la voir. Puis elle se souvint que les chefs de train dormaient dans ce genre d'endroit lorsqu'ils n'étaient pas de service. En effet, elle constata la présence de rideaux. Elle les ferma, retrouva la lanterne et en alluma la mèche.

Elle regarda autour d'elle, stupéfaite.

Le fourgon était aussi propre et douillet qu'une maison de poupée. Il était doté le long des cloisons de couchettes recouvertes de chaudes couvertures, et d'une petite cuisinière à pétrole sur laquelle était posée une bouilloire. Elle songea soudain qu'elle aurait tout donné pour une boisson chaude. La bouilloire était pleine. Elle approcha une allumette enflammée de la cuisinière et, pendant que l'eau chauffait, trouva une boîte de thé et une autre de sucre. Lorsqu'elle découvrit un bocal de confiture de mûres, elle crut qu'elle allait verser des larmes de bonheur.

Elle sortait une cuillerée de confiture du bocal lorsque son regard fut attiré par une cloison sur laquelle était affichée une carte du réseau ferré. Elle constata qu'elle se trouvait sur un itinéraire isolé. Les voies suivaient une ligne presque directe vers le sud-est à partir de Berlin, et passaient par Güsten, Wetzlar et Coblence pour rejoindre Metz, en Lorraine. Le *Berlin-Metzer* évitait les grandes villes comme Leipzig ou Francfort en faveur d'un trajet plus direct. C'était ce que les gens appelaient le *Kanonenbahn*, la voie ferrée stratégique de l'armée, qui suivait des courbes légères et des pentes douces pour convoyer les canons et les soldats à grande vitesse vers la frontière et défendre le pays contre une invasion française. En regardant vers l'est sur la carte, Pauline remarqua des lignes droites similaires qui rayonnaient à partir de Berlin et traversaient la Pologne pour retenir une éventuelle avancée des Russes.

En dégustant son thé brûlant, sa première boisson chaude en deux jours, Pauline retraça son itinéraire depuis Berlin et constata, le cœur lourd, qu'il lui restait un long chemin à parcourir. Soudain, elle entendit le sifflement d'un train. Il venait de l'est et se dirigeait vers la France. Elle éteignit la lanterne, ouvrit une porte, sauta sur la voie de garage et se cacha à l'abri du fourgon de queue en espérant pouvoir sauter sur le convoi qui approchait. C'était un exercice qu'elle avait déjà pratiqué à deux reprises, et elle n'y avait survécu que grâce aux explications que lui avait données Curtis, plus bavard qu'à l'accoutumée, un soir où elle ne pouvait rentrer chez elle. Lorsqu'il avait son âge, il jouait les « vagabonds du rail », et des compagnons plus vieux lui avaient conseillé de toujours sauter vers l'avant du train, et non vers l'arrière. Plus près de l'avant, la chute se faisait de côté, tandis qu'à l'arrière, on risquait de tomber sous le train.

Elle s'accroupit vers le remblai, et se protégea les yeux pour ne pas être aveuglée par le phare de la locomotive. L'engin semblait arriver trop vite, mais à l'instant où la motrice la dépassa, elle la suivit en courant et essaya de repérer et de saisir l'échelle d'un wagon de marchandises. Elle trébucha sur une traverse, tomba, roula en bas du talus et sauta pour remonter. Trop tard. Le train filait déjà au loin.

Découragée, elle rentra dans le fourgon, s'emmitoufla dans des couvertures et épuisée, s'endormit aussitôt sur le matelas. Au beau milieu de la nuit, elle rêva que quelque chose la secouait, mais l'impression cessa presque aussitôt. Plus tard, ses songes l'emmenèrent à bord d'un tramway qui avançait le long d'une rue de Berlin, et faisait une embardée en passant sur un aiguillage. Le tramway s'arrêta, puis repartit un peu plus tard.

Soudain, Pauline se redressa sur sa couchette, à présent réveillée. Le fourgon bougeait. Elle se précipita vers une fenêtre, tira le rideau et vit des lumières diffuses. Le fourgon traversait une ville en roulant à une soixantaine de kilomètres à l'heure, attelé à l'arrière d'un convoi qui gagnait de la vitesse. Mais où se dirigeait-il ? À l'ouest vers Paris ? À l'est vers Berlin ?

Pauline entendit une sorte de cliquetis, plus fort que celui des roues. Les employés des chemins de fer qui avaient attelé le fourgon déverrouillaient la porte.

*

Avant de le présenter à leurs distributeurs, Irina Viorets et Christian Semmler assistaient à la projection du dernier film Imperial sur un écran installé dans l'appartement qu'occupait l'Allemand au huitième étage. Le spectacle se terminait par une poursuite fort bien réalisée, avec des camions d'une brasserie d'où se déversaient des fûts de bière, une locomotive qui crachait de la vapeur et une moto qui sautait par-dessus les tonneaux et atterrissait près d'une limousine Pierce-Arrow. Une jeune mariée en robe de cérémonie flottante jaillissait de l'automobile pour s'installer à l'arrière de la moto qui s'élançait aussitôt, pourchassée par les camions de la brasserie, et s'engageait sur une voie ferrée, un train lancé à ses trousses.

Semmler se pencha soudain en avant, examinant l'écran avec une attention accrue.

— Qui est ce motocycliste ?

— J'espère que c'est un figurant, et non un comédien confirmé, répondit Irina Viorets. Il ne fera pas de vieux os.

— Il ressemble à Isaac Bell.

34

— Comment pouvez-vous en être sûr, avec ces grosses lunettes ?

— À la façon dont il se tient sur sa moto.

— Isaac Bell travaille pour une compagnie d'assurances du Connecticut. Ce ne peut pas être lui.

— Bien sûr que non, commenta Semmler d'un air songeur. Je n'imagine guère un assureur s'amusant à effectuer un travail aussi dangereux.

Le film connaissait un dénouement heureux ; le jeune couple se mariait dans une église luthérienne et embarquait à bord d'un paquebot de la Hamburg-America Line pour passer sa lune de miel en Allemagne.

— Irina, je veux que vous engagiez Marion Bell.

— La femme d'Isaac ?

— Dans combien de temps pouvez-vous la faire venir ici ?

— Dès demain, si elle est d'accord. Elle est venue rendre visite à son père à San Francisco.

— Nous devrions la charger de réaliser notre histoire des chemins de fer du Far West.

— Pourquoi elle ?

— Je parie qu'elle est prête à faire un travail qui restera dans les annales des images animées.

Irina Viorets observa Semmler, assis dans l'ombre. Le général allemand était un homme étrange prêt à faire des choses plus étranges encore, mais ses idées étaient souvent bonnes. Il connaissait bien le milieu de l'industrie cinématographique et savait comment s'y prendre. *Le Cheval de fer*, la grande reconstitution de l'histoire des chemins de fer du Far West prévue par Imperial, serait un film ambitieux de deux ou trois bobines. Marion Morgan apporterait au récit sa sensibilité de spécialiste des actualités et tout le savoir-faire indispensable pour créer en extérieurs des images crédibles.

— Je vais lui passer un appel longue distance. J'espère qu'elle ne s'est pas déjà engagée auprès de Preston Whiteway.

— Dites-lui que si elle quitte Whiteway, elle aura toute une flotte de locomotives à sa disposition. Promettez-lui que nous aurons un contrat avec Theda Bara, King Baggot et Florence Lawrence.

— Elle n'est pas du genre à revenir sur ses propres contrats.

— Expliquez-lui qu'elle pourra attacher Billy Bitzer et sa caméra à l'avant d'une locomotive si cela lui chante ! Faites-la venir. Tout de suite.

— Je vais téléphoner à San Francisco.

— Et vous allez vous mettre au travail sur un scénario qui mette en valeur de séduisants Germano-Américains travaillant sur les chantiers du chemin de fer.

— De ce côté-là, j'ai déjà réfléchi à la question.

À son départ, Semmler verrouilla la porte.

Pour un homme censé être un responsable d'une grosse compagnie d'assurances, Isaac Bell était trop souvent apparu au mauvais moment, une arme à la main. Et à présent, il prétendait être un figurant de cinéma, et qui plus est, dans un film Imperial.

Semmler avait déjà eu l'occasion de se poser des questions au sujet de Bell. Grâce au télégraphe privé du consul d'Allemagne à Los Angeles, il avait demandé au consul en poste à New York une enquête sur le cabinet Dagget, Staples & Hitchcock. La compagnie d'assurances de Hartford était authentique, avait-il appris du consul général, et Bell figurait bien parmi les associés.

Semmler n'était pourtant pas convaincu. La Leipzig Organ & Piano Company existait bel et bien, elle aussi. Et qui était aussi convaincant auprès de ses pairs et aussi apprécié par eux que le représentant de commerce Fritz Wunderlich ?

Isaac Bell l'avait empêché de kidnapper Clyde Lynds et le professeur Beiderbecke lors de la traversée du *Mauretania*. À cause de lui, il n'avait pas pu mettre la main sur Lynds à bord du *Golden State Limited*. Et maintenant, un homme qui lui ressemblait beaucoup jouait les cascadeurs de cinéma. Il allait s'assurer de sa réelle identité.

Mais jusqu'au moment où il en serait certain, le général de brigade Christian Semmler tenait à garder l'épouse d'Isaac Bell à portée de main.

*

En entendant les employés des chemins de fer ouvrir la serrure de la porte du fourgon, Pauline saisit une couverture et remonta sur le toit le long de l'échelle juste au moment où ils entraient en se plaignant du froid. Le vent, au passage du train lancé à pleine vitesse, la frappa comme un coup de poing. Son odeur charriait des effluves de fumée de charbon et de pluie. Au-dessus des forêts et des terres agricoles, de sombres nuages, encore plus noirs que la fumée de la locomotive, remplissaient le ciel. Elle se recroquevilla derrière le cubilot pour se mettre à l'abri.

Comment allaient-ils réagir lorsqu'ils verraient la tasse de thé et le pot de confiture ?

Le train allait trop vite pour qu'elle puisse sauter et même s'il avait été à l'arrêt, le toit du fourgon était trop haut.

Sous les nuages de plus en plus bas, le convoi ressemblait à un long serpent noir. Loin devant, des étincelles s'échappaient de la locomotive. C'était le train le plus rapide que Pauline ait jamais vu jusqu'à présent. À la faible lueur matinale que laissaient filtrer les nuages d'orage, elle comprit pourquoi. C'était un train militaire. Des wagons plats transportaient soit un unique canon long, soit des caissons d'artillerie montés sur deux roues. Alors que le convoi franchissait une longue courbe en exposant son flanc, Pauline aperçut des wagons à bestiaux, qui accueillaient les chevaux des artilleurs, et des voitures de passagers, sans doute remplies de soldats.

Quel était le meilleur aspect de la situation ?

L'espoir ? L'espoir qu'ils supposeraient que des vagabonds s'étaient introduits dans le fourgon pour voler de la nourriture. Mais comment ces clochards auraient-ils pu quitter les lieux alors que les portes étaient fermées à clef ? Le panneau du toit ? L'espoir, c'était tout ce qu'il restait à Pauline, l'espoir que les cheminots ne lisaient pas Sherlock Holmes.

Des éclairs percèrent les nuages. Pauline sentit un souffle de vent glacé. Elle s'accrocha à la couverture dans laquelle elle s'était pelotonnée et pria pour qu'arrive un miracle. Mais comme pour répondre à ses pires craintes, le toit monté sur charnière commença à se soulever. Un cheminot grimpait pour voir si un vagabond se cachait là.

Soudain, le tonnerre secoua le fourgon, et la pluie se mit à tomber à verse.

Le toit se referma.

Un éclair frappa la locomotive. Le tonnerre gronda à nouveau, encore et encore. Un nouvel éclair déchira le ciel et couvrit la motrice d'un feu bleuté. Elle ralentit brusquement, et le train finit par s'arrêter dans le fracas des attelages qui s'entrechoquaient.

Des boules de feu électrique jaillirent des roues de la locomotive et bondirent à côté des voies, vers un arbre qui vola en éclats lorsque sa sève éclata dans une explosion de vapeur surchauffée. Pauline vit une langue de feu verte se précipiter vers elle en longeant le toit des wagons de marchandises, et elle ressentit le picotement annonciateur de l'électrocution. Elle saisit son précieux sac à dos, dégringola le long de l'échelle et courut se réfugier dans les bois.

*

Isaac Bell serra Marion dans ses bras lorsqu'elle descendit du *Coast Line Limited* en provenance de San

Francisco. Il prit son sac, et donna au porteur le reçu de la malle de voyage de Marion, le nom de leur hôtel, ainsi qu'un pourboire conséquent.

— Très généreux de votre part, monsieur.

— Je suis si heureux d'accueillir ma ravissante épouse !

— Le contraire serait étonnant, monsieur.

Bell et Marion s'embrassèrent.

— Andrew nous a trouvé une maison à louer près de chez lui sur Bunker Hill, annonça Bell. En attendant qu'elle soit prête, j'ai réservé des chambres au Van Nuys.

Ils quittèrent le quai main dans la main.

— Quelle a été ta première réaction lorsqu'Irina t'a appelée ?

— De la pure joie, car cela me permettra de te voir souvent.

— Et ensuite ?

— J'ai pensé que *Le Cheval de fer* serait un défi très intéressant à relever. Il y aura beaucoup de choses à intégrer dans un film de trois bobines, et je me suis tout de suite dit que j'arriverais peut-être à convaincre Irina d'en rajouter une quatrième.

— Et après ?

— Tu tiens à le savoir ?

— Oui.

— Eh bien c'est un peu technique, mais j'ai songé que j'avais envie de faire revivre ces vieilles « images en travelling » que l'on utilisait il y a quelques années, avec une caméra qui se déplaçait pour suivre l'action. Elles sont tombées depuis en désuétude. On ne jure plus que par les gros plans. Mais on dispose aujourd'hui de chariots qui peuvent faire glisser la caméra de façon douce et régulière et je tiens à commencer mon scénario avant que les westerns ne nous envahissent de cavaliers du Pony Express et de diligences. Tu comprends ce que je veux dire… c'est technique, mais c'est ainsi que je vois les choses.

— T'es-tu demandé pourquoi Irina avait fait appel à toi ?

— Non.

— Cela ne t'a pas surprise ?

— Les femmes ne sont pas nombreuses dans l'industrie du cinéma, mais j'ai découvert qu'elles aimaient travailler ensemble. Et puis elle connaît mon expérience dans les films d'actualités, et sait que je suis à l'aise pour prendre des images au vol. Pourquoi cette question ?

— Tu sais ce que je pense des coïncidences, répondit Bell en souriant.

— Tu les as en horreur.

— Irina travaille pour une compagnie qui a retenu mon attention dans l'affaire des Images parlantes.

— Imperial. Celle où tu as introduit Clyde Lynds.

— Imperial s'avère être une sorte d'énigme. Ils dépensent beaucoup plus d'argent qu'ils n'en gagnent. Personne ne sait d'où viennent leurs fonds. Ils ont levé toute une armée de détectives privés qui chassent les gros bras d'Edison de Los Angeles.

— C'est merveilleux !

— Il semblerait que ce soit pour s'attirer les faveurs des indépendants.

— C'est une façon très intelligente de susciter de nouvelles créations cinématographiques.

— Et soudain, ils proposent un emploi à mon épouse. Cela me fait réfléchir.

— Oh, eh bien rassure-toi sur ce point. Irina ne m'a pas appelée pour me proposer du travail.

— Vraiment ?

— Lorsqu'elle m'a téléphoné, elle se demandait quand je viendrais à Los Angeles pour que l'on puisse se voir, et elle voulait que je lui recommande quelqu'un pour filmer *Le Cheval de fer*. J'ai mentionné quelques personnes que je pensais compétentes, comme Christina Bialobrzesky, par exemple.

— La « comtesse polonaise » qui parle avec l'accent de La Nouvelle-Orléans ?

— Irina m'a remerciée, et juste au moment où nous prenions congé, comme si elle venait d'y penser, elle m'a demandé si j'étais intéressée.

— Pourquoi ne pas t'avoir posé la question dès le départ ?

— Elle pensait que j'étais sous contrat avec Preston Whiteway. Je lui ai répondu que ce n'était pas le cas. Enfin, bref, me voici. Et c'était une pure coïncidence.

— Cela me soulage d'entendre cela. Mais pour ne prendre aucun risque, que dirais-tu de devenir une véritable détective ?

— Sous tes ordres ? demanda Marion en souriant.

— En quelque sorte, répondit Bell en lui rendant son sourire.

— Que faudrait-il que je fasse ?

— Rester aux aguets, tout en veillant à ta propre sécurité, et observer tout ce que te paraîtrait sortir de l'ordinaire.

— Tout ce que m'a dit Irina sur *Le Cheval de fer* correspond à ce que j'attends d'une compagnie qui réalise des films.

— Ce qui m'intéresse, c'est de savoir ce qu'ils font d'autre.

*

Le bureau de l'agence Van Dorn de Los Angeles était situé dans un entrepôt à un étage sur Second Street, en bordure d'une zone dédiée au bois de construction, aux articles de quincaillerie, aux machines et aux entreprises de peinture. Les agents de Los Angeles se plaignaient haut et fort d'être privés d'une adresse aussi élégante et chic que celles de leurs collègues de New York, Chicago ou Washington, mais grâce à tout un assortiment de voies d'accès par des ruelles ou des entreprises environnantes, leurs allées et venues échappaient aux regards importuns.

Texas Walt Hatfield entra d'un pas nonchalant en essuyant la sciure de ses bottes avec son bandana pendant que Bell nettoyait les siennes de la limaille de fer qui les recouvrait. Les deux hommes portaient leurs tenues de cinéma, Hatfield en cow-boy et Bell coiffé d'un casque d'aviateur, avec de grosses lunettes et une large ceinture de motard autour de la taille.

Hatfield n'avait rien de neuf ni de suspect à signaler quant aux activités de l'étage supérieur de l'Imperial Building où étaient regroupés les studios, et Bell ne fut guère plus bavard. Les prises de vues du film s'étaient terminés dans l'après-midi, et il s'était déjà vu proposer par le même réalisateur de l'Imperial un autre rôle dans un film au titre encore inconnu où devaient apparaître une moto et un train de marchandises lancés à toute allure.

— Je voudrais vous demander quelque chose, Walt.

— Je vous écoute.

— Vous est-il arrivé de ressentir une drôle d'impression dans ces studios ?

— Quel genre d'impression ?

— Le sentiment d'être…

Bell se tut et regarda le grand Texan droit dans les yeux. Il n'aurait pas posé ce type de question à d'autres détectives, mais Walt était un chasseur-né qui avait été élevé par des Comanches. Parmi tous les agents Van Dorn avec qui Bell avait eu l'occasion de travailler, Hatfield était de loin le plus sensible à son environnement.

— Surveillé ? demanda Hatfield.

— C'est le cas, n'est-ce pas ?

— C'est sûr que je me suis senti espionné, maintenant que vous le dites. Je n'y ai pas trop prêté attention sur le moment, avec tous ces types en train de faire tourner leurs caméras.

Les yeux de Bell brillèrent soudain d'un éclat plus vif.

— Vous aussi, Isaac ?

— Je crois, en effet.

— Où ?

— Dans le studio d'enregistrement du troisième étage.

— Et le laboratoire de Clyde Lynds ?

— Aussi, peut-être, mais la sensation était moins forte.

— Vous pensez que quelqu'un regardait par un judas depuis la pièce d'à côté ?

— Il existe un moyen de le savoir.

Bell traversa le hall pour voir Larry Saunders, promu depuis peu à la tête du bureau de Los Angeles. Saunders, un homme élégant et soigné, était vêtu d'un costume en lin blanc comme celui que portait souvent Bell. Mais à l'inverse du vêtement de Bell, coupé avec art pour dissimuler un automatique de bonne taille et un chargeur de rechange, celui de Saunders était si cintré que le détective de Los Angeles aurait eu du mal à cacher une arme plus encombrante qu'un stylet. Un chapeau melon blanc et plusieurs écharpes en soie étaient accrochés au porte-manteau. Bell espérait que le chapeau pouvait contenir un Derringer. Ce n'était sûrement pas le cas de ses fines chaussures en cuir verni.

— Larry, qui me recommanderiez-vous pour aller à la mairie inspecter les plans de l'Imperial Building ?

— Tim Holian.

— Je crois l'avoir déjà rencontré. Un gars avec une grosse bedaine qui ressemble à un tenancier de saloon ?

— C'est bien lui, mais je l'ai déjà vu tenir un rôle très convaincant de videur de bordel.

— Je ne voudrais pas que cela revienne aux oreilles du propriétaire de l'immeuble.

— Ne vous inquiétez pas, monsieur Bell. Les employés de la ville mangent dans la main de Tim. Et il n'y a pas un seul cadavre enterré à Los Angeles qu'il ne puisse retrouver d'un seul coup de pelle. Ils feront ce qu'il leur demandera, et avec le sourire. Ce ne serait pas plus mal si Holian pouvait distribuer un peu d'argent pendant qu'il fouine pour votre compte.

— Facturez tout ce dont il aura besoin sur le compte des Images parlantes. Dites-lui que je veux les plans du troisième étage, du septième et du penthouse. La moindre pièce, le moindre placard.

35

Isaac Bell reçut de Grady Forrer un rapport long et riche en spéculations. Grady l'avait envoyé par télégraphe, un moyen cent fois plus rapide de communiquer que le courrier, mais auquel manquaient la subtilité et la précision d'une lettre, et qui n'offrait pas les possibilités d'échange et de réaction d'une conversation téléphonique. Clyde Lynds prétendait que son microphone électrique permettrait un jour de multiplier les appareils capables d'amplifier les courants électriques de faible intensité et d'assurer des communications longue distance à travers le continent. Bell attendait ce jour avec impatience.

Isaac Bell et Grady Forrer échangeaient donc leurs messages par la ligne télégraphique privée Van Dorn. Le principal résultat, c'était que Grady avait révélé à Bell le nom d'une banque commerciale privée allemande, la Hamburg Bankhaus, que le service de recherches de l'agence suspectait de financer l'Imperial Films.

positif ?
peut-être.

connexions krieg-imperial ?
aucune pour le moment.
connexions krieg-hamburg bankhaus ?
rien pour l'instant.

Isaac Bell téléphona à Andrew Rubenoff et le mit au courant des soupçons du service de recherches.

— La Banque de Hambourg est-elle une véritable banque ou une organisation fantoche ?

— Où avez-vous entendu parler de cet établissement, si je puis vous poser la question ?

— Par le service de recherches Van Dorn.

— Je suis impressionné, répondit Rubenoff. Et je leur tire mon chapeau. La Hamburg Bankhaus est peu connue en dehors des cercles professionnels.

— Je leur transmettrai vos compliments. Alors, est-ce une vraie banque ou une imposture ?

— C'est un authentique établissement financier. Ils sont très actifs auprès des entreprises allemandes qui travaillent en Amérique. Et en premier lieu, ce sont les principaux bailleurs de fonds de la Leipzig Organ and Piano Company.

— Les magasins de pianos ?

— Oui, vous les connaissez. Leipzig Organ a connu une énorme expansion dans ce pays et ils ont ouvert toutes sortes de succursales où ils vendent des pianos de salon. C'est curieux que vous m'en parliez.

— Pourquoi donc ?

— Je me suis rendu dans l'un de leurs magasins l'autre jour pour acheter des partitions. Je voulais acheter *Ah ! Sweet Mystery of Life*, mais ils étaient en rupture de stock.

— C'est un morceau très populaire.

— Quand un magasin de musique n'a plus une seule partition d'un morceau de Victor Herbert, c'est qu'il est géré en dépit du bon sens.

— À moins que la responsabilité n'en incombe à l'éditeur.

— L'éditeur se défaussera sur le magasin, bien entendu, en l'accusant de ne pas avoir passé des commandes suffisantes, ou de ne pas avoir réglé ses dernières factures. Dans ce cas particulier, ce pourrait d'ailleurs être le cas. Le choix de partitions était très pauvre. La plus récente, c'était *I Love My Wife – But Oh, You Kid!* Un morceau composé il y a si longtemps que le papier commençait à jaunir.

— Comment étaient leurs pianos ?

— Convenables, pour des pianos droits. De la bonne qualité allemande.

— Où est le siège de l'entreprise ? demanda Bell.

— À Leipzig, comme son nom l'indique.

— Je voulais dire ici, aux États-Unis.

— Ils ont un représentant commercial.

— Comment mènent-ils leurs affaires ?

— Leur représentant est sans doute un dirigeant payé à la commission, qui s'occupe de tout ce qui doit être fait sur place. Le reste est traité à Leipzig.

— La Leipzig Organ and Piano Company n'appartiendrait pas à la Krieg Rüstungswerk, par hasard ?

— Si c'était vrai, je ne pense pas qu'ils emprunteraient de l'argent à Hambourg. En passant par la Krieg, ils bénéficieraient de meilleurs taux d'intérêt.

Bell réfléchit un instant à ce qu'il allait dire.

— Oncle Andy, expliquez-moi tout ce que vous savez sur les pianos.

*

La vitrine de verre de la Leipzig Organ and Piano Company était d'une propreté remarquable, remarqua Isaac Bell en marchant à pas vifs le long du trottoir. En dépit de la pénurie apparente de partitions, le magasin n'avait rien à se reprocher, tout au moins vu de l'extérieur. Bell s'arrêta, jeta un coup d'œil par la vitre, sortit sa montre de sa poche en la tirant par sa lourde chaîne en or, prit la posture d'un client qui s'assure d'avoir assez de temps devant lui, et entra.

De robustes pianos droits bordaient les murs, chacun portant le nom « Leipzig » doré à la feuille. Des présentoirs de partitions pivotants en acajou flanquaient un comptoir au dessus de verre sur lequel étaient posés des métronomes et des recueils de cantiques.

Un vendeur se leva de son bureau, près de la porte de derrière. C'était un Allemand d'âge mûr, avec une sorte de port militaire.

— Oui ? demanda-t-il d'un ton de froide politesse.

— Je cherche un piano pour ma nièce. Elle semble avoir beaucoup impressionné son professeur.

— Nous avons une liste d'attente pour les nouvelles commandes.

— Combien de temps cela prendrait-il ?

— C'est difficile à dire.

— Un mois ? Deux mois ?

— Je dirais plutôt entre six mois et un an, monsieur. Nos pianos sont fabriqués avec soin. Avec une attention méticuleuse.

— Sont-ils équipés de cordes Stahl-und Drahtwerk ?

La mâchoire du vendeur sembla se raidir.

— À moins qu'elles ne proviennent de chez Moritz Poehlman, à Nuremberg ?

Le vendeur regarda droit devant lui, les yeux fixés sur le nœud de cravate simple d'Isaac Bell.

— Je l'ignore, répondit-il enfin. Mais nos cadres sont en fonte.

— J'espère bien, dit Bell. Voudriez-vous jouer sur quelques-uns d'entre eux, pour que je puisse entendre les différences de son ?

— Vous pouvez les essayer, monsieur.

— Ah, je ne suis malheureusement pas musicien. C'est pourquoi, si vous vouliez bien…

La mâchoire se figea à nouveau.

— C'est impossible, dit l'homme après un instant de silence.

— Vous ne savez pas en jouer ?

— Je me suis blessé à la main.

— J'en suis navré. Pourrais-je me permettre de vous demander d'appeler votre représentant commercial ?

— Pour quoi faire ?

— Je voudrais savoir si je peux acheter un instrument sans attendre six mois.

— Il est loin d'ici.

— Alors peut-être votre siège social pourrait-il me renseigner ?

— Non.

— Dans ce cas, puis-je avoir l'adresse de votre représentant ? Je lui écrirai moi-même.

— Il est en voyage.

Bell s'avança vers la vitrine et y resta un long moment immobile.

Soudain, une foule de jeunes gens élégants et insouciants s'approcha et entra dans le magasin. Ils saluèrent le vendeur d'un air joyeux, et en parlant tous en même temps, ils prirent un temps infini pour lui expliquer qu'ils voulaient louer un piano pour une fête organisée le soir même. Informés que le magasin ne louait pas d'instruments, ils se mirent à rire de bon cœur.

— Eh bien, nous allons en acheter un.

— On va se cotiser.

— J'ai le chèque de papa, je vais payer !

— Pourquoi pas celui-ci ? s'exclama une jeune fille.

Ses camarades se rassemblèrent autour du piano. Deux d'entre eux s'installèrent sur le banc, ouvrirent le couvercle du clavier et entamèrent un morceau de ragtime à quatre mains.

— Pas à vendre. Pas à vendre, s'évertuait à répéter le vendeur.

Lorsqu'il eut enfin réussi à faire sortir la bruyante équipe, il s'aperçut que le grand gentleman désireux d'acheter un instrument pour sa nièce s'était éclipsé dans la confusion ambiante.

— Bon débarras, se dit-il en verrouillant la porte.

*

— Bien joué ! lança Isaac Bell en félicitant les apprentis et les secrétaires de l'agence Van Dorn de

Los Angeles, ainsi que les amis des deux sexes qui les avaient accompagnés. Vous étiez parfaits dans le rôle de membres de la « jeunesse dorée » en goguette. Ce malheureux vendeur n'a pas compris ce qui lui arrivait.

— Vous avez trouvé ce que vous cherchiez, monsieur Bell ?

Tous les regards étaient braqués sur le légendaire enquêteur en chef de l'agence Van Dorn.

— Grâce à votre aide, j'ai découvert une lettre dans son bureau, ainsi qu'une carte de visite. Le représentant de commerce de la Leipzig Organ and Piano Company s'appelle Fritz Wunderlich, et il récupère son courrier au Brown Palace Hotel de Denver.

*

Isaac Bell télégraphia à tous les bureaux Van Dorn du pays afin qu'ils rendent visite aux autres magasins Leipzig et y collectent autant de renseignements que possible. Les bureaux assez importants pour disposer d'apprentis les y enverraient sous le prétexte d'acheter un piano pour leur école ou leur église. Les agents des bureaux où n'opéraient qu'une ou deux personnes s'y rendraient eux-mêmes en prétendant, comme Bell, vouloir un instrument pour leur nièce ou leur fille.

Bell lui-même prit le rapide pour Salt Lake City, embarqua le lendemain à bord de l'*Overland Limited* et arriva à Denver tôt le matin suivant. Il parcourut à pied une courte distance sur Broadway jusqu'au Brown Palace Hotel, un endroit qu'il connaissait et appréciait. Il frappa à une porte juste après avoir franchi l'entrée principale. Omar P. Armstrong, associé gérant de l'établissement, l'invita à prendre le petit déjeuner.

Ils traversèrent un vaste hall décoré de fonte et de marbre, aménagé à la manière d'un atrium, où l'on voyait des balcons successifs s'élever jusqu'à une hauteur de trente mètres.

— Avez-vous déjà rencontré un représentant du nom de Fritz Wunderlich ? demanda Bell à Armstrong.

— Fritz ? Bien sûr, je le connais.

En décidant de se rendre à Denver, Bell n'en attendait pas moins du gérant de l'hôtel. Omar P. Armstrong connaissait toutes les personnalités dignes d'intérêt à l'ouest du Mississippi.

— L'avez-vous vu ces derniers temps ?

— Il passe ici toutes les deux ou trois semaines.

— À quoi ressemble-t-il ?

— Un gars plutôt sympathique, répondit Armstrong avec un sourire neutre.

Isaac Bell était conscient du fait que le dirigeant d'un grand hôtel comme celui-ci devait être aussi observateur qu'une vigie de baleinier et aussi discret qu'une tenancière de bordel. L'expression de détachement étudié d'Armstrong était claire : si Bell voulait enquêter sur ses clients tout en continuant à passer pour un innocent dirigeant d'une compagnie d'assurances, libre à lui, mais il devait savoir que son interlocuteur n'était pas né de la dernière pluie.

— Vous le connaissez depuis longtemps ?

— Si *Herr* Wunderlich vous intéresse, pourquoi ne pas en parler à ses amis ?

Ils s'arrêtèrent devant l'entrée de la salle à manger. Les clients du Brown Palace prenaient leur petit déjeuner à des tables couvertes de nappes immaculées, d'argenterie étincelante et de porcelaine fine. Armstrong hocha la tête dans une certaine direction, ce qui ne causa aucune surprise à Bell. À une table disposée près de l'alcôve que formait une grande fenêtre, trois représentants de commerce bien habillés, visiblement habitués des meilleurs salons de coiffure masculins, poursuivaient une conversation animée.

— Je peux vous présenter, si vous le souhaitez.

— Vous connaissez beaucoup de représentants de commerce qui ont besoin d'être présentés ? répliqua Bell en souriant.

Il se dirigea tout droit vers la table des trois hommes.

— Bonjour, messieurs. Isaac Bell. Je suis dans les assurances. Puis-je me joindre à vous ?

Les représentants jaugèrent son costume sur mesure, ces bottines bien cirées et son sourire confiant.

— Asseyez-vous, mon ami, asseyez-vous ! Garçon ! Un café pour monsieur Bell, ou quelque chose d'un peu plus corsé, si le cœur vous en dit.

— Le café me convient très bien. J'ai une longue journée devant moi.

Les trois hommes lui serrèrent la main et se présentèrent : l'un travaillait pour la Gillette Safety Razor Company, le second pour la firme Locomobile et le troisième exerçait ses activités dans le commerce des céréales.

— Monsieur Bell, je me trompe peut-être, mais je crois que vous conduisez une Locomobile ?

— Il me semblait bien vous reconnaître, Jake, répondit Bell. Nous nous sommes rencontrés à Bridgeport quand je suis venu chercher la mienne à l'usine.

— Un modèle rouge, si ma mémoire est bonne ?

— Rouge comme le feu.

— Comment fonctionne-t-elle ?

— À merveille. Le monde est petit, n'est-ce pas ? L'autre jour, je suis tombé sur un autre représentant. On a commencé à parler d'automobiles, et lorsque je lui ai parlé de la mienne, il m'a dit qu'il avait rencontré un responsable commercial de la marque. Il parlait sans doute de vous.

— C'est bien possible. Comment s'appelait ce type ?

— C'est un Allemand. Fritz Wunderlich.

— Fritz ! Nous l'avons vu il y a peu de temps – où était-ce, déjà ?

— Chicago ?

— Voilà ! Chicago. Un personnage, n'est-ce pas ? *Mit Schlag !*

— « Le temps, c'est de l'argent » !

— « Huit jours par semaine, treize mois par an » !

— Un homme qui aime son métier, si j'en crois vos commentaires, dit Bell.

— Un type de valeur. Pas de doute. Un type de valeur.

— Il a de la chance d'avoir un tel sourire, intervint le spécialiste des céréales.

— Que voulez-vous dire ? lui demanda Bell.

— Eh bien, vous savez… Fritz est un travailleur acharné, mais il ressemble un peu à un singe.

— Un peu ? s'esclaffa Jake. On le croirait tout droit sorti de la jungle.

— Vous parlez de ses longs bras ? insista Bell.

— Des bras comme ceux d'un gorille. Et pareil côté visage.

— Je ne l'ai pas trouvé aussi simiesque que cela, protesta Bell sans conviction.

— Eh bien moi, si.

Isaac Bell sortit son carnet de sa poche et ôta le capuchon de son stylo à plume.

— Non. Fritz ressemblerait plutôt à cela. (Il dessina l'image d'un homme aux arcades sourcilières proéminentes.) C'est approximatif, car je ne sais pas très bien dessiner.

Le céréalier prit son propre carnet et son stylo.

— Je le verrais plutôt ainsi.

— Aucun de vous deux ne sait tenir un stylo, dit en riant l'homme de chez Gillette, qui ouvrit son carnet de commandes et traça son dessin avec des gestes laborieux. Voici à quoi il ressemble.

L'homme aux céréales exprima le plus vif désaccord.

— Ce n'est pas du tout ressemblant, renchérit Bell. Qu'en pensez-vous, Jake ?

Ce dernier prit son calepin. Isaac Bell l'observait en retenant son souffle. Jake était sa dernière chance d'obtenir un croquis crédible de Fritz Wunderlich. Un des trois hommes devait sûrement savoir dessiner. Il s'avéra que le représentant Locomobile de Bridgeport possédait un minimum de talent artistique.

— Voici l'homme, annonça Jake, qui croqua en quelques lignes rapides le portrait d'un homme au visage simiesque, avec de longues joues et des yeux enfoncés profond dans leurs orbites, avant d'incliner son crayon pour accentuer les arcades sourcilières.

Les autres contemplèrent le résultat.

— C'est presque parfait, Jake, s'émerveilla l'homme de chez Gillette. C'est Fritz tout craché.

— Je crois que vous avez raison, hasarda Bell en se tournant vers le représentant en céréales pour attendre sa confirmation.

— C'est lui, aucun doute.

— Eh bien, qui l'aurait cru ? Jake est un artiste !

Le visage de Jake rayonnait de plaisir.

— Puis-je le voir de plus près ? demanda Bell, qui prit le carnet pour l'étudier plus près de la fenêtre. Oui, je crois bien qu'il a cette tête-là. Vous êtes un véritable artiste, Jake.

Celui-ci rougit de confusion.

— Non, pas vraiment, mais avant de me lancer dans la vente, j'ai travaillé dans l'atelier de dessin industriel. Vous trouvez que c'est ressemblant ?

— Bien sûr ! Cela vous ennuierait si je le gardais ?

— Si c'est une œuvre d'art, lança en riant l'homme de Chicago, il faudra payer !

— Vous avez raison, répondit Bell en sortant son portefeuille de sa poche. Combien vous dois-je ?

— Non, non, dit Jake. Pas de problème, vous pouvez le prendre.

— Très bien. Mais quand j'aurai besoin d'une automobile neuve, je saurai à qui m'adresser.

— Mais il ne faudrait pas montrer cela à Fritz, gloussa l'homme aux céréales.

— Son apparence n'a aucune importance, intervint Jake. Fritz a cet incroyable sourire, et les gens sont prêts à acheter tout ce qu'il veut.

— Je n'en suis pas si sûr, dit le représentant de Gillette.

— Que voulez-vous dire ? lui demanda Bell.

— Tu racontes toujours cette histoire, protesta le céréalier. Fritz est un homme de valeur.

— Quelle histoire ?

— Ces magasins qu'approvisionne sa compagnie. Je n'ai pas l'impression qu'ils vendent des quantités de pianos ni de partitions, à dire vrai. Ce n'est pas une affaire bien gérée. D'après ce que j'ai pu voir.

— Ils ont une boutique assez raffinée à Los Angeles, dit Bell.

— Eh bien, si vous essayez d'y acheter un piano, vous allez vous retrouver avec une liste d'attente longue comme le bras.

— Comme celui de Fritz ! lança Jake.

Sa remarque suscita les éclats de rire de la tablée.

— Où est-il en ce moment ? s'enquit Bell.

— J'espère qu'il n'est pas à la table d'à côté en train de nous écouter, dit Jake pendant que ses confrères jetaient des regards embarrassés autour d'eux.

— J'essaie de me rappeler quand je l'ai vu, insista Bell. Deux semaines, peut-être plus. Le temps passe si vite. L'un de vous l'a-t-il rencontré ces derniers temps ?

— Lorsque nous étions à Chicago, il a dit qu'il pensait aller à Los Angeles.

Isaac Bell se rendit au siège du *Denver Post* et demanda à un dessinateur du journal de lui faire des copies du dessin de Jake, qu'il apporta avec lui dans les gares. L'agence Van Dorn entretenait de bonnes relations avec les compagnies de chemins de fer express. Ses agents voyageaient souvent gratuitement dans les wagons de marchandises précieuses, et les employés de la sécurité étaient toujours heureux de disposer d'une seconde personne armée. À midi déjà, les copies partaient à travers le continent, aux bons soins des compagnies Adams' Express, American Express and Wells Fargo, pour être livrées aux bureaux Van Dorn des villes qui accueillaient des consulats allemands : New York, Boston, Chicago, Cincinnati, Saint Louis, San Francisco, sans oublier Los Angeles et son vice-consulat.

*

À Jersey City, dans le New Jersey, un petit apprenti Van Dorn du bureau de New York, rondouillard, au visage innocent, se retrouva dans une situation qui lui fit regretter d'avoir obéi à la règle interdisant à ses semblables de sortir armés. Nelson Mills venait de terminer sa première mission en solo, une enquête sur le magasin Leipzig Organ and Piano du quartier des Heights. Il consulta ses notes tout en se hâtant pour prendre le train souterrain en direction de Manhattan et composa dans son esprit la première phrase de son rapport. « Une liste d'attente d'un an pour les pianos, pas d'orgues, des partitions qui datent de 1905 – tout conspire à faire penser que la Leipzig Organ and Piano Company n'est qu'une façade pour de viles activités, qui restent toutefois à déterminer. »

Il se souvint soudain des conseils du détective Harry Warren. S'il souhaitait que ses supérieurs lisent ses rapports, mieux valait n'employer qu'un mot au lieu de trois lorsque cela était possible. Mills barra mentalement « conspire à faire penser », qu'il remplaça par « suggère ». Il se demandait s'il fallait conserver l'expression « viles activités » lorsqu'il bouscula par mégarde un individu de forte carrure sur le trottoir.

— Excusez-moi. Je suis désolé.

En réponse à ses excuses, Nelson Mills reçut un solide coup de poing en plein visage.

Le jeune homme tomba en arrière sur le sol ; du sang dégoulinait de son nez. La rapidité de l'attaque le laissa sous le choc. La douleur était féroce, et ses yeux étaient aveuglés par les larmes. Il eut conscience, sans le voir vraiment, que son assaillant se penchait au-dessus de lui.

— Mais pourquoi… ? commença-t-il.

L'homme arracha le carnet qu'il tenait à la main et le déchira en morceaux qu'il éparpilla sur sa chemise ensanglantée.

— Hé, mais c'est mon…

Une lourde botte s'enfonça dans son flanc. La douleur déchira ses côtes, et Nelson Mills comprit, trop tard, qu'il n'avait pas affaire à un agresseur, mais à deux, qui le frappèrent sans répit.

36

Isaac Bell découvrit une pile de télégrammes cour-roucés qui l'attendaient au bureau Van Dorn de Los Angeles. Les responsables Van Dorn expliquaient que leurs apprentis avaient été tabassés après s'être ren-dus dans les magasins Leipzig Organ and Piano. Deux jeunes gens étaient hospitalisés, et on avait administré les derniers sacrements à un apprenti de Jersey City pendant que sa famille veillait à son chevet.

Furieux, les détectives exigeaient que l'on arrête les gérants des magasins, mais après de rapides échanges de câbles, Bell comprit qu'il n'existait aucune preuve qui puisse les incriminer. Les attaques avaient eu lieu dans des rues et ruelles éloignées de leur commerce.

En tant qu'enquêteur en chef de l'agence, Bell ne put que rappeler les consignes Van Dorn relatives aux voyous et aux vandales qui s'en prenaient aux agents de l'agence, lorsqu'ils avaient été identifiés de manière formelle :

**faites le nécessaire pour dissuader
les auteurs des faits de réitérer leurs actes.**

*

La tête de Larry Saunders apparut à la porte du bureau d'Isaac Bell. Il portait des documents roulés sous son bras.

— Alors, c'était comment, Denver ?

Bell lui tendit le croquis du représentant de la firme Locomobile.

— Donnez-en des copies aux gars qui surveillent l'hôtel particulier du vice-consul d'Allemagne. Wunderlich est bien réel. Personne ne l'a vu ces derniers temps. Holian a-t-il appris quelque chose à la mairie ?

Saunders déroula ses documents sur le bureau de Bell, et les garda à plat en posant des armes de poing sur les coins.

— Troisième étage. Septième. Et le penthouse. Je ne vois pas où ils auraient pu installer un judas. Il n'y a que des pièces et des escaliers accessibles au personnel. Peut-être ce placard au septième ?

Bell examina les documents ; la présence de judas était en effet peu probable.

— Il y a une chose, tout de même, ajouta Saunders. Holian a trouvé l'employé qui lui a fourni ces renseignements un peu trop nerveux.

— Qu'en a-t-il conclu ?

— Ce type disposait peut-être d'informations qu'il ne voulait pas divulguer. Holian voulait fouiner un peu pour vérifier, mais je lui ai dit que j'allais prendre le relais.

Bell regarda Saunders d'un air interrogateur.

— L'employé sait que Holian est un Van Dorn, mais il n'a jamais entendu parler de moi.

— Très bien, allez-y, dans ce cas.

Le réceptionniste arriva juste au moment où Saunders quittait la pièce.

— Un garde des wagons de marchandises de la Southern Pacific Railroad vient d'amener ceci pour vous, monsieur Bell.

C'était un petit paquet enveloppé de papier d'emballage. Il était lourd pour sa taille, et il s'en dégageait une odeur d'huile de machine. Bell le soupesa.

— Vous avez reconnu ce messager ?

— Sûr. Benson bosse avec les gars de la Southern Pacific depuis des années.

— On peut donc supposer que ce n'est pas une bombe ? demanda Bell en souriant.

Il ouvrit le paquet avec son couteau de lancer et découvrit une boîte en bois. Il l'ouvrit. Un petit outil apparut, protégé par un nid de coton.

— Qu'est-ce que c'est, monsieur Bell ?

— Une pince coupante.

L'outil était accompagné d'une note de Mike Malone, écrite en gros caractères bien déliés : « Désolé de t'avoir fait attendre. Ce qui a pris du temps, c'est de fabriquer un modèle de dimensions aussi réduites. J'espère qu'elle te plaira. »

— Je n'en ai jamais vu d'aussi petite, déclara le réceptionniste. Vous pensez qu'elle fonctionne bien ?

Mike avait joint à son envoi une petite longueur de câble tressé. Bell la glissa entre les mâchoires de la pince et serra. Le câble se rompit avec un bruit sec.

Pauline Grandzau sauta d'un train de marchandises à la gare de l'antique ville fortifiée de Metz, craignant la présence de gardes dans la zone de triage. Elle contourna les remparts envahis par la végétation, s'abrita du regard des policiers et des curieux derrière les buissons épais et les arbres, et longea les ruines d'un aqueduc romain. Selon la carte découverte dans le fourgon de queue, celui-ci suivait un itinéraire parallèle à celui de la voie ferrée jusqu'à la Moselle. Elle parcourut de nombreux kilomètres sous la lumière déclinante du jour, guidée par des amas de pierres et d'occasionnelles rangées solitaires de deux ou trois arches, parfois plus, qui tenaient encore debout.

Soudain, des chiens surgirent en aboyant d'une ferme de Jouy-aux-Arches et chargèrent dans sa direction. Terrifiée, Pauline grimpa sur les pierres de l'antique ouvrage romain et se retrouva au sommet de l'aqueduc, où elle rongea ce qui restait du fromage qu'elle avait volé à Coblence. Elle s'endormit et se réveilla à l'aube une bonne douzaine de mètres au-dessus du sol, avec une vue imprenable sur le cours de la rivière.

La France lui apparut comme une vision de paradis, baignée dans les lueurs rouge vif et or du soleil levant.

Même la pluie froide qui l'avait poursuivie à travers l'Allemagne avait cessé, comme si elle n'osait plus tomber en vue de la frontière. Perchée au-dessus du pont, Pauline vit se dérouler devant elle un paysage doucement vallonné. Les toits de tuile rouge de

Novéant-sur-Moselle se regroupaient près du cours d'eau avant de céder la place à un éparpillement de champs, de bois et de vignobles. Un pont suspendu traversait la rivière. Plus loin à l'ouest, au-delà de son champ de vision, devait se trouver la ville de Batilly, où Pauline trouverait une gare française. Avec en poche les quarante francs donnés par le détective Curtis, elle rêvait de parcourir en tout confort les quelque trois cents kilomètres qui séparaient la ville de la capitale, Paris.

C'est alors qu'elle vit se dresser deux drapeaux sur un mât près du toit d'un immeuble, au bout du pont suspendu. Le rectangle rouge, blanc et noir de l'armée impériale et une oriflamme en queue-de-pie marquaient les dernières limites de l'Allemagne – la douane. Quiconque traversait le pont, en train, à pied ou à vélo, était tenu de présenter ses papiers.

Pauline regarda au-delà de la ville, le long de la rivière bordée de forêts et de terres agricoles. Des plaines inondables entouraient la Moselle. Là où Pauline se trouvait à présent, la plaine était large. À l'ouest, là où elle devait aller, elle était plus étroite et interrompue de façon abrupte par une rangée de collines. Au sommet de la plus haute, à plus de mille cinq cents mètres de la rivière, s'étendaient les sinistres parapets de pierre du fort Driant, dont les canons géants dominaient le paysage. C'était le premier ouvrage de défense de Metz contre une attaque française venue du sud-ouest. Pauline fut soudain frappée par l'idée qu'elle abandonnait sa patrie pour gagner celle de l'ennemi. Pourtant, elle ne fuyait pas, pas plus qu'elle n'abandonnait son pays. Elle faisait son travail au service de l'agence et d'un client qui méritait son aide, et elle vengeait le détective Curtis. Mais pour réussir, il fallait parvenir jusqu'à Paris.

Des deux côtés, les rives descendaient en pente douce jusqu'à la surface de l'eau. *Opa* Grandzau, le grand-père qui lui avait appris à skier dans les Alpes, lui avait aussi appris à nager dans les lacs glacés des montagnes. La Moselle, comparée à eux, paraissait tiède et calme. De son perchoir, elle choisit un itinéraire, trouva un endroit où la distance entre les rives était courte, et jusqu'où elle pourrait marcher sans se faire repérer ; c'était une pointe de terre boisée qui se jetait dans l'eau.

Elle redescendit le long des pierres accumulées de l'aqueduc et s'émerveilla d'avoir survécu à l'ascension de la nuit précédente dans une obscurité presque complète. Elle songea que la peur était un merveilleux moyen d'accroître les capacités de concentration du corps et de l'esprit.

Une fois au sol, elle se dirigea vers l'ouest à travers bois. La lumière du petit matin réchauffait son dos. Elle traversa d'étroites allées aux ornières encombrées de roues de wagons, rampa par-dessus les voies de chemin de fer en s'assurant qu'aucun train ne risquait d'arriver, puis fonça dans les champs découverts en priant pour qu'aucun paysan ne la voie.

Elle arriva près de la pointe de terre boisée et força l'allure. Elle apercevait l'eau entre les arbres, de chaque côté, et se retrouva bientôt sur la rive en pente douce. Deux difficultés lui apparurent aussitôt, invisibles depuis le sommet de l'aqueduc : l'étranglement de la rivière accélérait le passage de l'eau, et le courant puissant la ramènerait à coup sûr en aval vers son point de départ. Autre problème : si quelqu'un regardait dans sa direction depuis le pont suspendu ou les maisons en bord de village, on la verrait nager.

Elle devait donc traverser dans l'obscurité.

Et il lui fallait un radeau.

Elle fouilla les bois à la recherche de grosses branches mortes, mais elles étaient peu nombreuses et éloignées les unes des autres. Les paysans devaient sans doute s'en servir comme bois de chauffage. Au bout de deux longues heures, elle en avait amassé en quantité suffisante pour fabriquer un radeau assez grand. Elle devait pouvoir s'y accrocher pendant qu'elle flotterait dans la nuit et y poser son sac à dos.

Pauline sortit du sac des chaussettes de rechange. Elle les explora avec ses doigts jusqu'à ce qu'elle trouve un accroc dans la laine et tira le fil, en l'enroulant avec soin pour qu'il ne s'emmêle pas. Elle disposa ensuite le bois en carré, puis une deuxième épaisseur perpendiculaire et les lia à chaque intersection. Elle se retrouva à court de laine et dut détricoter une seconde paire de chaussettes. Une fois son travail terminé, elle constata que le résultat était un radeau carré d'un mètre vingt de côté, d'une souplesse alarmante. Elle savait qu'il ne supporterait pas son poids, mais elle espérait qu'il l'aiderait à flotter. Elle avait des heures à attendre avant que la nuit tombe. Elle avait faim. Une faim dévorante. Un lapin gambada tout près d'elle. Elle tenait à la main une dernière branche qu'elle pensait ajouter à son embarcation de fortune. Elle regarda l'animal et se dit : « Non, je n'ai pas faim à ce point-là. » Elle ferma les yeux et s'efforça de dormir.

Elle s'éveilla, transie de froid. Le soleil s'était couché. Elle ôta tous ses vêtements en frissonnant, et les enfonça avec ses chaussures dans son sac à dos, qu'elle attacha au radeau, en disposant l'ouverture supérieure le plus haut possible dans l'espoir de conserver au sec le pistolet du détective Curtis. Elle tira le radeau hors des bois et lui fit descendre la pente sableuse avec des gestes aussi doux que possible pour ne pas rompre les liens de laine.

Les lumières de la ville se reflétaient sur les ondulations de la Moselle. Au moins, si le courant la faisait dévier, elle s'en éloignerait. Elle pataugea dans l'eau noire et froide en tirant son fragile esquif. Et soudain, il se retrouva à flot, léger et maniable. Le courant faillit le lui arracher des mains. Elle s'y agrippa, avança d'un pas dans l'eau plus profonde, et l'embarcation se précipita en aval en l'entraînant avec elle.

Les lumières de la ville étaient un cadeau du ciel. Sans elles, elle n'aurait eu aucune idée de l'endroit où la poussait le courant. Elles étaient pour elle comme une étoile polaire, et elle s'accrocha à cette vision fixe pendant qu'elle tourbillonnait en tous sens. Le radeau semblait attirer la colère de la rivière et la présentait comme une proie dont celle-ci pouvait se saisir. Mais si elle le lâchait et essayait de parvenir sur l'autre rive à la nage, il emporterait avec lui ses vêtements, son argent, et le pistolet, aussi tint-elle bon et se montra-t-elle patiente. Le courant se calmerait dès que la Moselle s'élargirait. Il devait en être ainsi.

Les lumières semblaient très lointaines lorsqu'elle sentit le courant faiblir d'un seul coup. À en juger par sa position, le courant l'avait rapprochée de l'autre rive. Elle lâcha le radeau d'une main et commença à avancer en pagayant et en battant des pieds. L'effort la réchauffa. Soudain elle vit apparaître l'ombre du rivage et bientôt, son pied toucha le fond. Elle tituba hors de l'eau, détacha son sac à dos, se sécha avec sa veste et remit ses vêtements, ses chaussettes et ses chaussures.

Elle n'était pas encore en France, mais elle touchait au but.

Le ciel était constellé d'étoiles. Au nord, elles étaient masquées par l'énorme fort Driant. Pour être sûre d'aller vers l'ouest, elle prit soin de toujours garder la forteresse sur sa droite. Très vite, elle put repérer l'étoile polaire. Elle la garda elle aussi sur sa droite et enfin, alors que les fortifications étaient déjà derrière elle, elle arriva à la clôture d'un champ, sans aucune route aux alentours. Elle se glissa à travers les barbelés et marcha vers Paris, en restant à l'écart des lumières des fermes et en dressant l'oreille pour entendre les sifflets des trains qui la conduiraient à la gare de Batilly.

37

— Lumières ! cria le réalisateur de *Les Cloches de
l'enfer* dans son mégaphone.

La dynamo rugit. Les lampes Cooper-Hewitt étincelèrent.

— Caméra ! Vitesse !

Isaac Bell, vêtu de la tenue qui avait fini par devenir
son uniforme de cinéma – costume noir, casque d'aviateur et grosses lunettes de moto –, réveilla le moteur en
tournant la poignée d'accélérateur.

Le cameraman actionna sa manivelle.

Le réalisateur jeta un dernier coup d'œil à la scène.
La locomotive était en place sur une plate-forme de
voie ferrée surélevée, louée dans une zone isolée de la
gare de marchandises de la Southern Pacific. Sa cheminée vomissait un panache de vapeur et de fumée, qu'un
ventilateur géant installé juste en dehors du champ de
la caméra poussait tout le long de la motrice. Le chauffeur sortit la tête et les épaules de sa cabine, et avec sa
longue barbe séparée en deux par le souffle, on avait
l'impression que sa machine était lancée sur les rails
à pleine vitesse.

Le tuyau d'échappement de la moto d'Isaac Bell cracha une fumée blanche. Du coin de l'œil, le détective constata que Marty, le petit mécanicien maigrelet de l'Imperial qui avait bricolé à cet effet son moteur à deux cylindres en V, l'observait avec attention. Il donna à Bell le signal du départ et partit en courant, son travail accompli.

Bell mit plein gaz et embraya en faisant claquer le levier.

La moto fonça dans le mur de lumière. Sa fumée d'échappement dessinait une image spectaculaire alors que Bell décrivait des cercles serrés autour de la locomotive, faisant bondir sa machine en l'air à chaque fois qu'il franchissait, à près de soixante-cinq kilomètres à l'heure, le remblai sur lequel reposaient les rails. À son quatrième atterrissage, la roue avant lui sembla avoir du jeu. La manivelle du cameraman tournait toujours. Les lumières brillaient de tous leurs feux. Bell accéléra pour le dernier saut.

La roue avant se détacha.

La moto s'écrasa sur sa fourche. L'arrière quitta le sol, pivota à la verticale et catapulta Bell par-dessus le guidon.

Il vola dans le ciel, la tête la première, vers la locomotive. Il tenta un saut périlleux pour parer le coup avec ses bottines, mais la vitesse ne lui facilitait pas la tâche. Alors qu'il filait vers l'obstacle, le temps parut se pétrifier. Il lui sembla que le cameraman actionnait sa manivelle avec plus de lenteur pour reposer son bras et ralentir le film. Bell voyait le sol défiler sous ses yeux à une allure paresseuse. Il vit sa moto debout sur sa partie avant, alors que la roue arrière tournait dans le vide. Il vit la caméra perchée sur son robuste trépied, le grand ventilateur, les comédiens, les machinistes, les accessoiristes et les cow-boys. Tout le monde le regardait comme si rien d'anormal ne se passait et que tous les jours, des cascadeurs à moto allaient s'écraser sur des locomotives.

Le monstre d'acier remplissait son champ de vision, noir comme la nuit et aussi vaste que le ciel. Un instant plus tard, il heurta l'engin. Une douleur déchirante à la cheville lui indiqua que son saut périlleux lui avait sauvé le crâne. Il rebondit contre la chaudière, retomba sur la voie et dégringola en bas du remblai en s'écorchant les bras et les jambes sur les graviers.

Étalé dans la poussière, étourdi, il entendit crier.

Pour rassurer tout le monde, il se rassit. Il avait mal partout, mais se sentait capable de se relever d'ici une minute ou deux.

Les cris cessèrent, à l'exception de ceux du réalisateur qui continuait à beugler dans son mégaphone.

— C'était génial ! On recommence !

Isaac Bell se remit sur pied non sans douleur, s'avança d'un pas incertain vers la moto Indian, et s'agenouilla pour l'examiner.

En tâtant sa poche, il s'assura que son Browning était toujours dans son holster et qu'il pouvait l'en dégager sans mal. Grâce à ses réflexes d'une rapidité incroyable, il venait de survivre à la version Los Angeles des attaques de Cincinnati, Chicago et Jersey City contre les agents Van Dorn qui s'étaient intéressés de trop près aux magasins Leipzig Organ and Piano.

— Dépêchez-vous ! hurla le réalisateur. Nous perdons de la lumière.

— Dès que vous me trouvez une nouvelle moto, répondit Bell en boitillant à la recherche du mécanicien qui avait préparé sa machine.

L'équipe du film avait installé un atelier provisoire dans un fourgon-frein abandonné sur une voie de garage rouillée. Ignorant la douleur à sa cheville, Bell grimpa le long de la planche que le mécano avait posée pour permettre de faire monter et descendre la moto et pénétra dans l'intérieur sombre avec une hâte soudaine.

— Marty ? demanda-t-il d'une voix basse et menaçante. Vous pouvez me dire qui a scié mon essieu avant ?

Marty ne répondit pas.

Bell le découvrit sur le sol derrière son établi, ses yeux exorbités fixés sur le néant. Il alluma une lampe et l'examina avec attention. Le mécanicien avait été garrotté avec une corde de fer qui avait à moitié séparé sa tête de son cou. L'*Akrobat*, selon toute vraisemblance, avait réduit son complice au silence avec le même câble utilisé pour assassiner le « messenger » du wagon de marchandises précieuses du *Golden State Limited* au Nouveau-Mexique. Celui dont il s'était servi pour sauter par-dessus la locomotive et s'envoler du pont du *Mauretania*.

Isaac Bell se mit à parler tout haut, et s'adressant à l'*Akrobat* comme si celui-ci était encore présent dans le fourgon.

— Je vous inquiète, dit-il, en passant mentalement en revue les divers aspects de son enquête et en se demandant ce qui avait tant alarmé l'assassin. Je vous fais peur.

Les différentes ramifications de l'affaire devaient former un réseau cohérent dans l'esprit de l'*Akrobat*. Mais parmi ces nombreux éléments qui formaient un tout, lesquels l'avaient effrayé en particulier ?

Grady Forrer recherchait une connexion entre la Hamburg Bankhaus et Imperial Films. Andrew Rubenoff avait établi un lien entre la Hamburg Bankhaus et Leipzig Organ and Piano, et traquait à présent les banquiers étrangers d'Imperial Films. Les bureaux Van Dorn du pays avaient prouvé que Leipzig Organ n'était qu'une façade. Bell lui-même avait suivi la trace de Fritz Wunderlich jusqu'à Denver, et les agents qui surveillaient les consulats disposaient à présent de son portrait. Joe Van Dorn travaillait avec ses contacts de Washington pour obtenir des informations sur les activités des consulats allemands. Larry Saunders fouillait la mairie pour se procurer les plans complets de l'Imperial Building. Texas Walt s'était occupé du service de protection Imperial Films et travaillait à présent comme figurant dans les studios du dernier étage de la compagnie.

Si l'*Akrobat* avait commandité le meurtre d'Art Curtis à Berlin, c'est qu'il savait que les Van Dorn étaient à ses trousses. Les agressions contre les apprentis de l'agence le confirmaient. Mais à présent, le sabotage de la moto de Bell prouvait que l'*Akrobat* avait percé à jour sa fausse identité. Il devait penser qu'il collaborait avec l'agence Van Dorn ou qu'il en était un agent.

— J'ignore encore ce que vous mijotez. Mais je suis plus proche de la vérité que je ne l'imagine moi-même.

Une idée le frappa soudain. S'il existait un lien – probable, mais encore loin d'être établi – entre Imperial

Films, l'*Akrobat* et la Krieg Rüstungswerk, alors le nouvel emploi de Marion à l'Imperial ne devait rien au hasard. Ce n'était pas une coïncidence, mais l'atout en réserve que l'*Akrobat* se réservait la possibilité d'utiliser sans scrupule.

*

Bell prit le funiculaire d'Angels Flight et remonta en pente raide le long de deux blocs d'immeubles jusqu'au quartier résidentiel du sommet de Bunker Hill. Il y avait loué un hôtel particulier lorsque Marion avait accepté le poste proposé par Irina Viorets. En essayant de masquer sa claudication, il gravit les marches à l'arrière de la maison et entra dans la cuisine.

— Juste à temps pour notre premier repas de couple cuisiné à la maison, lança Marion en l'accueillant. Oh, Isaac, c'est une merveilleuse journée, ajouta-t-elle en le serrant contre lui pour l'embrasser. Aimerais-tu un cocktail pour soulager ton pauvre pied, quoi que tu aies pu lui faire ?

— Je vais nous en préparer deux, répondit Bell d'un air contrit, en songeant que si la gent féminine était plus observatrice que les hommes, rien ne pouvait échapper à une femme cinéaste.

Les yeux de Marion rayonnaient de joie.

— C'est comme si je venais d'arriver au paradis. Irina m'accorde tout ce que je veux, des locomotives, des Pullman, des convois de mules, des chariots de pionniers. Elle a même réussi à s'assurer des services de Billy Bitzer comme cameraman.

— Félicitations.

— Billy est venu avec Dave Davidson, son principal assistant, pour s'occuper de la seconde caméra. Ainsi, je dispose des deux meilleurs cameramen au monde. Et en plus de tout cela – tu te souviens de Franklin Mowery ?

— Le vieux constructeur de ponts ? Bien sûr. Il travaillait pour le père de Lillian.

— Il est en retraite dans la région. Je l'ai invité sur le lieu du tournage pour lui poser des questions de documentation. C'est une véritable encyclopédie de l'histoire des chemins de fer, car il y a participé presque du début à la fin. Il raconte des anecdotes incroyables. Et la cerise sur le gâteau, c'est que Dave Davidson a vraiment l'œil d'un portraitiste. Il a juste observé le profil de granit de Franklin et, sans dire un mot, il a commencé à filmer, en faisant semblant de régler sa caméra. Plus tard, j'ai pu visionner presque sept mètres de pellicule « Franklin Mowery ». Je crois que la caméra était amoureuse de lui ! Il va participer au film. Oh, Isaac, tout cela est si passionnant !

— En effet, répondit Bell.

Comment puis-je lui demander de quitter cet emploi sur une simple suspicion ? se demanda-t-il.

— Mais ne t'inquiète pas, reprit Marion, j'ai prévenu Franklin que tu travaillais incognito. Je lui ai demandé de ne dire à personne que tu es un Van Dorn.

— Cela n'a sans doute plus d'importance à présent.

— Y a-t-il un rapport avec ce qui est arrivé à ton pied ?

— Mon pied s'en est mieux tiré que ma moto, dit Bell, qui raconta à Marion ce qui s'était passé.

Il lui décrivit tous les éléments de l'affaire des Images parlantes, un par un – Grady, Rubenoff, ses propres recherches et l'espionnage jusqu'à présent infructueux de Texas Walt dans les studios.

— Puisqu'il n'a pas réussi à te tuer, à ton avis, que va-t-il tenter à présent ?

Bell regarda sa séduisante épouse dans les yeux.

— À toi de me le dire.

— Je sais ce que tu penses, Isaac. Tu es inquiet ; tu te dis que je suis peut-être en danger parce que je travaille « par coïncidence » avec cette entreprise où tu as installé Clyde Lynds, et tu as des doutes.

— Je ne l'aurais pas mieux exprimé moi-même. Il se passe des choses anormales à l'Imperial.

— Je n'arrive pas à croire qu'Irina participerait à un plan qui pourrait me nuire. Et puis tu ne peux pas affirmer avec certitude que l'Imperial ne respecte pas les règles à la lettre.

— Les finances de la compagnie sont très suspectes, c'est un fait avéré.

— C'est le cas des finances de tout le monde dans le cinéma. C'est un secteur d'activité tout nouveau. Personne ne sait vraiment ce qui se passe, alors on improvise au fur et à mesure. C'est pourquoi les banquiers ne prêtent de l'argent que pour un seul film à la fois.

— Tu es sûre de ne rien avoir remarqué d'inhabituel pendant le tournage de ce film, *Le Cheval de fer* ? Rien qui sorte de l'ordinaire ? Rien qui soit différent de ce à quoi tu t'attendais ou de ce qui se passe pour d'autres films ?

Marion réfléchit un instant avant de répondre.

— Juste une chose. Nous sommes confrontés à une pénurie de pellicule. On ne parle que de cela à Los

Angeles. Hier, Billy et Dave sont venus me voir avec des airs consternés. Leur stock de pellicule était vieux. Il dégageait une puanteur affreuse, et selon eux, les images seraient bien trop surexposées. J'ai téléphoné à Irina. En moins d'une heure, un camion est arrivé avec plus de pellicule que je n'aurais pu en utiliser, et de toute première qualité. Elle était perforée avec précision et son odeur était fraîche comme celle des prairies. Billy et Dave se frottaient les mains.

— Où se sont-ils procurés cela ?

— C'était de la pellicule Eastman Kodak, tout droit sortie de l'usine.

— Mais l'Imperial est une compagnie indépendante, et Eastman a conclu un accord avec Edison : ils ne vendent rien aux indépendants.

— Où ils ont trouvé cette pellicule, je n'en sais rien, mais il est certain que l'Imperial ne connaît pas la pénurie. En tout cas, si tu veux bien boitiller jusqu'à la salle à manger, je vais servir le repas.

— En quoi consiste notre premier repas de couple cuisiné à la maison ?

— C'est le même que le tout premier repas cuisiné à la maison avant notre mariage. Tu te souviens de ce que j'avais préparé ?

— Tu m'avais invité à dîner et nous avions mangé du bœuf braisé servi avec des légumes. C'était merveilleux, mais j'ai le vague souvenir que nous sommes passés à autre chose avant le dessert – Marion, je suis sûr que tu as des cow-boys dans ton film ?

— Par pleins dortoirs.

— Tu pourrais en prendre un autre ?

— Texas Walt ?

Bell hocha la tête.

— Juste pour ne pas prendre de risques inutiles.

— Alors volontiers, si cela peut te rasséréner.

— Je me sentirai mieux en sachant que mon vieil ami le « tireur de la mort » veille sur toi.

— Walt n'est peut-être plus un « tireur de la mort », répondit Marion en souriant. Les gens du cinéma n'arrêtent pas de parler de ce grand Texan qui joue des rôles de cow-boy. Certains lui prédisent un grand avenir.

— S'il te plaît, ne lui mets pas d'idées folles en tête avant que nous soyons sûrs que tu es en sécurité.

38

Pendant le voyage, Pauline Grandzau apprenait par cœur le chapitre du guide Baedeker consacré au quartier de Saint-Germain lorsque soudain, lors d'un arrêt, elle dut s'enfuir du train pour échapper à un gendarme qui lui demandait ses papiers. Les derniers kilomètres de ce qui aurait dû être un trajet de douze heures lui prirent encore une journée complète ; elle la passa accrochée sous un wagon de charbon d'une lenteur désespérante, qu'elle abandonna enfin sous la pluie près d'un marché parisien en plein air. Grâce au guide touristique et à sa carte dépliante, elle trouva la rue du Bac à la nuit tombante, grimpa les marches d'un escalier raide et entra en titubant dans le bureau de l'agence Van Dorn, épuisée, trempée et affamée.

Un homme énorme était assis près d'une lampe à l'éclat vif.

— Que venez-vous faire ici, mademoiselle ?

C'est du moins ce que Pauline crut comprendre. L'homme parlait français, une langue qu'elle ignorait, mais elle vit dans son regard ce qu'il pensait : une fille des rues qui renifle, avec un visage et des mains sales, des tresses emmêlées, n'a pu se faufiler ici que pour mendier ou échapper à la police.

Il lui posa la question une seconde fois. La lumière était si éclatante qu'elle l'aveuglait. L'homme se leva et Pauline eut l'impression que toute la pièce, le sol en linoléum, le fauteuil, le bureau et la porte intérieure qui devait mener quelque part, commençaient à tourner.

— Je suis bien au bureau de l'agence de détectives Van Dorn de Paris ? demanda-t-elle.

Il parut surpris de l'entendre parler anglais.

— Oui, en effet, répondit-il avec un accent semblable à celui du détective Curtis. Que puis-faire faire pour vous, ma petite dame ?

— Vous êtes le détective Horace Bronson ?

— Je suis Bronson. Qui êtes-vous ?

Pauline se redressa de toute la hauteur de son mètre cinquante.

— Apprentie détective Pauline Grandzau, agence Van Dorn de Berlin, au rapport.

Elle tenta de saluer, mais son bras était trop lourd, et elle avait les jambes en coton. Elle vit le lino du sol se précipiter vers son visage. Bronson se déplaça avec une rapidité surprenante et la rattrapa.

*

— Un câble du bureau de Paris, monsieur Bell.

Le message venait de Bronson.

Il était long et détaillé.

Isaac Bell le lut deux fois.

La flamme du chasseur commença à brûler dans ses yeux. Un sourire de dangereuse satisfaction éclaira son visage grave comme le soleil illumine la surface d'une rivière gelée. Il fit à Fritz Wunderlich, à la Krieg Rüstungswerk, au Kaiser Guillaume II et surtout au général de brigade Christian Semmler, de l'armée impériale allemande, le serment solennel de tout faire pour que le détective Arthur Curtis ne soit pas mort en vain.

LIVRE QUATRE

Lumières ! Caméra ! Vitesse !

39

Isaac Bell harcelait l'agent qui envoyait et recevait des signaux en morse sur le télégraphe du bureau de l'agence.

« Télégraphiez à monsieur Joseph Van Dorn : "Faire enquêter l'US Army et le département d'État sur le général de brigade Christian Semmler. Leur fournir le portrait de Wunderlich."

« Télégraphiez au chef du service de recherches Grady Forrer, New York : "Qui est le général de brigade Christian Semmler ? Trouver photographie ou illustration de journal".

« Câblez à Horace Bronson, bureau de Paris : "Qui est le général de brigade Christian Semmler ? Trouver photographie ou illustration de journal".

« Télégraphiez au détective Archie Abbott, New York : "Parler à Lord Strone du général de brigade Christian Semmler. Lui montrer le portrait de Wunderlich".

« Envoyez-moi tout ça. Et que ça saute ! »

*

Parmi toutes les réponses qui lui parvinrent au cours des vingt-quatre heures suivantes, celle qui intrigua le plus Bell était celle du patron de l'agence. Joe Van Dorn avait découvert que le général de brigade Christian Semmler était marié à Sophie Roth Semmler, unique héritière de la fortune de la Krieg Rüstungswerk. Un tel pouvoir et une telle richesse expliquaient la capacité du général solitaire à agir de façon beaucoup plus indépendante que n'importe quel officier de l'armée allemande.

En revanche, les informateurs de Joe Van Dorn au sein de l'US Army et du corps diplomatique ne savaient presque rien d'autre sur Semmler. Le général de brigade fuyait les feux de la rampe. Un observateur de l'US Army en Chine avait entendu dire que Semmler s'était distingué pendant la révolte des Boxers et pouvait s'enorgueillir d'excellents états de service. Un attaché d'ambassade en retraite faisait état de rumeurs persistantes sur la dangereuse réputation de Semmler, qui aurait mené des commandos rebelles Boers derrière les lignes anglaises. Mais comme aucun des informateurs de Van Dorn parmi les diplomates et les militaires n'avait jamais rencontré Semmler, le dessin représentant Fritz Wunderlich s'avéra inutile à Washington.

Les enquêteurs de Grady Forrer avaient en vain recherché des photographies ou des portraits illustrés de l'Allemand. Ce n'était guère surprenant, ainsi que le fit remarquer Grady : les journaux américains n'auraient remarqué le général que s'il avait été un membre éminent d'une délégation allemande ou s'il avait occupé un poste d'attaché militaire à l'ambassade du Kaiser.

Bell espérait de meilleurs résultats de Bronson, à Paris, car celui-ci avait accès à tous les journaux et magazines européens. Mais Bronson était lui aussi confronté à la même absence d'images. Le nouvel agent de Berlin ne put, lui non plus, rien trouver dans la presse allemande. Compte tenu de l'adulation dont les militaires faisaient l'objet en Allemagne, Christian Semmler semblait prendre grand soin d'éviter toute publicité.

Bell était déçu, mais pas surpris. Lui-même fuyait les photographes et les caméras, et il n'en attendait pas moins d'un soldat disposant d'une grande expérience de la guérilla derrière les lignes ennemies. Il avait toutefois appris que Semmler était riche. Il était indépendant, ce que Bell avait par ailleurs déjà deviné. Si le soldat-espion athlétique de trente-cinq ans avait des yeux verts, des cheveux blonds et des bras aussi longs que ceux d'un singe, personne n'avait encore pu comparer son visage à celui du croquis de Fritz Wunderlich, et il était impossible de prouver qu'ils n'étaient qu'une seule et même personne.

*

— Ce portail n'est pas très accueillant, constata Lillian Hennessy Abbott en freinant pour arrêter sa grosse Thomas Flyer K6-70 rouge juste devant l'entrée. Tu penses qu'il est fermé ?

— On m'a prévenu qu'il le serait, répondit Archie.

Entre ses deux hauts piliers de pierre, le portail à deux vantaux qui bloquait l'accès à la propriété de Greenwich du comte de Strone présentait de lourdes barres en fer forgé peintes en noir. L'entrée était en effet très bien verrouillée, songea Archie.

Il descendit de la grande automobile de tourisme qui les avait conduits dans le Connecticut et s'arrêta un instant pour se reposer sur le pare-chocs. Lillian avait changé ses habitudes pour adopter une conduite en douceur. Elle avait elle-même choisi l'automobile pour son écartement d'essieux important, au détriment de la voiture de course Packard Wolf qu'elle affectionnait tant, car les routes étaient infernales.

— Tout va bien, Archie ?

— À merveille.

Il déplia une lame d'acier à ressorts de ce qui ressemblait à un couteau de poche ordinaire et ouvrit la serrure, puis écarta les deux vantaux pour permettre à la voiture de passer. Lillian avança et Archie referma derrière eux.

— Continue à conduire.

Au bout d'un chemin incurvé long de six cents mètres, recouvert d'ardoise pilée, ils aperçurent un manoir en brique de dimensions assez imposantes avec des éléments décoratifs en pierre, dont le style rappelait le palais d'Henry VIII à Hampton Court.

Il n'y avait pas de heurtoir sur la massive porte d'entrée en bois. Pour ménager ses articulations, Archie frappa avec la crosse de l'automatique Navy Colt .45 qu'il portait toujours sur lui depuis qu'il avait failli perdre la vie à la suite d'une fusillade. Lorsqu'il entendit la porte s'ouvrir, il remit d'un geste calme l'arme dans son holster et sortit une carte de visite de son gilet.

Un robuste majordome, un ancien sergent-major, d'après son apparence, engoncé dans un habit à queue-de-pie, le regarda avec une expression qui n'avait rien d'amical.

Archie lui tendit sa carte.

— Ayez la bonté d'informer Monsieur le comte qu'Archibald Angell Abbott et madame Abbott se sont présentés pour le thé.

— Je ne crois pas me souvenir que vous étiez attendus, monsieur.

— Nous avons voyagé à bord du *Mauretania* avec Monsieur le comte. Il m'avait invité à passer lui rendre visite avec mon épouse si nous étions dans la région. Et il se trouve que nous y sommes.

Le majordome aperçut Lillian derrière le volant de la Thomas. Elle avait ôté son chapeau et son voile. Ses cheveux blonds resplendissaient au soleil et ses yeux étincelaient comme des saphirs. Le majordome se dit qu'il ne reverrait sans doute jamais un tel sourire avant d'avoir franchi les portes du paradis.

— Veuillez entrer, je vais informer Monsieur le comte de votre visite.

Archie alla ouvrir la porte de la Thomas pour son épouse.

— J'ai la vague impression d'être dans la peau d'un proxénète, lui confia-t-il.

Lillian l'embrassa sur les lèvres.

— Je suis certaine que tu excellerais dans ce domaine. Par bonheur pour moi, tu as d'autres talents. Tu es sûr que tout va bien ?

— Nous sommes à la campagne, il fait un temps magnifique, je suis en vie et amoureux.

Strone était vêtu de tweed. Il portait un fusil dont le canon reposait sur son bras gauche.

— Je suis charmé de vous revoir, ma chère, dit-il à Lillian avant de s'adresser à Archie d'un ton plus sec. J'allais faire une balade dans les marais. Venez avec moi si le cœur vous en dit.

Il posa une casquette à la Sherlock Holmes sur son crâne et mena la marche d'un pas vif le long d'un sentier de jardin et à travers des pelouses, dans la direction d'un vaste marais qui disparaissait dans la brume du Long Island Sound.

— Je croyais mon portail verrouillé.

— Nous l'avons refermé derrière nous, répondit Archie.

— Marchons moins vite. Mon mari se remet d'un accident.

— Je suis navré. Nous allons ralentir, cela va de soi. Quel genre d'accident, Abbott ?

— Une rencontre avec un revolver Webley-Fosbery.

Strone s'arrêta et se tourna vers Archie.

— Hmmm… Vous n'aviez pas mentionné cela à bord du *Mauretania*.

— Les revolvers automatiques ne constituent pas le sujet de conversation idéal pour un mariage.

— Mais dites-moi, travaillez-vous dans les assurances comme votre ami ?

— Isaac Bell et moi-même continuerons à travailler dans les assurances aussi longtemps que vous serez « en retraite ».

Un sourire souleva les joues rouges et la moustache grise de Strone.

— On ne sort de sa retraite que contraint et forcé.

— Et si je vous donnais une bonne raison ?

— Je me considère comme un homme ouvert à la raison. Mais les bonnes raisons des uns ne sont pas toujours celles des autres.

— Alors je ne vous donnerai pas de raison, mais un nom.

— Un nom ?

— Semmler, répondit Archie, qui n'observa aucune réaction sur le visage du comte, à l'exception d'un furtif rétrécissement des pupilles.

— Voilà qui ne me rappelle aucun souvenir, mon vieux.

— Christian Semmler.

— Non, je ne crois pas…

— Colonel Christian Semmler. C'était son grade à l'époque où vous étiez en poste en Afrique du Sud.

— Où avez-vous entendu raconter que j'étais en Afrique du Sud ?

— *Oberst* Christian Semmler, comme disaient nos amis allemands.

— Je n'ai pas d'amis allemands.

— J'ai laissé tomber les miens récemment, répondit Archie. Depuis ce temps-là, Semmler a été promu plusieurs fois. Il est aujourd'hui général de brigade.

Strone ne se donna plus la peine de feindre.

— Oui, je sais.

— Il complote ici, en Amérique.

— Quel genre de complot ?

— Nous l'ignorons.

Strone serra les mâchoires.

— C'est un salaud impudent et fuyant comme un serpent. C'est le militaire le plus impitoyable et dépourvu de scrupules à qui nous ayons eu affaire. Il harcelait nos colonnes et canardait sans cesse nos détachements. Et quant aux éclaireurs qu'il attaquait, ils ne pouvaient s'en remettre qu'à Dieu. Comparés à lui, les Boers étaient des anges.

— Vous le reconnaîtriez?

— Je ne l'ai vu qu'une seule fois. Avec une longue-vue, et de loin.

Lillian sortit un carnet de son long cache-poussière et l'ouvrit à la page où figurait le portrait de Fritz Wunderlich.

— Ressemblait-il à cet homme?

Strone se mit en devoir d'extraire des lunettes cerclées d'acier des plis de ses vêtements de chasse et examina le dessin.

— Cet homme est plus âgé, dit-il enfin. Mais il est vrai que cela fait… combien de temps?

— Presque dix ans, dit Archie. À quelle distance de vous se trouvait-il?

Strone contempla en silence le marais. Ses mâchoires bougeaient et ses yeux exprimaient un sentiment de désolation.

Archie et Lillian échangèrent un regard. Archie fit signe à son épouse de ne rien dire.

— Mille mètres, répondit Strone au bout d'un moment. À cette distance, nous pensions être hors de portée de son arme, et nous espérions nous rapprocher encore. Et bien sûr, il était seul… Pourquoi êtes-vous venus me voir?

— Isaac Bell pensait que vous étiez un peu plus qu'un simple retraité. Il avait raison. Lorsque nous avons creusé un peu, nous avons appris que vous aviez été décoré pour cette action.

Strone rougit de colère.

— De fichues balivernes.

— Que voulez-vous dire ? Vous avez reçu la médaille du *Distinguished Service Order* !

— Ce sont des *foutaises*. Semmler nous a attirés sur un pont truffé de dynamite. Il a abattu les blessés au fusil. La *DSO* a été décernée au seul homme que ce salopard a manqué.

*

Isaac Bell organisa une réunion avec Walt Hatfield, Larry Saunders et une équipe d'agents triés sur le volet.

« Les renseignements recueillis par Art Curtis et son apprentie à Berlin, complétés par ceux d'Archie Abbott et du service de recherches, prouvent que l'assassin que nous appelons l'*Akrobat*, le représentant de commerce Fritz Wunderlich et le général de brigade de l'armée impériale allemande Christian Semmler ne sont qu'une seule et même personne. Monsieur Van Dorn a aussi établi que le général Christian Semmler ne se contente pas d'être un agent de la Krieg Rüstungswerk ; c'est un dirigeant. Pour être clair, il a épousé la fille du patron.

« Fritz Wunderlich a pris la tangente lorsqu'il a eu connaissance de nos visites dans ses magasins et de ma présence dans son hôtel de Denver. Nous pouvons nous féliciter qu'il ait ainsi perdu une chaîne de boutiques qui lui permettait, à lui et à ses complices, de se déplacer en toute liberté à travers le pays. Toutefois, il faut garder à l'esprit le fait que les consulats allemands lui offrent des endroits encore plus sûrs pour se cacher, obtenir de l'argent, se reposer, manger et dormir. Traquer Semmler, ce n'est pas suivre un criminel ordinaire jusqu'à son repaire. Même si nous adorerions pouvoir le faire, il nous est impossible de forcer les portes des consulats d'une nation souveraine.

« J'avais déjà envoyé des copies du "portrait Wunderlich" aux bureaux des villes qui abritent un consulat allemand : New York, Chicago, Saint Louis, San Francisco et ici à Los Angeles, où se trouve le vice-consulat. Depuis, je les ai informés que c'était un portrait de Semmler. »

*

— La voix d'Isaac Bell rayonne de confiance, observa Christian Semmler. Écoutez !

D'un geste brusque, il tendit l'écouteur à Hermann Wagner.

Celui-ci, malade de peur, le prit d'une main tremblante. Ce soir-là, le banquier berlinois avait vu le visage du chef du projet *Donar* pour la première fois. Il soupçonnait déjà que le mystérieux chef pouvait être Semmler, surtout en raison des rumeurs sur l'affection que portait le Kaiser à cet officier supérieur que l'on appelait « le Singe ». Les lourdes arcades sourcilières, la massive mâchoire proéminente et les longs bras en étaient la confirmation effrayante. Cet homme était bien le général de brigade Christian Semmler, le protégé du souverain. Pour une raison qu'il ignorait, il l'avait autorisé à voir son visage, et Wagner craignait que Semmler ne le tue une fois qu'il en aurait terminé avec lui.

— Écoutez-le !

Wagner pressa l'écouteur contre son oreille.

Lui et Semmler étaient assis de chaque côté d'une table dans la cave du vice-consulat d'Allemagne à Los Angeles. Le vice-consul était à l'étage, informé en termes vagues de l'usage que l'on faisait de son immeuble, et sans doute très soulagé de se voir interdire l'entrée de son propre sous-sol.

Christian Semmler avait fait relier le téléphone qu'ils utilisaient à présent, via la ligne privée du vice-consul, à un microphone volé à Clyde Lynds et dissimulé dans les locaux de l'agence Van Dorn par un électricien soudoyé. Incrédule, Wagner avait écouté Semmler lui expliquer en riant le fonctionnement de son système d'écoutes.

Cela paraissait miraculeux. Voire impossible. Pourtant, Wagner entendait Isaac Bell parler à ses enquêteurs alors que trois bons kilomètres séparaient l'agence Van Dorn du vice-consulat allemand.

— Vous entendez ?

— Un peu. Pas très bien.

— Je le sais bien ! aboya Semmler. Le microphone de Lynds n'est pas encore tout à fait au point. Mais il est sur la bonne voie et si vous écoutez avec attention, vous pourrez déceler cette note d'assurance dans la voix de Bell. Et après tout, pourquoi pas ? Il a tant appris au cours de ces derniers jours.

— Oui, en effet, acquiesça Wagner d'un ton nerveux.

— Les événements ne se déroulent pas toujours selon nos prévisions. C'est la nature de tous les projets, et des événements eux-mêmes. (Il releva la tête, et ses yeux verts brillaient d'un éclat d'amusement.) Je me souviens d'un soir sur le Haut Veld, où trois tommies britanniques m'avaient acculé. J'ai réussi à m'enfuir comme je l'avais prévu. Mais à peine les avais-je tués que je fus saisi par le bras et plaqué au sol. Je pouvais à peine y croire. J'étais attaqué par un lion surgi de nulle part ! Un lion ! La bête avait été attirée par l'odeur du sang des tommies.

Semmler posa une main puissante sur le bras de Wagner.

— Détendez-vous, *Herr* Wagner, vous paraissez terrifié.

— Je le suis, reconnut le banquier. À bord du *Mauretania*, vous m'aviez prévenu : je ne devais jamais regarder votre visage. Aujourd'hui, vous me le dévoilez. Que suis-je censé penser, sinon le pire ?

— Ne vous inquiétez pas. Vivant, vous m'êtes précieux. J'ai encore besoin de vous. Plus que jamais. Il reste beaucoup à faire.

— Mais comment agir ? Bell est sur vos traces, et l'étau se resserre autour d'Imperial Films.

Semmler arracha l'écouteur des mains de Wagner et le plaqua à son oreille. Un sourire éclatant illumina son visage étrange, éclaircit son regard et étira ses lèvres, mais aux yeux de Wagner, il était aussi froid qu'un éclair d'orage lointain.

— Bell serait moins sûr de lui, conclut le chef du projet *Donar*, s'il savait que nous pouvons l'entendre.

40

— Monsieur Bell, pourrais-je revoir ce croquis ?

Isaac Bell tendit le portrait de Wunderlich à un agent Van Dorn déguisé en crieur de journaux, avec des vêtements rapiécés et des lunettes noires. L'homme ôta ses lunettes et l'examina.

— Vous savez, il ne ressemblait pas vraiment à ce dessin, mais cela aurait pu être lui.

— Quand ?

Le faux aveugle ouvrit son carnet et lut, le visage impassible :

— « Un individu pouvant correspondre au dessin de Fritz Wunderlich de monsieur Bell est entré dans la résidence du vice-consul d'Allemagne à vingt heures dix. Le détective Balant a jugé que ce n'était pas lui. »

— Vingt heures dix ce soir ?

— Oui, monsieur.

— Quand en est-il sorti ?

— Il n'a jamais quitté les lieux.

Tous les détectives présents dans la pièce prirent leurs chapeaux. Bell était déjà près de la porte.

— Il n'est jamais sorti ? Vous en êtes sûr ?

— J'ai surveillé la porte principale, juste en face de mon kiosque à journaux. Lorsque j'ai dû m'absenter pour venir ici, le patrouilleur Joe Thomas, qui nous donne un coup de main, m'a promis de continuer la surveillance jusqu'à mon retour.

— Venez, les gars, allons jeter un coup d'œil.

Ils s'empilèrent dans deux automobiles et filèrent à vive allure à travers les rues.

— Existe-t-il un moyen de pénétrer à l'intérieur du consulat ? demanda Saunders à Isaac Bell.

— Pas sans provoquer un esclandre diplomatique.

Bell ordonna aux deux voitures de s'arrêter à un bloc d'immeubles de la résidence du vice-consul, récemment nommé par le consul d'Allemagne à San Francisco.

— Attendez ici. Je ne veux pas qu'ils puissent repérer la moitié des détectives Van Dorn de Californie en regardant par la fenêtre.

Il redescendit la rue et fit halte devant le kiosque à journaux du soi-disant aveugle. Le policier, le patrouilleur Joe Thomas, était assis à l'intérieur et bâillait.

— Van Dorn, lui annonça Bell en prenant un exemplaire de l'édition du soir du *Los Angeles Times* pour pouvoir lui montrer le portrait en toute discrétion.

— Vous avez vu ce type sortir du vice-consulat ? lui demanda Bell.

— Vous venez de le manquer, dit le flic. Il a filé d'ici comme si la maison était en flammes.

*

— Vous allez affronter Isaac Bell, avertit Christian Semmler. Vous devez être prête.

— Je le suis.

— Je vous recommande de vous montrer à la fois incrédule et provocante au plus haut point.

— Je vous ai dit que j'étais prête.

— À votre place, je jouerais la carte J.P. Morgan.

— C'est bien mon intention.

— Il ne serait pas exagéré de dire que la vie de votre « prince » est en jeu.

Irina n'eut pas longtemps à attendre. Les gardes du hall l'appelèrent par l'interphone électronique Kellogg.

— Bien sûr, répondit-elle. Faites monter monsieur Bell tout de suite. Je ne veux pas être dérangée, ajouta-t-elle en s'adressant à ses secrétaires.

Bell entra d'un pas vif, grand, mince et aussi séduisant qu'à l'accoutumée, mais son visage était grave.

— On dirait que vous vous êtes levé du mauvais pied ce matin, Isaac, le taquina-t-elle.

— Irina, vos « investisseurs » sont des banquiers d'affaires de Hambourg qui distribuent des fonds provenant de l'armée impériale allemande.

— Ce n'est pas vrai.

— Cette banque est la Hamburg Bankhaus.

— Je vous en prie, Isaac. Tout cela est ridicule.

— L'opération est menée par votre patron, un général de brigade allemand dont le nom est Christian Semmler.

Avec audace, Irina regarda Bell droit dans les yeux.

— Je ne connais aucun Christian Semmler. Imperial Films est une affaire rentable. Nous bâtissons une grande entreprise d'envergure nationale pour produire, distribuer et exploiter des images animées.

Bell ne céda pas d'un pouce.

— À qui devez-vous rendre des comptes, si vous ne connaissez pas Christian Semmler?

— Au patron du Syndicat des Artistes.

— Il n'existe aucun Syndicat des Artistes. C'est une façade.

Irina Viorets laissa le silence s'installer entre eux. Puis elle s'assit derrière son bureau, prit un long coupe-papier en argent qu'elle fit tourner avec lenteur entre ses doigts, en en dirigeant la pointe d'abord vers Bell, puis vers elle-même, et à nouveau vers le détective.

Celui-ci rompit le silence.

— Le Syndicat des Artistes est une imposture. Il n'existe pas.

— Voilà qui risque de surprendre l'homme qui le dirige.

— Comment? Qui?

— Singleton Brooks.

Irina Viorets constata que Bell était perplexe, désarçonné. Comme s'il connaissait le nom de Brooks, ce à quoi Irina ne s'était pas attendue. Cela semblait toutefois être le cas. Brooks n'était pas un inconnu pour Bell. Tant mieux, se dit-elle tandis qu'un sentiment de soulagement envahissait tout son être. Un bon plan, destiné à détourner les soupçons du détective, s'avérait encore meilleur que prévu. La chance de son prince avait tourné. Elle le sentait au plus profond de son âme.

*

Le nom de Singleton Brooks avait une résonance familière, mais Isaac Bell ne pouvait se rappeler pourquoi. Soudain, le souvenir lui revint d'un entretien déplaisant à Wall Street au cours de l'enquête Wrecker.

— Singleton Brooks travaille pour J.P. Morgan & Co.

Irina tenta de déstabiliser Bell d'un sourire à la fois séducteur et suffisant.

— Je ne pense pas que J.P. Morgan soit un imposteur.

— Je demanderai à des gens de New York de s'intéresser à monsieur Brooks.

— C'est inutile. Monsieur Brooks voyage à bord du *Golden State Limited* et il arrivera demain soir. Vous pourrez le rencontrer à la gare et lui poser vos questions de vive voix… Autre chose, Isaac ? Sinon, transmettez mes chaleureuses salutations à Marion.

Isaac Bell reprit ses esprits en souriant, serra la main d'Irina, et quitta l'immcuble Imperial. Christian Semmler semblait avoir effectué un travail préparatoire encore plus complet qu'il ne l'avait imaginé.

Il se rendit aussitôt à Bunker Hill, prit le funiculaire Angels Flight en entra avec précipitation dans l'hôtel particulier d'Andrew Rubenoff. Celui-ci, au piano, chantait un morceau d'Irving Berlin, *That Mesmerizing Mendelssohn Tune*.

— Ce compositeur a un véritable don.

— Singleton Brooks travaille-t-il encore pour J.P Morgan & Co ?

— Aux dernières nouvelles, oui. S'il avait quitté la banque, j'en aurais entendu parler.

— Irina Viorets prétend que Brooks représente le Syndicat des Artistes, qui n'existe pas, selon vous.

— Je n'ai pas dit qu'il n'existerait jamais. Lorsque je me suis renseigné à son sujet, il n'existait pas. C'est peut-être différent aujourd'hui.

— Mais que diable se passe-t-il ?

— Le groupe d'entreprises de navigation de J.P. Morgan, International Mercantile Marine, est en difficulté, après avoir subi de rudes coups de la part du gouvernement britannique et du Congrès. Peut-être a-t-il considéré l'Imperial Films comme une opportunité intéressante ? Quel qu'ait pu être son financement par ailleurs, l'Imperial est sur le point de prendre le contrôle d'une grande partie des activités des indépendants dans les domaines de la réalisation, de la distribution et de l'exploitation. Un vrai festin pour une compagnie financière comme J.P. Morgan & Co.

— Mais la Krieg Rüstungswerk et l'armée allemande...

— Les choses changent, Isaac. Les événements ne se déroulent pas toujours comme prévu.

*

Dans le bureau d'Irina Viorets, le rayonnage de la bibliothèque s'ouvrit en silence sur ses rails à roulement à billes. Christian Semmler émergea de sa cage d'escalier.

— Demain soir, dit-il, après le retour de l'équipe de tournage qui filme *Le Cheval de fer*, vous demanderez à madame Bell de vous rendre un service.

— De quel genre ?

— J'ai entendu dire que ce fichu réalisateur qui travaille à l'étage menaçait de tout plaquer, alors qu'ils viennent de finir la construction du navire et de l'embarcadère.

— Pourquoi ?

— Selon lui, le scénario ne fonctionnera pas. Quelque chose qui concerne les projecteurs dans l'obscurité. Je veux qu'il soit viré demain. Et je veux aussi que vous demandiez à madame Bell de vous aider en restant tard le soir pour filmer la scène de l'arrivée des immigrants. Les charpentiers devront évacuer le navire et l'embarcadère et lui préparer un plateau de tournage pour *Le Cheval de fer*.

— Et si elle refuse ?

— Vous savez aussi bien que moi que Marion Bell ne refusera pas une proposition utile à son travail de production. Elle ne voudra pas non plus laisser passer une opportunité de créer des images à la lumière des projecteurs. Elle se montrera à la hauteur du défi, surtout lorsque vous lui direz que le précédent réalisateur n'a pas été capable de le relever.

L'inquiétude et l'angoisse voilèrent les yeux sombres d'Irina.

— Qu'allez-vous lui faire ?

— Rien ! Qu'est-ce qui vous passe par la tête ? Je vous promets de ne rien faire qui puisse compromettre le succès de son film. Mais veillez à ce que ce fichu cow-boy soit parti avant de lui poser la question.

41

Quelques minutes avant le départ d'Isaac Bell pour la gare de La Grande, où il comptait attendre le train de Brooks, Larry Saunders, patron du bureau Van Dorn de Los Angeles, lui apprit que l'employé des archives municipales sur lequel il comptait pour confirmer l'existence de plans secrets de l'Imperial Building avait été retrouvé mort, écrasé sous une voiture du funiculaire d'Angels Flight.

— Selon les flics, il aurait pris une cuite et aurait tenté de remonter à pied le long des voies. Le genre d'exploit que j'attendrais plutôt d'un marin en bordée que d'un employé de bureau d'âge mûr et en surpoids. Je suis désolé, monsieur Bell, c'était mon principal atout dans cette affaire, mais je continue à chercher.

Bell prit un instant pour réfléchir.

— Larry, dit-il enfin, je veux que vous vous occupiez en personne, et sans délai, des hommes du service de protection Van Dorn qui assurent la garde de Clyde Lynds. J'ai un très mauvais pressentiment pour ce soir.

Une fois arrivé à la gare de La Grande, Isaac Bell décida de changer de tactique.

Le *Limited* à bord duquel voyageait Brooks arrivait à vingt et une heures. Plutôt que d'aller à sa rencontre pour le défier, Bell préféra d'abord le faire suivre. L'endroit où il irait pourrait s'avérer révélateur. Il était convaincu que Brooks pourrait le conduire à Christian Semmler, mais peut-être n'était-ce qu'un vain espoir ? Et puis il était très possible que Brooks le reconnaisse. Même s'il portait son costume de motard noir, Irina avait pu le prévenir des soupçons que le détective entretenait à son égard.

Aussi ordonna-t-il à Tex Walt de commencer la filature. Walt était déjà installé tout à son aise dans un bar à l'entrée de la gare. Bell lui désignerait sa cible. Un autre agent Van Dorn se trouvait dans un taxi Oldsmobile, pour le cas où une voiture viendrait accueillir Singleton, et Balant, le faux aveugle, aujourd'hui métamorphosé en touriste à l'apparence un peu bête, suivrait le banquier si celui-ci montait à bord d'un tramway.

*

Le détective Van Dorn Chuck Shipley, un jeune homme venu du bureau de Kansas City et qui ne demandait qu'à faire ses preuves, était assis dans le kiosque à journaux, coiffé d'une casquette louée à un voisin qui vivait dans un immeuble locatif proche et gagnait sa vie en tant que crieur de journaux. Monsieur Saunders avait encouragé Shipley à accrocher à sa ceinture un trieur de monnaie recouvert de nickel pour parfaire son déguisement, mais le détective Balant lui avait interdit de porter des lunettes noires, en lui expliquant avec agacement que même si les Allemands du vice-consulat étaient stupides, ce que rien n'indiquait, ils se demanderaient vite pourquoi le kiosque à journaux récemment installé tout près de chez eux n'employait que des aveugles.

— En d'autres termes, Chuck, trouvez votre propre déguisement.

Pour parfaire l'effet de la casquette et du trieur de monnaie, Shipley fit semblant de boiter de façon très prononcée. Son subterfuge n'était toutefois pas très visible lorsqu'il était assis derrière son comptoir, et il ne se levait que lorsque des camions venaient lui livrer les dernières éditions des journaux. L'un d'eux arrivait d'ailleurs, chargé de paquets contenant les exemplaires les plus récents du *Los Angeles Examiner*. Le chauffeur resta installé derrière son volant. Son manutentionnaire prit un paquet sous le bras et l'apporta vers le kiosque, dont il bloqua la porte au passage, empêchant Shipley d'exhiber son infirmité.

— Où est le gars aveugle ?

— Il est en congé ce soir. Son père est malade.

— Tenez, j'ai quelque chose pour lui. Vous le lui donnerez.

— Qu'est-ce que c'est ?

— Regardez.

Le manutentionnaire tenait un objet sous ses genoux. Chuck y jeta un coup d'œil. Il ne vit rien d'autre que la main du personnage, qui se referma soudain, surmontée d'un coup-de-poing en laiton qui partit vers sa mâchoire à la vitesse d'une fusée. Pris au dépourvu, Chuck vit des étoiles de toutes les couleurs, puis tout sombra dans l'obscurité.

L'homme étendit Shipley sur le sol, puis alla chercher d'autres paquets de journaux pour recouvrir le corps.

Le camion traversa ensuite la rue pour s'arrêter devant le vice-consulat d'Allemagne. Six hommes à la carrure impressionnante, coiffés de chapeaux mous, quittèrent l'hôtel particulier par une des portes du sous-sol. La plupart avaient des barbes taillées court. Ils montèrent à l'arrière du camion, qui se dirigea droit vers l'Imperial Building. Les six hommes pénétrèrent dans le hall par une entrée latérale. Les gardes les accueillirent avec chaleur, comme de vieux camarades de combat.

*

Le *Golden State Limited* entra dans la gare de La Grande à l'heure prévue.

De loin Isaac Bell repéra une silhouette familière de petite taille, compacte, qui quittait une cabine particulière, celle de Brooks, selon le service de recherches, et sautait sur le quai avec des gestes d'impatience. Brooks se fraya un chemin parmi la foule jusqu'au hall d'arrivée, qu'il traversa pour gagner l'entrée de la gare.

Bell hocha la tête en direction de Texas Walt. Brooks sauta dans un taxi. Walt s'installa dans l'Oldsmobile, et le chauffeur Van Dorn prit le taxi en filature. Balant, qui attendait près des voies du tramway, héla un autre taxi et se joignit à la poursuite.

— Monsieur Bell ! Monsieur Bell !

Bell reconnut le coursier Van Dorn qui courait vers lui, hors d'haleine.

— Vous feriez mieux de baisser d'un ton, mon garçon, l'avertit-il d'un ton calme, lorsque vous vous adressez à un collègue en mission. (Il prit le coursier par le bras.) Marchez avec moi pendant que nous essayons de voir qui aurait pu nous repérer... Que pensez-vous de cet individu en chapeau de paille ? Nous observe-t-il ? Oh, le voilà qui part avec cette femme, et ils s'embrassent. Sinon, tout va bien, je crois. Quel est le message ?

— Téléphonez à monsieur Clyde Lynds dès que possible.

Bell rentra en hâte à l'intérieur de la gare et appela le laboratoire. Clyde Lynds paraissait encore plus excité que le coursier.

— Venez vite voir cela ! J'ai réussi à synchroniser le son et les images !

— J'arrive tout de suite.

Alors que Bell quittait la gare pour filer jusqu'à l'Imperial Building, il tomba nez à nez avec Texas Walt.

— Qu'est-ce que vous faites ici ? Vous avez perdu Brooks ?

— Non.

— Où est-il ?

— Il s'est arrêté dans un Levy's Cafe pour manger un morceau. Balant le surveille.

— Ne le lâchez pas. Je serai à l'Imperial Building.

— Je ne peux pas.

— Pourquoi ?

— Devinez avec qui il dîne ?

— Irina Viorets.

— Non. Il mange avec un type qui me reconnaîtrait au premier coup d'œil.

— Qui ?

— Le type grâce à qui j'ai commencé à travailler dans ces spectacles du Far West. Le « roi pirate » en personne, Jay Tarses.

Incrédule, Bell secoua la tête.

— J'étais certain que Brooks rencontrerait d'abord Irina Viorets, et j'espérais qu'elle nous mènerait vers Semmler. Que peut-il bien faire avec Jay Tarses ?

— Balant a pris une table tout près de la leur. On s'est retrouvés dans une ruelle à côté de l'établissement. Selon Balant, Tarses marmonne trop bas pour que l'on comprenne ce qu'il dit, mais Brooks n'arrêtait pas de parler.

— Au sujet de l'Imperial ?

— Non. J.P. Morgan se prépare à lancer une entreprise de cinéma, et il voudrait que Tarses en prenne la direction. Brooks en fait des tonnes pour lui laisser entendre qu'il est indispensable à leur projet. Je n'ai pas l'impression que Brooks soit venu à Los Angeles pour rendre visite à l'Imperial, mais pour financer une nouvelle entreprise.

— Il doit peut-être voir Irina demain ? hasarda Bell.

— Hé, Isaac, pourquoi ne pas entrer et lui poser la question vous-même ?

— C'est ce que je vais faire. Je connais un tout petit peu Brooks, et je veux voir s'il me ment.

— Vous voulez que je vous accompagne ?

— Entre Balant et moi, répondit Bell d'un ton pince-sans-rire, nous devrions pouvoir nous occuper d'un banquier de la côte Est… Walt, me rendriez-vous un service ?

— Bien sûr, Isaac. Que puis-je faire pour vous ?

— Prenez une voiture et garez-vous devant la maison que nous avons louée sur Bunker Hill.

— Vous voulez que je garde un œil sur Marion ?

— J'apprécierais beaucoup.

— À l'intérieur de la maison ?

— Non, elle se lève très tôt, et elle doit déjà dormir. Surveillez la maison de l'extérieur.

Bell gagna sans tarder le Levy's Cafe. Le second service se terminait, et beaucoup de tables étaient libres. Il se dirigea droit vers celle où Tarses écoutait Brooks avec une expression de méfiance à peine dissimulée. Bell souleva une chaise. Tarses leva les yeux. Le visage de Bell lui était familier, mais il avait du mal à le situer. Brooks, quant à lui, prouva très vite qu'il était doté d'une excellente mémoire, et le reconnut aussitôt.

— Détective Bell, que faites-vous ici ?

— J'allais vous poser la même question. Pourquoi dînez-vous avec monsieur Tarses plutôt qu'avec mademoiselle Irina Viorets ?

Le visage de Jay Tarses s'assombrit, comme si sa méfiance se trouvait soudain justifiée.

— Pourquoi ne m'avez-vous pas dit que vous deviez aussi parler aux responsables de l'Imperial ? lança-t-il à Brooks.

— Je ne leur parle pas. Je vous l'ai dit, je suis venu ici dans le seul but de vous rencontrer.

— Ah oui ? C'est pourquoi vous rendrez visite à Irina Viorets, qui se trouve diriger l'Imperial ?

— Non, protesta Brooks. Je ne connais pas cette femme.

— Vous savez qui elle est.

— Bien sûr, je le sais.

Tarses se tourna vers Isaac Bell.

— Monsieur Bell, que dit-on, déjà, au sujet du cinéma qui récompense le pire et punit ce qui se fait de meilleur ?

— Que voulez-vous insinuer, monsieur ? s'indigna Brooks.

— Allons, messieurs, intervint Isaac Bell. Je vous dois des excuses. Si vous voulez bien répondre à une dernière question, monsieur Brooks, je pourrai garantir à monsieur Tarses que vous êtes tout à fait régulier. Représentez-vous le Syndicat des Artistes ?

— Je ne sais même pas de quoi il s'agit. Et quoi que puisse être ce syndicat, je ne suis pas son représentant.

— Et vous ne connaissez pas mademoiselle Irina Viorets ?

— Je la connais de nom. Je ne crois pas l'avoir jamais rencontrée.

— Vous devriez, commenta Tarses. C'est une beauté.

— Je suis un homme marié, répliqua Brooks d'un ton cassant.

Bell se leva.

— Monsieur Tarses, voilà une preuve supplémentaire de l'honnêteté de monsieur Brooks. Je suis désolé d'avoir interrompu votre repas, messieurs.

*

— Madame Rennegal, dit Marion à son éclairagiste préférée, nous sommes censés tourner une scène sur un embarcadère, près d'un navire, lors d'une nuit de brouillard, sous le feu inquiétant des projecteurs, mais ceci ressemble plutôt au décor d'un dîner romantique aux chandelles.

— Mais madame Bell, monsieur Bitzer et monsieur Davidson ne cessent de se plaindre que les projecteurs surexposent leur pellicule, répondit madame Rennegal en redescendant d'un air fatigué de l'échelle pour réajuster une fois de plus les lampes au-dessus de la scène aménagée pour évoquer l'arrivée des immigrants à Ellis Island.

— Si j'ai envoyé messieurs Bitzer et Davidson prendre un dîner tardif avant que l'envie me prenne d'abattre l'un ou l'autre, c'est pour que nous puissions, vous et moi, trouver de nouvelles idées pour éclairer la scène.

Davidson avait déclaré sur le ton de la plaisanterie qu'il serait sans doute plus facile de jeter des comédiens en surnombre d'un toit, avec des caméras, pour qu'ils filment leur propre chute vers le filet de sécurité, que de simuler une nuit de brouillard en studio. Il avait ajouté que le résultat serait à coup sûr plus intéressant à visionner.

— Et si nous peignions le flanc du navire d'une couleur plus sombre ?

— Je suis désolée, madame Bell, mais je ne peux pas rester plus longtemps. Mon mari travaille en équipe de nuit, et je n'ai personne pour garder le bébé.

— Allez-y, et merci d'être restée aussi tard. Je vais trouver une solution. Je vous verrai demain matin pour

Le Cheval d'acier. Nous ferons un nouvel essai demain soir. Plus tôt ce sera fait, plus vite nous pourrons enlever ce navire et le remplacer par notre locomotive. Bonne nuit, mon amie. Bonne nuit tout le monde, et merci à vous !

Madame Rennegal, son assistante, les machinistes et les électriciens s'entassèrent dans l'ascenseur.

— Bonne nuit, madame Bell ! lancèrent-ils à l'unisson.

L'ascenseur vrombit en descendant vers le hall, et Marion se retrouva dans un silence complet. Et si elle se passait de la fumée ? se demanda-t-elle. Est-ce que celle-ci adoucissait la lumière, ou la rendait-elle au contraire plus éclatante ?

Il fallait vraiment qu'elle rentre se reposer pour être en forme le lendemain. Elle était épuisée, mais ne pouvait s'empêcher de réfléchir encore et encore.

Elle ouvrit la porte aménagée dans la paroi vitrée du penthouse et s'installa sur l'étroite terrasse. Le petit vent froid qui soufflait des montagnes semblait presque percer son chemisier. Elle se frotta les bras et les épaules pour se réchauffer et jeta un coup d'œil par-dessus le parapet, vers le minuscule cercle du filet de sécurité, une bonne trentaine de mètres plus bas. Éclairée par les lumières de la bourse au film du rez-de-chaussée, la toile brillait comme un dollar en argent. Marion l'examina d'un regard intense. Il devait exister un moyen de figurer le rayon des projecteurs sans empiéter sur l'obscurité environnante.

*

— Bienvenue, *Bittereinders*, lança Christian Semmler en accueillant les combattants qu'il avait convoqués, tout juste arrivés du vice-consulat.

Ces six hommes étaient les derniers *Bittereinders*, des réfractaires qui avaient refusé de se rendre lorsque les Britanniques avaient vaincu les armées Boers. Ils avaient continué de combattre et prolongé les hostilités en harcelant les lentes colonnes britanniques, en coupant leurs lignes de communication et en abattant leurs sentinelles.

Au cours de la décennie qui avait suivi leur guerre perdue, ils s'étaient battus moyennant finances dans de lointains pays où les mercenaires disciplinés se faisaient payer de confortables primes. Dix ans passés dans cette activité en avaient fait des bandits armés rapides et vifs, familiers des armes les plus modernes, téméraires quand il le fallait et qui ne craignaient personne. Semmler leur en imposait. Certains l'avaient vu en action. Tous le connaissaient de réputation. Chacun d'eux se jurait de faire tout ce que cet étrange Allemand exigerait, car en dépit de son sourire éblouissant, il se déplaçait avec une rapidité et une légèreté qui promettaient des éclats de violence d'une férocité brutale.

Semmler leur présenta leurs armes, des revolvers américains de gros calibre, nettoyés et graissés, et des courts bâtons de dynamite munis de leurs mèches.

Il déplia une carte avec un itinéraire de fuite à partir d'une sortie secrète de l'Imperial Building, qui menait à un wagon stationné dans la gare de marchandises de la Southern Pacific. De là, un train spécialement affrété les conduirait au port de San Pedro où les attendrait un bateau prêt à appareiller. Puis il leur montra les plans de l'Imperial Building.

— Nous observerons le studio d'enregistrement par ce judas. Après avoir repéré nos cibles, nous entrerons par ce mur, qui s'ouvre en coulissant sur la droite.

« Nous descendrons les machines par cet escalier dissimulé. Une fois sortis de l'immeuble, nous lancerons ces petits bâtons de dynamite par la fenêtre de la bourse au film. »

L'un des Boers prit un bâton entre deux doigts en affichant une moue méprisante.

— À part beaucoup de bruit, cette dynamite ne fera pas grand mal à qui que ce soit.

— La pellicule est très inflammable. Lorsque l'explosif y aura mis le feu, le bâtiment brûlera jusqu'à ses fondations.

Semmler était un guérillero dans l'âme, ce qui le rendait réaliste. Il sentait qu'Isaac Bell resserrait l'étau sur lui. En vérité, un seul moment de malchance avait menacé de faire dérailler tout l'ensemble du projet *Donar*, lorsqu'Isaac Bell était apparu au mauvais moment sur le pont du *Mauretania*. Tout ce qui était allé de travers depuis remontait à cette nuit-là, et si le détective n'avait pas encore percé à jour le plan de l'Imperial, ce n'était qu'une question de temps avant qu'il y parvienne.

Mais le système de réalisation, de distribution et d'exploitation de l'Imperial Films à des fins de propagande n'était qu'un moyen. Mieux valait qu'il le détruise lui-même, en se débarrassant au passage de tout ce qui pouvait servir à établir un lien entre l'entreprise et l'armée allemande. Le monde du cinéma, toujours versatile, accueillerait sans y réfléchir à deux fois une nouvelle firme équivalente à Imperial Films, quels que soient son nom ou son activité officielle. Mais la clef du projet *Donar* restait toujours la même : la machine à Images parlantes, qui donnerait aux films un attrait irrésistible.

Une fois cette machine en sa possession, Semmler pourrait encore accomplir sa mission et diviser les ennemis de l'Allemagne. Il allait pouvoir en une seule action se venger d'Isaac Bell, détruire toutes les preuves et revenir sain et sauf en Allemagne avec l'outil de propagande dont il avait besoin pour prendre un nouveau départ.

D'un geste, il ordonna à ses combattants de se rapprocher.

— Je vous demande d'examiner cette photographie avec la plus grande attention.

Christian Semmler leur présenta une image de Clyde Lynds prise par le photographe publicitaire de l'Imperial Films lors d'une visite du jeune scientifique dans les studios du penthouse.

— Vous ne toucherez pas un seul cheveu de la tête de ce jeune homme. Il représente le seul objectif de cette mission. Repérez sa position exacte lorsque nous mènerons notre raid dans le studio. Nous l'emmènerons avec nous, ainsi que son matériel. Il doit rester sain et sauf, et son équipement intact. Est-ce que c'est clair ?

Il regarda chacun de ses hommes droit dans les yeux.

— Oui, mon général, répondirent-ils tour à tour.

42

Isaac Bell décrocha le téléphone et appela Irina Viorets.

— J'espérais que vous étiez restée tard au bureau, dit-il lorsqu'elle décrocha.

— Je travaille toujours très tard.

— J'ai rencontré monsieur Brooks.

— Alors vous savez que je vous ai menti, répondit Irina, à la stupéfaction de Bell.

— Pourquoi ?

— Je pense que vous devriez venir me voir. Tout de suite.

— Très bien. Dites aux gardiens de me laisser entrer.

— Non. Pas ici. Je vous retrouverai dans la rue.

*

Impressionné par la ferme conviction d'Isaac Bell, persuadé que les événements allaient se précipiter, Larry Saunders avait échangé sa veste cintrée contre un vêtement presque aussi élégant, mais assez ample pour pouvoir dissimuler un Colt .45 dans un holster d'épaule et deux pistolets de petit calibre. Pour plus de sûreté, il emmena avec lui son meilleur homme, l'impressionnant Tim Holian, le seul détective du bureau de Los Angeles à ne pas se soucier de sa tenue et à déambuler dans les rues de la ville avec un large manteau d'apparence miteuse boursouflé par plusieurs armes à feu.

Lorsqu'ils arrivèrent à l'Imperial Building, ils constatèrent que Clyde Lynds et les hommes du service de protection avaient quitté le laboratoire pour s'installer dans le studio d'enregistrement insonorisé du troisième étage, et ils partirent les rejoindre.

C'était le début de soirée, et les deux détectives étaient nerveux, mais lorsque Clyde Lynds envoya un coursier chercher Isaac Bell, car il tenait à lui montrer sa découverte en personne, ils furent vite gagnés par l'enthousiasme du scientifique.

Clyde, Saunders, Holian et les agents du service de protection se rassemblèrent autour de la machine, qui projetait des images animées sur un mur blanc. Des pavillons de phonographes étaient empilés de chaque côté de l'écran improvisé.

— Écoutez cela ! s'écria Clyde Lynds.

Le visage illuminé de bonheur, il saisit la poignée d'un commutateur et la tira vers lui.

Une voix de femme sortit des pavillons. Elle était rauque et lointaine, mais dans la pièce, tous les yeux se braquèrent sur l'image de ses lèvres, qui bougeaient en parfaite synchronisation avec les mots qu'elle prononçait.

Larry Saunders sentit sa bouche s'ouvrir sous le coup de la surprise. C'était une vision saisissante.

— Attendez que Bell puisse voir cela. On dirait qu'elle est vivante.

Clyde Lynds sourit avec fierté.

— Nous progressons, dit-il. Nous y sommes presque.

Soudain, le mur qui faisait office d'écran se mit à bouger.

Stupéfait, Clyde écarquilla les yeux.

Le mur glissait sur la gauche, révélant derrière lui des ténèbres qui semblaient avaler les images projetées. Aussitôt, le visage de la femme disparut, remplacé par le sourire de l'homme que le professeur Beiderbecke avait surnommé l'*Akrobat*.

43

L'*Akrobat* était flanqué d'hommes armés.

Larry Saunders et Tim Holian s'avancèrent devant Clyde pour le protéger alors que les assaillants dégainaient leurs pistolets. Rapide comme un éclair, Saunders sortit son Colt de son holster.

Les hommes de Christian Semmler tirèrent en même temps. Six détonations retentirent dans un vacarme assourdissant. Le chef du bureau Van Dorn de Los Angeles tomba, mort, abattu de six balles dans la poitrine.

La seconde salve atteignit les deux hommes du service de protection, pris de court par l'attaque et qui n'avaient pas eu le temps d'empoigner leurs armes. Les hommes de Semmler tournèrent alors leurs canons vers Tim Holian, qu'ils n'avaient encore osé viser parce qu'il était trop proche de Clyde Lynds. Holian profita à plein de ce court répit. Très droit, avec un pistolet crachant le feu dans chaque main, il s'avança vers les attaquants. Un *Bittereinder* tomba au sol, et un autre s'affaissa en arrière en poussant un cri de douleur. Les quatre autres ripostèrent. Le grand détective tituba à travers le studio d'enregistrement et s'écrasa sur une table qu'il fit voler en éclats.

Clyde Lynds se mit à courir. Avec des mouvements d'une légèreté aérienne, L'*Akrobat* bondit vers lui par-dessus les corps et le saisit par le bras. Il l'approcha de lui d'une poigne puissante, serra jusqu'à ce que Lynds émette un grognement de douleur et plongea son regard dans les yeux effrayés du scientifique.

— Je vous tiens enfin, *Herr* Lynds. Ne vous débattez pas, sinon, je serai contraint de vous faire du mal. Où est votre machine ?

— Elle est devant vous, répondit Clyde d'un ton maussade.

— C'est la partie qui sert à présenter les Images parlantes, dit Semmler en faisant signe à ses hommes de prendre l'appareil et de le descendre par l'escalier. Où se trouve le dispositif qui les fabrique ?

Il pressa plus fort en écrasant les muscles de Clyde contre l'os. Le souffle coupé, le jeune homme lui montra une caméra montée sur un trépied.

— Ceci est pour les images. Qu'utilisez-vous pour capturer le son ?

En silence, Clyde hocha la tête en direction d'un microphone installé sur une haute caisse en bois.

— Pour terminer, où est la machine avec laquelle vous imprimez le son sur la pellicule ?

Clyde s'affaissa sous la poigne de Semmler. Le monstre savait tout. Comme s'il avait toujours été là, à regarder par-dessus son épaule.

Semmler le secoua comme un chien de terrier secoue sa proie, et la douleur lui transperça le bras.

— Où ?

— Dans mon laboratoire.

Implacable, Semmler serra encore plus le bras de Clyde Lynds, provoquant une douleur atroce dans ses os.

— Et vos plans ?

Le cœur angoissé, Clyde Lynds comprit que Semmler, ayant trouvé plus malin que lui dans le passé, était à présent trop méfiant pour se laisser berner à nouveau.

— Ici, haleta-t-il en désignant un cartable rempli de croquis et de schémas.

Il sembla à Lynds que Semmler était quelque peu apaisé, mais il fut vite détrompé.

— Allons-y !

Semmler le tira vers l'ouverture béante qui s'était formée dans la cloison.

— Où cela ?

— Au laboratoire pour prendre votre machine à imprimer, et ensuite, nous rentrons chez nous en Allemagne.

— L'Allemagne, ce n'est pas *chez moi*, protesta le scientifique.

— Ce le sera jusqu'à ce que votre appareil soit parfait.

Les Gopher de New York avaient appris quelques-uns de leurs trucs à Clyde, pour se moquer gentiment du jeune homme qu'ils prenaient pour une poule mouillée. Il n'avait à présent rien à perdre et tenta le coup, de façon si inattendue que l'*Akrobat* lui-même se trouva pris au dépourvu. Il bondit sur le bout des pieds et frappa de son front, de toutes ses forces, la massive mâchoire de l'Allemand. Pendant une fraction de seconde, la poigne de Semmler se relâcha. Clyde se dégagea et courut. Il trébucha contre le corps de Larry Saunders, se rattrapa d'une main et ramassa un pistolet tombé à terre.

Il entendit un coup de feu.

Le son semblait venir de très loin, et il le perçut longtemps après s'être aperçu que ses jambes refusaient tout mouvement et que le tir l'avait cloué au sol. Il tenta de s'asseoir. Il vit l'homme qui l'avait abattu, un Hollandais avec un chapeau mou, qui tenait encore son arme et secouait la tête avec violence. L'*Akrobat* se tenait derrière lui, tout proche, le visage déformé par la fureur et par l'effort prodigieux qu'il produisait en garrottant le Hollandais avec une puissance telle que son câble d'acier s'enfonçait en sciant la chair de sa victime.

*

— Prenez tout le matériel et emmenez-le au train, ordonna Christian Semmler aux hommes qui lui restaient. Je monte au laboratoire.

Il écarta d'un geste brusque le cadavre du Boer et s'accroupit pour relever Lynds afin qu'il puisse l'aider à identifier l'appareil à imprimer les sons. Clyde avait perdu conscience. Des bulles mêlées de sang sortaient de sa bouche, et Semmler comprit que sa blessure était mortelle.

Tout en maudissant l'idiot à la gâchette trop facile et en se souvenant de la façon dont Clyde Lynds l'avait dupé dans le passé, il fouilla les vêtements du scientifique agonisant. Sous sa chemise, il découvrit un objet plat enveloppé avec soin dans du papier huilé. Il le déplia et vit une unique feuille de lourd papier parchemin. À sa grande joie, il constata que celle-ci était couverte de schémas, de dessins et d'annotations et de formules mathématiques rédigées en petits caractères fins et nets.

Semmler replia le document et le remit dans son emballage de papier huilé. Il s'agissait à coup sûr des véritables plans de la machine à Images parlantes, cachés là par l'astucieux jeune homme. Sinon, pourquoi les aurait-il enveloppés avec autant de soin ? Pourquoi aurait-il voulu les dissimuler ? Semmler glissa le tout sous sa propre chemise. Il ramènerait les plans en Allemagne avec le cartable et tout l'équipement de Lynds, et laisserait les scientifiques déterminer ce qui était authentique et ce qui ne l'était pas.

*

Isaac Bell repéra Irina Viorets, debout en bordure du cercle de lumière jeté par un réverbère. Elle tendait le cou pour regarder au sommet de l'Imperial Building. Son manteau était trop épais pour le climat californien. Un sac de voyage était posé à ses pieds.

— On dirait que vous avez l'intention de quitter la ville, lui dit Bell en arrivant derrière elle.

Au son de sa voix, elle se retourna. Ses yeux brillaient de larmes. Sa voix tremblait.

— Ne dites rien, lui dit-elle. Laissez-moi parler.

Bell l'écouta parler avec une certaine défiance, puis avec une sympathie croissante. Le fiancé d'Irina était détenu dans une prison militaire prussienne contrôlée par Semmler.

— Semmler prétend que c'est un imbécile, mais sa cause, ses rêves sont justes. Maintenant, je sais qu'il n'était pas destiné à survivre dans le monde où il a choisi de combattre. Je suis son seul espoir.

— Pourquoi me racontez-vous cela, Irina ?

— Parce que si vous tuez Semmler, peut-être – je dis bien peut-être – que personne ne donnera l'ordre d'exécuter mon prince.

— Je suis un détective, Irina, pas un assassin.

— Je le sais, Isaac, mais si vous vous retrouvez face à face avec Semmler, il n'y aura qu'un seul survivant. Appelez cela comme vous voulez, légitime défense ou n'importe quoi d'autre, je m'en fiche. Vous êtes mon seul espoir.

— Pour me confronter à lui, il faut d'abord que je le trouve.

— Je vous vous dire comment le débusquer. Il existe un escalier secret qui va du sous-sol au pen-thouse. C'est de là qu'il espionne tout. Il a ses propres quartiers privés secrets au huitième étage.

— Où est l'entrée du sous-sol ?

— Vous souvenez-vous du filet de sécurité que je vous avais montré, derrière l'immeuble ? Pour les sauts des comédiens ?

— Oui.

— Il y a une trappe juste sous le filet.

— Pourquoi ce soir ? demanda Bell. Pourquoi me parler de tout cela ce soir ?

— Parce que j'ai fait quelque chose de terrible, et vous seul pouvez me sauver.

— Comment ?

— Semmler m'a demandé de m'assurer que Marion resterait ce soir dans l'immeuble.

— Marion, ici ? Ce n'est pas possible. Elle est à la maison.

— À la dernière minute, je lui ai donné du travail, pour tourner des images dans le studio du dernier étage. Elle y est en cet instant même. Là où je voulais qu'elle soit. Je suis si navrée, Isaac, mais mon...

Bell fit volte-face, se mit à courir à toutes jambes et tourna au coin de la rue en direction de l'Imperial Building. Il vit un camion de l'Imperial franchir la sortie de la zone inoccupée délimitée par une clôture en bois derrière l'immeuble. L'un des gardiens en uniforme du hall était de faction à la sortie. Il s'avança pour arrêter Bell.

— Où donc croyez-vous aller comme ça ?

Bell le frappa deux fois, continua à courir et dépassa les studios provisoires installés à l'extérieur du bâtiment. À la lumière qui se dégageait d'une fenêtre proche, il distingua le filet. La toile était tendue entre de minces cordes à un mètre cinquante au-dessus du sol. Bell passa sous le filet et vit aussitôt la trappe. Il fut étonné de constater qu'elle était ouverte.

Il se glissa dans l'ouverture et descendit le long d'une échelle en acier fixée sur un mur de béton. En bas, il vit de la lumière au bout d'un couloir exigu et courut dans cette direction en dégainant son Browning. Au bout du corridor se trouvait une cage d'escalier peu éclairée. Les marches grimpaient en spirale étroite jusqu'aux étages supérieurs de l'immeuble. Bell les gravit en bondissant, le bruit de ses bottines étouffé par le revêtement en caoutchouc.

Au premier niveau, sur un petit palier, il aperçut plusieurs ouvertures carrées de trente centimètres de côté aménagées sur les murs à hauteur de tête. Il en ouvrit une. Comme le prévoyait Bell, elle recouvrait un judas, qui donnait sur le hall. Il vit quatre gardes bloquer la porte principale, les escaliers et les marches qui menaient au théâtre. Les ascenseurs étaient ouverts, leurs lumières éteintes, hors service.

Bell ouvrit la porte du judas sur le mur opposé. À cette heure tardive, la bourse au film était déserte, et l'entrée destinée aux coursiers et à leurs motocyclettes était fermée par une porte en croisillons d'acier. Irina lui avait fourni le seul moyen d'ouvrir une brèche dans les défenses du bâtiment.

Il monta encore d'un niveau et se retrouva soudain face au détective Tim Holian, qui passa devant lui d'une démarche traînante. Sous le choc, il était livide, et ses bras et ses jambes saignaient à la suite de ses blessures.

— Hôpital, l'hôpital… il faut que j'aille à l'hôpital, murmurait-il.

Bell songea de façon fugitive que le détective était peut-être l'un des seuls chanceux à avoir survécu à une fusillade en s'en tirant avec quelques dommages corporels.

— Où est Saunders ?

— Mort. Tous morts.

Bell remonta l'escalier d'un pas lourd. Au troisième étage, le mur avait disparu en coulissant de côté dans un espace aménagé à cet effet. Il se glissa par l'ouverture et contempla la scène, horrifié. Le studio d'enregistrement s'était métamorphosé en un véritable abattoir.

Larry Saunders, mort, gisait sur le sol. Deux inconnus étendus étaient décédés eux aussi, revolver au poing, leurs chapeaux tombés à côté d'eux. Un troisième homme avait été étranglé et sa gorge présentait un sillon profond et sanglant, signature de l'*Akrobat*. Puis Bell vit Clyde Lynds étalé sur le dos, la poitrine couverte de sang, le visage vidé de toute couleur.

— Clyde ?

Son arme à la main, Bell s'agenouilla près de lui. Il comprit aussitôt que le jeune scientifique n'avait plus beaucoup de temps à vivre, et il eut l'affreuse sensation de l'avoir abandonné à son sort.

Clyde ouvrit les yeux.

— Isaac, murmura-t-il, vous n'avez pas pu me sauver cette fois-ci.

— Je suis désolé de vous avoir entraîné dans cette affaire, dit Bell. J'aurais dû insister pour que vous tentiez votre chance avec Edison.

— Au moins, il ne m'aurait pas tué.

— Ont-ils emporté votre machine ?

Clyde répondit avec effort, dans un chuchotement si faible que Bell dut s'approcher à quelques centimètres de lui.

— Ils ont pris des appareils bricolés à la va-vite et assemblés avec du fil de fer. Leurs scientifiques vont s'arracher les cheveux. Dernière blague aux dépens de l'*Akrobat*. Je l'ai eu encore une fois. Et j'ai gardé les nouveaux plans – Isaac !

— Oui ?

— Vous devez vous occuper des plans.

— Je le ferai.

— Vous devez me le promettre.

420

— Je vous le promets. Où sont-ils ?

— Ici.

— Où ?

Clyde leva la main en désignant sa tête, comme il l'avait fait à bord du *Mauretania* en affirmant qu'il avait tout en mémoire et qu'il n'avait besoin que de temps et d'argent pour finir de mettre au point sa machine à Images parlantes. Bell n'était guère plus avancé. Cette fois, Clyde disparaîtrait avec ses plans. Le jeune homme souleva le bras pour tâter sa chemise, mais il interrompit son geste pour se couvrir la bouche. Il toussa, avec un bruit rauque qui cessa dans une soudaine inspiration suivie d'un long soupir. Avant que Clyde Lynds ait pu révéler à Isaac Bell où se trouvaient ses plans, il était déjà mort.

Bell lui referma les paupières et étendit un mouchoir sur son visage. Sa promesse toujours présente à l'esprit, il fouilla les vêtements de Clyde.

— Vous cherchez quelque chose, détective ?

44

C'était l'*Akrobat*, derrière lui, qui lui parlait.

— Posez votre pistolet sur sa poitrine.

Isaac Bell déposa son Browning sur le thorax de Clyde et leva les bras en l'air. Alors que sa main atteignait son chapeau, il en sortit d'un geste rapide son Derringer, fit volte-face et tira des deux canons de son arme en direction de la voix. Les balles émirent un son métallique en traversant un pavillon acoustique.

L'*Akrobat* éclata de rire.

À présent, Bell pouvait le voir à l'autre bout de la pièce, un homme à la chevelure aussi dorée que la sienne et aux yeux verts qui étincelaient comme des émeraudes. Il se tenait près d'un microphone monté sur une caisse en bois, et affichait ce sourire tant vanté par les représentants de commerce. Le croquis n'avait pas réussi à capturer la puissance magnétique de sa présence, et ses épaisses arcades sourcilières et sa mâchoire inférieure n'avaient en réalité rien de simiesque. Isaac Bell songea que Semmler, l'*Akrobat*, évoquait l'œuvre d'un brillant sculpteur fasciné par la structure intérieure de la pierre plutôt que par les surfaces. Le mot « puissant » lui vint aussitôt à l'esprit. Il y avait en Semmler une aura de pouvoir qui le faisait paraître plus grand qu'il ne l'était en réalité.

Semmler rendit à Bell son regard inquisiteur. Son sourire s'élargit et ses yeux brillèrent d'un nouvel éclat. Cette vision rappela à Bell son ami le détective Art Curtis. Moins grand que Semmler de quinze centimètres et plus rond qu'élancé, Art avait comme l'Allemand un sourire ensorcelant. C'était aussi un combattant, et son regard pouvait devenir glacial. Pourtant, les yeux de Semmler étaient différents, aussi froids et vides que les étoiles dans la nuit.

Ses mains étaient cachées derrière la caisse.

Bell n'avait aucun moyen de savoir s'il tenait une arme.

— Le microphone de Clyde est efficace, vous ne trouvez pas ? Vous avez cru que c'était ma voix naturelle.

— Elle résonne comme la voix d'un assassin.

— Je ne suis pas un assassin, répondit Semmler. Je suis un soldat au service de mon pays et de mon Kaiser.

Bell serra les jambes pour se préparer à sauter.

— C'est une insulte à tous les soldats qui ont servi avec loyauté. Vous avez tué huit hommes de sang-froid, dont votre propre complice à bord du *Mauretania*.

— Si vous n'étiez pas intervenu, personne ne serait mort, rétorqua Semmler. Vous portez la responsabilité de chacune de ces morts.

Bell se redressa d'un bond et se précipita sur l'*Akrobat* dans un mouvement fluide.

Semmler leva une main armée d'un pistolet automatique Webley qu'il braqua sur la poitrine du détective.

— Ce sont des balles .455 à tête creuse. Je me suis laissé dire que votre ami Abbott ne se remettra jamais tout à fait de sa rencontre avec des munitions de ce type.

Bell s'arrêta à contrecœur.

— Nous allons quitter le bâtiment, annonça l'Allemand. Marchez devant moi et dirigez-vous vers le rez-de-chaussée.

Bell n'avait d'autre choix que d'obéir à l'*Akrobat*. Au moins, chaque marche de l'escalier éloignait Semmler de Marion. Ils descendirent quatre volées de marches jusqu'au niveau du hall et une dernière pour atteindre le sous-sol. Semmler lui indiqua le couloir étroit et ils échangèrent leurs positions lorsqu'ils arrivèrent devant l'échelle qui menait à la trappe.

— Je passe en premier, dit Semmler en grimpant avec agilité tout en couvrant Bell de son arme.

Il s'accroupit sous le filet et, du canon de son Webley, fit signe au détective de monter à son tour.

— Longez le mur, ordonna-t-il à Bell quand celui-ci émergea de la trappe. Il doit y avoir des briques. Prenez-en une, ordonna-t-il.

Isaac Bell sortit de sous le filet et avança de deux pas. Accroupi dans l'obscurité, il tâta autour de lui jusqu'à ce qu'il trouve une brique. Heureux d'être en possession d'une arme potentielle, il se releva en la tenant de la main gauche, la droite étant réservée au lancer du couteau qu'il allait extraire de sa bottine dès qu'il en aurait l'occasion.

— Vos interventions ont ruiné des années de planification méticuleuse. Elles m'ont coûté de l'argent, de véritables trésors et ont fait pâlir mon étoile. Je n'ai pu tenir les promesses que j'avais faites à mon Kaiser, à mon armée et à ma famille. Je vais pouvoir m'en acquitter à présent, car je possède la machine à Images parlantes. Mais cela n'aurait pas dû prendre tant de temps.

Il fit un geste avec son pistolet.

— Avant qu'il vous vienne l'idée stupide de m'assommer avec cette brique, lancez-la par cette fenêtre.

Bell souleva la brique, et prit soin d'observer la posture de Semmler pour détecter la fraction de seconde d'inattention dont il avait besoin pour prendre son couteau, mais l'Allemand le surveillait de près et maîtrisait la situation à la perfection. Bell tenta une autre tactique.

— Une planification méticuleuse pour quoi faire ? Je suis perplexe. Que cherchez-vous ?

— Je veux sauver l'Allemagne des idiots bien intentionnés. Lancez cette brique.

Semmler visa la poitrine de Bell.

— Lancez la brique ou partagez le sort de votre ami Abbott.

Bell jeta la brique sur la fenêtre éclairée. Le verre se brisa et des éclats tombèrent du cadre en élargissant l'ouverture aux contours déchiquetés.

— Voici votre dernier choix : continuer à me suivre ou essayer de sauver ce qui vous est le plus cher.

Christian Semmler leva sa main libre pour que Bell puisse la voir. Entre le pouce et l'index, il tenait une pochette d'allumettes. Protégé par sa paume en coupe sous les allumettes, Bell vit un cylindre foncé. À la lumière incertaine de la vitre brisée, il crut reconnaître un bâton de dynamite, muni d'une mèche et d'un détonateur. Les doigts de Semmler se mouvaient avec une vélocité digne d'un prestidigitateur. Il alluma une allumette et approcha la flamme de la mèche.

Celle-ci produisit une pluie d'étincelles. Semmler lança le bâton à travers la vitre cassée. Bell l'entendit heurter le sol.

Il y eut un instant de silence, puis une puissante explosion. Une flamme d'un blanc orange vif éclaira soudain l'endroit où se trouvaient les deux hommes. On y voyait comme en plein jour.

Christian Semmler regarda Bell droit dans les yeux.

— J'aurais pu vous abattre, mais je préfère la vengeance. C'est à vous de choisir, enquêteur en chef Isaac Bell. Poursuivez-moi comme un détective consciencieux ou sautez dans cette trappe comme un bon mari dans l'espoir de sortir votre adorable épouse de l'incendie avant qu'elle soit brûlée vive. Si la fumée est trop épaisse dans les escaliers, vous pourrez sauter du toit et peut-être retomber dans le filet de sécurité. Nous n'avons pas encore réussi à convaincre les comédiens de l'utiliser, et je regrette de ne pas avoir le temps d'assister à votre atterrissage. Allez-y. Choisissez !

Isaac Bell tourna les talons, plongea sous le filet qui recouvrait la trappe et passa les pieds en avant dans l'ouverture. Au moment où ses pieds frôlaient les barreaux du haut de l'échelle, il tira son couteau à lancer de sa bottine et, sans s'arrêter de descendre ne serait-ce qu'une seconde, le lança par-dessus son épaule vers la gorge de Christian Semmler.

*

La lame d'Isaac Bell fila dans l'air tel un éclair électrique.

Seule sa rapidité surhumaine sauva l'*Akrobat* d'une mort instantanée.

Mais rien au monde n'aurait pu sauver son visage.

Le couteau perça sa joue et sa langue avant de venir frôler ses dents.

*

Il lui fallait à tout prix trouver Marion à temps. Bell ne s'attarda pas pour contempler la scène.

Alors qu'il atteignait le dernier barreau de l'échelle et s'engageait dans le couloir étroit pour gagner les escaliers, il entendit Semmler hurler. Son cri, qui exprimait toute la puissance de son désarroi, rendu perçant par la douleur et aussi aigu que le son d'une clarinette, s'enfla soudain dans un gargouillement creux, noyé dans un flot de sang.

45

Avec des gestes délicats, mais tremblant sous l'effort, Christian Semmler se mit en devoir d'extraire la lame lisse de sa chair. La douleur faillit le faire tomber. Il tituba jusqu'au filet de sécurité, y posa un coude pour conserver son équilibre, et cracha le sang qui remplissait sa bouche. Puis il déchira avec le couteau affûté comme un rasoir une manche de son manteau. Il cracha encore du sang, forma avec le tissu une compresse improvisée qu'il fourra dans sa bouche, et serra les mâchoires pour étancher sa blessure.

Il fallait qu'il bouge. Il devait partir. Des chariots de pompiers arrivaient. Il craignait de perdre connaissance. Une seconde explosion qui fit voler en éclats d'autres fenêtres galvanisa son énergie. L'incendie se propageait avec une vélocité telle que si, par malheur, Isaac Bell parvenait à atteindre le sommet de l'immeuble avant les flammes, il n'aurait d'autre choix que de sauter dans le vide.

L'*Akrobat* ne put s'empêcher de rire, provoquant un élan de douleur qui irradia tout son visage. Ce qui allait arriver n'était que justice compte tenu de tout ce que Bell lui avait fait endurer. Il se servit du couteau du détective pour trancher les cordes qui maintenaient la structure du filet de sécurité.

*

Une fumée blanche se déversait dans l'escalier secret. La puanteur âcre et goudronneuse du gaz de nitrate mordit les poumons d'Isaac Bell. Alors qu'il courait vers la bourse au film, une porte de judas s'ouvrit et une flamme brûlante jaillit de l'orifice comme une flèche ardente. Bell se baissa pour l'éviter et continua à grimper, trois marches à la fois, pourchassé par le feu et la fumée. Il franchit l'ouverture qui donnait sur le studio d'enregistrement. Les flammes, qui s'étaient infiltrées par le puits de l'ascenseur ou par un autre escalier, étaient déjà là et léchaient les corps. Il pria pour que Marion n'ait pas quitté la sécurité provisoire des studios du penthouse en faveur d'une tentative vouée à l'échec pour gagner le bas du bâtiment.

Sur le palier du quatrième étage, alors qu'il était à mi-chemin, les flammes, qui se nourrissaient des centaines de bobines de film du rez-de-chaussée, réussirent à pénétrer dans une chambre forte et firent exploser les tonnes de pellicule qui y étaient stockées. La déflagration fit trembler les marches sous les pieds de Bell. Une onde de choc se répandit vers le haut et l'éjecta du revêtement de caoutchouc de l'escalier.

Il dégringola d'une demi-volée de marches, se releva avec peine et reprit sa course. Il dépassa le bureau d'Irina Viorets au sixième étage, le laboratoire de Clyde au septième et le repaire de Semmler au huitième. Il se retrouva enfin au sommet de l'immeuble, haletant, cerné par des murs de tous côtés. Il ouvrit le panneau d'un judas et aperçut une scène de studio dans une semi-pénombre, l'ombre inquiétante d'un navire et des installations en forme de tours qui maintenaient en place des rangées de lampes Cooper-Hewitt. La silhouette de Marion se détachait sur un décor de ciel aux couleurs criardes. Elle franchissait la porte de la cloison de verre orientée au nord et montait vers la terrasse, au-dessus du filet de sécurité.

Bell cria. Le mur était trop épais, et Marion ne pouvait l'entendre.

Il se souvint soudain de la cloison coulissante du troisième étage, et repéra le renflement, là où le mur s'épaississait pour la laisser glisser. Il chercha une sorte de levier, mais n'en vit aucun. Il aplatit ses paumes contre la cloison et tenta de la faire glisser, sans succès. Il aperçut ce qui ressemblait à un interrupteur d'éclairage ordinaire installé sur la plinthe. Il l'actionna et le mur se déplaça sur le côté.

— Marion !

Une nouvelle explosion secoua le bâtiment.

Bell courut sur toute la longueur du studio en évitant les fils et les rails des caméras. Il trébucha sur un sac de sable qui servait de contrepoids à un monte-charge qui desservait les cintres. Il fit une roulade, se redressa et ouvrit la porte de la cloison de verre. Marion montait les marches qui avaient été aménagées dans l'espoir qu'un jour, un figurant se laisserait convaincre de tester l'efficacité du filet de sécurité.

— Marion !

— Isaac ? Oh, mon Dieu, c'est toi ! Vite ! Tous les escaliers sont bloqués. Les ascenseurs ne fonctionnent pas. Nous allons devoir sauter.

Bell bondit près d'elle et la serra contre lui. Il l'avait retrouvée vivante, et éprouvait une sensation d'immense soulagement. Le filet lui parut plus petit que lorsqu'il l'avait vu pour la première fois du même endroit. Les flammes qui jaillissaient des nombreuses fenêtres l'éclairaient avec une netteté absolue. Il vit sur la toile blanche des taches sombres qu'il n'avait jamais remarquées auparavant.

— Il a été conçu pour supporter le poids de deux personnes, dit Marion. Irina voulait pouvoir filmer le « Saut des amoureux ».

— Nous devons nous tenir bien serrés l'un contre l'autre, sinon nous risquons de nous cogner en rebondissant.

— Dieu merci, tu es là. Je ne savais pas si j'aurais le courage de sauter.

— Quelle est cette couleur sombre ? Ces taches ?

— Elles brillent, dit Marion. Comme un liquide.

Une troisième explosion fit trembler le bâtiment, comme s'il vacillait sous l'effet d'un tremblement de terre. Bell, qui regardait le filet et s'interrogeait sur la nature de ces taches, vit soudain les fenêtres du cinquième étage vomir des torrents de feu. L'immeuble allait s'effondrer, et il ne leur restait plus beaucoup de temps.

— Je reviens tout de suite, dit-il à Marion. Ne saute surtout pas sans moi.

*

— Nous ne pouvons pas rester ici plus longtemps, mon général, implora Hermann Wagner.

Un chariot de pompiers remonta la rue en trombe, tiré par deux chevaux alezans, et des policiers à bicyclette arrivaient dans l'autre sens.

Le chauffeur de Wagner, qui ne cessait de se retourner en jetant des regards anxieux, ouvrit la vitre qui le séparait de ses passagers.

— Nous bloquons l'entrée. Nous devons nous déplacer.

— Attendez ! lança Semmler, la voix étouffée par la manche de manteau trempée de sang qu'il plaquait contre son visage. Ne bougez pas d'ici !

— Mais ils vont voir que vous êtes blessé, mon général !

— La guerre est les blessures sont inséparables, dit Semmler sans prendre la peine de commenter davantage une remarque aussi évidente. C'est pourquoi je vous ordonne de ne pas bouger. Ne me décevez pas – regardez !

Semmler désigna d'un geste le parapet de l'Imperial Building. Les flammes, encouragées par un vent de plus en plus fort, s'élevaient à présent plus haut que le toit. Soudain, Semmler vit quelque chose bouger. Un homme vêtu de blanc se tenait juste au bord du parapet.

— Regardez ! C'est lui !

La fumée obscurcit la silhouette, qui sembla s'écarter du parapet, comme si elle usait de toutes ses forces pour s'éloigner du bâtiment, et tomba dans le vide.

— Je crois qu'ils ont sauté tous les deux en même temps.

— Mon Dieu, c'est vrai, dit Hermann Wagner.

Il retenait son souffle. Le couple paraissait prendre un temps infini pour dégringoler le long des fenêtres enflammées. Ils devaient être terrorisés à l'idée de manquer le minuscule filet. Qu'allaient-ils faire s'ils voyaient leur course dévier ? Au grand soulagement de Wagner, le malheureux couple chuta droit sur le filet et atterrit en plein centre. Mais au lieu de rebondir, ils s'écrasèrent sur le sol en entraînant la toile.

— En plein dans le mille, commenta Christian Semmler.

— Le filet a cédé ! s'écria Wagner. Il n'a pas résisté.

Il contempla la scène mais bien sûr, ne vit personne bouger. Comment l'auraient-ils pu ? Un instant plus tard, une partie du mur de l'immeuble céda et s'effondra à terre en enterrant les restes des corps sous un amas de briques.

Les premiers chariots de pompiers passèrent le long de l'automobile dans un claquement de sabots.

— Allez-y, partez ! ordonna Semmler.

Pressé de quitter les lieux aussi vite que possible, le chauffeur de Wagner faillit faire caler le moteur.

— Où allons-nous, mon général ? demanda Wagner. (Il regarda le bâtiment en feu par-dessus son épaule, et éprouva un sentiment de reconnaissance en constatant que la clôture en bois l'empêchait de voir l'endroit où Bell et son épouse avaient perdu la vie.) À la gare de marchandises ?

— Emmenez-moi chez un médecin. Pendant qu'il suturera les plaies, affrétez un train spécial pour New York. Nous n'avons plus rien à faire à Los Angeles. Pour l'instant.

Christian Semmler paraissait tout à fait satisfait, songea Hermann Wagner, pour un homme qui venait de voir la grande entreprise de sa vie partir en fumée. Le général affichait même une suprême indifférence à l'égard de ses terribles blessures. Semblable à un dieu, ou à une machine, il ne semblait pas ressentir la douleur.

Semmler remarqua son regard.

— Bien sûr, cela fait mal dit-il en recrachant du sang pour pouvoir parler. Priez Dieu pour ne jamais avoir à endurer pareille douleur.

*

— Nous n'avons plus assez de corde. Attends ! Je vais voir ce que je peux faire.

Isaac Bell lâcha les derniers centimètres du cordage de plus de vingt mètres qu'il avait confectionné en nouant des câbles électriques Cooper-Hewitt et des cordes d'arrimage des décors dans les cintres, et se laissa tomber de trois mètres sur l'auvent qui abritait le trottoir devant l'immeuble. Il atterrit sur ses semelles brûlantes et leva les yeux. Des flammes se déversaient des fenêtres qu'ils venaient de dépasser quelques instants plus tôt.

— Lâche. Je te rattraperai.

Marion glissa jusqu'au bout de la corde, déchirant au passage ce qui restait de ses gants, et ouvrit les mains. Bell l'accueillit dans ses bras, se baissa pour amortir sa chute et, éperdu de gratitude, la serra contre lui un long moment.

Le claquement des sabots et les pulsations des pompes à vapeur annonçaient l'arrivée des pompiers.

— Hé, les gars, s'écria Bell. Vous avez pensé à amener une échelle avec vous ?

*

— Je n'arrive toujours pas à dormir, murmura Marion. Je continue à voir ce sac de sable exploser en arrivant au sol. Cela aurait pu nous arriver.

Bell la tint serrée contre lui.

— Mais ce n'était pas nous. Ne t'inquiète pas, tout ira bien.

— Je ne m'inquiète pas, lui répondit Marion en riant. Et je sais pourquoi je ne peux pas m'endormir. C'est si bon de se sentir éveillée. Oh, Isaac, Dieu merci, tu as remarqué ces taches de sang sur le filet. Mais comment as-tu deviné qu'il avait sectionné les cordes ? J'aurais pensé qu'il allait s'enfuir pour sauver sa peau.

— C'est un tueur. Il se prétend soldat, mais c'est avant tout un assassin. D'ailleurs, je suis sûr qu'il a attendu pour nous voir nous écraser.

— Lorsqu'il saura que tu as d'abord fait un essai avec un sac de sable, il sera bien déçu.

— Il sera plus que déçu, promit Bell d'un ton grave avant de quitter le lit et d'embrasser son épouse. Dors bien.

— Où vas-tu ?

— À New York.

— Pourquoi New York ?

— Christian Semmler a obtenu ce qu'il était venu chercher ici. Il va rentrer en Allemagne.

— Comment le sais-tu ?

— Il m'a posé une question, sur le mode ironique :
« Vous cherchez quelque chose ? ». Je fouillais le corps
de Clyde. Il m'avait dit en mourant qu'il avait gardé les
plans authentiques. Si Semmler m'a posé cette question, c'est qu'il les avait déjà trouvés, tu ne crois pas ?

Bell s'habilla à la hâte. Il remplit ses poches, disposa son Browning de rechange dans son holster et un
couteau neuf dans sa bottine, et rechargea le Derringer
qu'il avait réussi à garder en main sans que l'*Akrobat*
le remarque.

— Si j'en juge par ses cris, je suis prêt à parier qu'il
porte des bandages de bonne taille. J'espère d'ailleurs
qu'il lui aura fallu des points de suture. Beaucoup de
points de suture.

— Mais comment peux-tu être sûr qu'il va aller à
New York ?

— Je ne suis pas certain, mais ça me semble probable. S'il a les plans de Clyde sur lui, alors il voyage
léger. Et dans ce cas, le moyen le plus rapide de rentrer
en Allemagne, c'est de traverser le pays et de prendre
un bateau à New York.

46

Joseph Van Dorn accueillit Isaac Bell dans les bureaux new-yorkais de l'agence avec des propos que le détective aurait pu interpréter comme des compliments, s'il n'avait remarqué l'expression orageuse du visage de son patron.

— Excellent raisonnement, dit Van Dorn. Je dirais même fascinant. Enveloppé de bandages, sans bagages, un assassin responsable de la mort de deux de mes meilleurs agents traverse le pays d'un pas agile après avoir volé les plans d'une machine dans laquelle j'ai beaucoup investi, et il compte embarquer à bord d'un vapeur en partance pour l'Allemagne.

« Notre agence met tout en œuvre pour le retrouver. Nous surveillons toutes les gares entre Los Angeles et New York, nous tirons toutes les ficelles au sein du gouvernement pour obtenir les manifestes de bord des paquebots à destination de l'Europe. Nous pactisons avec le diable, en l'occurrence un aristocrate anglais membre des services de renseignements de son pays, pour obtenir la liste des passagers des navires britanniques. Nous interrogeons les employés des compagnies maritimes pour trouver un homme qui chercherait à se rendre en Europe et qui corresponde à la description de Semmler.

« Nous payons des sommes pharamineuses à des policiers et des douaniers pour nous aider à surveiller ces navires tout en surexploitant nos propres effectifs jusqu'à atteindre le point de rupture. Et qu'avons-nous trouvé ? »

— Rien pour le moment, répondit Bell.

— Il ne vous est pas venu à l'esprit qu'il ait pu aller dans l'autre sens, prendre un bateau à San Pedro, auquel cas il est en train de filer vers le canal de Panamá ?

— C'est l'itinéraire que suit la machine à Images parlantes, répondit Bell, à bord d'un cargo allemand qui atteindra le canal dans dix jours. Après la traversée, il est probable qu'ils l'embarqueront sur un navire de guerre allemand. Une escadre de la marine impériale croise en ce moment au large du Venezuela.

— Quoi ? explosa Van Dorn. Ils ont la machine ? Comment avez-vous appris cela ?

— Tim Holian et ses gars ont suivi ses traces et celles d'un gang de bandits armés de la gare de marchandises de la Southern Pacific jusqu'au cargo à San Pedro. Holian affirme que Semmler n'était pas avec eux.

— On m'a dit que Holian avait reçu quatre balles.

— On dirait que cela n'a pas suffi à l'éliminer. Les balles ont traversé la chair sans atteindre d'organes vitaux.

— Il est vrai que la dernière fois que je l'ai vu, il semblait en avoir en quantité plus que suffisante. Ainsi, ils ont pris la machine ? ajouta Van Dorn en souriant et en caressant sa barbe. Je peux tirer quelques ficelles dans la zone du canal et faire arraisonner ce cargo.

438

— Non, monsieur, dit Bell.

— Que voulez-vous dire : « Non, monsieur » ? Pourquoi pas ?

— Clyde a échangé les machines. L'appareil qu'il a donné à Semmler plongera les scientifiques allemands dans la confusion la plus totale. Mieux vaut les laisser l'emporter en Allemagne.

— Où se trouve la vraie machine ?

— Elle a brûlé dans l'incendie.

— Détruite… murmura Van Dorn d'un ton lugubre.

— Mais pas les plans.

— Qui sont en possession de Christian Semmler.

— Je le crains, en effet.

Van Dorn poussa un soupir.

— Et cette femme russe, Isaac ? Est-il possible qu'elle aide encore Semmler ?

— Elle a disparu. Le bureau de Los Angeles la recherche, mais elle reste introuvable.

— Elle est peut-être avec lui ?

— C'est fort peu probable. Elle l'a trahi, en espérant que je le tuerais.

— Un espoir partagé par tout le monde dans ces bureaux, Isaac. Mais encore faut-il le retrouver. D'après les messages que vous avez envoyés lors des arrêts de votre train, vous pensez qu'il aurait peut-être affrété un train spécial.

— Nous n'avons rien découvert pour le moment, répondit Bell. Le problème, c'est que même si nous surveillons sans relâche les consulats, ses contacts privés, hommes d'affaires allemands ou représentants de commerce, ont très bien pu affréter ce train pour son compte.

— Pour résumer l'affaire, il est tout à fait possible que le général de brigade Christian Semmler, de l'armée impériale allemande et des services de renseignements, soit en train de dormir sur ses deux oreilles dans une des suites de luxe du Knickerbocker Hotel, juste au-dessus de nos têtes.

— C'est une possibilité que je n'exclurais pas, reconnut Bell. C'est un combattant, qui a l'habitude d'agir derrière les lignes ennemies. Mais il paraît difficile de vérifier l'identité de tous les clients de l'hôtel sans attirer l'attention de la direction et risquer de mettre un terme à notre bail.

— Je vous trouve plutôt désinvolte pour un enquêteur qui n'a pas la moindre idée de l'endroit où se trouve sa cible.

— Il est à New York ou en route vers New York, et il va embarquer sur un navire en partance pour l'Europe.

— Je vous trouve bien sûr de vous, alors que vous ne disposez d'aucun fait établi.

— J'ai d'autres recherches en cours.

— Je n'ai rien lu à ce sujet dans les câbles que vous avez envoyés, à part des conseils de simple bon sens comme nous recommander de surveiller les médecins.

— L'électricité n'est qu'un moyen de communication parmi d'autres, dit Bell en prenant son chapeau.

— Qu'est-ce que vous entendez par là ? Où allez-vous, Isaac ?

— À Harlem.

*

La Loge Monarchique de l'Ordre Bienveillant et Protecteur des Élans[1] offrait sur la 135e rue Ouest un gîte loin de leur foyer aux employés des wagons-lits Pullman en transit à New York. Là, ils pouvaient profiter d'un repas convenable, dormir sur un lit de camp propre, fumer dans un fauteuil confortable et échanger des anecdotes plus ou moins véridiques avec leurs collègues venus de toutes les régions des États-Unis. Il est vrai que l'Ordre Bienveillant *blanc* avait intenté un procès aux Élans de couleur pour les empêcher d'utiliser le même nom qu'eux, mais la Loge Monarchique était encore un sanctuaire. D'ailleurs, l'éventualité qu'un homme blanc franchisse le seuil des Élans de couleur était très peu probable. C'est pour cette raison que tout le monde leva les yeux lorsqu'un blanc de haute taille en costume blanc frappa à la porte et ôta son chapeau en entrant.

— Je suis désolé de vous interrompre, Messieurs. Je m'appelle Isaac Bell.

Toutes les têtes pivotèrent en même temps. Beaucoup de membres présents se levèrent pour mieux voir le nouveau venu. Ils connaissaient son nom. Qui n'avait pas entendu parler de cet homme ? Lors d'une nuit obscure, racontait-on, alors que l'*Overland Limited* fonçait à travers le Wyoming à presque cent trente kilomètres à l'heure, un passager du nom d'Isaac Bell avait gagné gros lors d'une partie de poker et donné un pourboire de mille dollars à l'employé de service. Celui-ci était peut-être l'homme le mieux payé de son quartier, mais il aurait dû travailler deux ans pour pouvoir acquérir une somme pareille.

---

1. Association charitable para-maçonnique américaine.

— Je me demandais si je pouvais parler à monsieur Clement Price – Oh, vous voilà, monsieur Price !

Clement s'avança, et Bell lui tendit la main.

— Cela me fait plaisir de vous revoir, reprit le détective. La chance vous a-t-elle souri ?

— Je viens d'arriver, répondit Price, un jeune homme qui avait beaucoup de succès auprès des femmes et dont ses collègues se méfiaient un peu.

Clem ne cessait de répéter que tout le monde se porterait mieux s'ils décidaient de former un syndicat. Ses collègues plus posés craignaient que cela n'encourage la Pullman Company à les licencier jusqu'au dernier, comme elle l'avait fait plusieurs fois dans le passé.

Price s'adressa ensuite à toute l'assemblée :

— Monsieur Bell recherche un homme aux cheveux blond-jaune et aux yeux verts qui voyagerait vers New York avec un bandage sur sa tête ou sur son cou. On a repéré ce gentleman à Denver et quelqu'un qui lui ressemble aurait peut-être traversé Kansas City. Cependant, lorsque monsieur Bell m'en a parlé hier, personne à Chicago ne l'avait vu.

— Un bandage ? demanda en souriant un homme plus âgé au regard acéré, qui observait Bell avec attention. Comme s'il s'était cogné contre quelque chose ?

— Contre moi, dit Bell, provoquant des clins d'œil entendus et des rires.

— Est-ce qu'il voyage dans les voitures ordinaires ou dans un compartiment privé ?

— Sans doute un compartiment privé.

Les hommes échangèrent des regards, secouèrent la tête et haussèrent les épaules.

— Je n'ai rien vu de tel.

— J'arrive tout juste du district de Columbia. Je n'ai pas vu votre homme.

— Il vient de l'Ouest, précisa Bell. Mais il est possible que son itinéraire comporte des détours.

— Je viens de Pittsburgh. Je ne l'ai pas vu non plus, et personne ne m'en a parlé.

– On peut le reconnaître sans difficulté, mis à part les bandages, dit Bell. Ses bras sont d'une longueur inhabituelle. J'espérais que son apparence ferait parler de lui. Des longs bras, des arcades sourcilières proéminentes, et le sourire éclatant d'un type capable de vendre de la glace à des Esquimaux. Tenez, voici un croquis de lui.

Les Élans se passèrent le dessin en secouant la tête.

— Si des gars l'avaient vu, ils l'auraient remarqué, suggéra l'homme de Pittsburgh.

— Il est possible qu'il voyage en compagnie de quelqu'un d'autre, peut-être un médecin.

— Un médecin ?

— Il est blessé, expliqua Bell.

— Eh bien, c'est curieux que vous disiez ça, monsieur Bell.

— Comment cela ? demanda Bell avec empressement.

— J'ai aperçu deux hommes de ce genre, mais pas à bord d'un Pullman. Ou tout au moins, ce n'était pas un Pullman régulier.

— Il est possible qu'il ait affrété un train spécial.

— C'était le cas. Dans le New Jersey, à la gare d'Elizabeth. Ils marchaient près d'un train spécial qui venait d'arriver. Je pensais que c'étaient des vagabonds, mais c'étaient peut-être des passagers. L'un d'eux portait un petit sac qui aurait pu être une sacoche de médecin.

— L'autre avait-il un bandage ?

— Je ne sais pas, mais maintenant que vous posez la question, je me souviens qu'il avait remonté son col et baissé son chapeau sur son visage.

— Des cheveux jaunes ?

— Avec ce chapeau, c'est difficile à dire – un grand chapeau mou, vieux, avec un large bord qui recouvrait sa figure.

— Vous savez de quel train spécial il s'agissait ?

— Je pense que c'était un train privé, mais je n'y ai pas prêté beaucoup d'attention.

— Je suppose que vous n'avez pas vu le numéro de la motrice ?

— Désolé, monsieur Bell. Elle était à l'autre bout du quai.

*

— C'est étrange, dit Bell à son ami Archie, de penser que cet employé aurait vu Semmler à la gare d'Elizabeth. Quitte à traverser tout le pays à bord d'un train spécial, pourquoi descendre à Elizabeth ?

— Il aurait été plus logique d'aller jusqu'à proximité des quais d'embarquement des vapeurs, opina Archie, et de passer de l'anonymat d'un train spécial à celui d'une cabine particulière d'un navire.

— Une fois à bord, il y prendra ses repas, et personne ne le verra jusqu'à ce qu'il débarque en Angleterre, en France ou en Allemagne. En résumé, première classe, compartiment et cabine privés de Los Angeles à Berlin.

— Alors pourquoi quitter le train à la gare d'Elizabeth ?

Bell sortit une carte régionale du plus haut rayon de la bibliothèque Van Dorn.

— À partir d'Elizabeth, il peut se rendre n'importe où. Il y a une communauté allemande à Newark. Les vapeurs allemands accostent à Hoboken. Il pouvait même prendre le train ou le métro pour Manhattan. Il avait le choix.

— Mais sans première classe ni compartiment particulier.

Bell leva la carte, tourna sur ses talons et regarda Archie, les yeux brillants d'une soudaine lueur de compréhension.

— Quand Christian Semmler est arrivé en Amérique, il n'était pas en première classe.

— Que veux-tu dire ?

— Il n'est pas sorti au débarcadère 54 avec les passagers de première classe du *Mauretania*.

— Ce n'était pas un passager, objecta Archie. Il n'avait pas l'intention de voyager à bord. Si tu n'étais pas intervenu, il aurait enlevé Clyde Lynds et le professeur Beiderbecke et aurait quitté le navire avec eux dans la baie de Liverpool.

— Il a traversé l'océan dans la cale et a débarqué sur une barge à charbon sans laisser la moindre trace de son arrivée. Et s'il agissait de même pour le retour ? Les « gueules noires » ne vont pas poser de questions pour une blessure au couteau. Je parierais que lorsqu'ils regagnent leur bord, la moitié des chauffeurs et des soutiers sont couverts de plaies et de bosses à la suite de rixes de saloon et de bagarres de bars. Ainsi, pendant que nous interrogeons les compagnies maritimes, les employés des billetteries et les agents des douanes, Christian Semmler va quitter les États-Unis comme il y est arrivé.

Bell saisit le combiné de l'interphone Kellogg.

— Faites venir le détective Eddie Tobin. Tout de suite !

47

Le détective Eddie Tobin, dont le visage de travers et l'œil gauche tombant résultaient d'un passage à tabac infligé par les Gopher lorsqu'il était encore apprenti à l'équipe Van Dorn en charge des gangs, était originaire de Staten Island, un quartier lointain et isolé de la ville. Sa famille, un clan étendu qui regroupait les Tobin, les Richard et les Gordon, possédait des bateaux huîtriers qui opéraient à partir de St. George, à la pointe nord-est de l'île. La plupart de ces embarcations plates, d'apparence innocente, étaient en effet des chalands ostréicoles, mais cachés sous les pontons, et le clan disposait de puissants moteurs à essence qui lui permettaient de distancer les canots de la brigade portuaire, de se livrer à la contrebande de biens taxables, d'aider des fugitifs à échapper à la police, de pirater du charbon et de s'emparer de certaines cargaisons tombées des quais. Le jeune Eddie était honnête, en dépit d'une enfance passée parmi des oncles et des cousins criminels prêts à saisir toute opportunité. Son passé faisait de lui un guide précieux de l'immense et tentaculaire port de New York.

Isaac Bell demanda à Eddie d'où venaient les barges à charbon qui approvisionnaient les paquebots de la Cunard aux embarcadères de Chelsea.

— De Perth Amboy, de Joisey, là où l'Arthur Kill et le fleuve Raritan se jettent dans la baie.

— Vous connaissez du monde dans les dépôts de charbon ?

— Bien sûr.

— Quel est le moyen le plus rapide d'aller là-bas ?

— Par bateau.

— Votre oncle Donny est sorti de prison ?

— Il sera ravi de faire ça pour vous. Le pauvre gars a fait réparer son bateau, mais il ne peut rien faire, il a toujours la brigade portuaire sur le dos.

Eddie Tobin téléphona à un saloon de Tomkinsville, d'où l'on envoya un messager, un jeune garçon, vers les quais. Bell et Eddie prirent l'express aérien de la 9ᵉ avenue jusqu'à Battery Place, d'où ils gagnèrent l'embarcadère A, à la pointe de l'île de Manhattan. Ils échangèrent quelques potins avec le patrouilleur O'Riordan, de la brigade portuaire de la police de New York, dont le canot à vapeur se balançait sur la houle soulevée par le vent et les bateaux de passage.

En observant le trafic maritime, Bell fut frappé par l'impossibilité de leur tâche. L'*Akrobat* avait le choix parmi une multitude de bateaux prêts à appareiller – des paquebots et cargos américains et britanniques à l'ouest de Manhattan, des navires français et allemands sur l'autre rive du fleuve à Hoboken, et des centaines d'autres bâtiments de l'autre côté de Lower Bay – tous desservis par d'innombrables barges et allèges. À des intervalles qui ne dépassaient jamais quelques minutes, on entendait une corne à vapeur annoncer l'appareillage d'un bateau.

Les yeux du patrouilleur O'Riordan se rétrécirent soudain et il prit une expression méfiante. La barge huîtrière à proue carrée de Donald Darbee se rapprochait du quai.

— Notre embarcation, lui expliqua Bell en lui glissant deux ou trois dollars. J'étais heureux de vous voir. Saluez le capitaine de ma part.

Six mois d'horaires réguliers, de repas corrects et d'abstinence avaient fait le plus grand bien à oncle Donny.

— Vous avez rajeuni de dix ans, monsieur, lança Bell au vieux marin famélique. Les filles doivent vous courir après vous avec un filet pour vous attraper !

— Où voulez-vous aller ? grommela Donald Darbee.

Bell voulait redescendre le long d'Upper Bay sur un peu plus de vingt kilomètres à travers le détroit des Narrows. En restant toujours proches des rives de Staten Island, ils passèrent devant d'incessants convois de barges tractés par des remorqueurs. Les convois vides, hauts sur l'eau, se dirigeaient vers le sud, et ceux qui étaient chargés allaient vers le nord, leur pont inondé. Ils contournèrent Ward's Point, en-dessous de Totenville, traversèrent l'Arthur Kill et arrivèrent près d'un immense dépôt de charbon battu par les vents où les trains de wagons-trémies de la Lehigh Valley, en provenance des mines de Pennsylvanie, déchargeaient leur cargaison dans les barges qui partaient approvisionner les quais d'embarquement des vapeurs.

Un dumper à charbon noir, construit en poutrelles d'acier, dominait le ciel et se dressait au-dessus de l'eau. Isaac Bell remarqua qu'ici, l'épuisant processus manuel de mise en soute et d'enfournage dans les chaudières avait été abandonné, et la manutention du charbon était effectuée par des machines modernes. Une rampe s'élevait vers le dumper, avec des rails pour les wagons-trémies. Entre les rails, une attache en crochet s'arrimait fermement à l'attelage du wagon, qu'il hissait le long de la pente jusqu'à une plate-forme au sommet du dumper. Positionné à côté d'un gigantesque entonnoir, le wagon tout entier basculait alors, et y déversait des tonnes de houille, qui passaient à travers un énorme ajutage jusqu'à la barge de chargement. Dès que celle-ci était pleine, des remorqueurs l'éloignaient et en poussaient une vide au même emplacement. Le seul travail manuel était effectué par les soutiers des barges, qui équilibraient le chargement en étalant le charbon à l'aide de pelles et de râteaux.

L'un d'eux passa soudain par-dessus le bord de son embarcation et tomba à l'eau.

On lança des cordages et on abaissa des échelles, et en quelques minutes, on hissa l'ouvrier hors de l'eau pour le déposer, trempé et pris d'un haut-le-cœur, sur le quai.

— Ils sont souvent soûls, mais pas à ce point-là, grommela le contremaître qui accompagnait Bell et Eddie Tobin. Mais il est vrai que Pete Lampack s'est retrouvé riche d'un seul coup, et il a payé à boire à tout le monde pendant deux jours.

Isaac Bell et Eddie Tobin échangèrent un regard.

— Qui est ce Lampack ?

— Ce satané idiot travaille comme soutier sur les bateaux.

— Comment est-il devenu aussi riche ? demanda Bell.

— Qui sait ? Il a peut-être misé sur le bon cheval ou hérité d'une tante, ou toute autre chance qu'il ne méritait pas.

— Où est-il ? Encore au saloon ?

— Non, il a fini par dépenser tout son fric. Pas d'autre solution que de se remettre au boulot. Il doit être sur l'une de ces barges vides, expliqua le contre-maître en désignant les embarcations alignées le long du quai pour attendre leur chargement.

— Je veux lui parler, annonça Bell.

Les Van Dorn avaient déjà rétribué les services du contremaître. Celui-ci tira de son chapeau une feuille de papier crasseuse ; après l'avoir étudiée, il informa Bell que Pete Lampack travaillait en effet à bord d'une barge, la première à devoir être chargée.

— Elle revient du navire qui est notre meilleur client en ce moment.

— Le *Mauretania* ?

— Nous adorons le *Maury*. Ce navire engloutit du charbon à une vitesse prodigieuse, et côté approvi-sionnement, c'est réglé comme une horloge : six mille tonnes tous les quinze jours.

— La barge de Lampack va revenir vers le *Mauretania* ?

— Non, les soutes du *Maury* sont pleines jusqu'à la gueule. Il est sur le point d'appareiller.

Bell poussa Eddie Tobin du coude, et les deux hommes partirent en courant sur le quai de charge-ment, montèrent la rampe sous l'ombre du dumper et baissèrent les yeux vers l'intérieur de la barge.

— Je ne vois aucun soutier, constata Eddie.

— Qu'est-ce que l'on distingue là-bas, dans le coin ?

— C'est juste du charbon qui est resté coincé là.

Bell grimpa aussitôt le long de l'échelle fixée aux poutrelles d'acier.

— Faites attention, espèce d'idiot ! hurla l'employé en actionnant les leviers qui permettaient d'incliner les wagons-trémies et d'orienter l'ajutage du dumper.

— Dites-lui d'attendre, cria Bell à Eddie Tobin.

Eddie sauta d'un bond dans la cabine de contrôle de l'employé.

— Attendez une seconde, lui ordonna-t-il.

— J'ai cinquante barges qui attendent, je ne vais pas tout arrêter pour cet imbécile.

Eddie ouvrit son manteau et l'employé aperçut la crosse à damiers de son Smith & Wesson.

— Je crois que je vais aller fumer une cigarette…

Isaac Bell se laissa glisser de presque dix mètres le long de l'échelle et atterrit sur le quai près de la barge. Eddie ne s'était pas trompé. Un tas de charbon était accumulé dans un coin de la cale. Le vent s'engouffrait vers le bas et soulevait de la poussière de houille. Des lambeaux de tissu voletaient. Bell sauta dans la barge et dispersa les morceaux de charbon avec ses mains. Il découvrit le corps du soutier, avec autour du cou le sillon sanglant laissé par le garrot de Semmler.

— *Monsieur Bell !*

Bell leva les yeux. Eddie avait grimpé au sommet du dumper, d'où il pouvait voir le port, dont la vue, plus bas, était bloquée par les immeubles de Totenville.

— Le *Mauretania* ! Il sort du détroit des Narrows !

48

La corne du paquebot, qui résonnait avec une puissance stupéfiante, comme pour prévenir les autres bâtiments que rien ne saurait arrêter son avance, portait à des kilomètres de distance. Isaac Bell l'entendit alors qu'il courait vers le quai où Darbee avait amarré son chaland.

En le voyant arriver, le vieil homme fit démarrer le moteur de son embarcation et largua les amarres.

— Qui est-ce qu'on pourchasse ?

— Pourriez-vous rattraper le *Mauretania* ?

Le chaland ostréicole bondit en avant, suivi d'un panache de fumée blanche. Ils contournèrent la pointe et il apparut soudain à leurs yeux, le navire le plus grand et le plus rapide au monde, émergeant du détroit à six milles nautiques. Il descendait le long de Lower Bay ; parmi ses quatre hautes cheminées rouges et noires, les trois plus proches de la proue vomissaient de la fumée. Darbee vira pour intercepter le géant vers l'embouchure du port, dans une zone où le chenal passait tout près de Sandy Hook.

— Le petit Eddie va bien ? demanda Darbee par-dessus le rugissement du moteur.

— Oui, très bien, mais je n'avais pas le temps d'attendre. Pouvez-vous le rattraper ?

— Sans doute, mais qu'est-ce que je serai censé faire une fois que j'aurai réussi ?

— Je veux y embarquer.

— Pas possible. La porte des pilotes est très haute, vous ne pourrez pas y accéder depuis mon pont.

— Je lancerai un cordage.

— Ils ne le prendront pas.

— Vous n'avez pas de grappins ?

— Les flics me les ont pris. Mais même si vous en lanciez un, ils couperaient le cordage et vous diraient : « La prochaine fois, achetez un billet. »

Isaac Bell aperçut un canot à vapeur noir qui suivait le paquebot de la Cunard.

— Est-ce le bateau du pilote ?

— Si ce n'est pas lui, celui qui manœuvre le *Mauretania* devra rester à bord jusqu'en Europe.

— Vous pouvez me déposer à son bord ?

— Je vous laisse parlementer avec eux.

Darbee modifia un peu sa course. Après quinze minutes passées à rebondir sur les vagues de Lower Bay, ils passèrent sous l'immense proue qui les surplombait et virèrent en direction du canot. Plusieurs pilotes étaient présents sur l'embarcation. Certains attendaient l'arrivée de navires entrants, et les autres avaient débarqué de bâtiments sortants. Tous examinèrent la barge de Darbee d'un air méfiant.

— Maintenant ! lança Bell.

Darbee disposa sa barge le long de la partie la plus basse de l'arrière-pont du canot, bien plus haut que le bateau ostréicole. Bell sauta, plaqua les bras sur le plat-bord et se hissa à bord.

— Agent Van Dorn ! s'écria-t-il. Je dois embarquer sur le *Mauretania*.

*

Après une heure passée à son poste dans la salle des chaudières numéro 4, Christian Semmler commença à craindre que sa sueur ne pénètre le papier huilé qui protégeait les plans de la machine aux Images parlantes. Il était ruisselant de transpiration. Les autres chauffeurs s'étaient depuis longtemps débarrassés de leur chemise.

Le gong résonna. C'était le signal de la fermeture pour la porte de la chaudière qu'il alimentait en charbon. Il laissa tomber sa pelle et son regard, à la recherche d'une cachette plus sûre que ses vêtements trempés, traversa le chaos plongé dans une semi-pénombre où retentissait un bruit d'enfer. Il ne disposait que de quelques secondes avant qu'un chef d'équipe ou un officier ingénieur ne lui ordonne en hurlant de se remettre au travail. Il trébucha en arrivant vers une soute à charbon. Parnell Hall et Bill Chambers déplaçaient de la houille vers l'avant de la soute.

— Montez la garde, leur ordonna-t-il.

Lorsqu'ils lui tournèrent le dos, il enfonça le papier huilé dans un espace étroit entre la cloison de la soute et une armature métallique. Les documents seraient là en sécurité jusqu'à la relève de son équipe. Le gong retentit à nouveau.

— C'est à vous, le prévint Parnell Hall.

Christian Semmler se dirigea en courant vers l'allée d'alimentation des chaudières, et prit une pelletée de charbon qu'il étendit sur les flammes. Le navire creusait l'océan vers le large, et gagnait de la vitesse ; les cloches sonnaient de plus en plus vite et le rythme de travail s'accélérait. Une porte se referma ; une autre s'ouvrit. Semmler se pencha pour pelleter dans le tas que les soutiers avaient déposé à ses pieds. Quelqu'un posa le pied sur sa pelle.

Semmler leva les yeux.

— Pressé de quitter New York, général ? lui demanda Isaac Bell.

*

Bell lança une feinte sous la forme d'un crochet du droit, et lorsque Semmler l'esquiva avec sa rapidité habituelle, il était déjà prêt à lui frapper la mâchoire du poing gauche. L'Allemand valsa dans l'allée, avant de s'écraser contre une cloison brûlante. Encore debout, il vacillait sur ses jambes et essayait de reprendre ses esprits après le coup puissant que lui avait porté Bell. Un long bandage noirci par le charbon lui recouvrait la joue.

Bell avança vers lui. Il fit une nouvelle feinte, cette fois-ci de la main gauche, et son poing droit s'écrasa sur la mâchoire de Semmler, qui vola en arrière, trébucha le long de l'allée, bouscula un chauffeur qui s'écarta en hâte de son passage, puis se remit sur pied. Le coup avait arraché son bandage, révélant une longue rangée de points de sutures cousus avec soin. Bell attaqua une fois de plus. Ce n'était plus une feinte. L'*Akrobat* chuta au sol.

Bell dégaina son pistolet pour procéder à son arrestation.

Plus bas dans l'allée, une porte de chaudière s'ouvrit. Dans l'éclat brutal du charbon rougeoyant, Bell vit du coin de l'œil une barre de fer de trois mètres, prolongée par une extrémité plate, plonger vers sa tête, et il comprit que Semmler n'était pas seul. Il était trop tard pour éviter le choc, qui risquait de lui briser les os. Bell se précipita dans l'angle que formait la trajectoire de la barre, droit dans les bras de l'homme qui la manœuvrait. L'arme alla cogner contre la chaudière, qu'elle fit résonner comme un carillon géant. Le soutier commit l'erreur de s'y accrocher, et Bell en profita aussitôt ; il lui martela le torse et le força à se plier en deux.

Le gong retentit. Une autre porte s'ouvrit. À la lueur de la fournaise, Isaac vit une pelle voler vers sa tête. En se penchant pour l'esquiver, il comprit que le soutier lui non plus n'était pas seul. La pelle manqua son but, mais éjecta le Browning de la main de Bell. L'homme qui venait de lancer l'outil chargea Bell en jouant des poings et parvint à déséquilibrer le détective.

Bell réussit à se détourner pour éviter le premier coup en accompagnant le mouvement de son agresseur, mais prit le second en plein visage.

Ses pieds se dérobèrent ; il tomba de tout son poids et s'écrasa contre le pont d'acier. L'impact le secoua jusqu'aux tréfonds des os. Il eut l'impression indistincte que les hommes qui travaillaient dans l'allée fuyaient la scène de la bagarre.

— Laissez-les faire, ordonna un ingénieur.

Les portes étanches se refermèrent. Il était seul avec ses trois ennemis.

— Le couteau dans sa bottine, cria Christian Semmler.

Bell repéra où était tombé son pistolet et se précipita pour l'attraper. Le chauffeur qui venait de le frapper plongea lui aussi. Bell fut plus rapide, et alors qu'il arrivait à peine à atteindre le canon, il sut que son assaillant allait saisir la crosse avant lui ; il lança l'arme dans une chaudière ouverte.

Il chercha à sortir son couteau de sa chaussure, mais il fut encore trop lent. L'homme arracha l'arme de sa bottine, se releva et du pied frappa Bell à la poitrine. Alors que le détective roulait de côté pour échapper au coup suivant, il vit l'ombre de l'homme qu'il avait plié en deux le dominer de toute sa hauteur comme un grizzli pris de furie. Bell sentit contre sa main un morceau de charbon. Il le saisit et le jeta de toutes ses forces. Le coup fulgurant atteignit sa cible, qui trébucha en arrière vers Christian Semmler ; celui-ci le repoussa vers Bell.

— Attrapez-le ! cria l'Allemand.

Toujours étendu sur le dos, Bell lança une jambe vers le soutier qui arrivait sur lui. L'homme esquiva et prit le pied de Bell. Celui-ci tenta de se libérer, mais le second ouvrier lui bloqua les deux poignets. Avant que le détective puisse se dégager de sa puissante emprise, il se retrouva suspendu entre les deux « gueules noires » par les bras et les jambes.

Semmler bondit vers la chaudière la plus proche et ouvrit la porte.

49

— Ici ! hurla Semmler. Amenez-le ici.

Bell aperçut l'éclat jaune de braises de charbon. Des flammes rouges ondoyaient à la surface. La chaleur devenait insupportable, et elle augmenta encore lorsqu'il se sentit poussé vers l'ouverture. Une partie de son esprit semblait rester à l'écart de la réalité, comme s'il contemplait une scène le représentant, maintenu par les soutiers, eux-mêmes encouragés par Christian Semmler. Ils ne pourraient pas le glisser à l'intérieur de la chaudière en le tenant de côté, et allaient devoir l'y faire passer la tête ou les pieds devant. Et pour l'y pousser, il faudrait qu'ils lâchent ses mains ou ses pieds, ce qui impliquait qu'il se débattrait. Pour le neutraliser, ils n'auraient d'autre choix que de lui briser des os.

— La tête la première ! ordonna Semmler en prenant un pique-feu, qu'il leva haut en l'air, les yeux fixés sur le bras d'Isaac Bell.

L'espace d'un battement de cœur, les hommes qui l'empoignaient furent distraits par leur manœuvre dans un espace aussi réduit. Isaac Bell contracta chacun des muscles de son corps, réussit à dégager une jambe et un bras, et explosa en un tourbillon de coups de pieds et de poings. Son pied atteignit celui qui lui serrait l'autre jambe en plein visage, et fit craquer son nez. L'homme lâcha prise en poussant un cri. Bell lança alors un solide coup de poing. Le soutier qui serrait son bras tomba en arrière. Sa tête heurta le bord de la porte de la chaudière, et il hurla lorsque ses cheveux prirent feu. En essayant d'échapper à la fournaise, il se cogna encore le front contre le cercle d'acier qui délimitait la gueule de la chaudière et s'enfonça dans le charbon incandescent, la tête dans le feu, le corps affalé sur le sol.

Bell tenta une roulade latérale pour se tenir hors de portée du pique-feu de Semmler, qui heurta le pont d'acier à deux ou trois centimètres de sa tête en faisant jaillir une gerbe d'étincelles. Il bondit pour se redresser et évita un nouveau coup d'une violence inouïe, puis tenta une tactique inattendue en se retournant vers l'homme dont il avait brisé le nez et qui s'approchait de lui par-derrière ; il lui envoya un crochet qui lui fracassa la mâchoire.

Il rétablit son équilibre et fit volte-face.

— Il ne reste que nous, Semmler.

Christian Semmler le gratifia de son sourire éblouissant.

— Il faudrait d'abord que vous m'attrapiez.

Il s'accroupit, sauta en l'air, saisit le premier barreau de l'échelle installée à l'intérieur de la cheminée numéro 4 et se hissa sans le moindre effort apparent. Bell sauta vers l'échelle et s'élança derrière lui. Le sommet de la cheminée se trouvait soixante-cinq mètres plus haut, et Bell comprit bientôt qu'il ne parviendrait

460

pas à atteindre Semmler avant le sommet de l'échelle, plus bas que la cheminée elle-même. Il existait une part de vérité dans le surnom de l'Allemand : il était aussi habile qu'un singe.

En approchant du haut de l'échelle, Bell vit la silhouette de son ennemi se découper dans la lumière du jour. Le général escaladait le bord de la cheminée. La fumée des trois autres, plus proches de la proue, formait un panache qui ruisselait sur lui en noircissant ses mains et son visage, sur lequel ses yeux verts ressortaient avec un éclat étrange. Soudain, ses dents blanches étincelèrent.

— Merci d'être venu me rejoindre, dit-il en souriant. Je vous ai amené là où je le voulais.

Il replia sa manche, révélant le gantelet de cuir qui tenait le câble tressé dont il s'était servi pour étrangler ses nombreuses victimes. C'était la première fois que Bell le voyait de si près ; il aperçut un poids de plomb au bout de l'objet. Semmler contracta soudain son bras ; le poids déroula presque deux mètres de câble du rouleau de métal, qui vinrent se fixer à l'un des haubans qui assujettissaient le sommet de la cheminée.

Bell s'élança brusquement et tenta de saisir le pied de Christian Semmler.

L'*Akrobat* réagit tout aussi vite, échappa à la tentative de Bell et se précipita de l'échelle jusqu'à l'autre côté du puits de ventilation. Il s'y maintint en passant un coude par-dessus le bord et baissa les yeux pour sourire à Bell.

— Si l'un de nous deux tombe de soixante-cinq mètres pour aller s'écraser au fond de ce navire, ce ne sera pas celui qui a appris à voler dans un cirque.

Sur ces paroles, Semmler se servit de son coude pour passer par-dessus la bordure du puits de ventilation et disparut.

Bell grimpa les derniers barreaux et sauta de l'autre côté du conduit. Il se hissa au sommet et scruta à travers la fumée brûlante les chaudières de la salle numéro 4.

La prise partageait l'espace de la cheminée avec le conduit de ventilation qu'il venait d'escalader et son diamètre n'était que d'environ trois mètres.

Semblable à un oiseau, Semmler était accroupi sur une prise de pied, presque deux mètres plus bas.

— Quand vous tomberez, le railla Semmler, ce sera tout droit dans une chaudière.

Bell examina la nouvelle position qu'occupait l'*Akrobat*. La prise de pied, une sorte de rayon d'étagère en acier de moins de trente centimètres de profondeur, encerclait en totalité la prise d'air. Des prises pour les mains avaient été soudées juste en-dessous de la bordure extérieure, et les yeux de Semmler brillèrent lorsqu'il repéra le nouvel emplacement où il comptait atterrir. Le câble fila hors du gantelet, s'accrocha sur une prise, et l'*Akrobat* s'envola en envoyant un coup de pied meurtrier vers le visage de Bell.

Le détective fit un bond au même instant et se posa juste à côté de lui sur la prise de pied. Il saisit la prise de main la plus proche et frappa Semmler à l'estomac, aussi fort qu'il le pouvait. L'Allemand vacilla.

— Moi aussi, j'ai travaillé dans un cirque.

Mais Bell avait sous-estimé la vélocité surhumaine de Semmler, ainsi que sa capacité à maîtriser la douleur. En un mouvement si rapide que Bell aurait été incapable de l'anticiper, Semmler détacha le câble d'un geste pour l'enrouler autour du cou d'Isaac Bell.

Le détective délivra coup après coup sur le torse de Semmler, mais aucun ne lui fit relâcher la pression.

Des lumières blanches apparurent devant ses yeux et il sentit ses forces décliner. Dans ses oreilles, une sorte de rugissement couvrait les battements de son cœur. Il concentra la puissance qu'il lui restait dans sa main gauche pour agripper une des prises et enfonça son genou dans le thorax de Semmler, qui glissa de son perchoir. Seul le câble tendu entre son poignet et la gorge de Bell empêcha sa chute.

*

Avec tout le poids de Christian Semmler suspendu à son cou, Bell était presque aveugle. Il avait l'impression de ne pas avoir respiré depuis une éternité. Sa main glissait sur la prise.

— Une situation intéressante, détective Bell. Lorsque vous mourrez, je tomberai. Mais vous mourrez avant moi.

— Non, haleta Bell, dont la main s'agita en un mouvement convulsif.

— Ah non ? ironisa Semmler. Vous ne voulez pas prononcer quelque chose de plus profond que « non » avant de plonger dans les flammes ? Parlez maintenant ou gardez le silence à jamais. Qu'en dites-vous ?

— Merci, Mike Malone.

— Merci qui, et pour quoi ?

— Pour cette pince coupante.

Bell confia son salut aux dernières forces de sa main gauche. Il secoua la main droite et fit glisser le petit outil de sa manche jusque dans sa paume. Il referma les doigts autour et serra aussi fort qu'il le pouvait.

Le câble claqua avec un bruit sec.

Le regard stupéfait de l'*Akrobat* fut la dernière vision qu'Isaac Bell garda de son ennemi avant qu'il disparaisse et entame sa longue chute dans la cheminée du *Mauretania*.

50

En arrivant au Berliner Stadtschloss, le Château de Berlin, Hermann Wagner, d'humeur triomphante, tendit son chapeau haut-de-forme à la servante qui s'occupait du vestiaire des roturiers et gravit l'escalier menant à la salle du trône privée du Kaiser Guillaume II. Un petit groupe trié sur le volet d'officiers de haut rang, d'industriels et de banquiers – l'élite de l'élite – avait été convoqué pour assister à la démonstration d'un dispositif que le Kaiser en personne considérait comme le symbole même de la réussite allemande.

Deux généraux, qui arboraient d'affreuses cicatrices, regardaient les banquiers de haut. Wagner ignora avec sérénité les aristocrates méprisants et prit grand plaisir à voir leur expression changer lorsque le Kaiser s'avança droit vers lui et lui serra la main.

— Messieurs, voici un véritable patriote allemand. Attendez de voir ce qui a pu être réalisé grâce à lui. Que l'on commence ! s'écria le souverain.

Des laquais accoururent avec un écran de cinéma, des pavillons acoustiques et un énorme projecteur flambant neuf. On baissa les lumières. Sa Majesté l'Empereur s'installa sur son trône. Les autres membres de l'assistance restèrent debout pour visionner un film qui montrait le Kaiser lui-même entrant dans la pièce où ils se trouvaient, son teckel préféré sous le bras.

Lorsque sur l'écran, le monarque ouvrit la bouche pour parler et que ses mots s'échappèrent avec force des pavillons, Hermann Wagner se dit que les expressions des généraux balafrés constituaient sa plus belle récompense. La situation s'était inversée. Les militaires n'étaient plus les seuls à enchanter le Kaiser par leur aura de magie.

— *Der Tag*, prononça l'image du souverain, que l'on entendait avec netteté par-dessus le cliquetis du projecteur. *Der Tag* sera le commencement de l'Allemagne, et non sa fin. La victoire ne dépend pas que des soldats.

Hermann Wagner ferma les yeux. Il connaissait ce texte par cœur. Il s'était occupé du montage du film et s'était découvert un certain don pour le cinéma. Il avait eu une idée brillante : lorsque le Kaiser aurait terminé sa harangue, le teckel aboierait en direction de la caméra et son maître lui caresserait la tête. Des millions de gens seraient émus à la pensée que Guillaume II aimait ses animaux familiers comme il aimait les Allemands ordinaires.

— Pour assurer notre victoire, nous devons persuader nos alliés de participer à la guerre aux côtés de l'Allemagne. L'un après l'autre, l'Allemagne détruira…

Des rires interrompirent les paroles du Kaiser – des rires nerveux, et très vite réprimés.

Wagner rouvrit les yeux et constata avec horreur que si l'on entendait toujours le discours du Kaiser, l'écran montrait le teckel en train d'aboyer devant l'objectif. Impossible ! Le chien était censé le faire *après* que son maître eut cessé de parler. Le son et les images, pour une mystérieuse raison, ne fonctionnaient plus en synchronisation.

Le Kaiser bondit de son trône et se précipita hors de la pièce, les généraux dans son sillage.

Alors que la salle se vidait, Hermann Wagner resta debout, pétrifié. Comment une telle catastrophe avait-elle pu se produire ? À présent seul, il courut presque à l'aveuglette vers les portes. Le projet *Donar* était un échec, et sa carrière brisée.

Une servante du palais courut après lui.

— Votre chapeau, *Herr* Wagner ! Votre chapeau !

C'était un petit bout de femme aux tresses d'un blond doré. Toujours poli, même si c'était la pire journée de sa vie, Hermann Wagner la remercia d'un compliment et lui donna même une pièce d'argent en pourboire.

— Vous avez l'œil vif, mademoiselle, je vous remercie.

— C'est moi qui vous remercie, *Herr* Wagner.

Le détective Van Dorn Pauline Grandzau fit une révérence et, quelques instants plus tard, se glissa hors du château pour télégraphier la bonne nouvelle à l'enquêteur en chef Isaac Bell.

ÉPILOGUE

Newcastle upon Tyne,
après la Grande Guerre

La veuve Skelton fréquentait Farquhar, veuf lui aussi, ce qui enchantait tout le monde à Newcastle, à l'exception du pasteur. Madame Skelton avait servi comme infirmière pendant la guerre des Boers et comme infirmière en chef dans un hôpital militaire pendant la Grande Guerre. Avec ses cheveux d'un noir de jais, c'était encore une beauté, et elle était propriétaire du Marysmead Arms, un pub prospère situé à l'ombre du chantier naval Swan Hunter. Non sans une certaine admiration, on considérait que monsieur Farquhar était un véritable gentleman sans en avoir la naissance ; c'était un maître artisan et un contremaître en chef compétent du chantier naval, où il travaillait sur les chaudières. C'était là, sur les lieux de son lancement, que le *Mauretania*, le légendaire paquebot de la Cunard, encore détenteur du Ruban bleu de la traversée la plus rapide de l'Atlantique, était revenu pour l'installation de nouvelles chaudières au gazole.

— J'ai quelque chose pour toi, annonça Farquhar un soir humide où le vent soufflait en bourrasques.

Sa journée de travail accomplie, il venait de rentrer chez lui, dans l'appartement qu'ils occupaient au-dessus du pub.

— Ce n'était pas la peine, lui répondit madame Skelton, par ailleurs heureuse de la surprise. Tu devrais économiser ton argent.

Il déposa un paquet enveloppé de papier huilé dans la main de sa compagne.

— Cela ne m'a pas coûté un penny.

— Je n'en suis pas étonnée, commenta-t-elle en examinant l'objet noirci et encore couvert de poussière de charbon.

— Tu ne l'ouvres pas ?

Il lui montra un coin du paquet qu'il avait commencé à défaire. Elle retira le papier huilé et découvrit une enveloppe d'aspect raffiné.

— Qu'est-ce que c'est ?

— Mes gars ont trouvé ce paquet derrière une soute à charbon. Il devait y être depuis des années. Regarde ce qui est à l'intérieur.

— Tu n'as pas encore vu ce qu'il y a dans l'enveloppe ?

— Non, je l'ai gardée pour toi.

Elle souleva le rabat et sortit une épaisse feuille de papier parchemin décorée avec une luxueuse élégance. Monsieur Farquhar se pencha plus près en posant une main sur l'épaule de madame Skelton.

— On dirait de l'or véritable.

— De la feuille d'or.

— Que dit le texte ?

Farquhar était devenu trop presbyte pour lire sans lunettes, mais ses yeux d'un bleu minéral étaient encore vifs.

— C'est une invitation à un mariage. À bord du navire ! Ils se sont mariés sur le navire !

Madame Skelton, tout à sa joie et à son étonnement, contempla la feuille de papier, puis la retourna.

— Qu'est-ce que c'est que ça ?

— Des chiffres écrits tout petits et des gribouillis. Pour moi c'est du chinois.

Madame Skelton, d'un geste respectueux, remit la feuille dans l'enveloppe, et celle-ci dans son emballage de papier huilé.

— Tu n'en veux pas ? s'étonna monsieur Farquhar. C'est joli. Je pourrais faire un cadre.

— Donne-le plutôt à monsieur Thomas McGeady au bureau de la Cunard. Dis-lui de ma part qu'il faut trouver ce couple et leur renvoyer le paquet.

— Tu connais monsieur McGeady ?

— Je suis propriétaire d'un pub, tu sais. Je connais tout le monde. Allez, vite ! Je te garderai ton thé.

— Pourquoi se presser ainsi ?

— Ils fêteront leur anniversaire de mariage le mois prochain.

San Francisco

Dans le quartier de Nob Hill, Isaac Bell discutait avec Marion dans leur hôtel particulier, l'un des rares à avoir survécu au tremblement de terre et à l'incendie de 1906.

— Ma vue n'est peut-être pas aussi bonne qu'elle l'était autrefois, et si je dois examiner cette prétendue ride sur ta joue, tu vas devoir t'approcher de la lumière et t'asseoir ici, sur mes genoux.

Il fut soudain interrompu par un jeune garçon qui entra en courant pour livrer le courrier du matin. Le gamin le déposa près du couple, sur le canapé, avant de repartir tout aussi vite.

Une fois vérifiée l'absence de la ride supposée, Marion et Isaac Bell parcoururent leur correspondance et découvrirent une grande enveloppe en papier kraft envoyé par la Cunard Line.

— Le capitaine Turner ? demanda Marion tout en sachant que c'était impossible.

Toutes ces dernières années, le capitaine Turner leur avait écrit à l'occasion de leur anniversaire de mariage, mais il avait pris sa retraite après la guerre, vivant comme un reclus après avoir reçu des blâmes injustifiés pour le torpillage du *Lusitania*.

Bell ouvrit l'enveloppe avec le couteau qu'il sortit de sa bottine.

Ils découvrirent une note rédigée par un cadre de la Cunard : « La compagnie a pensé qu'il vous serait agréable de retrouver ceci. Ce document a été découvert par monsieur Farquhar, du chantier naval de Swan Hunter, à Newcastle, lors du réarmement du *Mauretania*, et nous a été envoyé par madame Alison Skelton. Notre directeur général se joint à moi pour vous faire part de nos plus chaleureuses félicitations à l'occasion de votre anniversaire de mariage. »

Isaac et Marion reconnurent aussitôt l'enveloppe raffinée que l'imprimeur du bord avait conçue pour leur union. L'humidité avait rendu le nom du récipiendaire difficile à déchiffrer.

— À qui était-elle adressée ? demanda Marion en se penchant pour étudier de plus près les lettres délavées, tandis que des mèches de sa chevelure couleur champagne et or venaient caresser la joue de Bell. Oh, mon Dieu ! C'était pour Clyde Lynds ! Oh, pauvre Clyde.

Marion sortit de l'enveloppe l'invitation, à peine moins usée.

— C'est adorable. Oh, mon chéri, c'est comme si nous nous mariions une nouvelle fois !

— Qu'est-ce qui est écrit au dos ? demanda Isaac Bell.

Cinq ans plus tard,
au Strand Theater de Broadway,
New York

Isaac Bell levait une coupe de champagne pour célébrer le succès de la première du nouveau film de Marion, *Écoute ça, New York*, une comédie délirante, lorsqu'il entendit par hasard un critique dicter son article depuis un téléphone à pièces installé dans le hall :

— *Écoute ça, New York*, de Marion Bell, est une histoire incroyable sur les bars clandestins, les danseuses de revue et les gangsters. Mais si ce premier film animé parlant, avec le son enregistré en haute-fidélité sur la pellicule elle-même, constitue une grande amélioration par rapport au film *Le Chanteur de jazz*, et se distingue par ses dialogues très audibles, le spectateur remarquera toutefois que la réalisatrice a dû ordonner à James Cagney et Edward G. Robinson de venir se ranger en bon ordre sous un microphone avant de lancer leurs répliques accrocheuses.

Isaac Bell posa son verre.

Marion posa une main sur son bras pour le retenir.

— Où vas-tu, Isaac ?

— Je vais montrer à cet homme de quel bois je me chauffe.

— Au lieu de flanquer une raclée à un critique, ce qui pourrait influencer les articles sur mon prochain film, portons plutôt un toast à la mémoire de Clyde, dont les plans m'ont permis de réaliser ce film, même s'il est vrai que l'utilisation des images parlantes s'est avérée plus compliquée qu'il ne l'espérait.

Marion désamorça la colère d'Isaac Bell d'un sourire et quelques instants plus tard, ils entendirent le critique faire amende honorable au téléphone :

— Tout le monde est d'accord sur un point : le système des images parlantes va vite s'améliorer, et un critique tel que moi est impatient de pouvoir le constater, surtout s'il s'agit de mettre en valeur le travail brillant et plein d'esprit d'une réalisatrice comme Marion Bell. On espère que les studios lui permettront de faire à nouveau équipe avec Irene Vox, la scénariste de films muets basée à Shanghai. Madame Bell a permis un bond en avant en passant avec succès du cinéma muet au cinéma parlant.

Bell observait Irene Vox, à l'autre bout du hall. La scénariste blonde, drapée dans un manteau de zibeline, couverte de bijoux, était accompagnée d'un homme fringant aux cheveux argentés. Les rumeurs que Bell avait entendues prétendaient qu'il s'agissait de son cousin ou de son mari. Selon les versions, il était riche à millions ou un réfugié sans le sou. Aux yeux de l'enquêteur en chef de l'agence Van Dorn, il avait tout l'air d'avoir séjourné en prison.

— Maintenant que j'y pense, je sais qui elle me rappelle.

— Qui ?

— À l'époque, elle n'était pas blonde.

— Qui ? répéta Marion.

Elle n'avait jamais rencontré sa très discrète scénariste avant ce soir-là, et correspondait avec elle par courrier, par câble ou par téléphone.

— Je lui ai proposé de la raccompagner à son hôtel. Quand nous serons en route, observe-la avec attention, et nous en reparlerons plus tard.

Vox et son compagnon étaient installés au Plaza. Isaac et Marion Bell étaient arrivés pour la soirée à bord de leur torpédo Duesenberg J-198, mais celle-ci ne pouvait accueillir que deux personnes. Il téléphona donc à son garage pour qu'on la lui remplace par sa berline décapotable J-140. Bell se mit au volant et le gentleman aux cheveux argentés s'installa à côté de lui, mais il ne put rien en apprendre, car l'homme ne parlait pas anglais.

— Alors ? demanda-t-il à Marion alors qu'ils s'éloignaient du Plaza après avoir raccompagné le couple. En regardant dans le rétroviseur, je t'ai vue en pleine conversation et vous sembliez plutôt intimes.

— Nous avons réalisé un film entier sans jamais nous rencontrer, et nous avions des tas de choses à nous dire.

— Que t'a-t-elle raconté ?

Marion posa la main sur celle de Bell alors qu'il changeait de vitesse.

— Elle m'a parlé d'une tradition qui existerait à Shanghai, et selon laquelle une femme scénariste est

475

censée embrasser le séduisant mari d'une réalisatrice en le gratifiant d'un baiser bien appuyé sur les lèvres.

— Que lui as-tu répondu ?

— Que nous n'étions pas à Shanghai.

Série Numa
avec Graham Brown
L'HEURE H, 2017.
LA HORDE, 2016.
LA FOSSE DU DIABLE, 2015.

avec Paul Kemprecos
MÉDUSE BLEUE, 2012.
LE NAVIGATEUR, 2010.
TEMPÊTE POLAIRE, 2009.
À LA RECHERCHE DE LA CITÉ PERDUE, 2007.
MORT BLANCHE, 2006.
GLACE DE FEU, 2005.
L'OR BLEU, 2002.
SERPENT, 2000.

Série Oregon
avec Jack Du Brul
MIRAGE, 2017.
LA MER SILENCIEUSE, 2013.
CORSAIRE, 2011.
CROISIÈRE FATALE, 2011.
RIVAGE MORTEL, 2010.
QUART MORTEL, 2008.

avec Craig Dirgo
PIERRE SACRÉE, 2007.
BOUDDHA, 2005.

Série Chasseurs d'épaves
CHASSEURS D'ÉPAVES, NOUVELLES AVENTURES, 2006.
CHASSEURS D'ÉPAVES, 1996.

Série Isaac Bell

LA COURSE (avec Justin Scott), 2014.
LE SABOTEUR (avec Justin Scott), 2012.
LA POURSUITE, 2010.

Série Fargo

L'ŒIL DU PARADIS (avec Russell Black), 2018.
LES SECRETS MAYAS (avec Thomas Perry), 2017.
LES TOMBES D'ATTILA (avec Thomas Perry), 2016.
LE ROYAUME DU MUSTANG (avec Grant Blackwood), 2015.
L'EMPIRE PERDU (avec Grant Blackwood), 2013.
L'OR DE SPARTE (avec Grant Blackwood), 2012.

Le Livre de Poche s'engage pour
l'environnement en réduisant
l'empreinte carbone de ses livres.
Celle de cet exemplaire est de :

400 g éq. CO$_2$
Rendez-vous sur
www.livredepoche-durable.fr

PAPIER À BASE DE
FIBRES CERTIFIÉES

Composition réalisée par Belle Page

Imprimé en France par CPI
en juin 2018
N° d'impression : 3029215
Dépôt légal 1re publication : juillet 2018
LIBRAIRIE GÉNÉRALE FRANÇAISE
21, rue du Montparnasse - 75298 Paris Cedex 06

84/1229/8